漫娱图书
SINCE BOOKS

悬　疑　小　说　书　系

纣临

4

三天两觉·著

序

《纣临》的结局终于和大家见面了。

现在我可以说，这是一本创作过程非常煎熬的作品，但就如人生中的很多困难一样，克服之后反而会变成可贵的记忆。

承接上一册，本册由“守法公民”卷展开，以打乱时间线的双线交错式叙事讲述了祭者和判官两人各自的一场秀。

接下来的“无耻混蛋”卷则算是我对好莱坞B级片的一次致敬。

“黑暗王朝”卷将打响本书结局前的最终大战，而终卷“纣·临”则可视为本书首卷的倒影。

所有的谜题，都将在这里解开。

这场乱世的风暴也将在此尘埃落定。

最终一切还是将归于平静，留下的只有一些终会褪色的回忆。

三天两觉

2020年5月

目录

content

VOLUME ONE

卷一

SHOU FA GONG MIN

守法公民，

第一章 调查记者

一

我叫厉小帆，今年二十六岁，是一名……调查记者。

抱歉，我有一点儿紧张，因为我还不太习惯像这样介绍自己。

直到昨天为止，我还只是个“派信小弟”。或许很多人都不知道这职位究竟是干什么的，我简单点说吧，就是那个每天从邮件收发室里推着辆推车出来，把文件夹一个一个分发到对应的办公桌上的家伙。

而除了发文件的那段时间外，同事们一般连我的影儿都看不到。我在公司的存在感和保洁阿姨差不多。事实上，连保洁阿姨都可以呵斥我……好吧，她们连董事长都敢呵斥，但那是另一回事了。

我是出生在大城市的孩子，小时候家里还挺有钱，我也算是见过点世面。

可惜，到我上初中时，便家道中落。

那一年，父亲经商失败，开始酗酒，最后干脆来了个人间蒸发……我再次见到他时，是在他离家出走后的第三年，在一间医院的太平间里。让我和母亲去认领尸体的警员告诉我们，其死因是吸毒过量。

父亲失踪的这三年，母亲变卖了家里所有的房产才堪堪还清了父亲留下的债务，为了能让我继续留在大城市接受教育，已经当了十几年全职主妇、文化程度并不高的母亲，又重新出去找了工作。

她一周里有六天在餐馆端盘子，每天工作 12 个小时，“工作餐”的内容永远不变——白饭一碗，和一大盘供所有服务员一起分的清炒土豆丝。剩下的一天，她还要兼职去做钟点工，从早上到傍晚，至少要跑五六户人家，每家都是打扫房间洗衣服做饭连轴转……

即使是这样，母亲的收入也只能勉强维持我们俩的日常生活和我的学费开销。

我常劝她，没必要这么辛苦，我可以跟她回乡下老家，在那里我们不用租房，可以和外公外婆住一起，我也不介意读那里的学校。

她却总是跟我说，这是她的命，因为过去那十几年里她享了太多的福，现在是老天爷要她还债了。

在得知父亲死讯的那一天，比起悲伤，我的愤怒和恨意可能更盛一些，我恨这个抛妻弃子的男人，恨他让母亲受了那么多的苦难。

但母亲却抱着父亲的尸体哭泣着，哭到难以自已。

那时的我不懂，但很多年以后我明白了……她是在为过去那个爱她、呵护了她十几年的男人哭泣，而不是在为那个离家出走的酒鬼伤心。她一直在等，等着当年的那个男人回来，但看到尸体时，这份期望彻底化为了泡影。

我大三那年，母亲病倒了。

其实她早已积劳成疾，只是瞒着我不说。见我差不多能踏上社会自立了，她仿佛是放下了心。很多人就是这样，平日里一直都在透支自己，等某天那根一直绷着的弦松了，突然就垮了。

母亲从此一病不起，短短两个月后便离开了人世。

母亲的死带给我的打击是难以言喻的，但我最后还是重新振作了起来。日子还要继续，我不想变成父亲那样的人……

在大学时代回头看，我绝不是一个擅长“读书”的人，称一声“学渣”也不为过。

初中以前因为家境好，做个学渣问题也不大，反正我念的是私立学校，给赞助费就能上的那种。那会儿的我总觉得，自己只要再熬几年，等读完了高中，就会被送到国外，随便找个野鸡大学镀镀金，然后回国到自家的公司里继续上班混日子就行了。

可后来情况变了，我也就迅速变得“懂事”起来。

高中那几年，虽然我进了一所“有口皆啄”的公立学校，但我除了读书以外完全没有被其他任何事分心过，什么交朋友、早恋、打游戏、出去玩……我根本没有那种时间和经济成本。

就连不良少年对我都没有兴趣，在他们眼里我是那种“不但一分钱都榨不出来，惹急了还能跟你玩儿命，玩儿完了还能反过来从你身上讹出个仨瓜俩枣”的“无产阶级”斗士。

我每天上学放学都是步行，无论是40度的高温还是雨夹雪的天气，这单程40分钟的路程我都坚持用脚走，这样一个月可以省下88元的公交费（以来去各2元、一个月去学校22次计算），用来补贴学校的伙食费。我和母亲租住的房子里虽然有电视，但我们从来不开，连机顶盒都给退了。我上网都是蹭邻居家的WIFI，而且只在有学习需要的时候才打开我那台二手的破电脑，其他时候根本不开机，就为了省电。

这样的我，除了上学，还有帮母亲分担一点家务之外，其他所有的时间都在努力学习。

然而，我是真的没有应试的才能，即便是这样努力，我最后也只考上了一个还算凑合的大学，进了中文系。

是的，有志成为记者的我，甚至都不是“新闻系”毕业的。

顺带一提，我问过新闻系的同学，他们那边就业的情况如何。人家告诉我，就算是新闻系毕业，最后真正能进媒体工作的人也不足一成，其中绝大多数还都是走关系进去的。

就这样，母亲去世后的第二年，我离开大学，拿着一纸文凭，踏上了社会。

和绝大多数“刚出来混”的大学生一样，我有傲气，有热情，天真未褪，胆壮心雄……然后，不到半年，这些品质基本都被磨没了。

社会教给你的一些东西，是父母和老师教不了的，是语言可以描述但无法真正传达到的，是只有自己体会过才能清楚的。

社会会用它特有的方式告诉你：你很普通，你很愚蠢，你身上可能的确有那么一些闪光点……但除了你自己之外没人在乎你。你对公平的理解有待提高，你付出的信任有时是需要买单的，在你没有证明自己的价值之前你的想法对别人来说是一文不值的，等等。

通常来讲，经历的挫折越多，你学习的机会就越多。

我慢慢变成了一个自己曾经十分看不起的、很讨厌的“成年人”……

二十四岁那年，在辗转了好几家公司，浪费了不少青春，也吃了不少亏后，我终于进了一家与出版传媒相关的大企业。我小心翼翼地工作。

忍气吞声一年多，终于，我得到了一封调任信。

这一切，自然都在我的计算之中……调我的那位领导，以为自己睡了我的女朋友，出于心虚，才满足了我的这个要求。

他把我调走，是为了息事宁人、平息事态。但实际上，他睡的那女的……根本不是我的女朋友。

在这栋写字楼里，上到经理总监，下到前台保洁，哪儿有人看得上我呀。

论“硬指标”，我长相普普通通，学历普普通通，家里又一穷二白；论才情，我连句正经的英语口语都说不利索，中文倒是学得不错，但整体表现出来就是油嘴滑舌、素质极差……谁能看得上我啊？

这次的事儿，我只不过是略施小计，先偷偷查到了那妹子的手机号码和社交网站昵称，然后用我自学并钻研了多年的PS技术（说起来PS这软件我还是下的盗版）伪造了几张合影和几段聊天记录，以此诈了那位领导一下，随后就威胁，要把此事告诉他老婆。

那他自然就慌了。

他一慌，事情就好办了。

我向他承诺——“只要能将我调走，我就会和那女的‘断绝来往’，想必‘她也不会在你面前提起我的’。我俩从此以后就当什么事都没发生过，我也不认识你，你也不认识我，反正调走以后我也不和你在同一层上班了。”

就这样，我摇身一变，从一个“派信小弟”变成了“调查记者”。

不得不说，如今这社会，还真是一个“关系社会”，你有没有学历、有没有本事，有时真的不如“你有没有人脉”来得重要。

不过，通过这番经历，我倒也发现了，自己并非一无是处。

二

2219年，5月1日，风车郡，海特丹市。

此地，被称为联邦的“司法之都”。

海特丹市拥有这个世界上最优秀的法学院、最优秀的警校、最大的监狱（此处指民众知晓的公开的监狱，九狱并不算在其中）……还有着最为著名且级别最高的一座法庭——联邦海特丹法庭。

虽然人人都知道水晶郡才是联邦政府的权力核心，但是说到司法，民众们首先想到的会是海特丹。

毫无疑问，这座城市的治安也是非常好的，至少也是和水晶郡旗鼓相当。你想啊，撇开在职的司法人员不谈，街上每十个平民里大约就有一两个是学警或者是法学院的学生，这些年轻人个个儿都知法懂法、血气方刚，而且他们每个都盼着能在学生时代就干点儿实绩出来给自己的履历添上一笔。

在这种环境下，你还敢在大街上抢包？敢在公交上扒窃？估计被害人都不用自己喊，你就已经被三五个火眼金睛的“热心群众”拿住然后直接扭送警局了。

然，5月1日这天的正午，有一个男人，打破这里的宁静平和。

他的名字，叫詹姆斯·兰斯。

中午12点，兰斯提着一个特大号的琴箱，来到了联邦海特丹法庭正大门前的台阶下。

起初，在门口站岗的警卫并没有怎么注意他，因为这里往来的行人颇多，西洋洲这地方文化气息又比较浓厚，就算有个路人手里拿着琴箱也没什么奇怪的。

但是，当兰斯在光天化日、朗朗乾坤，从琴箱里取出了一个火箭筒时，情况瞬间就失控了……

12点03分，在周遭人群的惊呼声中，一发火箭弹破空而起，呼啸着飞向了海特丹法庭正门屋顶上方的正义女神雕像。

一声巨响过后，那高逾五米的雕像轰然崩碎，化为一块块碎石，塌落而下。

由于兰斯在发射之前就已经引起了相当程度的骚动，使得这个区域的人群提前散开了，因此那些石块落下时并没有造成人员伤亡，只是砸坏了几处法院门口的石阶。

尘埃落定后，兰斯便放下了火箭筒，面带微笑地站在原地，好像在等待着什么。

“别动！举起手来！NOW！”不出所料，在一段并不算长的反应时间过后，法院门口的两名警卫率先掏枪冲了上来，且嘴里喊出了那几句大家在电影里已经听烂了的台词。

紧随他们其后的，是五六名同样荷枪实弹的职业警员——这个法庭每天审理的案件非常多，基本上时刻都有警员出入。

十几秒后，就在那十来个人展开队形将兰斯围起来之际，从法院里面又跑出了好几名法警来……

长话短说，当兰斯十分淡定地高举起双手，正准备照着警员们的指示“慢慢跪下”时，他附近的四五名执法人员已是迫不及待地冲了上来，齐齐将他摁倒在地，并上了手铐。

一息之后，一名警员一边拽着兰斯的衣领将其从地上拖起来，一边向他宣读了他的权利，即那句妇孺皆知的“你有权保持沉默，但你所说的一切都将成为呈堂证供”。

兰斯闻言，只是笑笑，没说话。

不多时，他就被押上了一辆警车，直接开向了最近的警局。

这个时候，那些警员们并不知道，他们的这次“逮捕”，将会给整个联邦带来何等的灾难。

三

尽管我获得眼前这个职位的方式并不正当，甚至可以说是卑鄙的、令人不齿的。

但我并没有因此感到惭愧。

首先，被我利用的那位领导，本就不值得同情，也不应得到同情。

其次，这种靠着裙带关系就能安排上的职位，也并不值得炫耀。

再退一步讲，对一个从上到下都充斥着潜规则和腐败的单位，我实在是无法投入什么忠诚，产生什么荣誉感。

我也曾问过自己：“把错的手段用在对的地方，就能被原谅了吗？甚至可以说是在做好事了吗？”

可惜我没能想出答案来，只能自谏——因人而异，因时制宜，因事而别，问心无愧。

当然了，这次的事情，并不能说是在做什么好事，毕竟我的动机中包含着利己的成分。从结果来看，我得到了更好的报酬和更高的社会地位。

无论内部人士如何看待我，至少在大部分不知情的外人眼里，“调查记者”还是比“派信小弟”要体面得多。

我们所需要的东西，从来就不是什么真正的“认同”，而是一些“标签”。

“记者”“医生”“导师”“专家”“领导”“才俊”“富豪”“老板”“著名艺人”“成

功人士”……把这些能让陌生人高看你一眼的、至少在你的面前得虚与委蛇的标签，尽可能多地贴在身上，并享受既得利益，才是我们的“追求”，才是我们从小就一直被灌输的“理念”。

现实环境终究会将我们指向这条路。

这些我明白，我都明白。

但我厉小帆，还是有一个梦想——一个不那么现实和利己的梦想。

我要成为一双眼睛、一对耳朵、一副喉舌……向世间的人展示那些他们看不到也听不到，却应该去看一看听一听的东西。

我要让那些放弃思考和自省的人重拾反思的习惯和质疑的勇气。

我会不择手段地实现这个理想，贯彻我的正义，即使……那是一种卑鄙的正义。

9月9日，距离我当上调查记者已经过去了一周时间。

我已差不多熟悉了这里的工作环境，也和同事们成了点头之交。

但其实，我这工作也并不需要和办公室里的其他人搞好关系，我只要拍好主编的马屁就行。其他人管不了我，我也管不了他们。

我负责的主要是纸媒和网络新闻，所以我不是那种需要在镜头前直接采访别人的记者，不用给我配摄影师什么的。我要做的只是去调查、取证，然后把自己的所见所闻变成文字，交到我的上司，也就是主编的办公桌上。只要他点头说着可以刊登，那我就算没白忙活。

我的主编姓罗，今年五十多了，学历不低，年轻时还到不夜城的先驱报社去实习过，但因为能力不行，品行也不太好，实习期还没过就被赶走了。

这事儿，整个单位里，除了他本人以外，只有我知道。

因为我调查过他。

很多人觉得要调查一个人很难，不是警察就很难做到。但实际上，只要你懂得一些技巧，并且敢于在法律的边界游走，很多情报都是唾手可得的。

罗主编能在我们这个单位混到如今这个位置，一方面是靠他深厚的溜须拍马、弄虚作假的能力，另一方面就是靠着当初那“曾在不夜城的先驱报社工作过”的履历。

在我确定要调任到这个部门时，我就对罗主编……这个将来会当我顶头上司的男人展开了全面的调查。

首先，是看书面材料。

罗主编的档案，人事部自然有，虽然我不是人事部的，但我一样能看到，因为我那会儿还是“派信小弟”。公司所有进过 mailroom 的文件都会在我们这儿的电脑里留下备份，“先备份后打印”是基本章程，这是为了防止文件在递送过程中弄丢或者损毁。

尽管这些资料无法被带出公司（防盗措施很完备），但像人事档案这种总共也没多少字的东西，我在看的时候直接背下来就行了……别忘了，我可是中文系的。

接着，就是去查探这个人的“风评”。

这个更简单，每隔一两天，就拿上几杯网红店的奶茶，在下午的空闲时间到罗主编工作的那一层去，找个借口在前台那儿站一会儿，和前台聊聊天，顺便再跟那些正在和前台聊天的 OL 一块儿聊聊，基本就能探出个大概了。

言归正传，对罗主编有了一定程度的了解后，我十分质疑他那份履历，为了验证这点，我利用一个周末的时间，办了旅游签证，去了趟不夜城。

出发前，我已通过邮件联系到了一位从不夜城的先驱报社退休的老记者，约好了和他一起喝杯咖啡。

我自然不可能在网上直接问他关于罗主编的事情，倒也不是怕留下什么聊天记录，而是你直接问他这种问题他未必会理你。

我与那位老记者接触时是想好了全套说辞的，他以前曾写过一篇挺出名的关于环境治理问题的报道，还差点儿拿了奖，我就以此为突破口，宣称自己在学校时就是因为读了他这篇报道，才立志成为调查记者的，如今终于得偿所愿，因此想跟他见一面，聊上几句，并请他这位“人生导师”给我传授点经验。

不出我所料，这老头儿非常爽快地就答应了。

“超过平均水平的高傲”“不同程度的自以为是”和“渴望被人重视”，可说是律师和记者行业的通病。

想象一下，一个“差一点儿拿到奖”的老头儿，如今退休在家。他还没有老到必须进疗养院的地步，经济上也没什么困难；他不再像以前那样每天从早忙到晚，过去的人际关系也渐渐疏远和减少；年轻时因为醉心工作，妻子早已离开了他，子女们一年里也只跟他见几面……

这样的一名老人，需要的是什么呢？金钱？社会地位？这些他不缺，或者说对现在的他来说已经不太重要了。

他最渴望的东西无非是别人的陪伴，这个“别人”，如果是他的亲人那最好，是朋友也行，实在没有的话，一个怀着善意或敬意的陌生人也很好了。

那天我一下飞机就联系了他，四十分钟后我们便在咖啡馆里碰头了。

老头儿一看我手上还拿着行李（我的行李不多，只带了一个小号的旅行箱）就来了，可感动坏了，他热情而有力地跟我握手，仿佛我是他远隔重洋却素未谋面的知己。

之后的一个多小时，我和他聊得很愉快，毕竟我来之前做了不少功课，读了不少他以前写的报道。“背东西”算是我的看家本领了，要不然我这学渣怕是根本考不上大学。

我可以从老头儿的眼里看到他的满足，看得出来，已经很久没有人这么长时间地认真听他说话了。

有些人一辈子也不曾被家人以外的人重视或崇拜过，还有些人虽然享受过那些，但某天——通常是他们退休的那天，这些也都跟着烟消云散。

这种心理落差，加上这类人惯有的高傲，会让他们非常失落。

人上了年纪的确是很可怜也很可悲的，当一个人不可避免地变得越来越不受重视，甚至被视为累赘，身体和大脑也都逐渐衰败时，他们会慢慢被孤独和落寞所吞噬。很多人到了晚年轻易就会被一些拙劣的骗子摆布，却不信任自己的亲人，就是因为可能骗子陪他们的时间相对更多些。

我，也是个骗子。

我骗取了他的信任，得到了我想要的东西。

在我那杯咖啡第三次续杯时，我假装不经意地提到了我的上司——罗主编。老头儿自然已经不记得那家伙了，不过我早有准备，我拿出笔记本电脑，点开了一张罗主编当年在不夜城的先驱报社实习时的照片。这货把这张照片直接挂在自己办公室的墙上用来装样，不难弄到。

那张照片中，除了罗主编之外，还有另外几名实习生，以及当时负责“带”他们的记者，也就是我眼前这位老人。

老头儿一看到照片，就对他有印象了。

或许是担心我和罗主编有什么交情，老头儿在说话时绕了些弯子，但依然可以听出来，姓罗的很不是个东西。

看来他那套溜须拍马和弄虚作假的把戏，一直没有变，只是并非在所有的地方都行得通。

三个小时后，我和那位老记者道了别，临行前老头儿拍了拍我的肩膀，夸奖并祝福了我。

如果是在十年前，他还没退休的时候，他可能根本不屑于跟我这样的人坐下来喝咖啡。就算来了，他也不会跟我聊那么久。

那时的他，八成会跟我摆架子，说些自己很忙之类的话，粗暴地打断我的陈述，抨击新闻自由，强行灌输一些他认同的价值观，回答一些他想回答的而无视其他的问题。刷完一波优越感后，留下一句“这单我买了，谢谢你浪费我的时间”，然后扔下几张现金并无礼地离去。

可是现在的他，站在街上，挥手，目送我上了出租车，直到车消失在拐角，他才转过头，带着叹息的意味舒了口气，步行回家。

事后他能意识到我只是在他身上打探情报吗？

应该是可以的。但我想，即使可以，他也不会让自己往那方面去想。他会竭力说服自己，今天遇到的真的是一位满怀热情的年轻后辈，而这个后辈真的是因为崇拜他才来见他的。

9 月 9 日的下午，我从罗主编那里得到了我的第一个任务：去采访一对夫妇。

我知道他们，他们是几年前网上炒得沸沸扬扬的“无肛婴儿之死”事件的当事人。当然了，如今这事儿也早已经无人问津了。

主编要求我去跟进他们的情况，写一篇关于网络暴力的报道。按照罗主编的说法，最近上面想抓“网络暴力”这一块，进行一定的舆论引导。因此，需要我们用一个较为典型和凄惨的受害者案例，写一篇网络暴民的报道。

其实这也算好事。

我没有等到第二天，当天傍晚，我就拿着他给我的地址，乘上了前往相城的高铁。

四

对于雷蒙德·福克斯来说，5 月 1 日这天本来是再平凡不过的一个日子。

这天上午，他只花了二十分钟就在法庭上将一名初出茅庐的辩护律师怼得面无人色。不到一个小时，法官就结束了庭审，将对方的委托人丢进了大牢，而等待那家伙的，无疑会是最高限度的量刑。

也许那名辩护律师一辈子都会记得这件案子和这天的屈辱，但雷蒙德肯定不会。

作为“史上最年轻的联邦司法部首席检察官”，这种程度的“胜利”在他看来连开胃菜都算不上。

雷蒙德的“优秀”，是有目共睹，有口皆碑的。

今年四十岁的他，出生在一个平凡的中产阶级家庭。他的家族没有任何官面背景，他是纯粹靠着自己的努力，从一个小律师一步步往上爬，并在三十六岁那年坐到今天这个位置上的。不出意外的话，五十岁之前，他就能顺势打破“史上最年轻的联邦司法部总检察长”的纪录。

在“司法之都”海特丹，雷蒙德的故事简直就是励志典范，许多法学院的讲师都把他当作正面典型，要求学生们跟这位前辈榜样好好学学。而他在工作岗位上打破的各项记录，尤其是那堪称惊人的“定罪率”，更是让同行们望尘莫及。

就是这样一个人，在经历了今天中午的“最高法院袭击事件”后，立刻萌生了一个念头。

而他也很快将这念头付诸了行动。

下午，1点20分，海特丹市某警局。

“既然规矩你都懂，就别再为难我了，雷（Ray，即Raymond的简称）。”一名中年探员正拦在雷蒙德的面前，双手叉腰，微微低头，用无奈的口气说道，“我已经破例把这家伙的身份透露给你了，你也应该知道，这种‘通缉中的反抗组织成员’不是我们该去管的……FCPS那边刚才已经跟我们打过招呼，他们的人这会儿已经在路上了，随时会到，等他们到了就直接把人提走，接下来就跟我们无关了。”

“听听你自己的话，柏瑞，你现在活像是个自己当初最讨厌的官僚。”雷蒙德和这名探长显然挺熟的，双方都用名字而非姓氏来称呼彼此，而且他们说话时的语气毫不客气，却又带着几分难得的真诚。

“是的，没准儿我现在就是个该死的官僚。”柏瑞似乎也有点恼火，他从鼻孔里出了口气，抬手摸了摸自己那已经有点儿谢顶的头皮，略显不耐烦地应道，“如果这样能让你放弃的话，我可以试试。要是你觉得还不够，我还可以变得更官僚一些。”

雷蒙德转过头去，顺着自己的鼻子和下巴抚了一把，稍稍顿了几秒，深呼吸一次，然后调整了一下语气，再道：“好吧，我道歉，柏瑞，是我说错话了。但你得明白，这件案子真的很重要，这也许是一个突破口……”说到这儿时，他又一次停下，看了看周围。

此刻，他俩正站在警局的一条过道儿里，身边往来的人很多，环境也很嘈杂。由于大家都很忙，也没什么人在关注他们。

饶是如此，雷蒙德在说出接下来的话之前，还是刻意压低了声音：“听着，我们都知道如今的联邦政府是怎么一回事儿……”他说着，用一个看起来很有力的动作指了指地板，“那些‘大人物们’总是在搞这一套——他们直接把那些‘发出不同声音的人’带走，来个‘人间蒸发’。他们不走司法程序，不管民众的质疑，永远用‘权限规定了你们无权知晓，我们也无权透露’来当理由……”

说到这儿，他又朝前走了半步，声音又低了几分，几乎就是在用说悄悄话的音量对柏瑞说：“就是因为他们总用这些来搪塞所有人，联邦政府才会越来越没有公信力，司法的权威也一再受到质疑。就是因为这样，现在的老百姓可以轻易就相信网上的谣言，却无法相信我们的工作成果……”

“你到底想说什么？”柏瑞皱眉问道。

“我想说的就是，这是一次机会。”雷蒙德沉声应道，“你也看到那个家伙了，他是个彻头彻尾的恐怖分子。手指上没有指纹，被捕前后也没有丝毫的惊慌和恐惧。他有能耐把火箭筒这种东西弄到城里来，甚至是带到最高法院的门口，却没有用来袭击人群，而是在光天化日下炸毁了正义女神像。”他缓了口气，接着道，“用你那资深警探的脑子稍微想想吧，柏瑞。这家伙一定是从一开始就想好了自己会被捕，他这么高调地行事肯定是有某种目的的，而有目的的人就有与之谈判的余地……

“与其让 FCPS 的人把他带去某个鬼才知道的地方严刑逼供最后弄死，不如交给我来处理。我可以把这件事件变成一次‘公开审理’，向民众和媒体证明我们，让他们重拾对司法的信心……”

他越说越激动，不知不觉嗓门儿又升了起来。

柏瑞还没听完，就打断了他：“好了好了，你说的这些我都懂，但就算我现在同意让你进去见他，你又能怎么样呢？”

他这半句话出口时，或者说，当他说出“就算”这个词的时候，雷蒙德便知道自己已经成功说服了对方。

“你也说了这货就是个恐怖分子，在短时间内想要取得这种人的信任难如登天，更别说让他跟你合作了。”柏瑞又接着道，“再退一步讲……即使你真的和他达成了某种协议，等FCPS的人一来，他们要提人，还有人能拦着不成？”

“这你就不用管了，我会想办法的，但首先你得让我进去见他。”雷蒙德说着，还特意低头看了看表，尽管这动作实际上没什么意义，但的确从心理上给柏瑞施了压，“只要赶在FCPS的人来之前，让我跟他聊上一会儿，我就有办法促成这事儿。”

柏瑞没有再说什么，他低下了头，陷入了犹豫……

羁押室的电子门开启，又关上了。

紧接着，西装革履、头发锃亮的雷蒙德，拿着一个看起来就超贵的公文包，走了进来。

此时，兰斯正戴着一副手铐，坐在一张桌前。这张桌子是固定在地面上的，桌子的一侧还有一个环形的金属扣，用来锁住手铐的链子。

雷蒙德进屋后，其视线立即就和兰斯对上了，但他没有立刻说话。

他先是用坚定的眼神与对方对视了几秒后，随后才开口道：“你好，兰斯先生，初次见面，我是检察官雷蒙德·福克斯。”

“呵……”兰斯看着他，冷笑一声，“你好，检察官先生，恕我不能起身跟你握手。”

“如果你愿意的话，可以叫我雷。”雷蒙德用很随意的语气这么说着，并顺势在兰斯对面的椅子上坐下了。

“好的，雷，但你可别叫我詹姆斯。”兰斯的语气也显得很轻松。他没有过问对方为什么会知道自己的名字，因为那根本算不上是个问题。

“那我还是称呼你……兰斯先生吧。”雷蒙德应道。

说罢，他又沉默了几秒，即使眼下的时间对他来说已经非常紧迫，他还是摆出了不紧不慢的姿态。

“那么，让我们来说正事儿吧。”几秒后，雷蒙德再道，“兰斯先生，你知道自己此刻的处境吗？”

“我知道啊。”兰斯勾起一边嘴角笑着，“但问题是，雷，你又是否知道自己此刻的处境呢？”

雷蒙德的表情没什么变化，他无视了对方的反问，接着说道："兰斯先生，我希望你明白，我是来帮你的。"

"雷，我也希望你明白，我以前也是念过法学院的，如果我有兴趣的话，现在坐在你这个位置上的人就是我。"兰斯接道，"所以不要跟我说什么'我是来帮你的'这种废话。"

他这话打乱了雷蒙德交涉的节奏，让雷的思路稍稍迟滞了半刻。

但雷蒙德还是很快调整好了情绪和思绪，继续言道："原来如此……既然你是内行，那应该也不用我解释不久后将会发生什么了吧？"

"那是当然。"兰斯回道，"FCPS 的人现在肯定已经在路上了，等他们一到，就要把我提走。"他微顿半秒，突然露出一个狂魔般的笑容，瞪着雷蒙德道，"因此，你想求我帮忙的话，也就只能趁现在了哦。"

"我……要你帮忙？"雷蒙德终于是露出了笑容，可惜也是冷笑，"这玩笑可不好笑。"

"哈哈哈哈……"但兰斯笑了，笑得很病态也很快乐，"本来就不是玩笑，为什么要好笑呢？"他忽然又收起笑意，模仿着对方刚才的语气，一字一顿地接道："'我希望你明白，我，是，来，帮，你，的，雷。"

"看来是我太乐观了……"两秒后，雷蒙德轻叹一声，露出失望的表情，并起身离开了座位，朝门口走去，"……我原以为你是个可以正常交流的人，结果你只是个单纯的疯子罢了。浪费我的时间。"

此言说罢，他已然走到了门口。

"我赌一只眼睛，不出二十秒，你就会回来接着跟我谈。"而兰斯仍旧是悠然地坐着，望着他的背影，自信满满地说道。

话音未落，雷蒙德就出去了。

然而，半分钟不到，他果然又开门折了回来，并快步走到了兰斯面前："好吧……我只能说，希望你真的有我所预估的那种价值，兰斯先生。"

"放心吧，你我合作，绝对可以上演一出好戏。"兰斯接道。

"这么说来，你已经知道我要干什么了？"雷蒙德神色骤变，紧盯着兰斯道。

"我不但知道你要干什么，还知道你为什么要这么干……"兰斯用戏谑的语气接道，"或许你在人前会说些诸如'重塑政府形象，让民众重拾对司法部门的信心'之类的鬼话，但你的真正用意无疑还是升官发财……

“你是个聪明人，雷，但和大部分‘聪明人’一样，你也是个典型的利己主义者。

“像你这样的业界精英，政治嗅觉必然是很敏锐的……你会出现在这里，绝不是因为你有什么崇高的理想，而是因为你嗅到了机遇和利益。

“我今天在海特丹法庭门口做的事，有着极其鲜明的象征意义，并且有大量的目击者可以做证。此时此刻，各路媒体肯定已经蜂拥而至，而在海特丹市这个地方，愿意在镜头前夸夸其谈的路人绝不难找。

“即使事后联邦方面可以控制住媒体，但他们很难控制那些迫不及待地将视频或图片发到社交媒体上的路人们……这个时代就是这样，虽然新闻是可以压下去的，真相也是可以歪曲的，但‘事情发生过’这点很难完全掩盖。

“综上所述，我这个炸毁了‘正义女神’的家伙，无论是否会‘人间蒸发’，至少在接下来的一段时间里，必将成为话题人物。

“而你……雷蒙德•福克斯，就是想拿我当踏脚石，来自导自演一场‘世纪审判’。

“你想忽悠我说，反正也是要死的，比起死在 FCPS 的审讯室里，在法庭上接受‘公开公正的审判’还更体面一些。再乐观点看，在法庭上我甚至还有可能获得一线生机。

“可实际上，你无非是想利用我，让自己站到聚光灯下，获取更多的政治筹码。等你达到了目的，你就会把我踹开，并尽快促成我的死刑。

“等这一切尘埃落定，我是躺在棺材里了，而你却可以越级升官、平步青云，抱着自己那个模特情妇在新买的别墅里逍遥快活。

“呵……别用那种惊讶的眼神看着我，这并不是什么很难看出来的事情。你的左手无名指显示你结婚很早，至少那会儿你的手指还没现在这么粗。而你那件高价定制的呢绒西装上的一些痕迹，则显示你最近经常和一名比你年轻许多的女性有亲密接触，仅从你左袖手肘处的痕迹就能推测出她的身高以及她做过哪种美甲……

“总之，我建议你还是小心一点，你可能并没有自己想得那么谨慎，你的太太也许已经发现了你的事情，只是为了孩子们能在一个完整的家庭成长而隐忍不发……”

“够了！”终于，雷蒙德忍无可忍，喝断了对方那滔滔不绝却又句句属实的嘲讽，“既然你什么都算到了，那我们还有必要谈下去吗？”

“有啊。”兰斯道，“我不是说了吗？‘我是来帮你的’啊。”他歪了歪头，朝着对方的公文包示意一下，“咱们就照着你这个计划往下走呗。赶紧的，快起草一份受联邦法第四修正案保护的私人委托协议，只要我签了这协议，加上你用‘首席检察官’的职能发起联邦法第 1418 条 E 款第 7 小节的动议，之后 FCPS 的人就无法再动我了。”

事到如今，雷蒙德好像反倒成了被牵着鼻子走的那个，他一方面惊叹于对面那小子对法律条例好像比自己这个首席检察官还要熟，另一方面他也的确是快速打开了公文包，拿出一支“打印笔”（于 22 世纪中叶发明并迅速普及。说是笔，实际上没有书写功能，只是一根中间有缝的金属棒，不用时可以折叠起来，展开后则比 A4 纸的宽度略长一些，打印笔和任何智能电脑设备连接后，便可以进行打印，使用时先确认金属棒两端的“墨粉头”里有墨粉，然后将纸张底端嵌入金属棒的缝隙，随后等待其自行通过，打印便可完成），连上了 I-PEN 的蓝牙，然后就开始准备合同。

就在此时，门口那儿忽然传来了几声敲门声，柏瑞探长的声音随即从门外传来：“雷，FCPS 的人已经到停车场了，不管你在里面干吗，最好快点儿。”

“该死！”雷蒙德闻言，不禁骂出声来，因为他知道时间应该是来不及了。即使他用电子文档里现有的制式合同进行修改，那也需要十分钟左右才能改完，随后打印出来又需要两分钟。但是从停车场走到这个房间，三分钟都不用。

“呵……”见对方焦头烂额的样子，兰斯却还是从容不迫地微笑着，“对了，你刚才回来得有点慢啊。”

“哈？”这句话没头没尾，雷蒙德又在集中精神修改协议，一时间没明白兰斯什么意思。

“我是说，我刚才和你打赌，说你离开房间后，二十秒之内就会返回来接着跟我谈，但最后你回得有点慢，时间过了两三秒你才进来的。”兰斯接道。

“现在不是说这些的时候……”雷蒙德不明白对方为什么突然又提起这种早已无关紧要的事。

“不不不，现在正是说这些的时候。”兰斯笑道，“正所谓，愿赌服输……”

说时迟，那时快！

但见兰斯猛然伸手，在手铐容许他活动的范围内，堪堪抓住了雷蒙德刚刚从公文包里拿出来的准备给他签字用的一支钢笔……

下一秒，在雷蒙德还没来得及做出任何反应的瞬间，兰斯已经牢牢抓着那支钢笔，并将其立了起来。紧接着，兰斯就仰起脖子，一个头锤朝着竖立的笔尖猛扎了下去，让笔尖插入了自己的右眼。

全球直播

第二章

一

采访被拒绝了，意料之中的发展。

在罗主编安排给我这个任务的时候，我就大致猜到了事情会是这种结果。

我也猜到了，他的这次指派，背后有着更深一层的动机。

很显然，经过了一周的时间，将我调任过来的那位领导已经后知后觉到自己是上当了。可事已至此，他自然不可能再撤销调令，把我调回 mailroom 去。再进一步说，在对我展开报复这件事上，他也不方便亲自动手，因为那可能会导致我跟他撕个鱼死网破。

于是，他就想到了这个办法：暗中授意我的顶头上司，给我安排一个不可能成立的采访，然后以我“连这么简单的事都办不好”为由，在这个部门里再次将我下放。

当然了，事成之后，姓罗的不会承认自己是受人拜托故意在给我穿小鞋，那位领导也不会承认自己有在背后搞过这种小动作，我无凭无据的，最后也只能吃这个哑巴亏。

他们是这么算计来着……

然而，我也没那么好对付。

没有采访，不代表就写不出报道了；不了解详情，不代表就不能发新闻。

他们或是把媒体人当成一份单纯的工作，或是将其视为实现自我价值或赢得名利的工具。也许他们在年轻时，也曾在乎过上述那些东西，但随着时间的推移，他们变了。

在工作的压力下，他们不再详尽地去了解、验证自己要报道的信息。他们开始习惯于滥用话语权，并觉得那也无关紧要。他们在别人的要求或者竞争的环境中为了写出更博人眼球的东西，开始说谎，越发的背离自己进入行业时的初衷。

罗主编，也是这样一个人。

我看过他过去写的文章，他自然也有过那种热血澎湃的时期，但他的那段时期极短，在他去不夜城的先驱报社实习时就已结束了。

他后来写的东西，充斥着谎言与偏见。他那华丽的辞藻间溢出的除了歌功颂德、溜须拍马的废话，就是像疯狗般亮出屁股替领导咬人的恶语。

他的文章并不写给路人看，也不是写给自己看，而是写给那些他需要讨好的人看的。

但不得不承认，在写这些无中生有、断章取义的玩意儿时，他的技巧堪称出众，而这正是我眼下需要的。

举例来说，当罗主编接到个任务要抨击游戏产业时，他会写自己采访了“网吧附近的个体经营者某某”，然后借这个某某之口，说一堆自己想说的话；当罗主编的任务是抨击地摊文学时，他会写自己采访了“书店附近的大学生某某”，然后又写一堆自己想写的内容……

这些“某某”是不是存在呢？根本没有人能验证，就好比你现在也可以写一段所谓的“采访”，说在一条河边遇到过一个热心群众，然后借“他”之口，将这条河肆意评论一番。

即使真的存在过一些“某某”，他们接受采访时的话，也是可以歪曲的。作为记者，你可以只报道你愿意截取的部分，并且按自己的意愿来编排，最终输出你想要输出的观点。

当然了，大部分对报道的内容不了解的路人，很容易就会相信这些内容，并被其所影响。能够发现报道者对自己所报道的东西有多不了解、写的内容里有多少谬误的人，只有相关领域者或者当事人。而这些人，永远只是小部分。

我，也可以利用这些。

虽然我没有采访到那对夫妇，但我可以说自己采访到了一位不愿意透露身份的邻居，或者说“知情人士”，然后把我想说的话借这个“某某”之口写出来。

我的辞藻可以比罗主编更华丽，说的谎也可以比他更真实，堪称文章锦绣，以假乱真。

两天之后的早晨，我就交上了稿子。

我知道发完邮件他立刻就看了，但时近中午他才把我叫进办公室。我知道他是在跟某人汇报通气，不过我也没必要去拆穿他。

我的报道让他无话可说，他也不可能亲自跑到相城去验证什么，事实上，就算他去了也证实不了任何事。

不过，他还是随便找了几个牵强附会的理由“批评”了我几句，最后来了句“这次就算了，下次这样再给我这样的报道我是不会通过的”。

可笑。

我看着他的表演，毕恭毕敬地点头装孙子，然后带着一个令我满意的结果离开了。

几天后，我的报道正式对外发布，纸媒和网络都有覆盖。虽然我所在的这家公司并不算什么主流一线媒体，但总体来说销量不差，流量也不低。

我将那对夫妇塑造成了网络暴力的受害人，但并没有把“网民”变成主要的反派，而是写成了帮凶，并且加上了“一部分偏听偏信、被带了节奏的”这样的前缀。

我报道中的反派是一位陈姓作家，她是当年那个“无肛婴儿事件”事件的主要当事人之一。她的一系列行动直接地让一个生来便遭受着病痛苦难的婴儿在离世前承受了本不应承受的巨大痛苦，并让孩子的父母承受了网络暴力的摧残。

但她对此并没有任何的悔过，从来没有。她用一个又一个谎言开脱自己的愚蠢和恶毒，拒不承认自己违背道德和法律的种种愚行。面对随之而来的质疑，她也一直是理直气壮的态度。

这些年来，她努力将自己塑造成一名女权、慈善领袖，靠收一些特定人群的智商税过得还挺滋润。

她用慈善的旗号吃着那些弱势群体的人血馒头，摆出一副正义斗士的姿态，从事着类似人口买卖的生意。

让这样一个人来担当我那篇报道的反派，是多么合适，多么顺眼。

我厉小帆手中的笔，就是用来把这种人钉在耻辱柱上的。

说到底，其实，我也不在乎真相。

赢，并且达到目的，就够了。

卑鄙的正义，于我而言，一样是正义。

一天后，我的报道开始在网络上发酵。

用文字激起别人的仇恨，对我来说如探囊取物。

但是，影响还不是很大，毕竟这只是旧闻重提，关于那位慈善家的事网上随便一搜都能看到，只不过关心的人不多罢了。

所以，我进入了下一步。

我开始在自己刚刚通过认证的那个标有“调查记者”头衔的社交媒体账号上，发布一些自己收到律师函警告以及各种威胁的聊天记录，当然，所有聊天记录的截图都是我伪造的。

这种事，真或假，根本不重要，“抢占先机”才重要。你只要先发制人，便能先入为主，这就是为什么——造谣易如反掌，辟谣难如登天。

一张精心设计的虚假聊天记录截图，至少能在24小时内骗过80%以上的围观者，24小时后无论谁出来辟谣，都还会有30%的人继续选择相信，因为他们很可能已经在前24小时里站了队，并和一些反对自己的人对骂了许久，这时候单纯为了面子也会坚持意见。再者，假如辟谣方的公信力不够强，或者是当事人自己在辟谣，那还会有很多人认为这种没有凭据的辟谣纯粹就是狡辩。

接下来，我就雇了网络水军，开始扩散我伪造的截图，并和自己的报道进行关联，用上各种类似“青年调查记者因报道而受到生命威胁”这种危言耸听的标题，来引起关注。

就这样，不到半天，我那原本只有个位数关注者的社交账号，转眼间变得炙手可热，短短几个小时就有数万人来关注。

又过了一天，在被无数人问候了祖宗十八代无数次后，那名陈姓作家终于也在社交媒体上对此事做出了一些反应。

正合我意。

到了这一步，我的计划基本上已经是成功了。

接下来要做的就是反串，让水军们把我自己提供的“关于我自己的黑料”发出去，比如父亲的死，比如学历等这些其实无关痛痒的隐私信息，然后，再让水军在评论里反串黑我，用恶毒的言论对我的不幸展开攻击。

如此这般，所激起的愤怒情绪，让网民们纷纷站到了我这边来。

我就靠着这么一桩本来和我毫无关系的陈年旧事，在一夜之间，也成了个“正义斗士”。

而在这个阶段，对方的反应我已经不在乎了，就算真有人给我递律师函，那也不是什么事儿。无非就是一拖就能拖个一年半载的民事诉讼，哪怕证据确凿，判我败诉，我也可以只履行法院指定的经济赔偿，但是对道歉澄清之类的诉求拒不执行。而在这段时间里我获得的利益，其实早已超过了赔偿的金额。

总之，对方的反应越强烈，就会给其带去更多的反感，并巩固我那不畏强权的形象。

于我而言，舆论战上赢了，就可以撤了，接下来装聋作哑便是，自会有义愤填膺的人代替我去发声。

达到目的后，我便开始寻找新目标。

我自然不能光靠这一篇报道就持续地维持热度，毕竟网民们的记忆只有一周，我得赶紧提供下一个“祭品”才行。

值得庆幸的是，这个社会上，像陈某这样的人并不少见，大部分都还活蹦乱跳的，所以我的选择很多。

如果说卑鄙是我的通行证，只愿那些无耻的形骸，化为我脚下的阶梯。

二

卡门还是老样子，即便是身着FCPS的制服，一样美得惹人注目。那被栗色的斜刘海遮住的额头和眼角，则让她更添几分神秘高冷的气质。

是的，这次FCPS派来提走兰斯的人，正是卡门，这也是“茶宴”在幕后安排的必然结果。

在联邦，没有人比卡门·莫莱诺更了解兰斯，只有她才能紧跟住那个高智商疯子变化无常的思维，并且及时地做出对策。

然而，今天，卡门终究是来晚了一步。

其实她原本是赶得上的，只是，当她走到警局门口时，柏瑞探长以此案负责人的身份上来和她打了声招呼，并跟她东拉西扯地聊了几句。

这尴尬且没有营养的谈话持续了两分钟左右，期间卡门已然隐隐意识到了什么，但出于礼貌和对探长的信任，她没有发作。

两分钟后，她终于忍无可忍，推开了探长，并根据墙上的楼层示意图自己找到了羁押室的位置，快速跑了过去。

可惜，当她来到羁押室时，发现屋中已是人去楼空。留下来的，只有一些呈喷溅状的血迹、十几个深浅不一的血脚印，以及两条细长的血轮胎印。

站在那儿看了几秒后，卡门迅速就分析出了如下信息：

第一，兰斯是自残的，受伤的是眼睛，离开时他依然戴着手铐、坐着轮椅，并有三个人陪同着。

第二，在其自残行为发生时，有一个人正坐在他的对面，不出意外的话是在与其交流。

第三，兰斯自残的动机至少有一部分是为了免于被 FCPS 的人立刻带走。

第四，柏瑞探长不但为这两人通风报信，而且为他们的离开争取了时间，还特意安排他们从后门走。

第五，和兰斯对话的人心理素质尚佳，但依然只是普通人，其步幅显示他是男性，穿着昂贵的名牌皮鞋，身高在一米八左右，体型中等。结合柏瑞探长的行为，此人有大概率是一名试图利用兰斯实现个人事业突破或政治目的的知名律师或检察官。

在她想清楚这些并转身时，从后面一路追来的柏瑞探长也刚好赶到。

“噢！天哪，这是怎么回事儿？”柏瑞自然选择装蒜，他还顺手拉住了一名路过的警员问道，“嘿，刚才关在这儿的犯人到哪儿去了？这些血是怎么回事？”

对方也是老油条，就算知道探长是明知故问，也不动声色地把事情再说了一遍，并表示兰斯已经被两名警员押上了救护车，正被送往附近的医院。

卡门静静地看着这两位把戏演完，在旁沉默不语。

片刻后，那名警员离开了，柏瑞双手叉腰，长吁了一口气，露出一个无奈的神色，走到卡门面前道：“呼……抱歉，长官，看来出了点儿小意外。”

“你的朋友叫什么名字？”卡门却是突然抛出了这么一个问题。

柏瑞被她问得一愣：“呃……您说什么？我不太明白。”

“刚才被你放进去，和兰斯谈话的那个人，叫什么名字。”卡门面无表情地用顿挫分明的语气，重新问了一遍。

虽然她这话里没有任何恐吓的词汇，但她的眼神和气势，以及这话的内容，皆让柏瑞明白了……继续扯谎下去对自己没什么好处。

“雷蒙德•福克斯。”两秒后，柏瑞收起了自己的演技，用略显沮丧的口吻回道。

“哼……”听到这个名字后，卡门冷笑了一声，“原来如此。首席检察官是吗？”

卡门和兰斯当年在法学院是同学，她自然也听过雷蒙德的名字，毕竟雷是导师们口中的“正面典型”。

“那么……”卡门脸上的笑容很快消逝，仿佛从未出现过，“柏瑞警官，他们去的是哪家医院？”

同一时刻，几公里外的一辆救护车上。

插爆了自己右眼的兰斯，这会儿正若无其事地坐在轮椅上哼着小曲儿。

他的左手被手铐铐在轮椅上，右手则拿着一块医务人员给他的纱布，摁着自己右边的眼眶。

至于他的眼珠子和那支钢笔，自是早已经从他眼窝里被一同清理出来了。尽管谁都能看出这眼球九成九是不可能再用了，但无论如何他们还是把那两样东西放进了冰盒一并带上。

“你这效率不行啊，雷。”看着脸上、衣服上都沾着血，但还在埋头修改协议的雷蒙德，兰斯还不忘用悠然的语气嘲讽道，“万一在我们到医院之前人家就飙车追上来把我们截停了，而你还没把合同弄好，咱可就功亏一篑了哦。”

“你要是闭上嘴，就帮我了大忙了。”雷蒙德也很急，他头也不抬地盯着平板，紧锣密鼓地修改着一些细则。

“要不然……我来吧。”但兰斯还是不依不饶，“你来帮我止血，我一只手也很快就能搞定的。”

干雷蒙德这一行的，一般只有他们对别人说“你行你上”，但今天他竟然听到了“放着我来”这种要求，各种意义上来说都有点屈辱，但他也是真没有心情和时间去还口，干脆就无视兰斯，闷声不吭地继续集中精神做手头的事。

然，几分钟后，兰斯那句似乎是随口说出的“万一人家飙车追上来”——成真了。

问到了医院地址的卡门一刻也没耽误，当时就回停车场取了车，并往车顶上放了个警笛，一路狂飙着就追了过来。

要不是因为路上有点堵，而且兰斯他们乘坐的救护车本身也是不用管红绿灯的，卡门可能会来得更快。

就这样，救护车在距离医院急诊大楼仅有五百米的一条路上被卡门截停了。

下车后，她理都没理司机，箭步就冲向了救护车的后方，一开后车门就用右手举枪往里瞄准，同时左手亮出证件："我是 FCPS 西洋洲总部副部长卡门·莫莱诺，现在要求你们立即将这名嫌犯移交给我，任何妨碍移交的行为将被视为异常举动，可就地处决。"

"长官……"纵然年纪比对方大十几岁，但从级别来说雷蒙德还是不如对方，故而得称一声长官，"这名嫌疑人已经……"

"请你让开，福克斯检察官。"卡门根本不想听对方废话，"不管你在这段时间内和他达成了什么口头协议，根据联邦法特别治安条例 19 章第 4 条赋予我的权力，我都可以立即将其废除，并让嫌犯脱离一般的司法程序。"

"呵……"下一秒，兰斯的笑声传来，"这次你还是慢一步哟，卡门。"

说话间，兰斯那只被铐着的左手慢慢从卡门的视线死角中抬起了一些。

卡门看到，兰斯的手上，此时正拿着一支"打印笔"，笔间夹着一张 4A 纸。虽然这张纸仍在打印的过程中，只有三分之一被印上了字，但因为打印笔是"由页脚印到页眉"的，所以这张合同底端的签名处最先被印了出来，上面已经被签上了雷蒙德和兰斯两人的名字。

"长官，我得提醒你一下，你眼前这是一份受到保护的法律文件，而不是单纯的口头协议，你无权破坏或中止。"雷蒙德紧接着说道，"如果你强行将其销毁，根据联邦法第 523 条 A 款第 19 小节的规定，只需要协议双方的口头证词，该合约便可在无实物签名的状态下临时生效，直到我和兰斯先生重新签订书面文件为止。"

"呵，詹姆斯·兰斯这个名字的民事档案根本不存在，他的签名毫无意义。"卡门的脑子转得也是飞快，立即又找到了一个漏洞，并接道，"另外，他没有指纹，所以也无法按指印。至于'笔迹'，这家伙无论左右手都能随意模仿别人的笔迹，连我都不知道他真正的笔迹是什么样的，或者说，他到底有没有'真正的笔迹'都是个问题……综上所述……"

刺啦——

她话说到一半，兰斯的左手突然用力一捏，把那张还没打印完的合同从打印笔上扯了下来，捏成了一团，然后其右手快速丢掉了早已浸透了鲜血的纱布，并抓起了那个纸团，拿到自己嘴边。

接着，在众人惊讶的注视中，兰斯十分夸张地噘起了嘴唇，深深亲了那纸团一口，还特意发出了声。

亲完之后，他就顺手把那个纸团朝卡门丢了过去。

卡门反应神速，右手闪电般收枪，然后在纸团击中自己的脸之前将其稳稳接住了。

“看来你也不在乎我再告你一条袭击FCPS探员外加性骚扰了是吧？”卡门问道。

“签名、指纹、笔迹……都被你否定了。”兰斯笑着回道，“所以我就把掌纹和唇纹交给你咯。”

听到这儿，卡门的脸色难看了起来，因为她明白……自己找到的漏洞已然被兰斯轻易解决了。

“要是没什么别的事了……”兰斯看她不说话，便又伸手从旁边拿了块干净的纱布，重新捂住自己的伤口，“……能不能让我先去急诊室里抢救一下，再怎么说这失血也有点多了……”

三

两个月后，我彻底火了，远超我预估地火了。

在这两个月里，其实我只做了两件事——

第一件事是攻击别人，这个“别人”可以是一个人、一群人、一个群体、一个阶级、一件事、一系列事、一种现象、一种文化，等等。只要是具有一定知名度或者话题性的，只要是我认为够得上“祭品”标准的，都可以。

而第二件事嘛，就是用舆论战的技巧为自己的攻击行为收尾。

当然，我的对手也不全是傻瓜，有些对手很强、很有经验，毕竟煽动网络暴力这种事并不是我的专利。好在我挑选的目标全都是有话柄的，都是本来做人就不干不净的……所以他们终究是有着不可弥补的错误的。

有点儿扯远了，还是说回我吧。

互联网上的我，并不是真正的我，而是一个角色。

他是一个具有学术背景和专业素质的学者，一个进言社会并参与公共事务的行动者，一个具有批判精神和道义担当的理想者……

简单地说，是个典型且激进的公知。

从我开始扮演这个角色时起，我便已无法再回头。

我变成了公司里炙手可热的红人，现在别说罗主编了，单位的大领导们对我都得忌惮三分。

我现在甚至都不用按时上下班了，我可以以“调查”为名，随意安排自己的出勤时间。起初我还会象征性地通过邮件通知一下罗主编我今天来不来，后来干脆就连招呼也不打了。至于我写的文章，罗主编自然也不敢再提什么意见，他连半个字都不敢改，更别说退我的稿。

年关刚过，我进了拘留所。

这事儿，还得从几天前说起……

年前，我来到一座三线城市，调查关于当地工业污染和贪腐的一些传闻。

几天的时间，我走了很多地方，拜访了很多人，然后，不出意外，我被盯上了。

被捕那天，我在熟睡中忽然被人叫醒，醒来时我便发现自己的房间里已站满了人，有些人穿着制服，有些没有，甚至有几张我看着挺眼熟的面孔。

我还没怎么反应过来，就已被铐上带走。

走出酒店的大门的时候，外面冰天雪地，而我穿着秋衣秋裤，头上罩着件外套，手上戴着手铐，被人一路摁着脖子上了警车。

直到进了局子，我才知道自己是因为“藏毒”被捕的。我没有问他们从哪里得到的消息，因为问了他们也不会回答，就算是要回答，用一句“举报”就能让我闭嘴。

在被人询问时，我才得知已经“人赃并获”，说是从我的行李里“搜”到了冰毒若干。

接着，就有一个穿着便衣、从始至终不愿表露身份的男人开始给我做思想工作。他跟我说，找到的东西量不大，推测我是自己吸的，并不是贩毒，看我也不像是成瘾者的样子，只要我愿意签字认罪，拘个几天，罚点款就没事了。

听着他苦口婆心的“劝说”，那一句句的“为我好”，我很想笑，但这不是笑的时候，我需要思考……

我高估自己了吗？对那些官面上的人物动手，还太早了吗？

这五个月来，周围人对我的态度，和我取得的胜利，让我产生错觉了吗？

和我手腕上那副冰冷的铐子相比，我过去几个月里所做的那些事，真的有那么大的杀伤力吗？

无论如何，最终我并没有签字，毕竟我也不是傻瓜，我知道签字意味着什么。尽管对方软硬兼施，态度从软化到强硬再到恼羞成怒和赤裸裸的恐吓，我也不为所动。

当然，这并不影响我最终被拘的结果，因为“证据充分”，我的“不配合”举动只是让我待足了十五天而已。我这个年，基本就算是在牢里过了。

进拘留所之前的手续是比较烦琐的，验血验尿、检查身体等，不过并没有任何一份化验单经过我本人的手。

因为我之前也采访过一些经常出入这种地方的人，所里的情况我略知一二。

大多拘留所都是十几个人一起睡一个大房间，全体打地铺，如果你的家人没给你送铺盖来，看守会给你发公用的铺盖。那种铺盖看着很脏，也不怎么保暖，但就这，你还未必盖得上，因为很可能会被“狱老大”给抢去。

拘留所里的厕所就是角落里的一个蹲便器，用一堵小矮墙挡着，基本没什么隐私可言。按照规矩，新来的雏儿得去厕所边上蹲好，等有比你更菜的来了你才有资格去蹲墙边。

那些常来常往、孔武有力的“狱老大”呢，每天就带着一帮小弟在里面作威作福，吹牛、抽烟、打人……一般来说，小打小闹、抽个耳光什么的，看守是不会管的。

我本来已经做好了心理准备，这十五天里估计要掉层皮，但没想到……最后一点事儿都没有。

没有人来欺压我，甚至没人来跟我说话，即使我主动去找别人搭话，换来的也只有沉默和驱赶。很显然，“有人”事先跟每一个与我同住的犯人打过招呼了，让他们不要动我。

按照一般的思路，这应该是有人在“罩着我”的表现，但我很快意识到——不对。

如果我在拘留所里吃了很多苦头，我反而会安心一些，因为那说明这次搞我的人就只是想这样而已了，出去以后我就可以像个受害者一样拍几张自己被人打伤的自拍照，继续扮演我的“正义斗士”。

然而，现在这种发展，却是很可怕的。这种发展说明，把我弄进来的那个人，或者说那些人，他们并不只是想“教训”我一下，而是要把我推向万劫不复的境地。

十五天后，我恢复了自由，我的担心，也变成了现实。

当我取回私人物品时，我发现我所携带的电子设备里的信息都已被“清理”了一遍，所有可能成为证据的东西都已经蒸发了。不仅如此，所有我储存在云盘上的、我所收集的各种信息，也都被移除了。

在换衣服的地方，我怀着复杂的心情打开了手机，无视掉了那几千个未接电话和上万条短信记录，直接登上了社交平台，然后在热搜榜第一条看到了“厉小帆今日出狱”这刺眼的文字。而在这条之下，还有“知名调查记者涉毒被捕”“厉小帆造谣”等相关的几条。

再往前翻，还能看到：早在半个月前，在我被捕的当晚……当我还没有正式被收押，还在医院做着检查的时候，这些关于我被捕并将面临拘留的新闻就已经发布了。

而在过去这十五天里，几乎每隔三天就有新的关于我的“猛料”被放出，以维持此次事件的热度。

那些消息有真有假。

真的部分，基本源于我自己手上掌握的记录。从这些记录来看，他们恐怕连我的家都已经去过了，所以一些只存在于我家电脑和笔记本里的资料也都出现在了网上。当然了，他们只放出了那些对我不利的信息，比如我和网络水军之间的聊天记录之类，我收集的那些和新闻相关的证据他们并未放出。

假的那些嘛，我没有细看，也不是很感兴趣。从谋财害命到逼人跳楼、从考试作弊到职场骚扰……应有尽有，绘声绘色。

我没有在交接处逗留太久，看守也不让，换完衣服，收拾好东西之后，我就被赶出了拘留所。

在那扇大铁门外等待我的，是人群，是话筒，是闪光灯，是劈头盖脸的、包含恶意的诱导性提问，和一双双野心勃勃的眼睛……

我花了三天时间才回到家，因为我在购票时被告知自己已经上了信用黑名单，所以我只能辗转乘坐长途车返程。

回到住处时刚好是夜里，由于网上把我的电话地址之类的信息全部曝光了，所以我再三查探了附近并没有人埋伏，这才敢走进大楼。

来到家门口时，我发现房门倒还是锁着的，进去以后，室内被人入侵过的痕迹也不明显，但我留在门缝处的胶带记号显示绝对是有人进来过了。

唯一值得庆幸的是，我住在高层，要不然等待我的八成就是一地的碎玻璃，以及被投掷进来的石头、臭鸡蛋，等等。

我没有报警，因为除了数据之外我没有丢失任何东西，这种情况大概率是不会立案的。

我只是静静地洗了个澡，吃了碗泡面，先睡了。

第二天，我神清气爽地醒来，打开电脑，淡定地看完了单位发来的辞退邮件和一大堆辱骂我的垃圾信息。

我看到一半的时候，还有个物业的人来敲门，看来他们是通过电子门卡的记录知道我已经回来了。我没有开门，只是隔着门和对方说了几句，好在对方也没什么不良企图，只是催我把这些天积攒的快递拿走，说是东西很多放着占地方。

我估摸着，应该是公司那边把我的私人物品全部打包给我寄过来了，他们是压根儿就没打算让我再进那栋办公楼。

至此，我成了一个人人喊打的无业游民，不再有收入，不再有社会地位，事实上连一般人都不如。

“厉小帆”这个名字，也不再是一面旗帜了，它成了人们口中的蛆蝇粪秽，原本聚集在这面旗帜下耀武扬威的人们也都作鸟兽散。而且，这部分人如今对我的憎恶，恐怕要比那些路人更甚。

网民们的记忆的确是短暂的，或许再过几天我就不会再是他们的焦点。但网民们的记忆也可以是长久的，当他们看到一个已经被舆论击溃的人时，他们总是会第一时间想起他身上的那些负面标签。

从一朝成名，到身败名裂，我只用了半年。

虽然我也早已预见到了某天会发生这样的事，但我没想到这天会来得这么快。

我并没有去调查这次事件的幕后推手是谁，或者说有多少个，因为那并不重要。一个人树敌太多，早晚会出这种事，更何况我得罪的基本都是小人和恶人。

总之，事已至此，我差不多也该启动“最终方案”了。

什么？你觉得我在这种境地还留有“后手”是不可能的？呵……我不是刚说过吗？

“我早已预见到了某天会发生这样的事。”

早在我成为调查记者之前，在我还在当派信小弟的时候，在我选择成为媒体人的时候，在我决心成为“祭者”的时候……我就已经预见到了今天。

我从一开始就知道自己不可能一直赢下去。

这是一场本就不可能打赢的战役，所以我也早就筹备好了“最终的手段”。

我，在监视我自己。

从我当上调查记者那天起，我就花掉了自己多年来所有的积蓄，以匿名身份，在暗网上雇佣了一队“专业人士”，让他们全天候24小时地监视我的一举一动。

在我名利双收之后，这些人自然也跟我提过价，我假装跟他们讨价还价了一番，最后还是答应了他们——只要我成名后的收入足够付他们的佣金以及供我正常生活，多少钱其实无所谓。

而这些人也的确对得起我付的价格：我的家里，有他们安装的隐藏摄像头；我的办公室里，有他们安装的隐藏摄像头；我入住的酒店房间里，自然也有他们安装的隐藏摄像头……我即使是走在路上，也一直会有人跟踪偷拍。

现在，是时候用到那些他们拍到的东西了。靠着这些视频证据，以及我那些被我藏在我妈骨灰盒里的U盘（实体备份数据），我的“最终方案”，才能得以实施。

我本人，就是那最初和最后的“祭品”。

或许事后，我的行动会被扣上恐怖主义的帽子，并且在舆论控制中慢慢被压下去。

但只要有那么一天、一时、一刻，有那么一些人，被我所触动，那我的一切牺牲，都将是值得的。

四

“全球直播？”罗伯茨大法官在听到这个词的时候，除了将其重复一遍然后露出干笑，也不知该做什么别的反应了。

但是在座的其他人，并没有笑。

当地的警察局长没有笑，当地FCPS的分部长也没笑。

卡门没有笑，而向众人传达这个条件的雷蒙德……自然也不会笑。

“雷，你知道自己在说什么吗？”数秒后，罗伯茨好像明白了这并不是在开玩笑，当即正色道，“这些年你的确办了不少漂亮的案子，你的定罪率也是破纪录的，但‘全球直播’这种要求……你以为我们是干什么的？联邦海特丹法庭能容得了你在这里搞真人秀吗？”

雷蒙德深呼吸一次，用略有些无奈的语气道：“长官，这不是我提的要求，而是嫌犯提的。”

“而你居然没有立即回绝他？还跑来跟我们商量？”罗伯茨又加重了语气打断道。

“他给了我一个无法拒绝的理由。”雷蒙德应道。

“我现在是在跟你对台词吗？”罗伯茨有些不耐烦了，“听着，雷，这种要挟式的交易我们的确可以接，但是得注意得失和分寸。总之，我不管你跟他签了什么，你现在要么就让他换个不那么荒诞的条件，要么就自己去翻书找个条款把你和他之间的协议给废了，然后把人交给FCPS……你自己选。”

“不行。”不料，雷蒙德还没说话，卡门竟先抢道，“我们不能把他带走。”

“你说什么？”作为联邦海特丹法庭的现任“大法官”，罗伯茨是这桌人里少数不用管卡门叫长官的人，他闻言，面露疑色道，“莫莱诺副部长，这又是为什么？”

卡门回道：“他开出的交易条件是，只要我们答应全球直播，他就会提供给我们真实可靠的、关于逆十字和其他反抗组织的情报。”

“我不明白，这种事你们难道不能通过审问……”罗伯茨顿了一下，“抱歉，我得换个词儿……‘严刑拷问’问出来吗？”

“不能。”卡门回答得很快。

“所以他是什么？那种不存在痛觉的能力者？”罗伯茨又道。

“他的能力属于机密，恕我不能透露给各位。”卡门应道，“但据我所知他是有痛觉的，事实上他是一个感觉挺敏感的人，但这并不妨碍他能够忍耐……不……应该说是能够享受各种酷刑的过程。”

“呼……看来你们FCPS和他打过不少交道了啊。”一旁的警察局长适时地吐了个槽。

卡门没有接这话，因为她也没必要跟这帮人解释兰斯主要是在和她个人打交道。

“虽然我对嫌犯并不像莫莱诺长官那样了解，”这时，雷蒙德又开口接道，“但我也算目睹了嫌犯自残右眼的那一幕，我相信莫莱诺长官的话。对我们常人来说难以忍受的痛苦在这个家伙看来根本不叫事儿。”

“我能不能认为……”罗伯茨扫视了桌边的几人，“刚才我们的谈话，已经明确了联邦首席检察官和 FCPS 方面的意见。”

雷蒙德和卡门对视了一眼，然后齐齐望向大法官：“是的。”

“那我就没有意见了，或者说，我也没有什么别的选择了不是吗？”罗伯茨接道，“只是，我还是想提醒你们一下，这可是全球直播，‘全球’！‘直播’！”他特意将那两个词分开来，用重音再分别念了一遍，随后说道，“作为法官，我在庭上可以完全照章办事，无论结果如何，于我而言，都不会有什么名誉上的损失，但你们，尤其是你，莫莱诺副部长，站在联邦政府的角度上，我希望你还是再慎重考虑一下这件事的后果。”

“我考虑过了，他的情报值得我们冒险。”卡门回道。

“嘿！先等一下。”警察局长这时又插嘴道，“你们有没有想过，他不遵守承诺的情况？比如我们把庭审过程播出去了，但他事后还是连个屁都不放。”

“他不会这样的。”卡门道，“这不符合游戏规则。”

“游戏？”警察局长愣了一下，“你觉得这是一场游戏？”

“我怎么觉得不重要，重要的是他觉得是。”卡门回道。

“有没有可能……”下一秒，风车郡当地的 FCPS 分部长吕特，也提了个意见，“……我们制造一个虚假的直播环境来骗过他。比如，架上几台摄像机和收音设备，找几个摄像师，然后装出是直播的样子，但实际上拍摄到的信号都只发射到我们指定的地方，并不对外播出。”

“对啊！”警察局长一听就拍案叫绝，“好主意啊！反正嫌犯全程都在我们的收押之下，只要我们不让他在外面的同伙联络到他，庭审过程有没有被直播出去，他本人根本无法验证。”

“噗……”那两位话音刚落，卡门就忍不住笑出了声来。

她这一笑，让另外四人都感到莫名其妙。

“抱歉，刚才有点走神了，想到了别的事情。”两秒后，卡门赶紧收起笑容，并站起身来，“关于吕特分部长的提议，我觉得……”她好像又强压了一下笑意，再道，“……你们可以试试，我还有事，先失陪了。”

说罢，她便扬长而去，留下那几个大男人面面相觑，耸肩无语。

5 月 3 日，海特丹市某医院。

前天下午，兰斯就住进了这间医院，在经过了初步的抢救、办了一系列手续后，昨天的凌晨到傍晚，他接受了一场视神经修复手术，并被植入了一个义眼。

前文说过，这个年代是很少有瞎子的，可兰斯目前的情况就属于极少数会瞎的极端例子之一。由于他在伤害自己眼睛的时候恶意地损毁了自己的视神经，即使经过手术修复，他的右眼也无法再获得视力了，只能先装个仿生材料做的假眼球进去保护一下伤口。

如果他以后还想用右眼视物，可以去做另一种更加复杂和昂贵的手术——用一个可以直接与神经系统连接的电子义眼来替换现在这个假眼珠子，不过眼下联邦政府自然不可能掏钱来给他提供这种医保都不保的高端医疗服务。

嘭——

上午 10 点，雷蒙德拿着公文包，推门走进了兰斯的房间。

医院的病房通常都是不使用电子门的，因为可能会耽搁进出的速度，而这些病房的门，基本上也都没有锁。

兰斯的病房位于走廊末端，因为他的特殊性，现在整条走廊里都站了看守，仿佛在给路过的人列队欢迎一般，要进他的病房得过足足三道关卡，接受两种不同型号的电子扫描仪的检查。

无论如何吧，钢笔这种东西，雷蒙德肯定是不能再往里带了……

“他们答应了。”一进屋，雷蒙德就迫不及待地切入了正题。

但兰斯的却是摊开那双被锁在床栏杆上的手，歪头言道：“你怎么不敲门呢？万一我正在……”

“行了，别再拿你那早已不存在的隐私权来说笑了。”雷蒙德道，“今天下午你就会被转到监狱里去，他们会给你安排一个单间儿，到时候你一个人在里面想干什么都行。”

“是吗。”兰斯道，“那我能不能提点要求？”

雷蒙德根本不想接这个话题，他直接道：“说起‘要求’，我刚才想告诉你的就是……”

“我知道，他们答应了全球直播的条件嘛，你一进来我就知道了。”兰斯却不想跟他谈那事儿，而是继续说道，“我现在要提的是别的要求。”

雷蒙德看了兰斯两秒，把手上的公文包扔到了一旁的一张椅子上，长叹了一口气：“兰斯先生，你要明白，谈交易，是需要筹码的。”

“我给你一个女高中生怎么样。”兰斯笑道，“你不是喜欢年轻的吗。”

雷蒙德转头看了看门外，上前两步，压低了声音，一脸严肃地对兰斯道：“听着，我可能是和几个惹上过麻烦的女孩儿有过一些纠葛，但她们全都满二十周岁了，OK？”

“你误会了，雷。”兰斯接道，“我指的高中生，是半年前……准确地说，是2218年11月25日那天，从龙郡的网戒中心里逃走并失踪的那批青少年……之一。”

这句话，让雷蒙德整个人一激灵。

当时的这个事件还是颇为有名的，许多跨洲的媒体都报道过，网上也有很多消息传出。不过因为随后的半年里发生了诸多战争级别的大事件，让公众们的视线很快就从这事儿上转移了。

“那些孩子还活着？”经过了数秒的快速思索后，雷蒙德回过神来问道。

“我可以提条件了吗？”兰斯则用问题回答了对方的问题。

“你要什么？”这房间里没有别人，雷蒙德也不拐弯抹角了。

“冷吃兔。”兰斯不假思索地应道。

雷蒙德没听懂，所以没接话，只是露出了困惑的表情。

“明天中午，我要在自己的牢房里，吃白米饭，配冷吃兔，再来一杯凉茶，满足我的话，我就会给你们一个从网戒中心逃走的孩子的位置。”兰斯接道，“哦，对了，饭菜都要做得考究一些，味道不好，我会翻脸的哦。”

雷蒙德深呼吸了一次，控制了一下自己的情绪：“我姑且问一句，你所谓的‘翻脸’是指？”

“L、I、K、O。”兰斯一字一顿地回道。

“那又是什么意思？”雷蒙德问道。

“呵呵……”兰斯笑了，“等我真翻脸了，你不就知道了？”

第三章 结束还是开始？

一

这是个阳光明媚的早晨，温暖，舒适。

我躺在电视台大门外的空地上，躺在自己的血泊中，任由那和暖的阳光洒在我的脸上、身上，仿佛它能治愈我胸前的枪伤。

这就是结束吗？抑或只是个开始？

我是在凌晨时分潜入电视台大楼的，混进去并不难，毕竟我对他们内部的情况很了解。

在过去那半年里，上到社会名流，下到煤矿工人，我和不少人打过交道，这其中自然也不乏在电视台工作的同行们。

这种交际，有些是带着点真情实意的，还有些则是纯粹的逢场作戏，但无论是哪种，都不妨碍我套取情报。

人们是很愿意跟别人分享“非自己的隐私”的，区别只是分享时的倾向性有所不同，比如女人们更喜欢聊八卦，而男人们更倾向于吐槽工作上的事。

对绝大多数人来说，只要不是自己的秘密，就不算什么秘密。

以出租车司机为例，如果你遇到一个健谈的、主动和你搭话的司机，除非你特别不会聊天，否则你可以轻松地在和他的交谈中问出很多关于他工作上的事，甚至他家庭的情况。

还有喜欢聊天的理发师、在医院接受理疗的老年人、在桑拿室里坐在你旁边的哥儿们、在游乐场排着长队时站在你前面或后面的家伙等。只要你具备一定的社交技巧，任何一个因为某种原因需要和你一起待上一段时间的陌生人，都可以成为你的情报来源。而最容易套到的情报，就是关于他们工作上的一些琐事。

编几个不易拆穿也没人会去深究的谎话，让人感到你和他有共鸣；时不时说几句吹捧对方的话；对对方的每一句话都做出一定的反应，反应的内容以不同程度的惊讶和“我很感兴趣”式的神情为主，这样，你就能让对方飞快地打开话匣子。

熟练了以后，再配合上一些真诚的表情和语气，整个过程会非常自然，要是现场有酒，事情就更好办了。

我就是通过这种方法，在一个个饭局上收获了诸多外人所不知道的“内部消息”。尽管在那些泄露者看来，都是些无足轻重的事，像什么“电视台的清洁工平时都走另一条员工通道”“夜班保安换班的时间和大致的人数”“深夜到凌晨时段的值班人员情况”之类的。

然而，在必要的时候，这些信息，就会变成有用的、有效的东西。

长期的安定让这里的安保变得非常松懈，我穿着一身在路边小店就能随便买到的清洁工制服，从休息室顺来一张门卡，然后推着一辆外表看起来堆满清洁用品的推车，就顺利去到了我想去的那个楼层。

我来到一间演播室，拿出一把只有声音特别仿真的玩具枪，朝天花板开了一枪，立刻就控制了现场。

这只是个地方电台，凌晨时段在值班的人不多。我堵住了唯一的出口后，拿出了几副自己从成人用品商店买的手铐，丢给了在场的那几人……这些人的工作不错，故而都很惜命，而且他们中有些人很快就把我认出来了，他们知道我是个已经身败名裂、很可能会丧心病狂的家伙，所以，我的恐吓也变得很有说服力。

我留下了一名导播，命令他把我藏在推车里的影像资料通过电视台的系统播放出去，让其他人自己把自己铐到屋子的几个角落里去。

就在那导播磨磨蹭蹭的时候，大楼里的保安和武装警察们已然赶到门外了。对此，我也早有准备。

我解开外衣，在屋内的监控探头前露出了自己的身上捆绑的假炸弹，并拿出了一块写着“你们破门我就引爆”的牌子，举给了他们看。

那之后十秒不到，门外的鼓噪声就安静了下来，那名导播也在我亲切的提醒下，停止了拖延时间的行为。

我带来的影像终于开始播放，那些我被栽赃的画面，那些我收集到的关于这个社会的黑暗面的证据、资料，以视频或图片的形式播出了。与此同时，这些文件也被传到了网上，传到了我的社交账户上，传到了所有我能传到的地方。

十分钟后，谈判专家来了，他通过演播室的对讲设备和我进行了通话。

他是个行家、老手，非常专业，可惜我也是，他那套，我都会，而且恕我直言……我可比他卑鄙得多。

他按照流程来，先试图取得我的信任，我没有阻止他的意思。我假装跟着他的节奏在走，假装信任了他，然后我们进入了“我一边发牢骚，一边提要求，他一边装出感同身受的样子劝解我，一边和我谈条件”的阶段。

我把我的经历和这次行动的目的都跟他说了，我说的都是实话，而且表现得非常诚恳，并装出一副已经快要哭了的样子。

他没有完全迎合我，也没有完全否定我，只是稳住我，并继续引领着谈话的内容，想让我先释放掉屋里的女员工们。

我当然不可能仅为了彰显自己的绅士风度或人道主义精神而交出实打实的人质，我也提出了要求：我让他们“把陷害我的人交出来”。

他们不会交的，我知道，因为那是不可能的事情。

除非我现在绑架的是和那些陷害我的人同级乃至更高级别的人，或者直接绑架那些人的亲人，否则他们绝不会去考虑这种提议。

事实上，此时此刻，我对外面的情况一清二楚。

早在这名谈判专家和我展开博弈之前，外面就已经开始部署强攻的准备了，而我让导播播出的影像，在播放了大约十五分钟左右，其信号也已被外界所阻断。

我正在进行的这场所谓谈判，只是谈判专家给那些负责强攻的作战队员们争取时间的一种手段，一旦时机成熟，他们就会冲进来。

听到这儿，你一定会问，既然知道了注定会失败，那我做这些还有什么意义呢？

呵，你听我说完就知道了。

天蒙蒙亮的时候，经过了大量的讨价还价，我终于和谈判专家达成了“共识”，我答应释放所有的人质，条件是我必须先在电视直播上说出我的故事。

他们欣然接受了，因为他们知道播出信号根本发不出去——假如我按照约定放了人质，那最好，假如我没放，他们也就不再进一步浪费时间了。

然后，我就像个新闻主播一样往演播室中间的台子那儿一坐，开始说了。

我的故事，就是你们此刻正在听的这个，以“我叫厉小帆，今年二十六岁，是一名调查记者”作为开头，发展到现在，我坐在摄像机前，跟你们说着这些。

看起来，这差不多也该接近尾声了，对吗？

不过，我还有一件事没跟你们说。

其实……这已不是我第一次非法潜入这个电视台了。

昨天凌晨，我就来过。当然了，那个时候，我并没有闹出眼下那么大的动静。我只是化装成维修工人，在这栋大楼的通风系统中安装了一些额外的发信装置，以及一些隐藏的、带远距离收音功能的摄像头。

因此，今天，我的整个行动，从一开始就已被我自己安装的设备拍了下来，绕过电视台自身的播出系统，借助你们的发射塔，直播了出去。

我让导播通过演播室的系统播出的那些资料，既是引子，也是幌子，并没有那么重要。

重要的是，我的一举一动，你们和我的对话，你们在屋外背着我商量的每一句话，包括事后的处理方式，还有栽赃我的那些人的名字……虽然我其实也不知道他们到底是谁，不过我想你们已经查出来并讨论过了不是吗？呵呵……总之，那些有的没的，以及我这会儿说的这个故事，都已经直播出去了哦。

我厉小帆，有一个梦想——一个不那么现实和利己的梦想。

我要成为一双眼睛、一对耳朵、一副喉舌……向世间的人展示那些他们看不到也听不到，却应该去看一看、听一听的东西。

我要让那些放弃思考和自省的人重拾反思的习惯和质疑的勇气。

我会不择手段地实现这个理想，贯彻我的正义，即使……那是一种卑鄙的正义。

飞出楼外的时候，我的脑中又一次回响起了这段话。

尽管我的身板儿不足以撞破大楼的外墙玻璃，但射穿我身体的子弹显然帮了我个忙。

我以为从高处摔下的人是瞬间死亡的，但这似乎也不绝对。

这是个阳光明媚的早晨，温暖，舒适。

我躺在电视台大门外的空地上，躺在自己的血泊中，任由那和暖的阳光洒在我的脸上、身上，仿佛它能治愈我胸前的枪伤。

这就是结束吗？又或者……只是个开始？

二

5月10日，距离兰斯“被捕”已过去一周。

这一个礼拜，他在牢里不仅一点儿苦头没吃，还能睡单间儿，每天好酒好菜招呼着，能看书能听音乐，这日子……与其说是服刑，不如说是度假。

假如这事情发生在九狱这种地方，或许没人会感到有什么不妥，但是在海特丹市的一个关押普通犯人的监狱里，有一个尚未被“定罪”的人享受着这种特权式拘禁，自会引起人们的关注。

就算狱警们收到了命令不能公开谈论此事，但犯人们可不吃这套。任何一个小报记者，只要肯出一点点“情报费”，就能从犯人的口中得到这类信息，而监狱方面也没有正当理由阻止这些人来探视。

简而言之，没过多久，兰斯的名字已然见报，类似“反抗组织成员在狱中享受VIP级待遇”这样具有一定诱导性的新闻标题也已出现在了网上。

当然了，在这个时间点上，相关的新闻报道还没有掀起太大的风浪，这毕竟只是小事，又不是什么“全球直播”。

监狱那边，在这个礼拜也是严防死守，杜绝了兰斯接收到任何外来信息的可能。除了雷蒙德之外，没有任何人能和兰斯单独接触，就连负责给他送饭的人都得在至少两名狱警的陪同监视下才能把他的食物送进牢房。

就这样，至10号的下午，对兰斯的第一次“公开庭审”，开始了。

本着做戏要做全套的原则，这天FCPS出动了大量的“官方群演”扮演旁听的“媒体”和“一般民众”，现场几个摄像机的机位也像真的一样特意避开了陪审团（由于庭审通常无法在一天之内完成，任何对外转播的庭审都不可以暴露陪审团的长相），他们请来的摄制人员也都是真正的专业人士……

然而，就是这样一场已经非常注重细节的演出，才刚开演，就已被兰斯识破了。

“雷，这场戏……你也知情吧？”

这句话，是在雷蒙德宣读完起诉书和兰斯的权利后，兰斯给出的回应。

雷蒙德闻言，神色微变，并立刻和法官罗伯茨交换了一下眼神。

两秒后，雷装作没听到一般，又道："被告，请你回答我的问题，你是否要放弃法庭给你指派的律师，而选择自我辩……"

"又没有真的在直播，你就不能好好说句实话？"兰斯打断了他，因为他不想听这种双方都已心知肚明是废话的言语。

于是，雷蒙德放下了手中的文件，微微叹了口气，又一次朝罗伯茨看去，那眼神仿佛在说："还是你来吧。"

罗伯茨想了想，轻推了一下鼻梁上的老花镜，看向兰斯，肃然言道："被告，我们已经按照你的要求对庭审进行了全球直播，如果你还是不相信的话……"

"你就拿出几部事先准备好的便携电视或手机来向我证明这点？"兰斯把对方想说的后半句话直接给说了，"我看还是免了吧，我懒得去拆穿这种程度的把戏。"

这下，罗伯茨被怼得不好接话了，而且他看起来已经相当生气；而一旁的雷蒙德同样不好接话，因为眼下这情况，想要让谈话进行下去，唯有承认他们作假这一途，但"承认"这件事，就相当于是在宣告今天的整个行动都失败了。所以，这个举动，轮不到他来做，真要承认也得是这里权限最高的法官大人来承认。

"别再撑了，他不是在诈你们。"此刻，坐在听审席第一排的卡门突然开口，打破了现场的僵局，"你们要是硬着头皮继续扯下去，他的措辞就要逐渐难听起来了……"

她这两句话，是冲着罗伯茨和雷蒙德说的，也等于是承认了今天这场庭审的直播是虚假的。

事已至此，罗伯茨也没必要再演下去了，他干脆摆出一张臭脸，用冷漠的语气对兰斯道："兰斯先生，别以为自己很聪明，你的这番举动，也是在暴露你自己。"

"哦？我暴露了什么？你倒是说说啊。"兰斯笑着问道。

"这不明摆着吗？你能如此肯定地说这就是一场假直播，无非证明了此时此刻，你正在接收着某个来自外界的同伙传递给你的消息。"罗伯茨回道。

"是吗？难道这就不能是我凭着自己的观察和推理得出的结论吗？"兰斯又问道。

"哼……"罗伯茨冷哼一声，没有对此做出评价。

"原来如此，我大概了解了。"兰斯轻笑着点头，并用嘲讽的语气念道，"像你这种思维狭隘的官僚，多半是想不出假直播这种点子的，那么……会是谁呢？"话至此处，他缓缓转头，似乎是要去扫视身后的听审席。

然，兰斯的脸才转了不到四十度，一根手指就戳在了他的脸颊上。

“你想干什么？”刚才还坐着的卡门，不知何时已来到了兰斯背后，这会儿她正伸出一根手指，抵在了兰斯左脸那儿，制止了对方回头的动作。

“怎么？我看一眼听审席都不行吗？”兰斯问道。

“不行。”卡门回道。

“为什么不行呢？”兰斯又问。

“你说为什么？”卡门反问。

“因为你觉得我会通过察言观色从听审席中找出那个‘假直播计划’的建议者并对其不利？”兰斯这话不算自曝，因为他知道卡门就是料到了这点才会阻止他回头的。

“不是吗？”卡门道。

“是倒是。”兰斯接道，“但你现在这样的应对，也未必是对的。”他顿了顿，接道，“假如你不阻止我回头，那个人还有一定的机会可以用演技骗过我，让我相信‘出主意的人并不在听审席上’，但现在，你相当于是告诉了我，那个人百分百就在听审席上……”他耸了耸肩，微笑道，“你就不怕……我把所有坐在那儿的人全杀了？”

“你杀呀，顺带把我也杀了，毕竟我刚才也坐在那儿呢。”卡门有恃无恐地应道。

“呵……”兰斯又笑了。

卡门知道他不会这样杀人的，因为这不符合他们之间游戏的逻辑。

假设现在有一百个人，其中有一个你要杀的人，那你就必须找出那个人，确信他是你的目标，再杀死他，这样才叫“赢了这一步”。

假设现在有一百个人，其中有一个你要杀的人，然后你把一百个人全杀了，这种方式对他们来说，叫“换谁来都行”。

“好，不回头就不回头。”一息过后，兰斯把头转了回去，目视前方。就在其他人都以为他要放弃了的时候，他突然话锋一转，言道：“反正在我回头之前，法官大人的视线也已经把那位大致的方位给出卖了，你的手指不在右边，而在我的左边等着，也佐证了这点……”

他说到这儿时，卡门的心已经凉了半截，她立刻就明白了——兰斯在走进这个法庭时，就已经记下了听审席上所有人的长相。

此刻，兰斯既已通过法官的视线确定了一个大致的区域，那接下来，他只要在脑中对坐在那个区域的每个人进行二次观察和推理，很快就能用排除法在那几个人中锁定吕特分部长。

的确是……不回头看也一样能达到目的。

“从我走进法庭到现在这十几分钟之间，如果他没有换过座位的话……”另一边，兰斯的叙述仍在继续，“……那我要找的人，应该是在倒数二排靠近角落的第三个位置上坐着的那位穿灰西装的中年金发男士。”

“所有人！待在原地，不要动！”下一秒，卡门忽然提高了嗓门儿，用命令的语气喝了一声。

“呵呵呵……祝你好运哦。”兰斯知道她要干什么，故而戏谑地鼓励了对方一句。

结果，他话音未落，卡门就用一记手刀把他给打晕了。

“莫莱诺副部长，请你解释一下你现在的行为。”罗伯茨早就已经看不懂形势了，他既听不懂那两人的对话，也跟不上那两人的思维，所以他得问问是怎么回事。

“此刻，就在这个法庭上，有某种监视设备，或者是有某个人，正在将这里发生的状况传送出去。”卡门回道。

这和罗伯茨刚才的推论刚好相反，罗伯茨是认为有人正在将外面的情报告诉兰斯，所以兰斯才会知道庭审并没有被真的直播出去。

“你是怎么知道的？”几秒后，罗伯茨又追问道。

“他刚才把吕特分部长的座位、性别、特征全都报出来了对吧？”卡门接道。

“没错。”罗伯茨道，“不过他这是在卖弄吧？”

“说对座位和性别就足够证明他猜对了，若是为了卖弄的话……凭他的观察和推理能力，再加上他的恶趣味，十有八九会谈论别人的某种生活习惯或者情妇的类型之类的话题。”卡门接道，“但他没有那样做，而是在我们这些本就认识吕特分部长的人面前特意把衣着、年龄、头发颜色这些在视觉上最直观的特征都描述了出来，还加上了‘从我走进法庭到现在这十几分钟之间，如果他没有换过座位’这种先决条件，好像生怕听到他话的人会搞错一样……”

“他有同伙正在看着！”还是雷蒙德反应快，在卡门的提醒下，他很快就露出了一个恍然大悟的表情，高声接道，“他这些话是说给某个正坐在监视器前看着我们的同伙听的！所以他才会描述那些东西！”

此言一出，全场的“群演”们都紧张了起来。今天在座的这些人，除了法官、检察官、速记员、法警这些本就在法庭工作的人之外，其余 90% 都是 FCPS 的探员或者联邦警员，还有 10% 则是一些与官方有合作关系的专业摄像师。可以说，从听审席到陪审席，全都是联邦的人，眼下他们听到有反抗组织的人正通过某种手段看着自己，那感觉自是相当惊悚。

“吕特（当地FCPS）分部长、鲍威尔（当地警局）局长、法官大人、检察官先生，请你们四位出来，在我的指示下协同我一起搜索。”卡门点了四个她认为可以绝对信任的人出来，并接道，“其他人，请你们待在原位，配合我们行动……”过了半秒，她又补充了一句，“由此刻起，你们的任何异动，都有可能被我视为是危险举动，其后果……自负。”

三

我……死了吗？

这就是死后的世界吗？

没有五感，也没有欲望，尽管在无尽的黑暗中孤独地漂流着，内心却出奇平静。

“这个又是怎么回事？为什么分配到我们这儿来了？”

“嘿嘿嘿……偶尔也是会有这种状况的呢。”

谁在说话？

在此之前……为什么我还可以听到声音？

“你以前见过这种吗？”

“见过几次，很稀有……简单地说，是从‘冥海’之外‘补充’进来的特殊品。”

“这种现象不会影响到‘平衡’吗？”

“嘿嘿……恰恰相反，这正是维系平衡的一种形式。每当有一个灵魂被‘彻底抹杀’，即遭遇‘连冥海都去不了’的那种抹杀时，就需要这种外来物将减去的数量填补上。”

“那我们现在拿它怎么办？要利用起来吗？”

“算了吧，你看它那样儿，明显来自一个几乎不存在超自然现象的物质宇宙。在那种乏味的宇宙中，绝大多数生灵死后根本不会留下灵魂，即使留下了，其灵能也极其微弱，多半都会在没有灵子的大气中飘荡至慢慢消逝。也就是说，尽管在那个宇宙中它算是极少数异端，但到了这儿，它不仅很弱，还附带了一些比较微妙的先天属性……”

“嗯，看着像是‘绝缘体’的那种性质。”

“没错，虽然这种性质能让其对所有非物质系的超自然能力产生非常强的抗性，但同时也会限制其灵能的上限，在‘我们这里’，这种性质的灵魂是没有什么发展空间的。”

“‘我们这里’吗？听这意思，你又憋出什么坏点子了吧？”

“嘿嘿嘿……我的确是知道一个适合它的好去处，在那里，它应该会更有利用价值。”

“哼，无聊，我去处理下一批了，随你便吧。”

他们是在谈论我吧。

这种被人评头论足随后又任人摆布的感觉理应是很糟的，但我现在却一点儿情绪也没有。

既没有对未知的恐惧，也没有丝毫的愤怒。

甚至对刚才那两个声音究竟是神仙还是鬼怪我都不是很在乎。

这种无欲无求的状态还真是让人不太习惯呢。

“嘿嘿嘿……放心，一旦重获肉身，你马上就会脱离这种状态了。”

你能听到我？

“当然可以。”

可我只是在脑海中发出……好吧，我已经没有脑了，就像我也没有嘴和声带。

“嘿嘿，别想那些无足轻重的事了，我现在问你啊，如果我告诉你，你可以穿越到另一个宇宙并且重生，那么你是想当男人还是女人？富二代还是权二代？肤色要哪种？身高长相这些要怎样的？”

哇，这些都可以让我自己选啊，那我这新生岂不是像EASY模式的游戏建号一般？

“嘿嘿嘿……并没有啊，我只是问问你而已，谁说要满足你的要求啦？”

哈？

那个喜欢猥琐怪笑的家伙没有再回应我，我的意识也在他贱气荡漾的笑声中逐渐消失了。

而当我再度恢复意识时，我作为人的感觉已全部回归。

全身上下强烈的不适感正在提醒着我——身为人类的那种真实感。

人果然是很矛盾的生物，在灵魂状态的时候我觉得“生不如死”，但真的活过来之后，哪怕我现在饥寒交迫，一身伤痛，我也觉得好死不如赖活着。

我醒来的地方是一个废弃的公厕，废弃的原因据我观察是管道堵塞。这里的空气中弥漫着一股让人觉得“吐或不吐都已经不重要了”的气味，且整个厕所地板上都积攒着一层黏黏腻腻的黄褐色液体。

毫无疑问，我“复活”后感到庆幸的第一件事就是，我睁眼的时候是背靠墙坐在地上，而不是脸朝下趴着的。

大约一分钟后，强烈的寒意促使我站起身来，一边揉搓自己的胳膊一边原地蹦跶。

我甚至都不用走出这个厕所，也知道此刻外面的气温绝不超过五度，而我身上只穿着一件短袖T恤和一条运动长裤，脚上则连双鞋袜都没有。

不多时，我便来到洗手台前，从墙上那面破碎的镜子里看到了自己现在的样子——一个胡子拉碴的西洋洲青年，头发又长又乱，全身从皮肤到衣物没有一处不是脏的，而且瘦得离谱。

我整理了一下思绪，很快得出了一个显而易见的结论：自己八成是在某个冻死在公厕里的流浪汉身上重生了。

然而，我竟然没有对此感到任何的沮丧，我反而觉得这样也挺好了。

如果我重生在一个九十多岁的躺在病床上生活无法自理的老人身上，那我这第二人生或许是无望了。

但现在，尽管我这个身体又冷又饿，身上还有很多大概是被别人打出的瘀伤，口袋里也分文没有，可至少他还很年轻。

一个还有大把岁月好活的人，就算落到再不堪的田地，他的人生也是有希望的。

饿了就去找吃的，冷了就设法让自己暖和起来，能多活一天，就是赚了一天，每天能让自己变得更好一些，就是大赚而特赚。

别说我现在是四肢健全、五感正常的状态了，即使我现在身上有几处残疾，我也觉得没关系。

或许是因为我“死过一回”，如今我对很多事的看法都已不同。

本着这样的想法，我走出了那个公厕。

看天色，这会儿还是清晨，我这个身体原本的主人应该是因为昨晚的天气太冷，走投无路才到厕所里过夜，可惜他还是被“冻死”了，要不然也不会有我“借尸还魂”的这一出。

其实那公厕里面也没有比外面暖和多少，因为这是个公园里的厕所，入口采取那种T字形分隔加外墙虚掩的设计，根本没有门，冷风嗖嗖地就往里灌。

我出来以后做的第一件事就是到附近的泥土地上把脚上的污水蹭干，湿着脚只会让自己更冷。

随后我就开始在附近翻垃圾桶，并成功找到了几块破布把自己的脚包了起来，还给自己弄了两个“袖子”。

在翻垃圾的过程中我看到不少吃了一半的食物，虽然有些还包裹在包装纸里，但我考虑了一下，终究还是没吃。

垃圾桶里细菌实在太多了，就算那些食物上包着纸，我也不能冒险。毕竟我现在只是饿而已，饿是可以靠自己坚持的，但要是吃坏肚子引发炎症或内科病，就必须要医疗支持了。

弄“衣物”没有花去我太多时间，大约半小时后，我就走出了公园，准备去“要饭”。

当我路过公园外的一条小巷时，有几个围着铁桶在烤火的家伙突然跟我搭话，我转头看去，发现他们也都是一身破衣烂衫的打扮，不过他们穿得比我可厚实多了，至少那都是真正的衣服。

我本来以为这几个人是在表示友善，但很快就发现了不对……他们中为首的那个用嘲讽的语气对我说：“你的‘新衣服’还挺潮嘛，不过我还是更喜欢你这身旧的打扮。”说完他就指了指自己身上的那件破风衣，还哈哈大笑，他身旁的两个家伙也跟着他一起笑了起来。

通过他们的只言片语，我很快就明白了，这三个家伙昨晚打劫了“我”，他们把我这个身体的前主人打了一顿，并抢走了他的外套和鞋子，导致他最终冻死在了公园的厕所里。

所以说，“只有同行之间才是赤裸裸的仇恨”这句话还真是有点道理的，哪怕是流浪汉这行也不例外。

片刻后，我走开了。

我并没有理他们，也没有要去报复他们的意愿。

他们这种人，不值得我去记住。

终有一天，他们会在一个肮脏不堪的窝棚里，在他们自己也不知道是什么的疾病折磨下，痛苦地、孤独地、无助地死去。

我没必要特意去对他们做些什么。

有些人活着，便有希望，还有些人只有死了，才能得到解脱。

对于这种甘于堕落沉沦、慢慢腐朽的人，由他们去，便已经是种惩罚了。

中午，气温有所回升，在阳光下坐着，虽然还是冷，但基本可以忍受。

这个身体很虚弱，即使我自认意志力算是坚强的，但也没有体力再走动了。

我需要吃东西，补充身体的热量，要不然等太阳落山，我可能又要死一回……

当然，我也有后备计划：实在不行了，我就找一家连锁快餐店，冲进去、翻过柜台，抓一把吃的先塞嘴里，然后边嚼边冲到街上，找一辆警车，在店员追出来抽我之前趴到警车的引擎盖儿上束手就擒……如果这计划顺利，那我今晚睡觉的地方也有着落了。

不过这只是没有办法的办法，可能的话我还是不想给别人添麻烦的。

我的运气不错，下午 1 点左右，有个小伙子走到我面前，递给了我一个新买的热狗。

我可是蹲这儿看半天了，他和他那几个狐朋狗友们在远处指着我笑的时候我就猜到了他们可能是想搞什么恶作剧。

果然，我打开热狗瞄了一眼，发现里面挤了大量的黄芥末，但我还是假装没看见，浅浅地咬了一口，然后摆出一副辣得要死的样子，流着眼泪做出很夸张的反应。

那些年轻人看到我的反应后在街对面哈哈大笑，乐得前仰后合。过了一会儿，他们觉得没什么意思了，也就离去了。

看起来我穿越后来到的这个宇宙和我原来所在的地方至少在一点上是相同的——社会上的傻子够用。

这是好事儿。

待他们离开，我也停止了表演，跑到附近的喷泉喝了几口水，然后把热狗里的芥末都弄掉，就着喷泉水慢慢地吃，吃到最后我还留了一小块面包，小心翼翼地用包装纸重新包好，放进了裤子口袋。

这一顿也算是高热量食物了，有了这顿垫底，撑到明天也不成问题，接下来要解决的就是御寒问题和睡觉的地方。

总觉得……我好像是在进行某种求生活动，讽刺的是，如果我是在荒野里求生，我几乎可以随意取用周围的东西，但在都市这样一个资源无比丰沛甚至存在着大量浪费的地方，我反而有很多的限制。

下午，我拿着一个捡来的空罐子问路人要“零钱”，或许是我身上那飘逸的破布造型给自己加了分，到傍晚时分，收获还真不错，总共要到了十一块钱。

傍晚，我用手头的十块钱去买了把最便宜的一次性雨伞，然后我就等到天黑，趁着夜色，摸进了一个安保非常差的小区，找到了一个旧衣捐助箱，把伞柄的末端伸进去钩衣服。

这些衣服应该是要送到“贫困地区”的人手里去的，但考虑到我现在也很贫困，且快要冻死了，我估计也没人会跟我计较我省掉了其中的几个流程吧。等我以后有钱了，我再买张机票飞到贫困地区去，然后走正规渠道领取好了。

就这样，我迅速弄出来两件毛衣和一件外套，并在被人发现前见好就收，拿着衣服离开了。

我到一个四下无人的地方把衣服套上，然后用最后的一块钱，进了一个街边的公厕。

这地方我白天时就看好了，它是那种自助式的设计，像电话亭一样，一排共有五个，投一块钱就能开门进去，并可在投币口那儿领到两张草纸，至于使用时间……不限。

投币开门后我心中一喜，因为我发现里面装了马桶而不是蹲便，这就意味着我可以坐着过夜，而不是叉开腿窝在角落里。

我走进去，坐下，关上了门，开始吃我白天剩下的那一点点面包。

别看这厕所地方小，但是该有的都有，在那门的背面还有一个简易的洗手台，带镜子的那种。到底也是比我本来的宇宙领先个小两百年的地方，这些民用设施的确有进步。

吃完面包后，我就用在垃圾堆里捡来的一块碎灯管玻璃，就着厕所里的洗手乳液，把自己的胡子给刮了，至于头发……我想了想，也给剃了。虽然留着头发可以在一定程度上御寒，但这形象实在太差，会妨碍我出入各种场合，且容易滋生很多细菌，还不如剃个寸头，实在冷就找点东西做成帽子或者缠在头上就行。

接着，我就在这自助厕所里“洗了个澡”。

当然了，那洗手台里的水流不大，也没有莲蓬头，所以我不可能淋浴。我的洗法是……把自己身上那件T恤先脱下来在水里揉搓干净，当湿毛巾用，然后挤上洗手液，把自己从头到脚洗一遍，再用T恤拧出的清水一点点冲干净。

这个过程花了很久，毕竟空间狭小，而且这地方本来也不是设计来给人洗澡用的。好在这里面还挺暖和，而且冷水澡越洗身上越热。

大致洗了一遍后，我一边拧T恤一边擦身体，然后用烘手机的热风把T恤快速弄干，同时也以几个别扭的姿势尽量烘了烘自己，最后再穿上了那些挂在旁边的干衣服。

这些全弄完，我也累得不行了，就这么坐在马桶上睡着了。

这就是我在穿越后的世界过的第一天，我想我永远都会记住这一天，因为第一步永远是最难的。在这之后，我遇到的下一个难关是“找鞋子”，再往后……其实也没有多难了。

因为我把自己收拾得干净了许多，脚上有鞋，身上的旧衣服也不算多破，所以我走在路上看起来也不是那么像流浪汉了。这样，晚上我就可以去有着中央空调的地铁站过夜，不用再担心会挨冻。

白天，我去捡破烂卖钱，偶尔还可以打到零工，比如给人搬个东西、铲个雪什么的。身上若是脏了臭了，我就去“一块钱厕所”里洗澡……当然，后来我就能买得起肥皂和毛巾了。

待天气转暖，我的日子也越来越轻松，因为夏天的衣服比较便宜，我攒的钱也足够买到廉价的T恤和中裤。换上了新衣服，让我看起来完全不像露宿街头之人，于是我就开始冒充大学生，做一些帮人刷油漆和修屋顶之类的“暑期打工”。

是的，我是可以冒充学生的，我现在这个身体其实比我本人还要年轻个一两岁，再加上老外有很多大学生脸长得跟四十岁似的，冒充起来毫无难度。

另外，这个宇宙的语言主要是汉语和英语，不管什么肤色的人都会说这两种话，这也让我的日常生活降了不少难度，毕竟我的英语有点差。

就这样，日子一天天过去，不知不觉，我来到这个宇宙已经一年。

一年前，我从一个公厕里醒来，濒临冻饿而死；而一年后，我已经住进了一所廉价的合租公寓，衣食住行都有了保障。

我还以“失忆”为由去联邦政府补了个公民ID，由于他们也的确查不到我这张脸以前的资料，我还能自己取名儿，于是我给自己弄了个名字叫“约翰·史密斯”，也算是获得了一个合法身份。

到这个阶段，我已算稳定地生存下来了。

那么，接下来就是抉择的时候，在这另一个宇宙的“第二次人生”，我是要平静安稳地度过，还是做些别的呢？

四

搜索在卡门的指挥下展开，由卡门、雷蒙德、吕特和鲍威尔这四人动手执行。罗伯茨大法官基本上没有帮什么忙，毕竟人家架子大，而且年纪也确实大了，行动不便。

大约二十分钟后，他们就把能搜的地方全搜了一遍，在场的人也全都坐在原位，非常配合。

然而，结果却是一无所获。

“哪里都没有，怎么办？长官。”吕特分部长现在是最紧张的一个，因为他是提出“假直播”这个主意的人，也是刚才被兰斯明示给盯上了的人。

“刚才我就想说了，有很多设备光靠我们用肉眼去找是无法找到的……”雷蒙德这时又泼上了一盆冷水，“比如装在极高处、自带光学迷彩的探头，嵌在墙里、伪装到与墙体完全一致的声呐装置，还有采用纳米技术的超微型通信器等，像这些东西，如果不用专门的探测仪器，即使近在咫尺我们也未必能发现。”

他说的这些，卡门自然都知道。

包括他没有说到的一些，像可移动的“昆虫式摄像机”，以及“能力者远视观察”等假设，卡门也都想到了。

从一开始卡门就明白——即使识破了对方在监视，也有很大概率找不到监视的方式。

但她仍然选择了搜查，其目的有二：

一，万一对方的监视手段是可以搜到的，那就顺手搜出来。

二，在搜索的过程中，试探那些在场的“人”。

之前罗伯茨法官的推测，和卡门的推测，二者看似相反，其实也并无矛盾。兰斯和同伙间的信息交互显然是双向的，他可以把消息传递出去，他的同伙也可以把消息传递给他，所以他才能百分之百地确信这场“直播”是假的，所以他才会将现场的情况交代出去。

卡门的这番搜查，既是在查“往外传”的渠道，也是在查“往里传”的渠道。

按照卡门的推理，兰斯接收信息的途径应该是“人”，因为他本身已经身陷囹圄，除了一套囚服什么都没有，他也只能从别的“人”那里接收信息了。

“是有点奇怪……”思索片刻后，卡门沉吟道，“完全没有任何迹象……”

她此刻说的这个“没有”，是指她没有从在场的人身上搜到任何可疑的物件，也没有在搜他们的过程中观察到任何可疑的神色和举动。

“难道是那种‘给他带去信息的人自己也不知道自己带了信息’的情况？”卡门不动声色地在心中念道，“还是‘依靠异能沟通’这种显而易见的答案呢……”

数秒后，她好像忽然想到了什么，一个箭步就来到了昏倒在地的兰斯身旁，单膝跪地、捧起了对方的头，然后把自己的脸凑了上去。

“你在干什么？莫莱诺。”从罗伯茨法官所在的角度看，卡门好像是要俯身去给兰斯做人工呼吸似的，所以老头儿惊讶之余不禁开口问了一句。

“他的义眼……你们有检查过吗？”卡门说这话时，已经用手指分开了兰斯右眼的眼皮，露出了那个纯粹起装饰作用的仿生眼球。

“义眼？”雷蒙德疑惑了一秒，随即恍然大悟道，“你是说……他的义眼就是监视设备？”

“那不是医院提供的吗？”鲍威尔局长这时接道，“难道医院里有他的内应？”

“不需要什么内应，只不过是到一所公立医院里替换掉一件手术用的医疗用具而已，这种事，普通的蟊贼都能办到。”卡门接道，“你们不妨这样考虑，假设‘自残右眼’这件事并非是他突发奇想，而是早就计划好的……”

“对啊！”鲍威尔没等卡门说完，就一巴掌拍在了自己那半秃的额头上，高声道，“他让我们陷入了‘这玩意儿是在被捕后才装进去的’的思维定式里，让我们想当然地认定这个义眼只是一个常规的医疗器材，所以我们给他搜身检查的时候便会忽略掉那个。”

就在他说这句话的同时，卡门已探出自己的两根纤纤玉指……粗暴地将兰斯的义眼从眼窝里夹了出来。

此举，也让兰斯从昏睡中嗷嗷疼醒。

“其实我也只是推测，并不确定这个眼睛真有问题，不过……”卡门说着，已站起身，并从口袋里掏出了一块干净的白手帕，把那血淋淋的眼球包了进去，“……拿去检查一下总没错儿。”

躺在地上的兰斯一醒来就听到了这句话，他一边捂眼，一边笑道：“不愧是你啊，我才小睡了一会儿，你就猜到了呀。”

“是吗？”卡门冷冷道，“那就好，不过，即使你亲口确认了，我们还是得去分析一下这个设备的功能，这样才能知道你和外界的联系具体是什么形式。”

“随你便吧。”兰斯道，“另外，既然已经被你们发现了，那我也就没必要再装类似的东西了。这回你们直接把我眼睛那儿的皮肉缝起来打个结，然后给我个眼罩就行。”

“你无权在这里发号施令。”到这会儿，罗伯茨法官又摆起了官威，朗声喝道，“来人，把他带下去，处理完了伤口就扔回监狱等候发落。”

他话音未落，两名法警就上前把兰斯架了起来，他们往外走时，兰斯眼睛里的血还在不断滴落，弄脏了法庭那光洁的地板。

“我对今天的事情很失望。”在往外走时，兰斯口中还念念有词，“我们本来达成了共识，约定进行交易，但你们并没有履行自己的义务，而是选择了欺骗……”

他的话语很清晰、很响亮。

有人认为他这只是在撂狠话，但还有人……知道他不是那种说说而已的人。

“……这事儿没完。”兰斯在被拖出法庭前，还回过了头，用他那鲜血淋漓的脸望着站在庭前的那几人，并最终将视线锁定在了吕特的身上，“这场骗局的策划者，不用太久，就会付出代价的。”

他把这句说完之时，他刚好被拖到了门外，离开了众人的视线。

“他真觉得自己的同伙能把我杀了？”吕特也不是傻瓜，他能听懂兰斯的意思。

“他只是在危言耸听罢了。”鲍威尔局长接道，“放心吧，吕特，这儿可是司法之都！由不得他们放肆！”

“我是不太清楚还有什么比轰烂海特丹法庭门口的正义女神像更放肆的事情。”卡门闻言后，面无表情地对他们说道，“我个人的建议是，为吕特分部长找一个替身，并做好让替身死一次的准备，或者干脆让他进入证人保护程序，换个身份，但我想……就像是提出这个‘假直播’的主意时一样，你们多半会认为我反应过激了，所以，还是照着你们男人认为正确的方式去做吧，我依然祝你们好运。”

5 月 11 日下午，经过风车郡 FCPS 分部实验室加班加点的努力，兰斯那个“义眼”的分析报告终于出炉了。

这是一个具备实时通信功能和双监视系统的装置，通信的部分并不复杂，只是基本功能，重点得说说监视的部分。这个义眼不但能把兰斯“看到”的画面和“听到”的声音传送出去，还拥有声呐成像的能力。这第二套系统，在兰斯闭上眼睛的时候也是不受任何影响的，它能查探到兰斯周围一定范围内所有物体的轮廓，而且在这种模式下扫到的也并不是画面，而是类似 3D 模型的东西，其扫描能力甚至能穿透一般的墙壁和柱子。

说实话，这个设备所采用的每一项技术联邦都有，只是没有人能如此完美地将这些技术结合起来并将其微型化到一个小小的仿生眼球里。不过对于“博士”来说，这只是小菜一碟。

风车郡的 FCPS 分部实验室在分析完了这个装置后，第一时间就把数据归档并上传上报了。那帮技术人员的想法是没那么多政治色彩的，他们可不管这东西是不是反抗组织的科学家做的，他们只觉得做得那么牛逼的东西如果不量产一下为我方所用太可惜了。

当然了，这事儿一直到联邦兵败瓦解的那天都没有实现，因为他们的报告和数据到了水晶郡之后就被一位 FCPS 的高层截了下来，准备作为政治资本到下届内部会议时拿出来邀功，那时的他自然不可能想到，短短几个月之后他就无会可开了。

言归正传，吕特分部长在得知了那个“义眼”的功能后，基本已确认了自己的身份和长相已经被兰斯的同伙给掌握了的事实，可正如卡门预料的那样，他并没有意识到这事儿的严重性。

他还是抱着“我是 FCPS 的郡分部长”“我身在治安顶尖的司法之都”“我只要加强身边的护卫和警戒，区区几个反抗分子不可能有机可乘”之类的想法，并没有去实行卡门提出的那种极端策略。

你也不能说他这是心存侥幸，因为他这都是正常的想法。

大多数联邦的中层官员都和吕特分部长一样，对于“逆十字”这种不正常的存在，他们缺乏足够的认知和敬畏。

5月11日，晚，8点。

完成了例行搜身后，雷蒙德又一次来到了兰斯的监室内。

每次他们在这里进行谈话，雷蒙德都坐在靠近门口的地方，而兰斯则被手铐铐在床架上，两人之间始终隔着两米左右的距离。这些都是监狱长严格要求的，只有这样他才同意首席检察官大人和这个“恐怖分子”在一个密闭的空间里交流。

“眼睛怎么样了？”看着兰斯右眼处的纱布，雷蒙德随口问了一句。

其实他也并不是那么关心对方，只不过在和嫌疑人交谈时，他往往会习惯性的用一些简单的言行去示好。这样不需要什么成本，却能换来不少好感和信任。

“晚饭后刚换的药，没什么事儿。”兰斯道，“说起来，给我换药的护士美眉还挺漂亮的，真是走运……唯一的遗憾是她显得很紧张，不太健谈，所以换药的过程有些尴尬。”

雷蒙德已经习惯了这种自己问一句对方能答三句的对话，他长叹一声，将话题推进了下去：“听着，我希望你能理解，假直播的事情我们也是公事公办……”

“不不不，别用那种卑微和抱歉的语气和我说话，雷。”兰斯打断了对方，摇头言道，“你可是司法之都的偶像，律政界的摇滚巨星，想想你入行的理由，想想你这些年积累的经验和经历的改变……你为什么要跟我解释，请求我的谅解呢？”

“可能是因为恐惧吧。”雷蒙德直言不讳道，“我怕你的同伙会杀死吕特分部长，也怕他们会杀死那些失踪的青少年……作为把你拉进司法程序的人，由这次审判引发的任何额外死亡，我都觉得我得承担一部分责任。”

“原来你是这么有良心的一个人吗？”兰斯笑道，“但据我对你的了解，你的言行有些不一致啊。”

雷蒙德沉默了，在接下来的一分钟内，他一言不发，但表情数变。

一分钟后，他才肃然应道：“是的，我和很多嫌疑人……不，是罪人……都做过交易，但这也是无奈之举，因为这就是我们的制度，这就是联邦司法的游戏规则。只要你有办法请到好的律师团队，玩儿些花招，就可以通过钻各种法律的漏洞来脱罪，更不用说那些权贵们的子嗣只需要上头的几句话就能让警方为他们伪造证据。

“作为检察官，我必须做出选择。

“我可以坚持所谓的正义，像赌博一样去赌。我赢了，罪人就被严惩不贷；我输了，他们就潇洒地走出法庭。

“我也可以用交易的方式，稳妥地确保那些人会进监狱，让他们受到一定的惩罚，这惩罚或许会比他们应受的要轻些，但总比冒险让他们逍遥法外强不是吗？”

兰斯笑了：“好像是这么回事儿。”他恶意地停顿了半秒，再接道，“更重要的是……对你个人的定罪率也有好处对吧？”

闻言，雷蒙德面不改色地接道：“你说过，你也是学司法的，那我不妨用一个前辈的身份跟你推心置腹地讲几句……

“我年轻的时候，也曾意气风发，满腔热血。那时的我，同样也看不惯那些司法交易，我觉得他们卑鄙肮脏、腐朽不堪。

“我进入这个体制，就是想改变这个体制，我想抗争，我愿意不惜代价地抗争，至少做到问心无愧。

“但很快，我就被‘现实’向我甩来的巴掌给扇醒了。

“有时你要伸张正义，就必须妥协，最起码，联邦司法所代表的正义就是这样的。于是，我这里让一步，那里让一步，逐渐掌握并精通了这个游戏的玩法……

“可当我回过神来，曾经我想改变的这个制度，却已经改变了我。”

言至此处，他神情复杂地顿了顿，再道：“你可以嘲笑我、鄙视我，并坚持你们反抗组织那种‘极端行为下的清高的正义’，但就像你不认同我一样，我也不会认同你们的那一套……

“跟你，我不会说‘让人们重拾对司法的信心’这种假大空的话，我就直说了……我就是要让你成为我当上大法官的踏脚石。

“待我登上联邦司法体系顶点的那一天，我才真的能去改变一些事情。”

啪——啪——啪——

兰斯为对方鼓起了掌，尽管鼓得毫无诚意。

“说得好。”兰斯道，“经你这么一说，我就懂了。你的自私和你的理想是方向一致的，你的妥协也只是变革道路上暂时的让步。”才夸了两句，他又话锋一转，“然而，我真的能相信你吗？在你当学生的时候你觉得其他律师是怎样的？在你当律师的时候你觉得检察官们又是怎样的？现在你是首席检察官了，你怎么保证等你当上大法官之后想法不会再改变？

“一个一次又一次妥协了的人如何能保证自己登上顶点之后就能重拾初心呢？现在的你又怎么可能知道在大法官的位置上自己又会受到什么样的新桎梏呢？

“言之凿凿地说着这些尚未实现的话，却说一套做一套地一步步走向腐朽……

你和那些走在你前路上的人区别到底在哪儿呢？你能证明给我看吗？”

雷蒙德并未退缩：“我能不能证明是其次，首先我为什么要证明给你这个阶下囚看？”

“也对……那就证明给你自己看吧。”兰斯说到这儿，歪了下头，露出一个笑容，并忽然改变话题，念道，“22040927，格林。”

“什么意思？”雷蒙德对这突兀的一串数字和名字有些疑惑。

“你回去慢慢想，想通了，你就能再得到一名人质的下落。”兰斯道。

这话，雷蒙德不信也得信，因为前几天兰斯在得到自己点的冷吃兔和凉茶之后，真的给了雷一个人质的位置，而且当地警方赶去以后也真的在那儿找到了一个失踪了半年的孩子。

雷蒙德迅速将那串信息记下，但他仍没有离开，而是接着问道：“那吕特长官……”

探查兰斯的同伙刺杀吕特的方式才是雷蒙德今天来的主要目的，他不会轻易放弃。

“呵……”兰斯笑道，“他呀……那肯定是被L、I、K、O咯。”

“那到底是什么意思？”雷蒙德追问道，这个问题已困扰他好多天了。

“哈哈哈……”兰斯大笑起来，“你去问问莫莱诺长官吧，她会告诉你的。不出意外的话……半小时后你就会和她在吕特先生的死亡现场见面。”

“判官”

第四章

一

我本以为，“更先进的科学技术和生活常识”“全球统一在联邦治下的模式”，以及一段“二百多年的未来近代史”，就是我在这个新的宇宙里需要掌握的所有新知识了。

然而，是我天真了……

刚来的那年，我觉得这里和我来的地方最大的区别就是——在20世纪末，因某种原因，发生了一次“科技大爆发”，从而催生出了一个改变了全球格局和之后历史进程的庞大帝国。

一个世纪过去，这个帝国和历史上很多盛极一时的王朝一样在腐败中走向了衰落并最终分崩离析，随后地球便进入了联邦时代，一直持续到我穿越来此的这一年。

当时的我并没有去考虑，这个宇宙会不会存在着“民众并不知晓的、有悖一般常识的事物”。

因为在我原来的宇宙里，我也不是那种会去关心“幽灵”“外星人”等东西是否存在的人。

然而，在来到这里一年后，当我以“祭者”这个绰号开始从事一些游走在法律边缘的活动后，我逐渐接触到了一些人……一些以一般人的身份无法接触到的人。

假如我选择在这里好好生活，当一个普通平民，也许我永远都不会知道，原来这个世界是存在着所谓“能力者”的。

而且这些奇异人士的数量还真不少，当然了，我说的“不少”是指总数，如果要按比例来算的话，即使你把那些“改造人”也算进去，在这个百亿人口的星球上，异能者的占比也是连十万分之一都没有的。

简而言之吧，知晓这些，对我的三观冲击比较大。

虽然我本身是个穿越者，但我并不认为我在“死去的那段时间”里听到的声音，或者说遭遇的不明生物会出现在我眼前的这个世界里。

事实上，根据我得到的信息，这个宇宙的宗教势力已经和濒危物种差不多了，仅存的一些，都是在联邦政府允许的范围内与旅游和文化产业挂钩的、类似吉祥物一样的机构。也就是说，这里基本是一个“唯物主义者的地球”，而且是已经被官方推行了多年的那种，全球范围内都已找不到什么成规模的宗教了。

可正是在这样一个宇宙里，却又存在着“异能”这种对大多数人来说只有在科幻电影里才能看到的超自然玩意儿。

这种设定，改变了一切。

它让我彻底丧失了作为一个人类的安全感。

我完全理解官方为什么始终对民众保守着秘密，因为对普通人来说，这种事会让他们抓狂的。

这就好比是告诉人们：“这个世界上有两种人，一种是你们，生来手无寸铁，到死也手无寸铁；还有一种叫能力者，因先天或后天因素，他们每一个都自带某种你们永远无法拥有的致命武器。”

对于一个更强的，甚至仅仅只是跟他们差不多的、有差异的种族，会去追求和平交流的只可能是少部分人，大多数人的态度必然是“控制”和“消灭”——不能“完全控制”，最好就“彻底消灭”。因为你若不能控制或消灭对方，就无法百分之百地保证对方不会来控制并消灭你。

出于人类的角度来看，这也是非常正确的逻辑。

或许宇宙中会有其他物种能找到方法去跟比自己更先进或一样先进的种族和谐共存，但放到人类这个种族上，至少现阶段还是行不通的。

人类世界的信任关系、社会体系，以及道德秩序……归根结底，都是在“武力保障”这个地基上建立起来的，你摧毁地基，就能重建一切，所以“战争”才被称为终极手段。

就连我也不能免俗，我也是那种倾向于“世界上没有异能者我才会感到安全”的人。

但随着时间的推移，当我接受了这个设定，并了解了越来越多异能者的事之后，我意识到……我的这种想法，或者说绝大多数人在知道了异能世界后会产生的这种想法，其实是非常愚蠢的。

因为当我知道了异能者的数量和某些个体的能力后，我可以断定，如果现在地球上的普通人和异能者开战，那无论前者怎么做，在不到 24 个小时，甚至是更短的时间内，普通人就会败北，乃至灭绝。

这个世界仍能像这样运转的一大原因就是，普通人从未站在种族战争的立场上向异能者们开战，且 99% 的人都不知道有异能者存在。

这一点，我也不得不叹服。在过去的几百年里，无论是帝国还是联邦，不管统治阶层变得多么腐败和愚蠢，在这个问题的大方向上，从来没出过差错。

在“地下世界”活动的日子越久，就越觉得自己的心态不像是个人了。

任何一次任务的失败，或是你的行动意外地挡了某个强者的路，都可能让你一命呜呼。

你的死不会轰轰烈烈，也不会重于泰山，非要形容的话，就像是路边的石子，某天有人因某种原因把你一脚踢开，你也就死了，而那个踢开你的人，在别人的眼里，也许也是石子一般的存在……

我嘛，连石子都不算，说是尘埃比较合适吧，风大一点儿我就被刮走了。

这几年里，我还是在做“曝光那些逃脱了法律制裁的人渣”的工作，这算是我的理想和专业领域吧。做这个我是无偿的，有时还要贴进去不少成本。

这项工作的成果还算喜人，我也确实让不少人渣付出了代价，但只干这个肯定是不行的，必须有其他副业的支持，我才能继续这种赔本买卖。

所以我也会去接一些雇佣性质的工作，比如传递情报、做中间人给人牵线搭桥，还有跟踪偷拍、窃取商业机密，等等。

我接的活儿基本都是安全系数比较高的，就是失败了也不太会死人，最多坐牢的那种，但那也只是相对而言……

常言道，常在河边走，哪有不湿鞋？

上百桩活儿接下来，难免会碰到几个硬点子。还好我被逮到的那几次，遇到的都是同道中人，没有遇到过官方的能力者。由于我的“正业”，让我在业界里口碑不错，再加上我接活儿比较谨慎，不干什么伤天害理的事情，所以只要我愿意放弃任务，那逮到我的人也愿意放我一马。

说到底，绿林道还是个讲究脸面的地方，本来也是各为其主、拿钱办事，彼此间无冤无仇的，谁又愿意为了一桩买卖担上“杀死祭者的败类”这种名声呢。

就这么又过了一段日子，我的生活模式也算稳定下来了——大隐于市，做着自己喜欢的事业，用副业来支撑自己的生活和理想，“祭者”的名号也在不知不觉中变得越来越响亮。

在以讹传讹中，慢慢开始有人把我当成是个厉害人物了，甚至有人瞎编乱造我的“异能”，还吹得神乎其神的。

但其实，入行半年后，我就确定了自己唯一的“特殊能力”就是：我对精神系的异能几乎免疫。

这事儿，我在“灵魂状态”时曾听那两个未知的声音提起过，所以在得知了这个世界上真有异能者后不久我就自己试出来了。

其他方面，我真没什么特别的，虽然为了保命我也锻炼过身体，但练到极限也就只是“与纸级能力者相当的身体强度”而已。

我也不知道为什么，某天，我得到一个风声，说“PUT-OID，即平行宇宙穿越者观测干预局）”的人盯上我了。

我可从来没跟任何人说过我是穿越者啊，我也没有做过什么只有穿越者才能做的事吧？他们是怎么分析出来的？难道有特定的仪器可以检测出来？或者有特定的异能者能发现这点？

无论如何，被人盯上总不是一件好事。

我得先发制人，这是我从“上一辈子”的经历中得到的宝贵教训。

因此，我开始冒险，进入了以我的能力并不该去涉及的领域。而令人意外的是……事情的进展十分顺利，顺利到我都有点怀疑有人在暗中帮助我了。

在那次以身犯险却又有惊无险的行动后，我得到了一份关于 PUT-OID 的详细情报，包括组织结构、人员配置、常用监视手法等，连一些探员的个人信息都有。

当然，我也有想过，我会不会是中计了？会不会是拿到了假的情报？

于是我又通过很多途径去进行了验证，你们猜怎么着？这情报就是真的。

说来也可笑，我被PUT-OID盯上的原因，并不是因为我做了什么“非法的事”，而是因为我做了“守法的事”。

通过对PUT-OID内部流程的了解，我掌握了他们锁定“穿越者”的方法，其实一般情况下也就两种：其一，彩票；其二，税务和社会保障缴纳情况。

这两项检索是常年进行的，从来不中断，也不需要花费很多的资源，因为基本靠电脑分析收集到的数据就能完成。

先说“彩票”这块吧，首先我得解释一下联邦的彩票是怎么一回事……

由联邦政府发行的中奖金额最高的一种彩票——“联邦慈善彩票”，实际上是一项官方洗钱业务。这种彩票的特等奖，是不可能有人中的，因为开奖的结果全都是受控的。

每一轮的开奖日当天，在购买时间截止后，到开奖前那几个小时里，官方都会对本轮所有已卖出的号码进行检索，检索完毕后，便生成一个“无人购买过的号码组合”出来，然后拍一段以此号码为开奖结果的视频。

到了开奖的时候，官方再通过剪辑的方式，将这些预录影像和演播厅里直播的画面剪到一起，来回切换，这样看起来就像是直播一样了。至于在现场的主持人和公证人员，那自然都是在演，也没有人敢不演。

那么，在连续这样操作几轮乃至十几轮之后，当奖金池变得特别庞大了，群众也开始觉得“都这么久了都没人中特等奖是不是有点不正常”了时……该怎么办呢？

很简单，找个“自己人”，戴上墨镜口罩来把奖领了不就得了嘛。

顺便在报纸上登一些新闻，捏造一点关于这个获奖者的信息，让那些沉迷彩票的傻瓜继续抱有幻想，这生意就能继续做下去了。

而那些被领走的钱去了哪里呢？除了应缴纳的税之外，剩下的部分，自然是想去哪里，就去哪里了……

综上所述，联邦的彩票，说白了就是智商税，和联邦其他以慈善为名的业务一样，款项的来去，工作的细节等，全都是不公开、不透明的。所有的开奖结果，也都是可以且很容易就能操控的。

因此，普通人，绝对不可能中特等奖，即使是穿越者，或者是有“预知未来”能力的异能者，也中不了，因为开奖结果是根据“购买截止后的数据”而产生。

但是，其他奖项呢？比如一等奖和二等奖呢？

假设你是一个穿越者，比较有智力的那种，你觉得中特等奖太显眼了，或者你本就明白所谓的“返奖率”是怎么一回事，又或者你在买了几次特等奖号码后发现开奖时的号码和你记忆中的不一样了，随后才想通了其中的门道……

不管是哪种吧，反正你接下来多半就会想到“故意选错一两个号码，放弃特等奖，去中一等奖或二等奖”这种策略。和特等奖不同的是，其他奖项的金额是固定的，且不设注码上限，最关键的是……不会因为你买了这个号儿，就引发未来的开奖结果改变的事态。

于是，每当有人中了几十注乃至上百注的非特等奖彩票之后，PUT-OID 就会立即开始调查这个人，有 99.99% 以上的可能，这货是个穿越者或者能力者。

只有不到 0.01% 的概率，这人是真的运气好，而且搏对了……因为那才符合概率学。

当然了，我不是那种“时间穿越者”，我是“平行宇宙穿越者”，我并不知道到彩票的开奖号码，所以用这一套方案是锁定不了我的。

让 PUT-OID 盯上我的，是他们的第二套检索机制——税务和社会保障缴纳情况。

说来你们可能不信，联邦的税务和社会保障局那上百条缴款名目中，有整整二十七条款项是专门为了“试探穿越者”而设立的。

这些款项的名称，是 PUT-OID 从他们已经捕获的一些平行宇宙穿越者那里问到的、来自其他宇宙的特定税款称谓。也就是说，在穿越者所在的宇宙里，这是常识性的税款，但在这里……其实没人知道这是什么玩意儿。

一般的单位财务给员工缴纳税款和购买保险时根本不会去填这些，个人缴税者也不会去打听这些非强制性的交款是干吗的。

但穿越者……会上当。

我就上当了。

为了低调地伪装成一个守法公民，我在获得了一定的财产后，特地去自己注册了一个空壳公司，自己担任财务给自己的灰色收入做账，并且通过公司给自己交税交金买保险。

谁想得到这竟然是个饵啊！

在这个宇宙，公民最常缴纳的那些款项里并不包含这些条目。

而且交错税交错金这个事情跟买彩票还不一样，并不是“犯傻”或者“运气”可以解释的，基本上就是“穿越者做贼心虚”才会干的事儿。

PUT-OID 就是利用这种“常识层面的认知差异”，依靠有关部门提供的大数据，在一片悄无声息的战场上，把穿越者们从人群中一个一个给找出来的。

我也不知道他们什么时候会来抓我，但侥幸心理要不得，期待他们就此把我忽略掉是不可能的，因为如果我是他们的人，我绝不可能在没有完全确认的情况下把一个已经上了嫌疑名单的人去掉。

现在的问题就是……我该做好怎样的准备，才能应对他们。

二

虽然雷蒙德在离开兰斯的牢房后第一时间就拿回了自己的随身物品，并打了个电话想去提醒吕特，但还是晚了一步。此时，接起电话的人，已不是吕特，而是警察局长鲍威尔。

鲍威尔告诉雷，就在十几分钟前，吕特被发现死在了自己家的卫生间里，死时他正在刷牙。

这会儿，警队和 FCPS 的人已在勘查，事实上，此刻鲍威尔手上拿着的这个吕特的手机，都已经被装在证物袋里了。

雷蒙德获讯，立马赶去了案发现场。

他到的时候，卡门刚好也到了。卡门对于吕特的死倒是没怎么感到惊讶，因为在她眼里，当吕特提出“假直播”这个点子时，其一只脚就已经迈进棺材了。

通过询问鲍威尔，两人大致知晓了这场谋杀的手法：吕特所用的电动牙刷里，藏着一组机关刀片，一旦刀片被触发，便会朝着四面八方弹射而出。

那么这牙刷里的刀片为什么早不启动晚不启动，偏偏今天启动了呢？后来 FCPS 解析完了里面的芯片才明白：这组刀片的触发机制在于时长。

简单地说，这支牙刷刚开始使用时和正常的电动牙刷并无区别，但是当其累计的震动时间超过一小时的那一瞬，刀片就会弹出。

进一步追查下去，警方便发现这支牙刷是吕特的妻子在 5 月 1 日（即兰斯被捕那天）的上午，于一家大型超市内购买的，因为前一天晚上吕特原来的那支牙刷刚好坏了。

他们接着就去查监控录像，结果发现，就在5月1日的上午，兰斯也出现在了那家超市，那会儿他还没有去轰炸海特丹法庭门口的雕像，穿着打扮也很普通，所以看起来就是一路人而已。

那天吕特的妻子购物完了以后，独自捧着两个满满当当的纸袋来到停车场，就在她为了如何掏钥匙开车门而犯愁（装得很满的纸袋放下后容易倒下，然后里面的东西就会掉出来）时，一位“好心人”，也就是兰斯主动上前帮她捧了一下其中的一个袋子，而吕特的妻子也没多想，在感谢了这位陌生人的举手之劳后，两人就此别过。

她可不知道，兰斯就趁着那几秒钟，把她刚买的牙刷给调包了。

于是，5月1日的晚上，吕特用这支牙刷刷了第一次牙，用时……两分五十五秒。这之后的每一天，他都是早晚各刷一次牙，每次用时也都是三分钟左右。

至5月11日晚上，算上导致他死亡的那一次，吕特共计刷了二十一次牙，而这第二十一次，刚好让牙刷的累计震动时长超过了六十分钟，继而触发了刀片。

而这又引发了另一个问题——为什么兰斯在自己被捕前的几个小时，就已经完成了对吕特的“延时杀人”？

难道他能未卜先知，预测未来这些天里发生的这些事？他不但能算到法庭方面会用“假直播”应付自己，还能算到“假直播这个主意必然是由吕特提出的”？更可怕的是……他居然连吕特家里的牙刷坏了都知道？还知道吕特的妻子会在什么时间和地点去购物？

那他在法庭上回头的举动又是为了什么？如果谋杀早就安排好了，他为什么还要用自己的“义眼”去确认目标并向同伴通报其特征？

这种种问题，旁人几乎是不可能想通的，但卡门却是一想就透、一清二楚。当她在调查过程中了解到上述的一些信息时，她马上就意识到了，兰斯在法庭上不是让同伴“确定要杀的人”，而是让同伴“确定不要杀错了人”。

从这个角度出发，类似“刀片牙刷”这样的玩意儿，兰斯很可能不止给了吕特一个，而是给了很多人。他的同伙得知目标是吕特后，并没有对吕特做什么，而是去把其他能杀人的机关物回收或者延缓了。

换言之，如今整个海特丹的司法界，没有一个人是安全的。

不过这番推理是后话了，眼下现场还没勘察完，调查还没展开，几人都还没有头绪。

“到底是什么意思呢……”雷蒙德远远看着被装入裹尸袋的吕特，不禁低头沉吟道。

此时困扰他的问题有两个：其一，L、I、K、O 到底是什么；其二，不久前兰斯给他的那串暗语到底指什么。

“有什么谜题能跟我们分享一下的吗？”卡门听到了雷的念叨，便顺势问道。

鲍威尔也站在一旁，用期待的眼神看着雷蒙德。这位当地的警察局长和吕特的关系不错，所以急于破案的心情可以理解。

于是，雷蒙德就把困扰自己的两个难题迅速复述了一遍。

鲍威尔是没啥头绪，但卡门当即冷哼一声，接道：“L、I、K、O 就是 low-impact-kinetic-operations……其具体形式嘛，他已经用吕特的死演示给我们看了。”

雷蒙德闻言，当即面露惊讶道：“你早就知道这个缩写的意思？”

“我一直都知道，可惜你到现在才来问我。”卡门这言下之意就是——“如果你早点来问，没准我们有机会救吕特一命。”

雷蒙德一时语塞，几秒后，他又转而问道：“那……22040927，格林又是？”

“22040927”一看就是一个日期，而“格林”作为姓氏也是比较常见的。

这串暗语的含义，和雷蒙德本人有直接关联——指他曾经经手过的一个案子。

那是大约十五年前的事了，当时的雷蒙德还是一名初出茅庐的小律师。

虽然雷蒙德在校期间是非常优秀的尖子，但他毕竟出身平民家庭，没什么背景和人脉可以依靠，所以，踏上工作岗位之后，一切还是要从零开始。

他和其他尚无资历、也无钱无势的年轻律师一样，有两条路可以选。

第一条，去那些知名的大牌律所里当见习律师，一边做烦琐的文书工作，一边溜须拍马，等着有人提携他上位。

第二条，去法院挂个公辩律师的名额，同时自立门户，找个车库之类的便宜地方当办公室，一边处理法庭指派来的“烫手山芋”，一边祈祷自己可以靠某个能引起话题的大案一飞冲天。

雷蒙德不是那种甘于屈居人下的人，他的野心和抱负远不止是当一名成功的律师而已，他的能力很强，也十分自信，因此，他自然是选了第二条路。

结果，在那条路上走了没多久，他就接到了一个非常棘手的案子……

案情其实很简单，一名姓格林的高中女生，因在学校里遭到霸凌和毒打，在自卫时，失手将一名霸凌她的女生的左耳打聋了。

那个霸凌女孩的家里比较有钱，通了很多路子来打这桩官司。而格林的家里很穷，只有一个单亲妈妈，根本负担不了律师费。所以当遍体鳞伤的格林被一个除了耳朵哪里都没事的人送上被告席时，她也只能去依靠法庭指派给她的律师……也就是雷蒙德了。

2204年9月27日，是那桩案件一审判决的日子。

格林最后被判处了一年有期徒刑，缓刑一年执行。

这个结果，显然是不公平的，不过，在法庭上，本就没必要谈论什么公平，而应该谈论法律。

法律上来讲，这已是雷蒙德所能取得的最好的结果了，这也是他首次用"妥协"去换来的"胜利"。

雷不是傻瓜，在第一次庭审过后，他就知道，这场官司是绝对赢不了的——因为整个法庭都在设法让他输。

雷并不畏惧控方聘请的所谓名律师，以他的业务能力，加上案件本身的事实以及诸多十分清晰的证据，他有把握不会在辩论上输给任何人。

可是，在那次庭审中，法官不停打断雷的正常陈述，并时不时提示和纠正对方律师的失误；控方和控方证人反复无常的口供和明显的谎言不断被采纳，而格林的实言不断被否定和质疑；控方律师可以肆无忌惮地对格林施压、诱供、误导，甚至侮辱，而雷的问话却屡屡被叫停……

这样的官司，若雷坚持撑下去，格林甚至有可能被判三年以上十年以下的刑罚。那样的话，她最美好的青春年华都将在监狱里度过。

眼见如此，雷便跟格林摊牌了，他明确地告诉格林，这场审判不会再有真相和公平，黑白已经颠倒，结果已经注定，现在他们能做的只有止损。然后，他就跟格林分析了其中的利弊，并希望后者通过认罪来减刑。

在说服了格林后，雷蒙德便去和控方律师以及法官进行斡旋，试图达成一笔"三方交易"。

值得庆幸的是，那名控方律师也还算有点良心，撇开自己的立场，他也不想赶尽杀绝，所以他努力去劝说了自己的当事人，并忽悠他们说不接受交易也未必会赢……

就这样，承认了自己“有罪”的格林得到了上述的判决，且没有上诉。

她那时是高二，判决下来后她便休学了，之后也没再去上过学了。一年后，她的缓刑期结束，因缓刑期间表现良好，她获得减刑不用再入狱。

也正是在那年，她和母亲离开了风车郡，远走他乡，再也没回来。

控方那边呢，事后并没有进一步去报复格林。倒不是没试过，主要是因为审判后的一年里格林几乎没走出过家门，日子久了，这事儿也就过去了。

法官和控方律师都收到了他们应得的报酬，而雷蒙德也在这件案子中得到了“成长”，他的处理结果还被司法界的同行们视为“出色”和“正确”的典范。

皆大欢喜？天理不存？

没人会在乎。

我们大部分人都一样，在作为旁观者的时候，即使是愤怒，也是短暂的、理智尚存的、计较成本的……事情只要不是出在自己的身上，我们很快就会忘的。

雷蒙德就忘了，若不是兰斯让他想起，他可能永远都不会再去回想这个案子。

但当他真的回想起来，以他此时此刻的心境，不禁又产生了种种当初没有的情绪和念头。

假如自己当年没有妥协，力争到底，又会是什么结果呢？

最好的状况是，他不但能让格林无罪释放，还可以反告对方霸凌，顺带把不作为的校方一块儿告了，用社会舆论压垮那些恶人，最后让格林母女带着一笔巨额的赔偿金离开。

而最坏的状况……他没有想下去，因为他也不知道十年的牢狱生活会把格林变成怎样的人。

5 月 12 日，傍晚 6 点。

在涉及反抗组织的事情上，FCPS 和警方的调查效率还是比较高的。不到 24 小时，他们已查到了格林的下落，并顺着这条线索，又一次成功找到了一名半年前从网戒中心失踪的少女。

数小时后，一份书面报告就被传真到了风车郡，并摆在了雷蒙德的桌上。报告的内容很详细，但这种“详细”……绝不是此刻的雷蒙德想要的。

根据FCPS的调查，十四年前，结束了缓刑期的格林跟着母亲去了龙郡。

作为单亲妈妈，格林的母亲本就过得十分辛劳，在经历了一场官司，和一整年生怕别人报复的提心吊胆的生活后，再加上搬家和舟车劳顿，这位母亲终究是病倒了。

家里的那点积蓄很快就被花完，格林想出去工作赚钱，但她连高中都没有读完，且留有犯罪记录，找底层工作都没人要她。

幸运的，同时也是不幸的……她长得还算漂亮（这也是她遭到霸凌的主要原因）。于是，现实就像很多狗血小说里的情节那样，为了救母亲，格林去当了一名地方官员的情人。

说是“情人”，其实也不确切，应该叫“借腹生子的工具”更为恰当。包养格林的那个官员是个靠着自己老婆家的关系上位的小白脸，婚后过了几年，他老婆被检查出不能生养，离婚是不可能的，但家业总得有人继承，所以他们两家人一合计，就想出了这个主意。

第二年，格林的母亲去世了。考虑到这个宇宙、这个时代的医疗技术，毫无疑问，她生前并没有得到妥善的照顾。

同年，格林生下了一对龙凤胎，那名官员把男孩留下，丢给她一笔钱，让她带着女孩有多远滚多远，不要再出现在他面前。

格林却把钱还了回去，恳求对方把女孩也留下，因为她知道靠她自己不可能抚养这孩子长大，她也不愿看到两个孩子自幼便被迫分开。在她苦苦哀求之下，那名官员终于是答应了。

就这样，十几年过去。

格林的儿子在那个家里要风得风、要雨得雨，而她的女儿则是中学还没毕业就被亲爹和后妈送进了网戒中心。即使是在其失踪后，他们都没怎么过问。

5月12日这天，当警方顺着兰斯给的暗号找到格林时，发现那个失踪的女孩儿就在格林的家里，看起来她们母女已经在一起生活了一段时间了。

尽管日子过得清贫，但对格林的女儿来说，至少比在原来的那个家庭、比在网戒中心……要好得多。

可悲的是，在被FCPS找到后，女孩儿必须被送回原来的家里去，因为格林并不拥有这个未成年人的监护权。而孩子的父亲，也就是当年的那名官员，如今已到了一个更高的位置上，即使他本来也不想要这个女儿的监护权，但既然人都找到了，他还是得把女儿领回去，否则可能会揭出性丑闻，影响他的仕途。

当然了，以上这些，都是FCPS层面的情报，这些内容，对外，甚至对警方，都是不完全公开的，就算是雷蒙德这个“首席检察官”，也得在卡门的点头允许后才得以查看。

而卡门这样做，也是揣着私心的。

卡门知道兰斯是想用这些信息去刺激雷蒙德，以此来推进某种布局，也就是说……这是“游戏”的一部分。

对卡门来说，这个宇宙中第二重要的事是什么，是值得思考和商榷的，是难以定夺或随时可能更改的。

但第一重要的事，却是很明确的，那就是——和兰斯之间的游戏输赢。

你要玩，我就奉陪。

既要玩儿得起，更要玩儿得赢。

什么联邦，什么反抗组织，什么战争，能力者、外星人、死亡、地球爆炸、银河毁灭……在“和兰斯的胜负”这件事的面前，优先级都要往后放。

你要是给卡门一个类似“输给兰斯就能保联邦再坐百年江山”这样的抉择，那她绝对会毫不犹豫地让联邦赶紧去死，选择自己赢。

卡门看似是一个传统意义上的好人，是代表正义的执法者，但其实在她内心深处，也并不全是人们看到的那样。

总而言之，别说卖掉一个首席检察官了，即使是整个联邦的司法系统，在这场“游戏”中，卡门都可以当筹码押上。

5月13日，上午10点。

雷蒙德又一次来到了兰斯的监室。

“我知道L、I、K、O的意思了。”雷蒙德坐定后开口就是这句。

“哦。”兰斯随口应了一声，这谜语本来就是他逗人用的，这会儿谜底揭晓，他对其已经没有兴趣了。

“格林的女儿也已经被警方送回家去了。”雷蒙德又道。

“呵……”兰斯笑了，“‘家’？你觉得哪一边才是她真正的‘家’呢？”

“这是她的事，我又不是她肚里的蛔虫，怎会知道她的想法？”雷蒙德回道。

“那我换个问题好了。”兰斯耸肩道，“你觉得你当初的妥协，究竟是拯救了格林呢，还是毁掉了她呢？”

“从踏上法庭的那一刻她就注定要被毁掉了，和我的决定无关，我只是尽我所能地降低了伤害。”雷蒙德冷冷应道。

“哟，你这事不关己的德行颇有几分我的风采啊。”兰斯挖着鼻屎，开始用污言秽语说俏皮话了，“那好……这次我就找点让你无法说出‘和我无关’的乐子让你去耍耍咯。”

三

两个月，我用了两个月的时间，制造了“约翰·史密斯”这个人的死亡。

我自认为做得非常完美，所有的细节我都想到了，包括联邦机构的监视能力和他们在事后调查这件事时的执行力，都已被我计算在内。

我甚至可以说是在过度估计了他们的能力后再来设计方案的。

这两个月里，我逐渐停止了与“约翰·史密斯”有关的所有社会活动：我注销了空壳公司，退掉了长期租赁的房屋，停缴了所有的税款，并减少了自己的购物记录。

我最后一次在公开场合使用自己的证件，或者说，使用“约翰·史密斯”这个身份的证件，是在一间连锁酒店里。

那天，我非常高调。

我在入住登记时，冲前台又摆脸色又骂脏话；我不但不让服务员碰我的行李，还不停向他抱怨这家酒店有多糟糕，最后还拒绝给他小费；我半夜三更在房间里来回踱步，惹得楼下的住客打电话到前台投诉，在被前台警告后我又跑到楼下敲那名客人的房门然后隔着门板恐吓了对方……

长话短说，我这一晚上至少制造了七八个对我留有深刻印象的“证人”。

而第二天，我就去抢劫了一家珠宝店。

这家店我事先踩过点了，每个柜台下面都有隐藏的报警按钮，而且是私营的，老板本人就在店里，只要抢劫发生，必然有人会按警报。

我戴着滑雪面罩，拿着手枪，快速地抢了一袋赃物，并在警方赶来前就提着包跳上了车。

警察赶来的时间我是早就算过的，而且得城的郊区车也不多，纵然我的驾驶技术一般，也不至于被立刻追上。

我就这么猛踩油门，一路飙到了“预定地点”，然后在警车的围堵下开车冲入了施卢亚本河。

车身还没撞到水面，我就已经给自己戴上了潜水面具，下水后，因为车窗早已被我打开，我只需解开安全带，就能直接从那儿游出车外了。

我还是比较有良心的，把珠宝都放在了一个防水的袋子里且紧紧拉好了拉链，所以当警方把这个袋子从河里捞起来时里面的东西一件也没丢失。

至于劫匪，也就是“约翰・史密斯”这个人……被找到时，“他”已经是一具尸体了。

警方们得到的这具尸体，是我花了不少钱才弄到的，简单地说……那是我的克隆人，只不过他一被克隆出来就立即被淹死了。

在这个宇宙，这个时代，克隆技术无疑也是政府明令禁止的。但依然有人在搞，而且根据搞这些生意的人所说，他们的技术也都是从联邦内部买出来的。

联邦内部秘密进行的研究到了什么程度我不清楚，反正在地下世界里流通的技术，仅限于做出生理上完全一致，但没有异能、没有变种基因，也没有记忆的克隆体。

也就是说，做出来的成品，虽然和被克隆者的年龄、血型、体型、发色等完全一样，但醒来时脑袋一片空白，既不认识这世间的事物，也不会说话，除了呼吸、吮吸和抓握这些本能动作之外，连翻个身都不会。

要让这样的人冒充本体进行日常活动自是不太可能的，但充当一具尸体肯定是足够了。

言归正传……

由于我穿越到这个世界的时间还不长，所以可以规避掉绝大多数的“克隆破绽”，比如牙科记录、动手术留下的疤痕、体内的钢钉等克隆无法复制的痕迹都不需要去考虑。

于是，官方很快就确认了“我”，也就是“约翰・史密斯”这个人的死亡。

即使 PUT-OID 对此有所怀疑，要追查我“生前的”行动轨迹也无妨，他们能查到的就是：一个穿越者经过一段时间的准备后，脱离了平淡的生活，决定去干一票大的，结果栽了。而这个人在抢劫前一晚的状态，也有足够多的证人可以去证明……十分符合亡命徒的人设。

当然，一般来说，即使是PUT-OID，也不会查到这个份儿上的，因为“克隆尸体”太有说服力了。和那种“找不到尸体”或“尸体被搞得面目难辨”之类的情况不一样，很少有人会用这种办法假死，而会用这种办法假死的人，也不太可能是我这种小人物。

综上所述，做到了这一步，我基本就可以安心了。此时，只要我再换个身份，且今后不中彩票也不缴税，PUT-OID也不会再盯上我。

但我这个人比较谨慎，我也不着急……

我决定，再躲半年。

这对我来说不是难事，因为我早就给自己准备好了一间“安全屋”，就是那种处于市井之间、看起来十分普通，但你连入口都找不到的房产。

屋里有非常充足的食物和饮用水，以及大量的卫生纸，水电气皆有，并且在一个很大的公共WIFI覆盖之下，屋里可以联网的设备在无数连接着这个WIFI的设备中也没什么与众不同之处。

我只要关上门，在这安全屋里宅上半年，风头肯定就彻底过去了，就连道上的人没准都会开始传“祭者已经死了”的消息。

想是这么想的，然而……

又过了两个月，某天早上，我刚上完厕所，准备坐下看看新闻，突然，安全屋的门竟然开了。

这门即使是从内部也是得用密码才能开的，何况是外面？但密码只有我一个人知道，所以这绝对不对劲儿。

我想都没想就从枕头底下抽出一支手枪对准了门口，然后……他就进来了。

被枪指着，似乎并未让他感到任何的不自在。

只见他随手带上了门，面带微笑地来到我的面前，盘腿坐下，问了我一句：“祭者？”

我看得出来也听得出来，他这是明知故问。

“你是？”所以我没有回答，而是反问了他一声。

“我叫詹姆斯·兰斯，你也可以叫我……‘判官’。”他这样回道。

“你找我有事儿？”我又问道。

他知道我的安全屋在哪儿，知道我的绰号，关键还知道我安全屋的密码，那他自然没找错人，因此剩下的问题就是他找我干吗了。

“呵……别紧张。”结果，他笑着说道，“其实我和你有很多共同点，比如我也很喜欢让一些没有受到应有惩罚的罪人吃点苦头……”他说到这儿顿了顿，似是在观察我的反应，“你以前做的事情，我都知道，你很出色，是个谨慎、靠谱且值得信任的人……

“我呢，最近想搞个真人秀，其形式和内容，应该很合你的口味，目前我还缺个助手，不知……你有没有兴趣试一下？”

四

从5月13日的晚上算起，雷蒙德已经一周没睡好觉了。

他倒也不是担心自己会被枕头或是别的什么日用品里弹出的刀片给杀死，只是单纯的心情沉重、压力巨大。

当一个人相信自己做的事情是正确的、自己的事业是有意义的时，他不会这样。

所有的压力都会在完成一些阶段性的工作后转化为一定的成就感，人的心情也会在这些节点上得到舒缓。

但是，当一个人发现自己做的事情是无益的、无谓的，甚至是错误的时候，对自身的质疑会让他痛不欲生，积攒下的压力将无处宣泄，直到这个人的认知、底线或者精神崩溃为止。

雷蒙德现在就处于这个阶段。

自13号那天起，兰斯每天都会给他一条新的信息，每一条信息都涉及一名从网戒中心失踪的孩子，和一件与雷蒙德相关的案子。

与“格林案”不同的是，他后来给的，都是雷蒙德在“学会妥协”的五年后经手的、具有一定争议，且存在幕后交易的案例。

这些案件的结果走向，每一桩每一件，都和雷蒙德有直接的关系，因为他在那些案件中扮演的角色是“主导者”，而不是像格林案时那样在几乎必败的前提下被动做出选择的情况。

那个时期的雷蒙德，正处于事业的急速上升期，可谓年少气盛、春风得意。他得到的高评价和收到的律师费都在以非常夸张的速度增长，他也是到了今时今日才后知后觉地发现，原来，就是在那个时候，他已完全不在乎当事人的想法了。

还是学生时，雷蒙德觉得学法律可以帮助人，但成为名律师后，“人”成了他在一个案子中最不关心的一项要素。

他在接手一桩案件后，仅仅通过现有的证据和资料，就能立刻用自己的一套逻辑算出这件案子大致的审判结果，以及一套最优的解决方式。

有些案子胜券在握，便可以穷追猛打，争取更大的利益；还有些案子证据不足，起诉、辩护困难，他就找漏洞、带舆论、谈交易……

这些解决方案或许是没错，因为雷蒙德真的很出色，他几乎不曾失手过，他给当事人的承诺、预测的结果，也全都成真了。

但是，他已彻底忽视了那些“人”的感受和选择，他把一次次关乎别人人生的审判，变成一道道公式和流程，当成了自己的法庭实践课。

而他，也坚信自己的抉择和做法是对的，直到……现在。

5 月 21 日，下午 1 点。

雷蒙德又一次来到了兰斯的牢房，这几乎是他最近半个月的日常了。

坐下后，他一言不发。

“你好像很累啊。”兰斯看着满眼血丝、脸瘦了一圈的雷蒙德，戏谑地言道。

“今天的信息是什么？”雷蒙德没接他那话，只是有气无力地问了一句。

“呵……”兰斯笑道，“你是不是觉得，等到那些小鬼全都被找到了，我的手头也就没什么筹码了，你也就不用再从我这儿拿信息了？”

“或者……”雷蒙德低声接道，“等你把所有因我的原因而产生的不幸和悲剧，全都摆到我的面前时，这事儿一样也会告一段落的，不是吗？”

“哦？”兰斯道，“听这意思，你已经无所谓了？”

“对！我就是无所谓了！”下一秒，雷蒙德忽然暴怒，他提高了嗓门儿喝道，“我就是个讼棍！是个通过自我说服和狡辩活得心安理得的人渣！怎么样？”他站了起来，额头上青筋暴起，他瞪着那双血丝满满的眼睛，用手指着兰斯道，“知道吗！就是我这种人，会继续这样活下去！并且成为联邦大法官！而你……离死已经不远了！”

兰斯静静地望着雷蒙德，待他吼完，精疲力竭地坐下后，兰斯才慢悠悠地开口道：“看来你压力很大啊……”他顿了顿，话锋一转，“这是好事儿，这正说明了你这人还有良心。”

“别废话了，今天的信息是什么……”雷蒙德一边调整呼吸，一边又问回了刚才的问题，因为他着实不想再和兰斯多聊什么了。

尽管雷蒙德直到现在也不怎么了解兰斯这个人，但只有一点他可以确定——和他聊得越多，就离被逼疯越近。

“今天的信息，并不需要你再去解读，你只要‘照办’就可以了。”数秒后，兰斯如是回道。

“哼……我要是拒绝呢？我也会死于刷牙吗？”雷蒙德毫不客气地应道。

“呵呵……那倒不会。”兰斯回道，“但你会失去一个‘重拾初心’的机会。”

“哈！”雷蒙德也笑了，“你这是在干吗？搞传销？还是说你觉得我俩的谈话是类似戒断者互助会之类的性质？”

他的态度在兰斯的意料之中，所以兰斯没有理会，只是接着说道：“你一会儿从这儿出去之后，就跟他们说，我今天没有给你任何信息，但提出了一笔交易——‘只要他们同意给我一次真实的全球直播、公开审判，我就会在庭审后一口气把我知道的一切，包括失踪孩子的信息、逆十字的情报、全球各路反抗组织的秘密等，全部供出来’。你就说，我给他们三天的时间考虑，这三天里我不见任何访客，三天后你们讨论出了最终结果再来找我。

“至于你嘛……请你以自己压力太大、身体欠佳为由，请三天假，待在家里等着，就行了……”

雷蒙德听完他这段话，思考了片刻，接道：“所以你要我做的除了传话之外就是请三天假？”

“是的。”兰斯点头。

“你觉得我会相信事情真就这么简单吗？”雷蒙德又问道。

“你当然不会信，而连你都不信的事……卡门就更不会信了。”兰斯说着说着，又露出了一个猥琐的笑容，“所以，在你把我今天跟你说的这些话告诉她和其他那些傻瓜之后，她肯定会让你将计就计，按我说的办，随后暗中把你监视起来……不出意外的话，接下来的三天里，哪怕你去拉泡屎都会被至少三个FCPS的监视人员密切围观。不过这也不重要，重要的是，无论是跟我还是跟卡门打交道，你终究还是只有一条路可以选，除非……你隐瞒一部分今天我对你说的话。”

“我知道你在干什么了……你不用打这种主意，我告诉你，我一个字都不会隐瞒的，包括你最后这几句帮我算账的话，我也会和莫莱诺他们说得明明白白。”雷蒙德说着，已转身敲了敲牢门，并呼喊了看守。

待他离开牢房后，兰斯悠然地瘫倒在床上，望着天花板，自言自语道：“此地无银三百两，说的就是你这种人了吧……”

5 月 22 日，雷蒙德开始了他为期三天的假期。

出于安全考虑，雷蒙德的家人，以及与此案相关的几位海特丹市大佬的家人，早在吕特分部长死亡的后一天就已全部被转移到了别的郡去，所以这几天雷蒙德的家里就他一个人在。

昨天，在离开兰斯的监室后，雷蒙德并没有对别人说“假期是兰斯要我休的”，事实上，他把昨天兰斯所说的关于让自己休息的内容全都隐瞒了，只说了交易的事，但最终，他还是请了三天假。

就连雷蒙德自己也说不清为什么要这么做，或许是直觉、或许是逆反心理，又或许是兰斯在谈话中潜移默化地给了他一些心理暗示……

但其实，从结果上来看，没有什么区别，因为卡门依然是派人监视了他。

对于卡门来说，即便不知道“是兰斯让雷蒙德休假三天的”这条信息，也不妨碍她对雷蒙德的行动产生怀疑。

卡门从一开始就清楚在这场游戏中雷蒙德是一枚极为关键的棋子，他看似是站在联邦这边，且绝无背叛的可能，但若是不盯紧点，很难说兰斯会利用他去做些什么。

再加上雷蒙德最近一周的精神状态确实已不太稳定，这就让卡门更加重视了。

就这样，两天半过去，什么都没发生。

也正因为什么都没发生，卡门把雷蒙德“请”到了当地的 FCPS 分部里去。

假如这段时间里发生了什么，卡门反而会安心些，但现在，她很不安……她觉得不是什么都没发生，而是发生了些什么，但自己没有察觉。

因此，她给雷蒙德上了测谎仪。

卡门实在太了解兰斯了，所以她问的第一个问题，就让自己掉入了陷阱中：“你是不是隐瞒了什么从兰斯那里得到的信息？”

雷蒙德只能回答“是”，他毕竟不是什么受过训练的特工，他没能力骗过测谎仪器。

于是，卡门自然就接着问他：“你隐瞒的是什么？”

雷蒙德也只能照实说，隐瞒了请假三天的事是兰斯让他做的。

这个回答，过了测谎仪，但过不了卡门。

对卡门来说，这里存在两个疑点：其一，人说谎是要有目的，雷蒙德为什么要在这件无关痛痒的事情上说谎？其二，仅此而已吗？不可能吧？没必要吧？他是不是还隐瞒了别的事？现在这个答案是不是兰斯教他用来应对测谎的烟幕弹？还是说他本来就具备骗过测谎仪的能力，可以随意控制结果？

卡门陷入了逻辑怪圈，太多的假设和无法验证的可能性让她的推理能力反而成了一种负担，她也彻底失去了对雷蒙德的信任。

而雷蒙德……正如前文所说，他自己也说不清为什么要隐瞒那种事，本就已经压力巨大的他在测谎仪前焦头烂额，最后不可避免地走向了发怒和胡言乱语的状况，这也让他的口供全都变得不可信了。

5 月 25 日的上午，经过了一宿的折腾，雷蒙德提着自己的西装和领带，一脸倦容地走出了 FCPS 风车郡的分部基地。

尽管卡门已不再相信他，但他毕竟还是联邦的首席检察官，也积极配合了 FCPS 的调查，仅仅是因为他在一件无关痛痒的事情上没把话说清楚，也不可能定他什么罪，所以他们也只能把他放了。

当然了，对他的监视仍会继续，这点也跟他本人讲清楚了。

只是，那些负责护送他回家的探员们，包括卡门，都忽略了一件事——从 5 月 24 号的晚间到 25 号的早上，当雷蒙德被请去 FCPS 分部“喝茶”的时候，对于他家的监视，是中断状态。

尽管那些监视用的设备都还开着，但那段时间屏幕前是无人监看的。

假设，这天晚上，有一个或几个准备得十分充分的人来到了空无一人的雷蒙德的别墅，悄然地在没有任何人监视的别墅周围装上一些隐蔽的信号遮断和收发装置，那会造成什么后果呢？

当天下午 2 点。

雷蒙德吃完了饭洗完了澡，正准备去卧室补个觉。

不料，他刚走进卧室，就看到自己常坐的那张沙发椅上竟多了个人。

“你好，福克斯先生。”那是个西洋洲男子，看着三十出头。尽管他穿得很休闲，但依然能看出其身上的肌肉轮廓和矫健的体型。

“怎么？都装了那么多摄像头了，你们还要派个人在屋里直接看着我？”雷蒙德的第一反应是——这人肯定是 FCPS 的探员。因为这整栋别墅连厕所都已在别人的监视下，可谓毫无死角，这会儿若是有不相干的人摸进来，在外监视的探员早就一拥而入把人抓了。

可是，面对他的提问，对方的回答却是……

“监视你的人，此刻正在循环观看你泡澡时的监控录像。”那个男人不紧不慢地应道，“一会儿等我们聊完了，他们才能在画面中看到一分钟前你走出浴室、来到这个卧室的片段。当然，随后他们将看到的，就不是我坐在这儿和你聊天的这段了，他们只会看到你走进卧室，到床上躺下睡着的画面……

“而等到我离开后，只要你真的去睡一觉，我们的画面替换系统便会自动找一个合适的剪辑点把你睡着的实时画面接回去的，不会有人发现我来过的。”

听到此处，雷蒙德的神情已然数变，他迅速意识到了眼前的人绝不是在开玩笑，也大致猜到了对方的身份和立场。

“你是兰斯的同伙？”这是雷蒙德的第一个猜测。

“不敢当……鄙人赫尔·施耐德，充其量算是个跑腿的而已。”如今的赫尔，和当初那个蜗居在得城的小职员判若两人，无论生理还是心理层面，他都已今非昔比，“但是你……福克斯先生，你不一样，你是个大人物，你很重要。”

“这不用你告诉我，谁都知道我是联邦的首席检察官。”雷蒙德一边冷冷地回话，一边在用余光确认转身逃跑的路线，并在考虑自己能否来得及从眼前这个人的攻击范围内逃脱并成功获救。

“但那不是你重要的原因。”赫尔知道雷蒙德的盘算，但他没有说破，只是接着说道，“这半个月里，通过兰斯先生，你应该也已经了解到了，所谓的联邦检察官，也不过就是一群寄生在腐朽制度下的奴隶……

“你日复一日地去搜集一堆很可能根本无从获取的证据，然后跑到一个充斥着虚伪和腐败的地方跟一群西装革履、趾高气扬的伪君子扯淡，顺便还要去讨好十几个自以为自己很重要实际上什么都不是的傻子。

“这样的人，真的算重要吗？”

雷蒙德顿住脚步，盯着赫尔看了几秒：“那……我为什么重要？”

赫尔微笑：“因为你有能力做得更好，不是以一个联邦检察官的身份，而是以另一个身份……

“你可以舍弃掉那些你早就不信了的玩意儿，去追寻那套制度之外的正义。

“你可以去审判那些联邦的法律不管或管不了的人，去惩罚那些本就被制度保护着或是因为没有威胁到制度本身所以就被无视和放任的人……

“你可以成为在你所知的那套标准之上的、之外的一种新制度。”

此时此刻，雷蒙德只觉得自己的心在猛烈地跳动，一种强烈的兴奋感伴随着恐惧和一丝期待，正在催动他的血脉奔流，他接着对方的话，喃喃念道：“就像是……一名神话故事里的‘判官’？”

“对。”赫尔点头，肃然应道，“就是……判官。”

守法公民

尾声

对兰斯的公开审判，被定在了5月的最后一天。

因为兰斯给出的交易条件实在是非常诱人，最终联邦方面还是同意了他的要求——全球直播。

这次，就不再是假直播了，而是货真价实地面向多个媒体平台，对全世界所有的地区公开播放。

当然了，联邦那边，也是知道怎么钻空子的。兰斯提出的交易只是“全球直播”这四个字，其他的具体细节他可是只字未提，这就意味着联邦方面在操办此事时有着很大的操作空间。

首先，要播放，并不代表要宣传。FCPS可不会在庭审之前先为这事儿宣传几个礼拜、打各种广告，甚至放个预告片啥的……恰恰相反，他们极尽低调之能事，几乎是一点儿风声都没放出去。也就是说，在开播前，除了一些和此事相关的当事人之外，一般民众根本不知道有这么一场公开庭审存在——既不知道播出时间，也不知道在哪里可以收看到。

其次，只要满足“全球”和“直播”这两个条件，那在什么时间段放、在什么电视频道或网络平台放，都是可以灵活选择的。

于是，他们把庭审时间定在一个工作日的晚上11点。

海特丹当地时间的晚上11点，这个时段，很多人已关掉电视准备睡觉。

至于播出的频道嘛，就精挑细选出各地区在此时段收视人数最少的地方电视台，以“插播法制类节目”的名头临时替换掉原有的节目进行放送。

就以风车郡为例：比如说，在海特丹这个地方，一名普通的电视用户通常可以收到上百个电视台，其中有二十个是覆盖全球的，那这二十个就先排除掉；然后剩下的八十个里，有四十个是覆盖好几个洲的，那这四十个也排除掉。以此类推，把那些覆盖全西洋洲的或多个郡的也逐一剔除，最后剩下一些只覆盖尼德兰这一个郡乃至只覆盖海特丹这一个地方的电视台，然后从中挑一个晚上11点收视率最低的频道出来，海特丹的直播……就由这个台负责了。

其他地区，也如法炮制。其实也不是多难的事，只要把全球所有时段的电视收视数据汇总起来，再换算一下时差，很快就能完成筛选。

综上所述，说是“覆盖全球”，其实并不是在某个全球都能收得到的大电视台播放，而是在无数个基本没人看的小电视台分别播出。但理论上来说，的确是全球每个地区都能收看到。只要你能在完全不知道有这个节目的前提下恰好扫到某个平时从来不看的冷门电视台，并在看到乏味的法制类节目标题后坚持不转台，你就有机会知道这节目到底在放什么了。

而网络直播这块，空子就更好钻了，因为“互联网”上的东西，除了暗网那种需要一定技术和知识才能进的地方，绝大多数公开不设限的网站和内容，本来就是覆盖全球的，问题只是……直播发生的时候有没有人看到而已。

如果兰斯这场审判是在全球最大的视频网站上直播的，那即使网站方面不做任何推广，甚至限制其热度，故意不让这内容上首页，也一样会有很多人看到——这是用户基数决定的。

但如果这场审判是在一个开庭前一周刚刚注册的、网址又长又乱不靠复制粘贴根本记不住的不知名网站上直播，又会有多少人看到呢？

恐怕，答案有很大概率是零。

但理论上……请注意是理论上，全球任何一个地方的人，只要是能上网的，都可以搜到并进入这个网站，免费观看这场直播。至于前提嘛，自然就是“能在完全不知道有这场公开庭审，也不知道会在几点播出的情况下，输入一个你从来没听过的网站的复杂冗长的网址”。

引擎声逐渐变弱，直至熄火。

5月31日，晚，10点40分。

联邦海特丹法庭，某候审室。

“你这张脸，真的是无论看几次都让人火大呢。”此时，卡门正坐在兰斯的对面，用一种仿佛要看穿对方灵魂般的眼神盯着兰斯。

“呵……看到我这胜券在握的表情，有点不安，对吧？”兰斯则是老样子，对卡门笑脸相迎。

“胜券在握？”卡门将这四个字重复了一遍，顺手撩了一下自己的刘海，接道，“你的自信从何而来？”

“我有信心的理由和你是一样的……”兰斯回道，“……因为我有一帮值得信赖的同伙啊。”

卡门明白对方这话的弦外之音——凭兰斯的智谋自然能推测到，真正为这场全球直播的公开审判开绿灯的，不是大法官，也不是联邦司法部，而是“茶宴”。

像这么大的事情，在考虑时间非常充裕的前提下，即使是卡门也不会独断独绝的。她会向上汇报，然后和茶宴的人讨论商议后，再由“龙井”做出最终的决定。

“哦？在知道了这场审判背后由茶宴监督后，你依然有信心可以在直播中作妖？”卡门道。

兰斯没有回答这个问题，只是笑着说道，“我知道你们煞费苦心地在不违反‘全球直播’这四个字的条件下最大限度地限制了观众的数量，仅看这次审判的时间安排，我就能猜到你们全盘的做法……”

呼——呼——

他话音落时，候审室一侧的天窗上，两道车灯晃过，随即就有两辆车辆快速驶过的噪音传了进来，稍稍中断了他俩的对话。

“那又如何？”几秒后，待窗外的车声远去，卡门才说道，“这并没有违反交易的要求，要怪只能怪你自己没有交代细节。”说着，她又撩了一下自己的刘海。

兰斯又道：“我也知道，你们已经不再信任雷蒙德。这些天来，你们对他的监视从未中断过，而且他写的开场陈述稿也已被你们多次‘审核’过了。”

卡门露出一个不置可否的神情，说道：“我可以直言不讳地告诉你，不只是‘开场陈述’，今天，他只要在任何一个环节中突然开始说一些与他立场不符的话，我就立刻掏枪把他毙了。”

兰斯歪头道：“哼……真不愧是茶宴的‘祁红’大人，不但能带枪上法庭，还能在全球直播的庭审中开枪杀人噢。”

卡门不为所动，语气坚定地应道：“你放心，我开枪前直播画面就会以‘信号故障’为由中断的，不会有平民看到什么血腥场面，至于雷蒙德的死，事后我们会以‘反抗组织成员冲入法庭进行自杀式攻击，首席检察官不幸遇害英勇牺牲’为‘真相’进行新闻宣传的。”

兰斯轻笑：“想得挺周到嘛。”

卡门道：“我今天在这里，就是为了监督这场庭审按照‘正常的流程’走完，一旦发生任何可能超出我们承担限度的状况，我有权自行裁度处置的方式，并先斩后奏。无论是中止和你的交易，还是就地处决一些头衔听起来很唬人的联邦官员，都不是问题。”

“这倒有趣……”兰斯舔了舔嘴唇，“既然茶宴都做到这个地步了，那为什么不干脆就拒绝这次交易，直接找个借口把雷蒙德也处理掉，顺手撕毁我签署的那些法律文件，然后对我‘来硬的’呢？”

“因为我说服了他们。”卡门撩了下刘海，回道，“我告诉他们，严刑逼供对你毫无意义，事实上，你只要‘自杀’就可以简单地脱身了。

“你的被捕，毫无疑问从一开始就是一场阴谋，你提出的交易一定是布局的一部分，你必然会试图在审判中做些什么……

“所以，这件事说白了就是一场公开的博弈，是你我之间的又一场游戏。如果你能在庭审中做成你想做的那件事，那就是我输了；而如果我能阻止你做成那件事，并且让庭审流程顺利走完，那就是你输了。”

兰斯点点头，又道：“光是这些，说服不了他们吧？”

卡门也点点头：“是啊，所以我还为你做了担保。”

兰斯顺着她的话往下说：“你是不是向他们担保，如果我输了，我一定会按照交易内容，把之前承诺的那些情报和盘托出？”

“是的。”卡门回道。

“呵……”兰斯笑了，“你就这么相信我？”

“这个世界上，只有你我之间关乎游戏胜负的承诺，我无条件相信。”卡门不假思索地回道。

“那如果我耍赖呢？”兰斯说到这儿，顿了顿，再道，“如果我输了游戏后，不遵守约定呢？”

呼——

窗外，又有一辆车呼啸而过，远光灯的光通过天窗的玻璃折射在了卡门的脸上。

“呵……”卡门在那一闪而过的光影下，露出了一个病态、可怖的笑容，让人不寒而栗，“那我反过来问你，假设有这么一个人，她自出生以来唯一的乐趣、或者说唯一能够激起她斗争心并让她觉得有趣的活动……就是她自己发明的一种对局游戏。

“但是这世界上除了她以外只有一个人会玩这种游戏，且只有这个人能和她玩得一样好。

“然而，某天，她的这个对手在输了以后居然开始耍赖，拒绝付出失败的代价，从而让这个游戏失去了意义。

“这个时候，你说这个人会怎样？”

兰斯想了想，回道:“我想，这个人会立即变成一个‘混乱中立’阵营的拥趸，不顾社会的限制或道德劝说，用自己的能力肆意玩弄并践踏这世间的一切秩序，尤其是对那个曾经的对手，她会无所不用其极地破坏对方珍视之物，直到将对方逼至崩溃……并将上述这些行为视为自己新的乐趣。”

待他说完这句，卡门又恢复了平常的表情，刚才那恐怖的笑容好像从未出现过一般，只见她撩了下刘海，悠然接道：“你很懂嘛。”

兰斯耸肩:“尽管那样的你也同样很迷人，但我觉得你还是维持现状更可爱些，所以……今天，我还是让你输了吧。”

“输？”卡门疑道，“怎么输？”她往前凑了凑，瞪着兰斯，“我刚才应该已经解释过了，今天只有两种结果，第一就是你输，第二就是我中止直播，我们一起输，没有第三种可能。”

“真没有吗？”兰斯问道。

“有我在，绝，对，没，有。”卡门言之凿凿地回道。

“你真的‘在’吗？”兰斯的这个问题，让卡门的心中猛然一惊。

“你什么意思？”卡门说着，又想伸手去撩自己的刘海。

“你今天为什么老是在撩刘海？”兰斯却好似答非所问。

“我……”卡门这会儿也意识到了这一异常，她若有所思地念道，“因为我这半边脸……”

“你是不是总觉得那边脸有点痒，所以本能地就去撩头发？”兰斯接过话头道。

卡门闻言，微蹙秀眉：“你怎么知道？”

兰斯又没回答她，而是接着问道：“现在几点了？”

卡门扫了眼墙上的钟："10 点 53 分，距离你出庭还有……"

"你确定吗？"兰斯打断道。

"我……"

还没等她说出第二个字，兰斯又抢道："你是怎么来到这里的？"

这一瞬，一种难以名状的恐惧在卡门心中急速升腾，因为……她想不起来。

6 月 1 日，凌晨 3 点。

海特丹市，某条马路旁。

一辆汽车静静地停在那儿，车里有三个人。

驾驶座上的男人，名叫车戊辰，这会儿他貌似在闭目养神。车的后座上，还有一男一女，两人都在熟睡中。

由于卡门在睡着时，头无意识地往侧面倒去，靠在了兰斯的肩上，所以她有半边脸一直都被刘海压着，呼吸时气息吹到刘海，会让她产生些许痒痒的感觉。

当然，这种程度的不适，是不会让她醒的。在"白日梦"中的人，很难自行醒来，即使附近有很大的噪音，比如有车辆从他们这辆车旁边高速驶过，一样没用。

好在，这条路半夜里车也不多，从昨晚 10 点 40 到现在，总共也就过去三辆……

"你现在是不是忽然觉得有点奇怪，候审室里就只有我们两个人，连个看着我的法警都没有？"梦境中，兰斯继续问道。

"你到底做了什么？这是哪儿？我怎么来的？"卡门已推测出此刻自己的大脑受到了某种精神系能力的干预，故而直接问道。

"别着急，听我慢慢说，说完你就明白了。"兰斯娓娓言道，"昨晚 10 点，你亲自来到监狱门口，上了那辆负责载我去法庭的押运车，但上车后没多久，你就'消失'了。"

"怎么个消失法？"卡门又问道。

"就是变成了'无'的状态……"兰斯道，"在那种状态下，就算你站在别人面前，大声喊叫，别人明明也看得见或听得见你，可就是会无视你。"

"是莉莉娅吗……"卡门念道。

兰斯并没有对卡门报出这个名字感到惊讶，以茶宴的情报能力，在九狱事件后调查出莉莉娅的身份和异能不是什么难事。

“是的。”兰斯接道，“按照计划，她是和你一起上车的，当然了，押运车上没有任何人能察觉到她的存在。10点15分左右，今天早些时候莉莉娅当着你的面放进你晚餐里的特制延迟安眠药开始生效。几分钟后，你还没来得及察觉到自己犯困就睡着了，同时，你的存在也被莉莉娅抹除……接着，她只要等到押运车抵达法庭后，光明正大地把你扛走就是。”

卡门听到这儿，已稍稍恢复了平静，其心中大体已接受了自己已沦为阶下囚的事实，故而语气也变得有些释然了：“然后我就被带到了这儿？”

兰斯接道：“莉莉娅把你带到了一辆车上，随后就离开了。那辆车上呢……有两个人，一个是车探员，另一个就是我。”

听到“车探员”这三个字时，卡门立即明白了自己此刻是身在“白日梦”中，毕竟车戊辰以前是她的下属之一，其能力她还是清楚的。

“等等，你不是被押运到法庭去了吗？为什么你会出现在车上？”卡门紧接着问道。

“呵……一周前我就已经不在监狱里了。”兰斯伸了个懒腰，停顿了几秒再道，“你以为，我为什么要‘给你们三天时间去考虑’？”

“那三天里，你利用雷蒙德把我耍得团团转，趁我的注意力放在他身上时，从监狱里逃了出来……”卡门几乎是瞬间就跟上了对方的思路。

“没错。”兰斯道，“让他传话之余请假三天，并诱导他隐瞒一些无关紧要的信息……这番举动背后的含义，主要就是为了应付你，也只有你这个过分聪明的人会上钩……”

“那你逃狱之后，待在监狱里的那个‘兰斯’又是……”卡门又问道。

“是个叫‘隋变’的家伙，你们茶宴应该有他的资料吧，毕竟他是珷尊的人，又是世界上仅有的几名易容能力者之一。”兰斯回道。

卡门想了一秒：“我知道他，但他为什么会给你们逆十字效力？”

“被修改记忆了呗。”兰斯给出了一个情理之中的答案。

“让我猜猜……”卡门道，“他变形成那个每天来给你换药的护士，趁换药的时候把你替换了出去？”

“没错。”兰斯道，“不过我可不能像他一样变出胸前那两坨肉和一头长发来，所以在穿上全套女式内衣加护士装、戴上口罩之余，我还需要用到他藏在药箱里的硅胶垫子和假发……

“好在西洋洲女性的骨架比较大，而我也比较瘦，再加上过去那段时间我每天都在观察这名护士的走路姿势和一些动作习惯，冒充她并不算难。

“如果你们给我多安排几个护士轮班换药，或者找一个身材特别娇小的来，也许我的逃跑计划还得微调一下，但实际情形还是蛮顺利的，有惊无险。”

“所以，之前被我发现机械义眼，也是你计划好的……”卡门沉吟道，“就为了能每天换药。”

“那是当然，难不成还能是为了每天都能视奸护士小姐姐吗？”兰斯说到这儿，忽地想到了什么，“对了……话都说到这儿了，有个问题我想问你一声，你平时都是怎么去腿毛的？我那天为了穿丝袜不露馅儿，让隋变把除毛的蜡和胶带也带了点进来，结果差点儿遭罪了……你们女人平时都要忍受这种比自戳双目还疼的破事儿的吗？”

“我拒绝回答这个问题。”卡门面无表情地应道。

“好吧……”兰斯摊了摊手，“那之后的事情，你大致也应该猜到了，梦中的时间是不准确的，可以是一念一年，也可以是一年一念……因此，当我俩在这儿做着‘白日梦’的时候，法庭那边的审理早就已经结束了，也就是说……这回又是你输了。”

“哼……”卡门冷笑道，“但在这里和我周旋的你，又如何能确定那边的事情会按照你所期望的那样进展呢？难道你认为今晚就只有我一个人在监督着这场审判吗？

“即使现场现在没有人会开枪杀人了，但能够掐断直播信号的人，除了我之外，世界各地都有，他们绝不会让你们的人在直播中为所欲为的。

“再退一步讲，就算你们真的把想传达的信息在直播中说了，全世界范围内能收看到这场直播的人也只是极少数而已……事件的影响完全在联邦的舆论控制能力之内。”

吱——

卡门话音未落，候审室的门被打开了。

车戊辰，走了进来。

“抱歉打断了二位玩两小无猜……”车探员也是槽点精准，且不接受反驳，“莫莱诺长官，你的这个问题，兰斯的确还不知道，但我可以回答你……”

5月31日，晚，11点整。

联邦最具公信力的五家世界级电视台，突然掐断了他们正在播出的节目，开始插播一则“法制节目”。全球最大的视频网站首页上，也出现了一个直播间，开始播放相同的内容。

尽管联邦方面在发现了这一紧急状况后立刻想了很多办法去阻止直播继续进行，但直到他们成功之前，该节目已经播放了二十多分钟。这二十分钟里，其全球范围内的收视人数，据事后统计，至少已在十五亿以上——比看世界杯决赛的人还多。

在这场直播的最初的两分钟，首先进入观众们视线的，是一个看起来平平无奇的西洋洲男子。他穿着西装，将发型打理得油光锃亮，拿着麦克风，站在镜头前，自称是一名“祭者”。

虽然长了张白种人的脸，但这人说得却是一口非常地道的汉语，反倒是他偶尔提到的几个英文单词，念得不太标准。

而当他宣称要为大家播放一场公开审判，并曝光“本世纪最大最恶的联邦阴谋”时，收视率开始攀升……

与此同时，海特丹市，在法庭外驻守的，来自FCPS、联邦军、海特丹当地警署等各部门的大量武装人员突然发现，自己找不到“法庭”了。

或者说，在他们的脑海中，“联邦海特丹法庭”这栋建筑物是什么、在哪儿、该怎么进去等，这些概念忽然都消失了。

而身在法庭内的那些人，对这些情况则浑然不知，潜伏在人群中的探员们通过通信器对外确认情况时，得到的反馈一律都是：“审判继续，不要轻举妄动。”

就这样，11点05分，庭审的相关人员皆已完成了入场。

因为要直播，开庭前的步骤一切从简，也没有挑选陪审团的步骤，反正那十二个托儿几天前就已经确定下来了。

不多时，联邦首席检察官雷蒙德·福克斯，站到了聚光灯下。

大法官罗伯茨按照“预定的剧本”，让雷蒙德宣读案件陈述，雷蒙德也和事先排练好的一样，摊开了那份早已被多方确认了很多次的稿子。

“被告，詹姆斯·兰斯，因犯有……”

但他只念了一个开头，就停住了。

这一刻，罗伯茨看着他，庭上的探员们看着他，伪装成兰斯的隋变看着他，全球十几亿的观众，也都看着他……

终于，在一段令人窒息的沉默后，他接着说了下去，但此时，他已把手中的纸捏成一团、扔到了一边。

“……因反对联邦的暴虐统治、质疑联邦的司法公正……”

雷蒙德刚起了个头，罗伯茨就感到了不妙，他本想敲法槌打断对方，但他藏在耳朵里的通信器却在此时传来了“让他继续”的指令。于是，罗伯茨犹豫着，又把法槌放下了。

“……被告被送到了这里。”另一边，雷蒙德的陈述还在继续，“在过去的一个月里，尽管被告受到了各种不合乎规定的关押和虐待，他还是平静地接受了自己的遭遇，并和我做了非常多的沟通。

“我，雷蒙德·福克斯，在成为一名检察官、一名律师前，在踏入这个司法殿堂前，曾在正义女神像前宣下誓言。

“我将牢记法律执业者的职业意义在谋生意义之上。

“我将把时间和精力贡献给公众、为各阶层的民众提供平等的专业服务。

“我将同法制体系中的其他参与者一同促进联邦法制体系更加完善和高效。

“我将在作出影响委托人的决定时确保他们的知悉、并尊重他们的意愿和选择权。

“我将谦恭对待在工作过程中所接触到的所有人。

“我将尊崇规范本人权限的职业行为可适规则或守则的精神、意向和要求，并带动其他人同样尊崇。

“我，会忠于法律、忠于人民，维护法律的尊严，制度的廉洁，和社会的公平正义……

“因此，今天我在这里，拒绝去念一份被审查和安排好的虚假陈述。

“也拒绝为联邦去控诉这样一名守法公民。”

他在说谎。

他人生中说过无数谎言，但从未有一次，能让他感到如此兴奋和满足。

他言至此处，停顿片刻，在肃然、静谧的法庭上，默默抬头，仰望着头顶那精雕细琢、高高在上的天花板。

那片曾遥不可及的天空，如今似已近在咫尺，只因这整个腐烂的司法殿堂，已在他的头顶崩塌。

而他，将会成为一名新制度下的裁决者。

他，将成为新的“判官”。

片刻后，雷蒙德转头看向了法庭的入口，再度开口说道：“今天应该走上被告席的，另有其人，但他……他们，那些凶手和懦夫，并没有来。

“这个被告席，也站不下那么多人。

“不过，一名关键的证人，今天还是勇敢地来到了这里，他将在庭上，揭露他们的罪行。”

几乎在他说完最后那个字的当口，法庭的门被应声推开。

接着，前铁血联盟副司令帕维尔•扎伊采夫，即联邦卧底特工马豪斯•普拉托，穿着他的联邦军装，走了进来……

VOLUME TWO

卷二

WU 无 CHI 耻 HUN 混 DAN 蛋，

八 恶人

第一章

在南麦尔洋某处，有着一片神秘的海域。

这块海域常年被厚实的云层笼罩，气候变幻无常。它不与世界上任何一条空运或海运的航线有交集，就连联邦的观测卫星都无法看清这块地方。

当然，也没有人对这样一块本来就“什么都没有”的地方感兴趣，因为在人类已知的所有记录上，那里一直就是一片空荡荡的大海而已。

但实际上……是的，你们也应该猜到了……那里的确是有些东西的。

毕竟站在文学角度上来说，如果那里什么都没有，我上述那些就全是毫无功能的废话了。

2219 年，某时，某地。

“喂，醒醒，你还活着吧？”

这阵不太客气的呼唤声，和巴掌轻轻拍脸引起的疼痛，让一个看起来年近五十的大叔从昏睡中醒了过来。

“嗯？啊？”大叔醒来后完全是蒙的，他本能地扶了扶已经掉到自己鼻梁下段的黑框眼镜，皱眉眯眼。

紧接着，一条壮硕的身影就进入了他的视线。

“受伤没有？能说话不？”那壮汉见大叔睁眼，劈头盖脸就先问了两个问题。

“呃……好……好像没受伤。”大叔木讷地回答了对方，在这个过程中，大叔的视线也慢慢向对方的身后移去，看清了周围的状况。

他发现，此时自己正身处一片丛林之中，脚下是还算坚实的泥土地，头顶则是高耸、茂密的林盖。朝远处望去，最多只能看到几米外的景物，因为再远的地方都被林木和植被遮挡起来了。而朝近些的地方看，便能看到，此刻，在这块林间的小空地上，连同他自己在内，已聚集了八个人。

“那好……现在大家都醒着了。”还没等大叔完全缓过神来，壮汉就已站起并转过身去，摊了摊手，“先来互相认识一下如何？”

很显然，在大叔醒来之前，另外那七人之间已经有过一些交流了。从这壮汉的只言片语，以及周围那些人的神情来判断，这些人彼此间应该都不认识，而且也都是刚醒来不久的样子。

“那你先来啊。”壮汉话音未落，蹲在大叔右手边的一名青年就接了这么一句。

那一瞬，所有人都朝他看了一眼，有些人是转头盯着看，有些是瞥一下，还有些则是干脆转过身正脸瞪着他。

“哼……可以啊。”壮汉就属于瞪着他的那种，“我叫贾马尔·查韦斯，三十岁，是个职业格斗家。”说罢，他就直接冲着青年道，“你呢？”

青年不知为何长吁出一口气，摆出一副很疲惫的样子，停顿了几秒，才不紧不慢地应道：“燕无伤，比你年轻几岁，雇佣兵。”

他说完后，众人又一次陷入了尴尬的沉默。

“那个……”数秒后，还是大叔开口打破了这种尴尬的氛围，“我叫何怀，四十八岁，是个公务员。”

何怀在说这话时，像个课堂上的学生一样礼貌地举起了一只手，边说还边把脖子微微朝前伸、并轻轻点了几下头。这一看就是一种习惯动作，说明他平日里就经常要点头哈腰、附和别人，而他自己则是随便说句话都要先伸手请示一下。

“丹尼尔·韦斯特，三十六岁，造型师。”或是因为何怀大叔做了个衔接，在他说完后，他左手边的丹尼尔便顺着说了下去。

就这样，八人便按照这个顺时针的顺序逐一做了自我介绍。

他们的情况大致如下：

贾马尔·查韦斯：维斯洲男性，留着寸头，长了张电影里常见的“打手脸”，当然也可能是因为他们这些练格斗的经常要摆出那种杀气腾腾的表情来增强气势，久而久之就变成这样了……其身高在一米九五左右，体型健壮，上身只穿了件白背心，所以其身上的肌肉和胳膊上的大片文身一目了然。

燕无伤：东洋洲男性，身高一米八左右，虽然穿着长袖的夹克和长裤，但从脸型和身体轮廓便能看出其体型也是肌肉型，只是没有贾马尔那么魁梧。

燕无伤的发型很有意思，那姑且算是短发，但非常非常乱，以造型师丹尼尔的专业眼光来看，这家伙的头发绝对不是理发店里修出来的，甚至都不是用剪刀剪出来的，结合燕无伤下巴上那参差不齐的胡茬，基本可以确定他的头发和胡子至少在过去几个月里都是用匕首或砍刀之类的东西在修剪。

何怀：东洋洲男性，总体来说就是个你在公交车或地铁上随处可见的普通大叔，穿着廉价的西装和白衬衣，黑色的西裤上还围着一条一看就是假名牌的皮带。他的体型偏瘦，也没什么肌肉，一副弱不禁风受气包的样子，黑框眼镜下的双眼有明显的黑眼圈，脸上的表情和眼神则都在透出“毫无主见”和“强作镇定”这八个字。

丹尼尔·韦斯特：西洋洲男性，他说自己是三十六，不过在场其他人都觉得他至少把自己说年轻了五岁。不知道是不是时尚圈里有什么潜规则，很多男造型师或时装设计师即使是直男都喜欢把自己弄得GAY里GAY气的，丹尼尔给人的感觉也是这样。

虽然在自我介绍时，丹尼尔并没有特别声明自己的性取向，但粉色的紧身长袖T恤配上一条挺直修长、剪裁合身的长裤，以及一条能给裤子加分不少的亮色皮带，已经让他和一般直男的穿衣风格渐行渐远了。再加上他肩上还围了件毛衣、单侧有耳钉、光头……这一系列特征，让人对他的第一印象就在往弯路上走。

体型方面，他的身高也有一米八五，紧身衣下的肌肉轮廓显示他有在健身，但他的腹部却不算平坦，总体来说身材有些微妙。

Kunny：自称“Kunny”的东洋洲女性，尽管根本就没有“kunny”这个词，但她坚持这就是她的名字，如果别人追问她公民ID上用的名字是什么，她肯定会立即翻脸。

Kunny说自己今年刚满二十岁，身兼模特、主播、歌手、网红、coser、演员等多种职业，但很遗憾大家都没听过她这号人……形象方面，她倒的确是肤白貌美、胸大腰细，她那领子开得很低的短袖T恤和热裤也将她那不合逻辑的身材展现得淋漓尽致，另外她还有着一头质感极佳的浅金色长发，且从头到脚每个地方都散发出不一样的高级香味来。

毫无疑问，这个是很“假”的女人，从名字到年龄，从内心到身体，都充斥着虚假和虚荣。她的浮夸和自我物化之下无疑是自卑和扭曲的，但这并不妨碍她在那些被她胸前深沟和白皙大腿所吸引的男人面前保有一份傲慢和一份随时可以动用的暧昧。

说到底，这种把自己物化到极致的、外表看起来肤浅至极的人，实际上也是有自知之明的，她们中的大部分并不蠢，她们很清楚自己在干什么，也很清楚自己需要付出什么，以及能够得到什么。

昆特·温博尔：西洋洲男性，身高一米八不到，自称大学生。他没有特意提自己的年龄，不过看长相的确是货真价实的二十岁上下。其身材中等，长得还算帅气，卫衣、牛仔裤和运动鞋的装扮看起来也很普通。

昆特说话的腔调不卑不亢，对周围的人也保持着一定程度的戒备，总体而言，他的反应是八人中最没什么特点，也最正常的了。

梅尔·平托：南洋裔女性，身高一米六出头，其实长得也挺漂亮，但在Kunny那种比较极端的颜和身材对比下就显得不太起眼了。她说自己今年二十五岁，是一名厨师，无论言谈举止，她都显得非常低调，甚至是不自信，连说话的声音都很轻。

冉向天：阿加洲男性（在这个时代，东洋洲之外的人种有“冉向天”这种三个汉字组成的姓名也是很正常的事），身高和贾马尔差不多，但身材更偏向运动型，其身上的肌肉并不是那种注重爆发力的形态，而是更注重耐力的样子。

冉向天今年四十一岁，是一名野外生存专家，在他做完自我介绍后，就有好几人都想起来似乎在某些电视或网络节目上曾看到过他，看起来……他至少比Kunny有名一些。

而在这八人之中，也只有冉向天一个人的身份真实性是受到所有人认可的，其他人或多或少都对彼此透露的信息抱有一定的怀疑。

“那么……”在所有人都完成了自我介绍后，贾马尔又一次开口，开始主导这次对话，“……有人知道这是哪儿？或者还记得自己是怎么来到这里的吗？”

“你先说啊。”燕无伤又在对方提出问题后，适时地垫了这么一句。

贾马尔被他搞得有些恼火，但还是压着没有发作，只是回道：“我最后记得的事，是我打完比赛后去一家酒吧里喝酒，我应该没有喝醉，但不知什么时候起就断片儿了……”

燕无伤这次也没等对方再问，直接就接道，“和我差不多嘛，我是在酒吧里和人打架，被打得失去了意识，醒过来就到这儿了。”

“什么酒吧？打你的人是谁？”贾马尔即刻追问道。

“蓬查特兰的一家小酒吧，没有名字，打我的人我也不认识。”燕无伤随口应道，“和你喝断片儿的地方应该不是一处吧？”

“切……”贾马尔啐了一声，显得有些失望，因为燕无伤提供的信息基本没用。

“那其他人呢？”数秒后，贾马尔又转头去扫视其余的六人，并接着问道，“有人对眼下的状况有什么头绪吗？”

还没等有第三个人说出自己最后记得的事，冉向天就接道：“在回答这个问题之前，我倒是想先问问……”他顿了顿，用一种略带敌意的目光看着贾马尔，“为什么我们要不停回答你提出的问题？什么时候你变成这里的老大了？”

贾马尔还没把这句话听完，就露出了冷笑：“哼……我只是看刚才没有人愿意站出来主持局面，所以我才站出来的，如果你想接管，也可以啊，你就出来问呗。”

这话说得，好像是冉向天跳出来要“夺权”似的，但实际上根本也没有人赋予他任何权力。

然而，冉向天还是被带进了这种逻辑中，并圆滑地接了句:“大家都是文明人，谁说了算，该由所有人投票选出来，而不是看谁先站起来，或者简单地由块头最大的两个人来决定。”

“是吗？”贾马尔依旧冷笑，“呵，行啊……”他依然站在人群正中没挪步，张开双臂道，“那就来投票吧，我提名我自己，还有谁想来选？”

他问这个问题时，左看看右看看，最后再把视线停在了冉向天的脸上。

而众人也是面面相觑，有些低头不语、有些面带戒备，还有些一笑置之。十几秒后，还是只有冉向天一人起身，站到了贾马尔面前。

“好，那么想选这位生存专家当领头的，请举手。”待对方站定后，贾马尔退后两步，看着周围的几人说道。

结果，没有人举手。

这也是意料之中的。

毕竟现在这八人只是互通了姓名和职业而已，且不说这些信息是真是假，就算是真的，在这个陌生的环境里，突然让他们这样举手表决，谁都会犹豫的。因为你只要举了手，就会得罪人，再说你也不怎么了解自己选的那个人，所以最好的办法就是两边都不选，等他们自己去撕。

“哼……”贾马尔见没人举手，便接道，“那么，生存专家零票。”他顿了顿，又道，“选我当领头的举手……”没想到，话还没说完，他自己就把手举起来了。

“你这是什么意思？”冉向天看着他皱眉问道。

“刚才是你自己说‘该由所有人投票选’的不是吗？”贾马尔得意地回道，“你和我自然也包含在‘所有人’之中啊，难道你不是人吗？”虽是诡辩，但他说得理直气壮，且也的确有一定道理，“你刚才自己都不选自己，怪得了谁？”

冉向天被他说得哑口无言，又朝四周看看，发现其他人里没有一个要起来替自己说话的意思，甚至有几人露出了认可贾马尔言论的神情。

于是，冉向天也只能吃下这个哑巴亏。只见他用挑衅的眼神瞪了瞪贾马尔，又悻悻然地点了几下头，嘴里碎碎念着“好，算你狠”之类的话，随即就重新坐下了。

“既然大家都默认了暂时由我来主持这局面，那也希望你们好好配合。”贾马尔没让众人有太多时间去回味和思考眼前这一切，他立刻就重新开始主导对话了。

事实上，他心里还挺感谢冉向天的，正因为那家伙来了这么一出，才让他巩固了“自己在这群人里是领头者”这一概念。

但其实，除了他和冉向天之外，根本也没人提出过“应该有一个领头的”这种提议。

也就是说，原本这八个人都是平等的“无政府”状态，可是这么一闹，贾马尔这个“合法政府”般的存在就自说自话地上线了。

“咱们还是按照刚才的顺序来吧。”贾马尔紧接着就找上了最懦弱的何怀大叔，顺势说道，“何老哥是吧，你有什么头绪吗？”

大约十分钟后，这帮人又把自己最后记得的事情交流了一下。

没有人知道这是什么地方，以及自己是怎么来的，而他们最后记得的事情，也都算不上是线索：何怀最后的记忆是在办公室里打瞌睡，丹尼尔是在做 SPA，Kunny 和梅尔都表示在家睡觉，昆特则是在宿舍睡觉。只有冉向天有些特别，他用不太客气的语气告诉贾马尔，自己最后记得的事情是在健身房里做热身，然后突然有人用针管从背后扎了他的脖子……可惜的是，尽管他知道了自己是被别人弄晕抓来的，但还是完全不清楚行凶者的相貌，更不用说对方的人数和动机了。

贾马尔想了想，觉得继续追问这些人的隐私也未必有助于搞清目前的状况，而且现在立即问下去也不太合适，得等他们之间再熟一些才有可能进一步查探，否则就算问了也八成会得到虚假的情报。因此，他暂时停止了信息收集，并提议大家一起展开探索。

这时，他和冉向天又一次产生了分歧：贾马尔认为应该所有人一起行动，而冉向天则表示他们应该分组行动，以扩大侦查的范围。

在这件事上，冉向天无疑更有权威性，稍微想想也能明白他的方法更好，故而大部分人都支持了冉向天的方案。

于是，贾马尔也做出了让步，但他随即又以领头身份强行安排了分组：八个人分成三组，第一组是贾马尔和Kunny，第二组是冉向天、燕无伤和何怀，第三组则是丹尼尔、昆特和梅尔。

贾马尔号称自己的分组是考虑到成员的体能而平均分配的，乍看之下似乎也没错儿，但其实谁都能看出……他就是想自己和美女独处，“搞好关系”，然后把“刺儿头”燕无伤和废物何怀丢给了对自己领导地位有威胁的冉向天，最后剩下的三人就随便了。

尽管冉向天对这分组颇有微词，但因为Kunny表示这样分没关系，而其他人也都没什么意见，所以他也只能作罢。

很明显，Kunny也想和贾马尔搞好关系。

她自然不是喜欢这个男人，她只是明白，讨好并利用贾马尔，可以让她得到不少好处。

在丛林法则下，每个人都有自己独特的优势资源，如何利用好这些资源争取最大的利益，就能体现出这个人的生存策略是否高明。

至少目前看来，这群人中的话语权和主导权基本都在贾马尔这边，所以和他搞好关系是没错儿的。

就这样，三组人，在约定好了沿途做下的记号以及会合的地点后，分别朝着三个方向，对这未知的密林展开了探索……

根据太阳的位置来看，众人分开的时间是在上午，由于这八位身上除了衣物之外啥都没有，生火又是一件极为困难的事，所以他们说好了无论探索的进展如何，都要在下午就开始返程，尽量在日落前就返回。

然而，他们很快就发现，黑夜，可能并非他们需要面对的主要问题……

嗡——

“那是什么？”冉向天的神经始终都绷得很紧，因此，当一阵巨大的蜂鸣声自空中响起时，他不禁吓了一跳，浑身一怔。

跟在他身后的何怀也是一脸惊惧的样子，循声抬头，慌张地东张西望。

唯有三人中走在最后的燕无伤，还是一副很淡定的样子，好像对这状况已经习以为常。

【DAY1，野猪 30，冷兵器 35，辅助工具与消耗品 35，开始空投】

紧接着，这样一段不带任何感情色彩的电子语音从遥远的高处传来。

身在丛林中的每个人都听到了上述这段话，还没等他们反应过来，一朵朵降落伞的伞花已在空中绽放，降落伞下还挂着一些大小不一的箱子。

诡异的是，这些箱子被“投下”时，并没有飞机飞过的声音，那万里无云的苍穹也不见半点飞机的影子。这些“空投箱”下落时分布的轨迹也不是呈线状的，而是平均分布……

“这该不会是什么非法的网络真人秀吧？”冉向天做过不少电视节目，所以他这会儿的第一反应就是这个。

“真人秀？”何怀将这三个字重复了一遍，边想边喃喃念道，“那是不是意味着我们不会有生命危险了？”

“未必。”但燕无伤的回答立即又给他泼了盆冷水。

冉向天随即也转过身来，点头接道：“燕小哥说得对，未必……”他顿了顿，解释道，“假如是合法的电视或网络节目，那自然会尽量保证参与者的安全。因为像那种节目，参与者都是主动报名的，事先还要签署很多法律文件，了解清楚各种风险。

“但我们现在则是在本人什么都不知道的情况下直接就被绑架并扔进了丛林里，像这种搞法……我说是‘非法网络真人秀’已经算比较好的猜测了。”

他说得可能有些危言耸听，但基本是事实。

何怀听到这儿，本来就很差的脸色在骤增的心理压力下变得更加难看了，下一秒，他的手还下意识地抬起，捂住了自己的胃部。当然了，这也不奇怪，很多基层公务员由于饮食不规律加上长期压力大，都患有慢性胃病。

“行了，我们在这里瞎猜也没用，有个空投就掉在前面不远处，先去看看再说吧。”燕无伤淡定如故，立即说了个很有建设性的提议。

“呵……不愧是雇佣兵，心理素质真不错啊，我看你从头到尾，无论见到什么状况，都没露出过惊讶的表情。”冉向天见状，即刻接了这么一句。

燕无伤听得出来，这是在试探自己，但他不为所动：“因为‘惊讶’并不能解决任何问题……‘惊讶’只会把你变成‘脑残’，或让你陷入窘境。”

“说得对，保持冷静总没错儿。”冉向天可不知道燕无伤的话并不仅仅是比喻或举例，他只觉得自己没试探出什么来，于是就耸耸肩，再次去前面开路了。

燕无伤也轻轻拍了拍僵在原地的何怀，示意后者跟上去。

就这样，三人再度出发。一路无话，十几分钟后，他们便抵达了燕无伤刚才所说的那个“前面不远处的空投”所在地。

说是“不远”，但在丛林里，要抵达一个“不远”的地方，所花的时间可能比你在一般道路上要多好几倍，因此十几分钟已经算是快的了，要不是有冉向天这种野外生存专家开路，他们可能会用更久，甚至是错过目标。

“运气不太好呢。”当那个箱子进入视线的瞬间，燕无伤便脱口而出，道了一句。

冉向天和何怀也很快就明白了他的意思，因为那个箱子是空的。

那是一个长逾两米，宽和高都在一米二左右的金属箱，箱体所用的材料是一种非常沉重的合金，当然了，并不是“净合金”那种高级货，但也足够坚固并可起到一定的缓冲作用。

当三人赶到时，这箱子的其中一面已经打开了，从那一面往里看，可以看到箱内除了些许动物的排泄物之外空空如也。

根据之前的广播推断，这个箱子无疑是用来投野猪的，应该不包含什么武器或补给品。

“奇怪，降落伞怎么没了？”几秒后，冉向天便立即意识到了一个异常。

此前这些空投箱在空中飘落时，即使是从林盖的缝隙中，他们也能很清楚地看到一个个打开的伞衣，但这会儿，这个空投箱顶部除了一个原本用来固定伞绳的金属扣外，伞绳和伞衣都不见了踪影。

“难道有人抢先我们一步拿走了？”对冉向天这种专家来说，降落伞可以被做成很多种对野外生存非常有帮助的东西，故而他对此十分在意。

“是自动消解式伞包吧。”燕无伤很快就给了他另一个答案，也是正确的答案。

早在这个宇宙的22世纪初，“自动消解式伞包”这一发明就已出现了，如果是对军事感兴趣的人，对这个词不会陌生。

这种伞包发明的初衷是为了增加那些涉及跳伞的军事或间谍行动的隐蔽性，其原理也很简单，就是用一种在一定条件下会自动消解并气化的材质来当伞衣和伞绳的织物：在开伞前，该材质处于相对稳定的状态，并不会产生化学变化，开伞后也不会消解；但是等降落伞停止了滑翔并落地处于静止状态后，气压的变化、织物表面空气流速的变化，以及温度的变化这三项因素都达到一定数值时，这种降落伞就会开始气化，并在几分钟内就完全“消失”。

可惜，该发明在被投入实战的几年后，就淡出了历史舞台……

按照设计时的预想，这种伞包可以解决掉“跳伞者被缠在树上无法脱身最终被发现击毙”“跳伞者被缠在树上活活饿死”“跳伞者落地后不小心被降落伞拖延而被抓获”“跳伞者落地后因收伞浪费太多时间被抓获”“跳伞者在黑夜中秘密跳伞落地后顺利跑路了，但遗留的降落伞暴露了行踪”等诸多问题。

但这种降落伞却也会在某些情况下变成双刃剑，比方说，“跳伞者下落时刚好被挂在了悬崖边上”的状况下，要是用的正常降落伞，这人还能撑相当一段时间甚至自己爬上来，但要是“自动消解式”的……你可以想象这个人在那几分钟里有多绝望。

另外，当影响伞体消解的三因素中有一项数值在半空就过度超标了，也可能造成提前消解的情况，像火山口附近或者沙漠地带都是意外高发地。

综上所述，再加上昂贵的造价、和同类产品相比不算低的事故率，都成了雪上加霜的因素，使其变成了时代的眼泪。

没想到，今天竟会在这里看到有人用这种降落伞来放空投，结合那沉重到根本搬不动的空投箱来看……组织这场“秀”的人想得十分周到，完全不打算让这些参与者们利用任何额外的东西。

“居然做到了那种地步吗……”听到燕无伤的想法后，冉向天立马也反应了过来，他沉吟了一声，几秒后，忽又神色一变，“等等，那你们听到了吗？”

他那个“吗”字刚出口，一头野猪已从其右侧的一处草丛中窜了出来，一边嗥叫着一边就冲向了冉向天。

那电光石火之间，冉向天几乎是出于本能地将自己的右手握成了虎爪状、收向了腰间，并以右脚足尖划出了一个半圆，变为了面向野猪、准备“出招”的架势。

但就在野猪即将撞上他之际，他却又失了架势，并大喊一声，用一个颇为狼狈的姿势滚到了一旁，堪堪避过了这次冲撞。

“小心！”待冉向天回头喊出这句时，反应慢半拍的何怀也已抱着头缩到了一棵树下，嘴里还发出“咿咿呀呀”的怪叫，浑身都在发抖。

而燕无伤却站在原地，面沉似水地看着那头野猪从眼前横着跑过，就好似这一幕和自己并无什么关系。

突噜——突噜——

那头野猪的蹄声在远去、放缓后，又慢慢回转，并调过头来，这一次……俨然就是朝着燕无伤冲去了。

“唉……”而燕无伤只是轻叹一声，站在原地，默默等着那庞然大物袭来。

噗——

两秒后，伴随着一记略沉的闷响，一道黑影飞了起来。

那黑影……是野猪。

从何怀和冉向天的视角来看，这一幕大致就是：燕无伤双手插袋站在那儿，用一个类似踢开地上小石子的动作，一脚就把一头直冲而来的野猪踢上了天。

那几百斤重的野猪宛如一个被踢飞的橄榄球一样在天上翻转了好多圈，最后轰然落地。野猪那本就已经被踢歪了的头部，落地时又重重地砸在了一块凸起的石块上，这自是当场毙命了。

短暂的抽搐后，那野猪就不再动弹，些许鲜血从其头部的伤口和嘴里流了出来，血腥味也迅速在潮湿的林间弥漫开。

“哈……哈……哈哈哈！”不知是不是脑子里有根弦断了，待尘埃落定之时，上一秒还在抱头蹲防的何怀，下一秒就大笑出声，并用自己那双还在颤抖的双腿迈开步子，激动地走向燕无伤道，“原来如此！你是改造人吧！太厉害了啊！”

蹲在另一边的冉向天则是神色微变，也不知暗暗思索了些什么，片刻后才起身道：“燕兄……”此时，他对燕无伤的称呼都变了，“……莫非是能力者？”

“没错。”燕无伤知道这事儿瞒不了，所以他也不打算瞒。

事实上，此前野猪冲向冉向天时，燕无伤便看出了冉向天也是能力者，这货明明也可以用能力搞定野猪的，但却故意不用，还装出普通人的反应，就为了再度去试探燕无伤。

而燕无伤心想：既然这家伙这么拼，那我还是顺势而为算了，跟他“互演”

下去没什么意思，不如就让他觉得自己得逞了，这样他反倒会放松些警惕。

“冉先生果然是大人物，见多识广。”燕无伤随即也开始说些场面话，一副秘密被人识破，故而要和对方交好的态度，“不过恕我不能把能力类型告诉你，这也是道上的规矩，相信你也略知一二。”

“呵呵……理解，理解。”冉向天也露出一个虚伪的笑容，点头称是。

只有何怀一脸疑惑，还是冉向天跟他解释了几句，他才懵懵懂懂地明白了那两人在说些什么。

长话短说，经历了这次野猪袭击后，三人……哦不……三人中的两人稍做商议，便决定返程了。

理由很简单：他们现在已经弄到了足够八个人吃的食物，把这些食物扔在原地继续探索不太保险，而带上食物继续探索效率又太低，所以干脆就拿上能拿的部分回去吧。考虑到那些空投是平均分布的，他们在回去的路上没准还有机会捡到些可以处理食物或生火的东西，再退一步讲，就算他们没找到，还有另外两队人在呢，他们肯定也听到广播并看见空投了，多半也会尝试去捡东西的。

回到会合地点时，太阳还没落山，但也已经是下午了。

回去的路走起来比来时慢许多，因为燕无伤拖着一整头野猪。

冉向天也没想到，当自己说“拿上能拿的部分”后，燕无伤就把整头野猪都拿上了。毕竟燕无伤是拥有“无限体力”的男人，只要拿得动的，就能带到底。

不出意外，他们仨是最早回来的一组，且回来的路上顺利发现了一个“消耗品”的空投箱。那箱子比装野猪的“笼箱”小很多，大约就是个热水器的尺寸，也是一落地就会有一面自动打开的设计，里面共装了五瓶饮用水。

而这五瓶水，最后他们只拿回来两瓶，因为冉向天提议在回去之前他们每人先喝掉一瓶，并跟燕何二人事先通好气，回去就说“一共只找到两瓶”。

他这手，无疑是在拉拢人心。按说这水的分配权本来也不是他冉向天一个人说了算的，但他就这么慷他人之慨地安排了一下，好似是他给了燕无伤和何怀一些便宜。

可惜，他比较想拉拢的燕无伤对此并不感冒，只是“哦”了一声就把水喝了，也没说句谢谢；倒是冉向天觉得可有可无的何怀喝完水之后露出一副感恩戴德的神情，并表示自己一定不会泄露一共有五瓶水的秘密的。

又过了几个小时，当太阳渐渐西沉，丹尼尔、昆特和梅尔那组人也回来了。

这三人显然对丛林跋涉没什么经验，由于缺乏冉向天这种老司机的带领，他们仨这趟走得很狼狈，回来时个个儿精疲力竭、灰头土脸的。

但一到会合地点，看到了一整头野猪，也让他们的精神为之一振。一想到晚上可以吃个饱，而且是吃烤肉，任谁的心情都会好些的。

冉向天随即就跟他们说了燕无伤是能力者的事，燕无伤也没有让他隐瞒，毕竟“徒手击杀野猪”这种操作必须有个合理的解释才行，再者，就算燕无伤要求冉向天和何怀保守这个秘密，也难保那两人不会私下里偷偷跟别人说。

而丹尼尔他们三人在得知燕无伤是能力者后，接受度也是蛮高的。或许在他们熟悉的文明世界里，听到这事儿还会觉得惊奇和怀疑，但在这个类似真实版生存游戏的古怪丛林里面，你跟他们说有外星人他们没准也会信。

众人交流之余，丹尼尔他们也拿出了自己此行的收获：两把砍刀、一把匕首、一把短锯、一把木弓、五支箭、一卷细绳和三瓶水。

这三位显然比较老实，他们直说找到的补给箱里有五瓶水，且三个人在路上就分着喝掉了两瓶，所以只带回了三瓶。

听到他们的说辞后，冉向天也没跟燕无伤和何怀商量，马上就自作主张地表示他们仨找到的也是五瓶水，并喝掉了三瓶，所以只带回两瓶。

冉向天的这种行动，燕无伤也理解，原本冉向天敢撒谎是因为他觉得不会被揭穿，那会儿谁也不知道这种空投的水源每箱瓶数是不是一样的，但眼下从丹尼尔他们透露的信息来看，极有可能所有装水的空投箱都是五瓶一组，假如冉向天在这里撒谎了，或许能暂时蒙混过去，但只要以后他们再找到更多五瓶装的水源空投，他今天的谎话迟早会被揭穿。

人与人之间的信任本就是脆弱的，在极端环境下，任何一个轻微的谎言都可能导致难以预计的后果，所以冉向天权衡之下果断说了真话。反正他们这组今天已经带回了一头野猪来，算是做出了很大的贡献，喝掉三瓶水别人也不会有什么微词。

就这样，这已经回到会合点的六人在休息、闲聊了片刻后，便不紧不慢地开始了“晚餐”的准备工作。

由燕无伤负责用砍刀来对野猪的尸体做初步处理，他切下的那些大块的肉再由厨师梅尔来做进一步分解，并做些烹饪的事先准备。

丹尼尔、何怀和昆特三人一起去附近捡柴了，冉向天还特意告诉了他们应该选择哪种类型的树枝才不容易烧出浓烟。

而冉向天自己则负责用匕首、木弓、细绳和一些木头去生火，对他来说这是他在镜头前都已做过无数次的事情了，可谓驾轻就熟。

不知不觉，他们就忙活到了太阳下山。

在冉向天的指挥和调动下，一个简易的“营地”已被建立起来；火堆里的火烧得很旺，火堆的周围也已摆好了一圈当作椅子用的大石块，足量的野猪肉已串在了一根根树枝上烤了起来，那些多余的肉也已被粗略地烤过一遍并用树叶和细绳包了起来。

正当太阳即将完全落山，众人也开始有些担心时，贾马尔和Kunny终于也回来了，但是……他们的样子有点奇怪。

贾马尔看起来也是灰头土脸的，其身上那件浅色背心都快成土黑色的了，而且背心的正面还多了几道狭长的破口，破口下可以看到他的皮肤也被什么东西划开了，就好像有人用指甲抓了几道伤痕一样。

另外，不知为何，贾马尔显得火气很大的样子，一到营地，他就闷闷不乐地坐下，也不跟任何人打招呼，自说自话就抄起一瓶水，拧开盖子，一口就喝了三分之二。

Kunny的样子看起来倒比他好些，虽然她的T恤、热裤，还有露出的大片白花花的皮肤也都脏了，但至少看着没受什么伤。她跟在贾马尔后面，刻意和对方保持着几米的距离，来到营地后，她就一个人跑到梅尔旁边坐下，用双手搂住自己的双臂，低头不语。

梅尔拿了块烤熟的肉给Kunny，并递给了她一瓶水，稍微犹豫了几秒后，又低声在其耳畔问了句：“你还好吗？”

“我没事。”Kunny说话的语气和白天很不一样，其声音变得很低，嗓子好像都有点哑了，她接过了肉和水，侧抬起头，用泛着泪光的眼睛看了梅尔一眼，然后又低下了头，下垂的金发再次把她的脸遮了起来，她也低声地跟了一句，“只是有点累了。”

Kunny本就是个惹眼的人，她这一举一动，在场的其他人自然也都看在眼里。

几位男士看到后，面面相觑，除了燕无伤之外，其他人所有人都产生了同一个猜想，且都不约而同地齐齐看向了贾马尔。

“你们看我干吗？”贾马尔当然知道这些人的眼神是什么意思，他本来就有火，被众人用这种眼光盯住，当时就用非常不快的语气反问道。

“你们遇到什么事儿了吗？”冉向天可不怕他，直接就问道。

“我捡到一个工具箱，花了半天时间，用里面的东西做了个陷阱，想抓一只野猪。”贾马尔回道，“结果不但没抓到，还在引野猪上钩的时候受了点伤，工具也都毁了。”

听他说完，冉向天想了想，又道：“你胸前的伤是野猪弄的？”

“你傻吗？这是树枝划的，野猪怎么可能弄出这种痕迹？”贾马尔道，我主要伤到的是肩膀，在摔倒时扭伤的。

“那么……”冉向天说着，又瞥了 Kunny 一眼，“在你做这些的时候，Kunny 在干什么？”

“什么都没干！”贾马尔这时也望向了 Kunny，并提高了嗓门儿，“她就一直在旁边看着我忙活，什么忙都没帮。”从他的口气中，可以听出明显的不满。

“他说得是真的吗？ Kunny ？”冉向天又去问 Kunny。

“你什么意思？”Kunny 还没回话，贾马尔就站了起来，大踏步地走到了冉向天面前。

冉向天也顺势起身，两人剑拔弩张，怒目相视，脸几乎都要贴到一起了。

“我什么意思你看不出来吗？”冉向天并不退缩，他知道此刻除了贾马尔之外的所有人都是站在自己这边的。

“老子带着个累赘忙活了一天……”贾马尔边说边转头，用凶狠的目光扫了众人一圈，“回来之后你们还要像审犯人一样问这问那的，我倒想知道你们算什么意思？”

“好了好了，都别吵了，这大热天的，大家都消消气，消消气……”何怀像个劝架的居委会大爷一样走了过来，轻手轻脚地想把那两人分开。

“没你的事！别碰我！”不料，贾马尔在被何怀抓住胳膊时，大臂一摆，只是随手这么一挥，就把何怀推了出去。

何怀的背后，是火堆，火堆旁，此时立着许多用匕首削尖的、用来串烤肉的长树枝。何怀身体孱弱，眼瞅着他就要后仰着摔倒在上面。说时迟那时快，丹尼尔一个箭步就上前揪住了何怀的衣服，愣是用一股蛮力把他拉了回来。

“谢……谢谢。”何怀惊魂未定，赶紧给丹尼尔道谢。

丹尼尔则瞪着贾马尔道：“别太过分了，打黑拳的，你还真把自己当领头的了？”

听到“打黑拳的”这四个字时，贾马尔顿时一个激灵，他的神色忽然变了，注意力也从冉向天那边移开，转而放到了丹尼尔的脸上。

也不知在那一息之间贾马尔思考了些什么，总之，在数秒的沉默后，他竟是退后了两步，停止了与冉向天的对峙，并用不太情愿的语气冲何怀说了句“对不起”，随即又坐回了原处，朝 Kunny 那边抬了眼，沉声道：“我刚才说的都是真的，不信你们可以问她。”

说罢，他就开始低头吃东西，直到晚上众人都入睡了，他也没有再说过几句话。

金刚不坏

第二章

一

至第一天结束时，冉向天基本算是夺权成功，成为这个小群体的头领。

当然，这也是在他意料之中的，他本来也不认为像贾马尔那样的家伙可以压着自己太久。

且不说冉向天还隐瞒着自己是个能力者的事，单凭他那个人人皆知的“野外生存专家”头衔和各种生存技能，便足够让他在这特定的环境中获得绝对的话语权了。

反观贾马尔，虽然他在众人刚醒来的时候靠着大嗓门儿和大块头抢先扮演上了主导者的角色，暂时镇住了场面，但不到半天大家就发现了，他这个“格斗家”能给这个团体带来的贡献甚至不如厨师梅尔。更不用说，如今还有个公开的能力者燕无伤在，所以武力方面贾马尔也不是不可替代的了……众人没有理由继续去容忍一个像贾马尔这样既不招人喜欢也没什么用处的强权角色骑在头上。

于是乎，另一个对“领头”地位有兴趣的冉向天，在这时接过领导权，也是顺理成章。

冉向天比起贾马尔来，显然要更有城府，尽管他也不算很高明，但论那套言辞虚伪、拉拢人心的把戏，他玩得要比贾马尔好上不少。

即便心里一直在打着自己的小算盘，但在表面上，就算只是摆摆姿态，冉向天也会尽量保持住一副为了集体利益而行动的样子。

而客观上来说，他也的确为大家做了不少事……

比如晚饭后，冉向天就亲自到营地的周围去布置了一些简易的“警报装置”，这类装置是多种多样的，只需就地取材，用一些植物和重物，加上少量的细绳就能做好。若晚上有野兽或者别的什么东西靠近，便会触发这些装置，发出一些比较明显的动静来。

另外，他还教了大家如何利用树叶、杂草和藤蔓制作临时的床铺，并科普了睡在地上的种种风险。

最后，他还提出了晚上大家睡觉时应该安排人轮流守夜，并自告奋勇地表示可以站第一班岗。

其实，守夜站岗这件事，燕无伤一个人来做就行。

在必要的情况下，燕无伤每七十二小时中只要能保证有三个睡眠周期（一个半小时算一个），就能让自己在其余时间里精力充沛了。

不过燕无伤没有主动跟别人提这事儿，因为他可没打算去刻意讨好这群人，更没打算为了讨好他们而进一步暴露自己的能力，所以他闷声不响地接受了冉向天的安排——由冉向天、燕无伤、丹尼尔和昆特四人轮流值守这第一夜。

至于剩下的人，自是不用守夜，可以随意睡到天亮。

某种角度来看，冉向天在这个时候，已经给这八个人分出了阶级……他自己是最上层的“领袖”，接下来就是燕无伤、丹尼尔和昆特这类“可以利用的人”，随后是Kunny和梅尔两位女性，即他“可能会用到的、不可替代的且需要讨好的对象”，而最底层的就是何怀这种“废物”以及贾马尔这种“最好能赶紧除掉的反对派”。

时间慢慢流逝，晚饭后，众人基本都在准备自己的“床铺”，也没怎么休息。

丛林里的夜晚，是很漫长的。

住在大都会的人可能会觉得六七点还早得很，八九点精神还好着呢，11点以后才是真正的夜。但在丛林里，假设6点多天色已开始暗了，那么，直到日出之前，接下来大约十一个小时全部都算是“夜晚”。

好在，常年的都市生活，已经让人类这个种族的生物钟发生了变化，至少在现代社会中，绝大多数成年人早已习惯于晚上11点以后再睡眠的模式了。

因此，尽管累了一天，但还是到了时近午夜，众人才在火堆的附近陆续睡下，“守夜”的工作也才算正式开始。

按照冉向天的设想，四个守夜的人，每人守一个半小时，差不多天也就亮了。不过，怎样计算时间是个问题，毕竟这八人身上都没有手表之类的东西。

于是，冉向天又在睡前给另外三个守夜的兄弟说了种利用月亮的位置来判断时间的方法……

半夜无话，不知不觉，便到了凌晨时分。

在过去的一个半小时里，冉向天说是在守夜，其实更多是在做计算。他看星星、看月亮、算日期……他甚至拿一片大树叶做了个漏斗，观察水流下去时产生的漩涡是顺时针还是逆时针，以此去推断地理位置。

但他只得到了一系列自相矛盾的、和他所知的天文地理知识对不上号的反馈。

这让他感到十分费解，但他又不是那种会联想到“我是不是被绑架到地球之外的什么地方了”的人，所以，到了最后，他也只能用“这块地方的磁场和星空不太寻常”这种没什么意义的结论来搪塞自己。

就这样，冉向天怀着一堆疑问和失落的心情，去叫醒了燕无伤，自己去睡了。

而燕无伤，刚才也的确是睡着了一会儿，因为他判断“至少今晚”自己应该不会有什么危险。

被叫醒后，燕无伤跟冉向天随意说了几句，就开始“接班站岗”。

别看这片丛林白天潮湿闷热，到了晚上却是有点阴冷的，当然，也没有冷到一定要盖点东西否则就会冻醒的程度。

有一点比较诡异的是：无论白天还是晚上，众人竟然都没有遭遇蚊子，这事儿绝对不正常，但姑且也算好事吧。

燕无伤默默地在火堆旁坐了十几分钟，时不时往火堆里添上一两根柴、保持火焰不灭。

他看起来心不在焉的，也不知在想些什么。和当初在基奇纳抢劫时不同，如今的燕无伤，眼神中充满了沧桑感，其浑身上下也透出一种他这个年龄的人多半不会有的沉敛和洒脱。

“嘿，我可以坐这儿吗？”片刻后，Kunny 的声音自他侧面响起。

燕无伤连眼皮都没抬一下，只是继续撩拨着火堆，并低声应道：“可以。”

接着，Kunny 便紧挨着燕无伤坐下了。

燕无伤很清楚对方是什么时候起来的、什么时候靠近自己的，他也猜到了Kunny大致要干吗，只是，他并不想多说什么，也不想去揭穿谁，所以就顺其自然。

“我有点儿睡不着，你可以陪我聊会儿天吗？”Kunny坐定后，稍稍沉默了几秒，然后开口说道。

“我更喜欢听，而不是说。”燕无伤想了一个可以让自己在接下来的对话中少费点神的回答。

“噗……”Kunny闻言，扑哧一笑，“这是我听过最棒的聊天开场白，没有之一。”她耸耸肩，“你知道的，我平时跟人说话，听到的第一句通常都是夸我漂亮或者身材好。”

“是吗，跟我说说，你平时都和哪些人聊得比较多呢……”燕无伤有气无力地接道。

Kunny顺势打开了话匣子：“你知道的，就是经纪人啦、摄影师啦、化妆师啦、投资人啦……”

她开始喋喋不休地聊起了自己的网红人生，说的全都是些没什么营养的话题，且大部分内容都经过明显的粉饰。她把自己描绘成了一个美丽勇敢善良坚强又从未失去自我和放开底线的女神，还反复暗示自己很喜欢燕无伤这种类型的男生——尽管她根本不知道燕无伤到底是个什么样的人。

她越说越来劲，伴随着时不时蹦出来的“你知道的”习惯性口癖，她的身体也慢慢贴了上来，她的右手很自然地挽住了燕无伤的左臂，就差把头也靠到后者肩上去了。

此刻，燕无伤只要稍微往左边瞥一眼，就能清楚地看到蹭着自己胳膊的东西，那本就不科学的形状，仿佛随时会从Kunny那T恤的低领中跳出来一般。

但燕无伤就是不看，他给Kunny的回应也颇为敷衍，因为他对当下这种状况的本质一清二楚。

虽然燕无伤并不知道白天时贾马尔和Kunny之间到底发生了什么，但毫无疑问的，那两人之间并没有发展成彼此利用或互相依靠的关系。再加上现在贾马尔明显已经失势了，Kunny的策略自然是再找一个人去依附，那么……这个人是谁呢？

目前看来，冉向天和燕无伤都是可以优先考虑的对象。

Kunny也确实在这个问题上犹豫了许久，最终她还是决定：先去讨好燕无伤吧。

她这样选择的理由有二：其一，晚饭时她也听说了燕无伤是能力者的事，尽管冉向天这个生存专家也很有利用价值，但和能力者相比，普通人的实力果然还是不牢靠；其二嘛……从性格和外形来说，她也的确更喜欢燕无伤一些，反观冉向天，处处都显出一股她十分熟悉的虚伪气息。说来讽刺，这种同类的气味，让她很厌恶。

当然，Kunny也并不是没留后路。她一面讨好燕无伤，一面也没完全断绝自己以后再去利用别人的可能。因此，她才特意等到冉向天睡着了才起来跟燕无伤聊天。

"无伤啊，我突然想上厕所。"在搔首弄姿并用刻意甜腻的嗓音絮叨了半个小时后，Kunny见燕无伤还是无动于衷的样子，终于采取了进一步的行动。

"哦。"燕无伤歪头应道，"那你小心，别触发了冉兄设置的那些警报装置。"

"欸？你不陪我去吗？"Kunny疑道。

"需要吗？"燕无伤几乎不假思索地反问道，问完后一秒还补了一句，"方便吗？"

"当然需要啊，这么黑，我一个人去才不方便呢。"Kunny的答案是早就思考过的，"拜托了，你拿根点燃的柴过来帮我举着就好，当然你得转过身去不许偷看，顺便帮我守着防止别人偷看。"

"行……"燕无伤点点头，一脸不耐烦地拿起了一根火堆中的树枝，跟着她去了。

Kunny愣是带着他走出了几十米距离，才找了个草丛蹲进去，在燕无伤转过身后，她还反复用欲拒还迎般的口吻叮嘱了几遍"别偷看"，完全就是一副在引诱对方做点儿什么的架势，搞得燕无伤在背对她时也直翻白眼，无奈摇头。

几分钟后，Kunny等了半天，也没见燕无伤朝自己扑过来，这让她很是失望，其心中已经在暗骂这小子是不是某方面无能了，然，就在此时，黑暗中……忽生异响。

一阵若有似无的喘息声传来，那还不是一般的喘息，而是粗重浑浊的、听着就感到猥琐的那种动静。

"谁在那儿？"燕无伤是十分机警的，连Kunny都听到的声音，他肯定也听到了。

正所谓艺高人胆大，燕无伤一边问话，一边已举着那根点燃的树枝朝着声音的源头走过去了。

不料，下一秒，只听得那片黑暗中传出"呲呲"的一阵疾响，紧接着就有一道影子在树丛灌木的掩护下窜了出去，那速度比兔子还快，转瞬之间就“呲呲呲”地到了极远的地方，并快速消失了，就连燕无伤也没看清那到底是什么。

“怎么了？”几秒后，Kunny也过来了。其实她早就把裤子提起来了，只是装模作样地蹲那儿而已，所以真有动静她来得也很快。

燕无伤转头看着她，回道:“刚才那边好像有什么东西在，现在跑了，可能……是什么小动物吧。”

“小动物？”Kunny皱眉道，“不对！我刚才分明听见有喘气声，而且肯定是人的……还……还好猥琐……”她说到这儿，突然就上前一步，搂住了燕无伤的胳膊，随即开始装模作样地假哭，“讨厌，肯定是有人偷看我。”

燕无伤也没有说话，只是默默看她表演。

Kunny假哭了一会儿，忽然又抬头，好像想起了什么似的：“我知道了！一定是姓何的！”她把矛头指向了何怀，并言之凿凿地说道，“之前我睡觉的时候，他就故意睡在离我很近的地方，而且还越凑越近，我睡着以后感觉到有人摸我腿，然后我回头看，就发现他刚好翻身把手收回去……现在想想，他那时肯定是装睡揩油！”她说到这儿气得一跺脚，骂道，“这老色鬼！一定是他，白天他就老是色眯眯地看着我，刚才肯定是他在偷窥！”

她说的这些，燕无伤有九成不信，即使她并非信口开河，仅凭这一面之词也不足以作为证据。

在她哭诉之际，燕无伤乘势脱离了她的搂抱，缓步上前，用火光照亮了方才传出喘息声的地方，结果……他还真就在地上发现了——一摊液体。

那一小摊液体无疑是新鲜的，量不多，基本都滴落在一块石头上，没有排泄物的刺鼻气味，也不像是植物的分泌物或露水。

几秒后，Kunny顺着燕无伤的视线，也看到了那一小摊液体，她顿时露出极其厌恶的神色，还发出“咿”的一声。

“应该是口水。”燕无伤又凑近看了看，确认了一下，接道，“人类的口水。”

虽然真相和Kunny刚才那几秒间想象的情况不一样，但一样让她觉得浑身发毛，起了一身的鸡皮疙瘩。

没过多久，他们两人便返回了营地。

一眼望去，其他人都还睡着，全都没挪动过的样子。

燕无伤让Kunny没什么事就去睡吧，自己再守一会儿也该换班了，Kunny也没再多说什么，只是恶狠狠地瞪了眼正在睡觉的何怀，然后换到了一个远离对方的区域继续睡。

对于刚才发生的那些事，燕无伤有些能想通，有些却也想不通，但他并不着急，也没有感到困扰，因为他知道……这还只是“第一天”罢了。

又过了一段时间，燕无伤看差不多该换班了，就去叫醒了丹尼尔，然后回到自己原本躺的地方再度躺下。

但这次，燕无伤没有再睡了，他只是闭着眼睛、控制住自己的呼吸，暗中听着……

果然，在他睡下后二十分钟左右，他就听到了贾马尔起身的声音。

然后，就是贾马尔和丹尼尔一同离开、走进丛林的声音。即使不用眼睛确认，燕无伤也大致能推测出，是贾马尔起来之后给了丹尼尔一个眼神或手势，把他叫走了。

待他们走得远些了，燕无伤也动了起来。

这一刻，燕无伤稍稍认真了一下，从起身、到移动，甚至到步入丛林，他都没有发出丝毫的响动，即使是他自己，如果在闭着眼睛的情况下，也无法察觉这种“无声动作”。

他并不担心在自己离开的时候营地里会有人起来并发现自己已经不在了，像那种状况，只要他说自己是起来撒尿的就能蒙混过去。但若是被贾马尔和丹尼尔发现他偷听，事情就复杂了，所以他才隐匿了自己的声音。

一步，一步……燕无伤跟踪那两人时，每一步都踏得非常谨慎，以防对方在路过的地方留了什么侦测的手段——这类手法他见得太多了，燕无伤自己也是个中好手，比如说，在漆黑的地方悄悄撒把碎土，然后从那儿路过，过会儿折返时若是看到上面有鞋印，立马就能知道刚才有人跟来过。

“我叫你过来是为什么，你应该清楚吧？”不多时，贾马尔和丹尼尔就停住了脚步，贾马尔也不出意外地率先开口发问了。

燕无伤一看那两人停步，便也立即找了个安稳的地方藏好，同时把自己的呼吸和心跳都压了下去，整个人都静若磐石。

“因为我叫你‘打黑拳的’？”丹尼尔听到了贾马尔的问题，将下巴一扬，淡定地回了一句。

此前，丹尼尔在人前说话一直都是种GAY里GAY气的样子，措辞也比较文雅，他唯一一次用直男感十足的口气说话，就是他救下何怀，并呵斥贾马尔的时候。

但眼下，丹尼尔一开口就是这种口风，好似这才是真实的他……

“你认识我？”贾马尔又问道。

“哼……”丹尼尔冷笑一声，“我确实认识一个叫贾马尔·查韦斯的格斗家——如果你把一个没什么天赋更没什么名气的落魄拳击手也称为格斗家的话。”他顿了顿，接着说道，“其实我这人对于那种‘两个男人光着膀子互殴’的运动也没什么兴趣，但我对赌博还是蛮有热情的，所以我偶尔也会去看几场地下拳赛。正巧，在我看过为数不多的黑拳赛中，其中一场便是由贾马尔·查韦斯，对阵当时的地下拳王‘猛虎泰格’，也就是……你。”

泰格的脸沉了下来：“所以你从一开始就知道我是谁？”

“是的。”丹尼尔回道，“但我也懒得揭穿你，其一，我觉得‘泰格’也不一定就是你的真名；其二，揭穿你对我没有任何好处，还会让我蒙上‘一个和黑市拳有关的人’的负面印象。”

“但昨晚，你在扶那个废物的时候，还是把我的身份说出来了。”下一秒，泰格瞪着他，用责怪的语气接道。

丹尼尔摊了摊手：“我也是一时嘴快，等我回过神来，话已经出口了……

“不过，你那时也的确有点儿过分了不是吗？

“我倒也不是在乎那个废物何怀的死活，但真要因为你那一推，导致有人当场身亡了，那接下来冉向天肯定会借机发动对你的声讨，让你偿命。而你……也绝不会坐以待毙，继而就会引发打斗乃至厮杀。

“考虑到你是能力者，那个燕无伤也是能力者，你们真要打起来了，那局面不好收场啊……到时候你俩殃及池鱼，你说我是出手好还是不出手好呢？

“综上所述，我在瞬间做出的判断，让我选择救下了何怀，大事化小，息事宁人。”

泰格听到这儿，接道：“看来你也不是什么造型师呢……”

“呵呵……”丹尼尔笑了，“我是啊，我的绰号就是‘造型师’，因为我最喜欢的就是在别人背对我坐着的时候，把别人弄死……”

他说到最后，神情和语气也越来越变态，俨然就是一副随时会动手的样子。

泰格见状，满头的冷汗，其汗痕在月光下因反光而显得相当显眼。

“呵……别紧张，我说了，我不是什么变态，只要你别主动去做些对我不利的事，我不会把你怎么样的。”丹尼尔看对方不接话，便又说道，“我趁此机会跟你把话说开，就是为了显示我有诚意跟你合作。”

“哦？”泰格还是将信将疑，“为什么是我？我现在可是过街老鼠了。”

“过街老鼠也没关系，情势总会有变化的。”丹尼尔道，“至于跟你合作的原因……因为其他人的底细我不清楚，也无法判断他们的话哪句是真、哪句是假，所以在识破他们的老底之前，他们每一个在我看来都很危险。

“但你……泰格，我见过你，我知道你在外面是干什么的，所以我宁可和你结盟。”

他说着，上前一步，一手拍在了泰格的肩上，“兄弟，好好想想吧，这个‘生存游戏’背后的水怕是比我们想象中还深。孤军奋战，肯定不如互相利用，再说以你现在的处境，也没什么好失去的不是吗？”

泰格吞了口唾沫，又瞥了眼自己肩上的手："好……可以。"

“嗯。”丹尼尔收回了手，满意地点点头，“那么……既然我们已经是合作关系了，那你能不能先告诉我，今天白天，你和那个女人之间究竟发生了些什么？”

二

第二天清晨，大部分人都是一早就起来了，只有何怀和泰格（即假的贾马尔）还在睡着。

何怀是因为身体本身就孱弱、年纪也偏大，所以尽管他昨天付出的劳动并不比别人多，但还是累得起不来。

而泰格则是因为凌晨的时候起来和丹尼尔密谋，导致少睡了一段时间，又由于两人密谋后达成了“结盟”的协议，所以他重新睡下后睡得特踏实。

看到那两人没起，冉向天也没多说什么，他干脆让负责守最后一班夜的昆特也去睡了个回笼觉，并让已经醒来的人自由活动，直到两个小时后，太阳完全升起，时间也大约来到上午 8 点，他才把所有人都叫醒并聚集了起来。

此时，其余七人似乎都默认冉向天就是这个小团队的领头者了，至少在表面上，大家都已习惯了听他发号施令。

“各位，虽然昨天是平安过来了，但我直说，还是有很多问题没解决……”冉向天以这样一句话作为开场白，先是秀了一大堆他的专业知识，随后就提出了一个建议——改变扎营地点。

改到哪里去呢？其实他现在也不知道，但目标是明确的，就是找个离水源不算太远的地方。

这无疑是正确的做法，因为仅靠那些从空投箱里找到的矿泉水，是很难维持这八个人的生存的。昨天是他们来到丛林的第一天，所以他们的身体状况都还不错，即使少喝点水、只吃一顿饭，他们也都能忍受，但随着他们在这里待的时间变长，对水和食物的需求很快就会变得更加紧迫。

冉向天作为一个知名的野外生存专家，对此自是非常了解的。他很清楚一个人在饥渴交迫的情况下会产生哪些生理和心理上的变化，也知道那些变化会在多短的时间内对个人和团队造成毁灭性的影响。因此，他必须得在事情变糟之前，解决掉这些基本问题。

可能有人会奇怪，冉向天为什么要这么尽心尽力地去领导这个团队？如果他一个人行动，应该会更轻松才对，找到的资源也都可以独享。

诚然，那是事实，冉向天的确也考虑过那个方案，但那并不是他的最佳选择，只能算“备用计划”。

一个人自然是有一个人的好处，但也有相应的风险。比如遇到意外时无法求助他人；又比如睡觉时没人守夜，只能靠警报装置，导致心理上压力很大睡不踏实；最关键的是，现在冉向天还不清楚这个“生存游戏”到底是怎么回事，是谁出于什么目的把自己抓来的？自己怎样才能逃出去？要逃出去又需要冒怎样的风险？付出多大的代价？

考虑到以上这些因素，在那些未解之谜有结论之前，和团队待在一起还是很有必要的。毕竟七个人，就相当于七个炮灰，正因有他们存在，很多行动便有了容错率，冉向天只要保证当某件事“出错”时牺牲的不是自己就行。

讨论没有持续太久，冉向天只花了十几分钟就说服了众人。

接着，他们就收拾了一下，带上了现有的物资，出发了。

今天他们暂时没有再分组行动，因为决定了要换营地，大家一起走，就不用再“折返会合”，浪费体力了。

一路无话，八人走了一个多小时后，来到了昨天泰格和Kunny所到过的最远处。

之所以选择了这两人走过的路线，原因有二：其一，他们俩昨天探索的距离是最短的，他们回来得最晚只是因为泰格花了大量的时间去制作捕野猪的陷阱并埋伏了很久，所以，往他们那个方向去，很快就能进入一片未探索的区域。

其二，既然已明确知道那块区域附近出现过一头未被捕获的野猪，那就可以作为线索，跟踪动物留下的痕迹，就算找不到水源，至少也能找到动物……

“还真有陷阱啊……”当泰格昨天挖的那个陷阱进入视线时，丹尼尔用不置可否的语气念叨了一句。

泰格马上就用愤怒的语气回怼道：“什么意思？难道你觉得我在骗人？”

丹尼尔耸耸肩，不屑地瞥了泰格一眼，没有回话。

泰格顿时做出火冒三丈的样子，上去就揪住丹尼尔的领口：“你给我把话说清楚了，你到底什么意思？”

这两位的演技挺逼真，但就算他们能骗过其他人，也骗不过燕无伤。

燕无伤知道他们这出就是故意演给大家看的，越是这种暗中勾结在一起的人，越要让别人觉得他们关系不好，这样才不会被怀疑。

“好了好了，别这样，大家都让一步。”几秒后，竟是冉向天上来劝阻了二人。

按说这种和事佬的角色更适合何怀，但由于昨晚差点儿被泰格推到火堆上，导致何怀现在完全不敢靠近对方。

而其余几人，在看到陷阱之后，脑子里冒出的第一个想法则都是：“所以贾马尔说的其实是真的？Kunny 真就是在贾马尔抓野猪的时候什么忙都没帮，然后回到营地时还故意摆出一副被欺负了的样子误导大家？”

当然，他们都没有把这疑问说出来，只是默默在心里嘀咕着……

不多时，泰格和丹尼尔的争吵就停止了，两人本来也就是做做姿态，没打算真的闹出事来，所以看到有台阶就赶紧下。

冉向天在劝住了他们之后，便再度发挥他专家的特长，先是过去指出了几个泰格做的陷阱的毛病，随即就找到了野猪留下的痕迹，开始带领众人追踪。

他们又走了半个小时，期间还找到了两个空投箱，第一个里面装了三个罐头、两小包巧克力和一小包盐，第二个里面有一口铁制的吊锅、三个加厚的行军水壶和一个长柄汤勺。

这些餐具和加工过的食物让众人的士气为之一振，这一上午的丛林跋涉所积攒下的劳累似乎都因此减轻了不少。

终于，在接近中午之时，清晰的水流声传入了众人的耳中。他们加快步伐，拨开密林，一条五米多宽、水深大约到膝盖的小河便映入了眼帘。

看到河的瞬间，Kunny 第一个欢呼着冲了过去，她倒不是要喝水，而是想洗把脸……

“别忘了这水不能喝啊，只能用来清洗。”冉向天见状，提高了声音提醒了对方一句。

这话，他在来的路上已经跟众人说过一遍了——不到万不得已，野外的水是不能直接饮用的。

虽然我们在《西游记》里经常能看到师徒四人“用紫金钵盂从河里舀起水来就往嘴里送”的神仙操作，但请记住，人家真的是神仙，或者就是神仙转世。

正常人要是这么干，那八成是要出事的……

未经处理的野外生水里全是细菌和寄生虫，肉眼可见的杂质也不少，很多动物还会在河里排泄……直接饮用这类生水，拉稀跑肚算轻的，严重点就是急性肠胃炎、寄生虫病、霍乱等。而在野外你一旦生病，在缺乏抗生素、卫生条件又差的情况下，很容易急病致死。

当然了，这道理，即使冉向天不说，另外七人里也有好几位是知道的。

但无论如何，找到水源这事儿还是让大伙儿狂欢了一阵，尤其是两位女士，她们对清洁的需求无疑比邋遢的男士们更加迫切。

就这样，众人在河边滞留了片刻，随后就转移到了离河稍微有些距离的一处空地上，开始安营扎寨、起火做饭。

他们现在有锅了，能做的东西也丰富了不少，食品卫生方面也更安全了。

水源已经不是问题，除了今天捡到的锅和水壶外，昨天喝空的矿泉水瓶他们也没扔掉，都可以用来储水。另外，所有从补给箱里找到的工具、武器，还有那些被烤完包好的野猪肉，他们也都带着。

说是“六位男士各拿几样东西上路”，但其实负重最多的还是燕无伤，毕竟他是“能力者”，能者多劳嘛。他倒也不介意，因为他体力无限。

这天中午的伙食，就比昨天更丰盛了，用鱼罐头做的汤，撒上盐重新烤热的野猪肉，都是由梅尔这个专业厨师制作的，这已经不是生存，更像是野餐了。

就在八人开开心心地吃着这野味时，突然……

嗡——

那巨大的蜂鸣声，又一次自空中响起。

伴随着一轮新的空投，那个不带任何感情色彩的电子音又开始广播了:【DAY2，北极熊 35，冷兵器 25，热兵器 15，辅助工具与消耗品 25，开始空投】

“什么？”

“北极熊？我没听错吧？”

“喂喂……这种严禁走私的濒危物种，居然能弄到三十五头？”

当其他人还在因广播的内容而惊讶时，燕无伤则是很淡定的在心中念道：“第二天就来这个吗？照这个趋势，明天就该放恐龙出来了吧……”

“各位！冷静点儿。”数秒后，冉向天提高了嗓门儿，吸引了大家的注意力，“就算这广播是真的，也没什么好怕的。”他顿了顿，接道，“昨天投下的三十头野猪，我们八个人分头也只遇到了两头，说明这空投的区域非常大……而今天的北极熊只比野猪多五头，除非我们刻意去找，不然遇见的概率也不会多高的。再退一步讲，今天的空投里还包含了十五件热兵器，只要我们能找到其中一件，就足够在熊的面前自保了。”

“有道理。”Kunny 这时点点头，并朝燕无伤投去一道献媚的目光，“何况我们这儿还有个能力者呢。”

话说这么说，但……冉向天自己也不信自己说的那套。

冉向天这个专业人士，又怎么会不知道北极熊是一种多么可怕的掠食者，和北极熊相比，野猪就像是吉娃娃般的存在。

北极熊不但是体型最大的陆上食肉动物，还是极少数会主动攻击人类的熊类之一。近八百公斤的体重，可以撕碎骨头乃至金属制品的牙和爪子，以及超越人类奥运冠军的百米冲刺速度，都是人类难以抗衡的战力。

即使是能力者，在实力达到一定程度前也很难在成年北极熊的攻击下毫发无伤。若是没有异能和武器的普通人，被攻击时几乎是十死无生的局面。

这些事冉向天全明白，但他选择了报喜不报忧，因为他觉得没必要把这些人搞得人心惶惶，以免有人整出什么幺蛾子。

只要众人还维持着冷静和秩序，拥护着他的领导，一会儿找到“热兵器”后，他就可以顺理成章地进行优先分配。

四十分钟后，众人吃完了午饭，他们稍做休息，便再次分队展开了探索。

如今有了新的、可以长期使用的营地，大部分人的心态也起了些变化，他们寻找物资的热情也更高涨了。

为了能尽可能多地增大探索的范围，冉向天这次安排了非常大胆的分队方式：由Kunny、梅尔和昆特三人留下来看守营地，其余的五人，除了丹尼尔和何怀一同行动外，冉向天自己、泰格和燕无伤这三人各走一路。

这样分的确也很合理。两名女性本身就无法帮忙搬运太多的东西，还会拖慢探索的节奏，所以她们还是留在营地比较好，再考虑到营地本身也可能遭到动物袭击，所以还得再留下一名男性作为保险。

泰格肯定是首先要排除的人选，经过昨天的事，让他留下和两位女性独处显然不妥。丹尼尔倒是个不错的选择，但冉向天转念一想，如果让丹尼尔留下，何怀又成了个问题……因为何怀在冉向天眼里就是个废物，需要有人带着他才行，昆特还是个半大孩子，恐怕带不动他，所以还是让丹尼尔带吧。昆特就留在营地保护两名女生，看他这一天半的表现，大家对他也都比较放心。

至于冉向天自己、泰格，还有燕无伤，都是能独当一面的人物，自然是各走一路最有效率。

这样的安排，众人也没什么意见，于是，大约在下午1点左右，分成四队的五人，分别朝着四个方向进发了。

这个时候还没人想到，到这天晚上吃晚饭时，营地里的活人，就只剩下一半了……

三

不知不觉，已是下午3点。

当然了，身在丛林中的众人并不清楚具体的时间，最多猜个大概。

在过去那两个小时中，燕无伤共找到了三个空投箱，第一个箱子里装了一把斧子和一把砍刀，第二个箱子里有满满一桶橄榄油，而第三个箱子是空的，看体积就知道是用来运送北极熊的。

很可惜，燕无伤并没有遇到那头熊，毕竟他来到箱子边上的时候距离空投的时间已过去很久，熊肯定已经走远了。至于武器和补给，燕无伤也只拿上了一把砍刀用来开路，斧子和橄榄油他都没拿——反正回程时还会路过的，到时候再拿上也一样。

他就这么按照自己的节奏稳步前行着，不快、也不慢，并时刻戒备着周围，准备应对任何突发的危险。

又过了一会儿，危险……果然是找上门来了。

“嘿！燕无伤，是你吗？”丹尼尔的声音，忽然从燕无伤后方数米外传来。

燕无伤闻言，不动声色地停下了脚步，并转过了身。

其实，早在几分钟前，他就已经听到对方接近的声音了。即使丹尼尔身手不凡，但想在丛林中无声地追上并靠近燕无伤，很难……

“还真是你啊。”此刻，丹尼尔已站在了距离燕无伤只有两米左右的地方，其左手摸着自己的脑袋，脸上摆出一副疑惑的表情，而其右手中……拿着一把斧子。

“你怎么会在我后面的？”其实燕无伤这是在明知故问，但在对方亮出底牌前，他决定还是配合着演一下，“咱们走的应该是不同的方向吧？”

“是啊，我也纳闷儿呢。”丹尼尔道，“我记得你是往西走的，而我和何叔是往北走，怎么走着走着就遇到你了呢？”

“这就怪了……”燕无伤淡定地接道，“就算走得不是直线，你们也不至于偏得那么离谱吧？以及……说起何叔，他人呢？”

“啊？”丹尼尔被他这么一问，当即回头看了眼，“欸？人呢？刚才还在我后面呢，怎么一转眼人就没了？”

他装得还是挺像的，仿佛自己说得就是实情一般。

“怕不是他走得慢，被你落下了吧。”燕无伤接道，“不过没关系，沿途都有我留下的记号，他顺着记号应该就能找到我们，我们可以在这儿原地休息等等他。”

“嗯……有道理。”丹尼尔点点头，但就在他那个“理”字出口后一秒，他猛然睁大了双眼，举起左手指着燕无伤后方惊呼道，“小心！”

呼声未尽，燕无伤已扭头回望。

也正是在燕无伤转过头的刹那，丹尼尔陡然暴起，抡斧便劈，斧刃直奔燕无伤的天灵盖而去。

当——

燕无伤的视线虽然没有落在丹尼尔那边，但他还是在那千钧一发之际举起了砍刀，在自己的头顶上方准确地格挡住了落下的斧子。

挡住这一击后，他才缓缓把脸转了回来，再度看向丹尼尔，并用平静的语气说道："谢谢提醒啊。"

"呵……"丹尼尔冷笑，拿斧子的手施力未断，下盘已是变换了支撑脚，拔腿就踹。

燕无伤见状，不慌不忙地轻挑左脚，后发先至，用脚底迎上对方的猛踹，并在接招后借用对方的力道顺势朝后跃出，摆脱了压制。

"不错嘛，比我想象中还要强些。"丹尼尔见状，也没怎么惊讶，只是笑着言道，"'邮差'名不虚传啊。"

"知道我的绰号，说明你也是道儿上的咯？"燕无伤听到此言，即刻反过来试探道。

"是倒是，只是我不如你那么有名。"丹尼尔一边说着，一边目光微动、视线游移，试图去找出燕无伤的破绽，"昨天中午我第一次听到你的名字时，就觉得耳熟，而且你还自称雇佣兵……这就更让我在意了。可惜你报的是本名而不是绰号，所以我一时间也没想起你是哪位，再加上我对这地方的状况也一头雾水，所以就没轻举妄动。直到傍晚，我看到你扛回了一头野猪，并明确知道了你是个能力者时，我一下子想起来了……你就是'邮差'。"

燕无伤回道："我和你有什么仇吗？你今天特意绕个圈子追过来也要杀我？"

"呵呵呵……"丹尼尔发出了病态的笑声，"为什么我非得是为了仇恨而杀人呢？就不能是为了什么别的原因吗？"

"别的原因？"燕无伤将那四个字重复了一遍，然后用询问的语气接道，"钱和女人？"

丹尼尔的笑容突然又消失了："雇佣兵就是雇佣兵，太庸俗了……"

"那是为什么？我倒真想请教一下了。"燕无伤又道。

"是因为恐惧啊。"丹尼尔顿了顿，再道，"因为你这两天来的表现，让我觉得害怕。"

"何出此言？"燕无伤又问道。

丹尼尔舔了舔嘴唇，应道："在这个小团体里，其他人有多少斤两，我大致上都能看得穿，可只有你……纵然我知道了你的身份，我依然感到不安。你的种种言行，都让我隐隐感觉到你知道了某些我所不知道的秘密，你看我，以及看其他人的眼神，还有你对我们的态度……都让我觉得很不舒服。

"说是生物本能也好，直觉也罢……我觉得你的存在对我构成了巨大的威胁和压力，我必须找个方法让自己舒服一些，而杀掉你……就是最直接的方法。”

他说到最后，脸上已是不自觉地露出了狰狞之色，眼神中又充斥着一种强烈的渴望，活脱脱一个变态。

“啊……我理解你。”不料，燕无伤竟是用一种有气无力的语气回道，“我刚来这个地方的时候，也有过和你一样的感受，我也遇到过那种让我觉得恐惧的人。”

“什么？”几秒后，丹尼尔好像从这话里推测出了一些事情，他喃喃念道，“难道你……”

“没错，我并不是第一次经历这种‘生存游戏’了。”燕无伤道，“你们自然也不是我遇到的第一批人。”

“原来你是老手……”丹尼尔接话的同时，脑子也在飞速运转。

得到这一情报后，他立刻就想明白了很多事，比如燕无伤下巴上那些看起来像是用小刀刮出来的胡子茬儿，还有他那头乱七八糟的头发；又比如燕无伤无论在什么情况前都能处变不惊的那种状态……这些都是燕无伤已在丛林中生存了很长时间，并且对各种事态都有经验的证明。

“我是这里唯一的老手。”燕无伤接道，“因为这个游戏的规则是——只有当生存的人数仅剩下最后一个时，才会宣告结束。所以每一次，都只剩下我一个人。”

“每一次？”丹尼尔若有所思地念叨了一句，再问道，“你到底玩了多少次了？”

“我已经记不清了。”燕无伤回道，“我只知道，每次‘结束’后，我都会不明原因的失去意识，然后等我醒来的时候，我的面前又会出现七个新人，而我在上一次‘游戏’中积攒的物资全部都会消失，唯一能留下的就是一套干净衣服。”

“你就没试过在‘结束’前逃离这个地方吗？”丹尼尔又问道。

“我当然试过。”燕无伤道，“我还试过从一开始就跟其他人摊牌，分享所有的信息，并诚恳地要求他们与我并肩战斗，一起活下去，找寻逃出去的方法。”他说到这儿，眼神中透出了一丝无奈、几许沧桑，“我记忆中最久的一次，我带领着一队人坚持了整整一个月。到第三十天时，我们还剩下三个人，且至少已经朝着同一个方向走出了几百公里，但周围的景色依然毫无变化。爬到林盖顶上往远处眺望，四面也仍是无边无际的丛林……

“每天中午，空投还是会按时来，也还是会均匀地分布在我们的四面八方。最可怕的是，不管我们走了多远，依然会遇到在之前的某天里投下过的动物或怪物……就好像，我们始终都在同一个区域里、从没有走远过一样。

“而那些空投的物资，也是有一定规律的，每次空投都包含怪物、武器、辅助工具与消耗品，这几类东西相加的总数永远是100件，且每个种类的数量通常都是5的倍数，多了少了看运气。

“由于前一天投下的空投并不会消失，所以食物和水是绝对够的，关键还是在于怪物……

“每天投下来的怪物和其他物资一样，并不会凭空消失，且每天投下的怪物都会比前一天的更强。你可以想象，几十天以后，这里会变成怎样的人间炼狱……”

他说到这里，丹尼尔基本也想到了之前燕无伤带领的小队是如何团灭的了：“明白了……到了第三十天，比起继续去面对这片丛林，你的两名队友宁可选择杀死同伴、重置游戏，因为他们觉得那样还简单一点，就算失败了，也不可能比死在怪物手里来得更痛苦。”

“就是这样。”燕无伤接道，“因此，在几次漫长且痛苦的尝试过后，我只能放弃了逃离的想法，开始浑浑噩噩地在一次又一次的游戏中轮回，慢慢去习惯这样的生活。”

“难怪你对别人都是那种态度。”丹尼尔道，“因为你觉得其他人不用太久就会死光，没有必要深交对吧？”

“是的。”燕无伤道。

“哼……”丹尼尔冷笑，“照你这么说，我也是个快要死的人了？”

“或早或晚吧，反正我并不急着杀你。”燕无伤耸肩，“你应该也能推测出，每次‘重置’后的头几天，局面都是相对稳定的，来自怪物方面的压力也不大，所以一般在头五天里我都不会考虑主动让队伍减员。”

“听起来你很有自信啊。”丹尼尔道，“你就从没想过自己会被杀吗？”

“是的，我从未想过我会被杀。”燕无伤用很随意的语气承认了。

“你就这么有把握……不会死在我手上？”丹尼尔道，“还是说，刚才那一堆，全都是你胡编的，是你的缓兵之计……”

“你不信？”燕无伤挑眉道，“好吧，不信我也理解，像你这样的人，很难让你接受自己时日无多的现实。”

“呵……”丹尼尔再度冷笑，“假设你说的是真的……那这个‘游戏’简直就是为我量身打造的啊。”他说话间，又重新迈开了步子朝前逼近，“对你来说，这里也许是炼狱、是轮回，但对我来说，这种规则下的生活就是天堂！”这显然是丹尼尔的真心话，他的面目都因为兴奋而扭曲了起来，“只要我取代你，成为这里唯一的‘老手’，我就能过上想杀谁就杀谁，且完全不用担心会被追究责任的日子……

“你不觉得你离这种日子之间还隔了些什么吗？”燕无伤接道。

“是啊，可不就是你吗……”丹尼尔道，“所以能不能……请你赶紧去死呢？”

话音未落，丹尼尔已发动了自己的异能——死国之赀。

该能力只能作用于人类，且在同一个人的身上只能生效一次。该能力的发动不需要任何代价或准备动作，心念一动便可施出，施术范围大约是半径五米。中了这个能力的人，会在能力生效的瞬间立刻死亡，一分钟后再复活。

毫无疑问，在一对一且没有旁人干扰的情况下，死国之赀是近乎无敌的。

“死亡”这种状态和“被冻住”“被定住”“被能量束缚住”等任何一种情况都不一样，“死亡”状态下，能力者的能力、能量，无论是主动还是被动的性质的，都会彻底消失，其思考也会停止……也就是说，受术者在那一分钟里，就是一具普通的死尸而已。

丹尼尔只要在对方复活前的一分钟内将对方的头砍下来，那过会儿对方就会在身首分离的状态下复活，其结果，无非就是在十几秒内再度死亡。

当然了，也不是所有人在这能力面前都必死无疑……

比如变种人，他们的能力是源自DNA的，所以有些变种人即使是“死亡”了，身体也会保留诸如“硬化”“液化”甚至“自愈”的能力；又比如一些在砍头状态下也能生存的自愈能力者，他们复活后纵然身首异处，也不会死；还有就是榊这种具有“因果律能力”的特殊个体，他的能力可以在对方施展“死国之赀”的瞬间引发某种异常，导致对方此刻或后续的行为失败或无果。

但眼下，燕无伤的确被“死国之赀”将了一军。

在他“复活”前的一分钟里，丹尼尔用自己强级能力者的力量和速度，杀了燕无伤并对他的尸体做了一些处理。

一分钟后，燕无伤……或者说地上那堆东西复活了，然而，这会儿他复活或不复活也没什么区别。

很显然，丹尼尔已经防备了对方有可能具备自愈能力这件事，他也绝对有过对付这种能力者的经验。

“呵……”看着地上的那摊杰作，丹尼尔笑了笑，将斧子扛在肩上，转身就走。

他没有去掩盖现场，因为他身上沾的血迹太多，本来也无法掩盖了，而且他也已经想好，一会儿回到营地就去杀光所有人，直接就开始玩“下一轮”。

按照丹尼尔的设想，他至少得先快速玩个两三轮，过过自己控制了多年的“瘾”，才会考虑放慢节奏。

四

丹尼尔走了许久，终于回到了营地附近。

他本以为，自己至少能见到留守在那里的三个人，但一股从风中飘来的血腥味，让他感觉到了事情不对头……

果然，他一踏入营地，就看到了满地的血污，和两具尸体。

那第一具，是昆特，他的身体被分成了两部分，从伤口看，昆特好像是被某种生物用蛮力强行撕开的。

而另一边的第二具尸体，则是Kunny，并且死状可怖。

如果说昆特的死状看起来还有那么一点像是野兽袭击所致，那Kunny的死状就绝对是“怪物所为”了。

“居然还有活口……”丹尼尔扫视了一下现场，很快发现，留在营地的第三个人——梅尔，还活着。

这位身形矮小、性格有些内向的印度裔女厨师，本是丹尼尔觉得会比较早死的一个人，他认为，除了废物何怀之外，梅尔应该就是这群人里最弱小的一个了，没想到，她如今却是比具备体力优势的昆特和“一直在充分发挥自身特长”的Kunny活得更久。

“嘿！嘿！快醒醒。”丹尼尔在确认了周围没有埋伏后，大步流星地来到了昏迷在地的梅尔身旁，用手轻轻拍了拍她的脸，欲将其唤醒。

虽然丹尼尔在返回营地的路上是打算一回来就杀光所有人的，但眼下情况有变，他决定还是再演一下，先问出这里到底发生了什么再做计较。

“唔……”在丹尼尔的呼唤下，梅尔迷迷糊糊地呻吟了一声，苏醒了过来，接着她就看到了地上的尸体。

“啊——”在一段短暂的反应时间过后，梅尔就双手抱头，大声尖叫起来。

她这反应，基本已经告诉了丹尼尔，她是在昆特和Kunny变成现在这个样子之前就昏过去的。

“冷静点儿！你现在很安全！”丹尼尔这会儿已经把斧子丢在了一旁，他用自己那双有力的大手抓着梅尔的肩膀摇了两下，沉声道，“告诉我发生了什么，或者告诉我你最后记得的事也行。”

听到“安全”两字后，梅尔的泪水便夺眶而出，随后她又一边颤抖一边调整呼吸，花了几分钟才让自己的呼吸平复，到这时，她才堪堪能开口说话。

“我……我只记得我们三个坐在那儿聊天，然后……我听到了嗥叫声，那不像是动物的嗥叫，更像是……”梅尔说到这儿，似乎因恐惧而陷入了某种痛苦之中，其表情变得很扭曲，“……总之，那声音非常可怕，直接就灌进了我的脑子里，那个瞬间我觉得我的头都快炸了，接着我就什么都不知道了……”

她不像是在撒谎，至少丹尼尔看不出任何撒谎的迹象，而且也想不到她撒谎的理由。

现在摆在丹尼尔面前的问题是以下几个：一，他们到底遇到了什么？二，那吼声的源头会不会是某个使用声音异能的能力者？会不会就是冉向天？三，不管行凶的是人还是怪物，他为什么只杀了昆特和Kunny，但留下了梅尔？

在唤醒梅尔之前，丹尼尔已经对现场和周边做过一些简单的勘察了，他并没有找到野兽的脚印。人类的脚印确有不少，但因为这营地到中午为止还有八个人在，来回走动很频繁，所以他也无从分辨下午有没有别人来过。

梅尔昏倒的地方就在火堆的边上，离那两具尸体比较远，其身上也很干净，完全没沾到血迹。

那杀人的东西……无论是什么，反正在他离开这个营地的时候，俨然是连一滴血的痕迹都没留下，所有的血污都集中在两具尸体的周围。

这种状况，站在一个能力者的角度去思考，可能的解释就是：那个凶手杀完人之后直接“飞起来”离开了现场。

“你别怕，深呼吸，休息一会儿。”丹尼尔见问不出太多有用的东西，就随便敷衍了梅尔两句，然后又去捡起了斧子，“我现在就去沿着标记找冉兄，如果他还活着，这会儿肯定已经在返程中了，我过去接应他一下，以免他也遭遇不测，你在这儿等着，如果有其他人回来……”

“不！”丹尼尔话还没说完，梅尔就起身走向他，“别丢下我！别让我一个人待在这儿！”

“总得有个人待在这儿，不是你，就是我……”丹尼尔道。

“你跟我一起等在这里吧！”梅尔道，“你也说了，冉先生他肯定已经在返程了，我们再等一会儿就……”

噗——

这回，是丹尼尔打断了梅尔的话，而他用的方法是——一斧子劈在了梅尔的颈侧。

呲——

下一秒，大量的鲜血从梅尔的伤口处喷了出来，丹尼尔用一脸不置可否的表情望着梅尔道：“唉……让你等在这儿，多活一会儿不好吗？”

梅尔没能再发出什么声音，她一脸震惊地看了丹尼尔几秒，接着就两眼一翻，栽倒在了地。

刚才丹尼尔不杀她，是想问她话，但当丹尼尔问完并发现她提供不了什么有用的信息后，就觉得她没什么用了，留着她也行，因为杀死昆特和Kunny的凶手没杀她这点或许可以利用，但眼下她试图去妨碍丹尼尔的行动，丹尼尔便失去了耐心，随手就将她砍了。

“呼……”丹尼尔收回了斧子，将其丢在脚边，长吁了一口气，再道，“可惜啊，你不是我的菜，要不然我怎么着都能找到个理由让你再多活一段时间。”

说到这儿时，他转身从旁边的地上拿起了一瓶水，拧开盖子，喝了一口。

“其实你应该感谢我，给了你一个痛快，毕竟……像你这样的老实姑娘，本就不可能活太久的。”丹尼尔说话时，饶有兴致地俯视着梅尔，“和你相比，那个自称Kunny的女人可狡猾多了……”

他顿了顿，接道：“你知道昨天她和泰……哦不……和贾马尔之间究竟发生了什么吗？”由于对方不知道泰格的真名，他还是用了贾马尔这个称呼，“呵……其实真的什么也没发生，贾马尔说的句句是实话。Kunny不但没有帮他挖陷阱抓野猪，还在回到营地时故意装出好像被贾马尔给欺负了样子，贾马尔压根儿想不明白她为什么要这样，只觉得莫名其妙，但是……”他又喝了口水，“……我却是一想就明白了。”

他瞥了眼Kunny的尸体，继续说道：“其实理由很简单，那个女人很精明，她不会从一开始就把赌注全都押在一个人的身上，虽然昨天下午她同意了和贾马尔同行，但在确认对方有多少利用价值前，她并不打算让贾马尔尝什么甜头。

“结果……通过观察，Kunny 很快就发现，此前在众人面前表现很强势的贾马尔，实际上是个连头野猪都搞不定的男人，而且他也没有展现出别的什么过人之处。

“与之相比，冉向天这个‘野外生存专家’无疑是个更有用处的存在。

“得到这一结论后，Kunny 便改变了策略，于是就有了后来晚餐时的那出戏码。Kunny 成功地用这种方法把贾马尔从‘领导者’的地位上拉了下来，换成了自己的下一个目标冉向天。

“只是，她也没料到，没过多久她就得知了燕无伤是个能力者的事，这一变故，让她原本要去讨好冉向天的计划又产生了变化。所以今天上午，你看她一直都在往燕无伤的身边凑。”

丹尼尔说话间，已喝完了整瓶水，他把瓶子一扔，又道：“在我看来，你能比那种心机深沉的女人多活上这一时三刻，已经算是走运的了。”他微顿半秒，皱眉道，“话说……你还真能撑啊，怎么还没死啊？”

此刻，梅尔的双眼已经翻白，身体也不再剧烈抽搐，就连伤口的血也都不怎么流了，但她的胸膛还在有规律的微微起伏，说明她仍在呼吸。

“算了……我就当作做好事，帮你早点解脱了吧。”丹尼尔也没多想，他顺势就抬起右脚，打算送梅尔归西。

丹尼尔好歹是个强级能力者，以他的身体能力，不用斧子杀人也是没什么问题的。

然，就在他准备把脚踩下的当口，忽然……他察觉到了什么。

这一变故，让他急忙转身，看向了自己左前方的那片丛林。

一息过后，一道人影从密林中走了出来，现身在丹尼尔的视线中。

“哼……”看着冉向天身上的血迹，丹尼尔发出一声冷笑，“看样子，泰格终究是没能把你搞定啊。”

冉向天没有急着回话，他先是快速观察了一下营地里的状况，才用冷冷的语气应道：“是你杀了他们？”

“呵呵呵……”丹尼尔既没有承认，也没有否认，只是用阴恻恻的笑声给对方施压，并接道，“这个嘛……谁知道呢……”

而此刻的冉向天呢，除了手上拿着一把砍刀，腰间还藏了一把匕首和一把手枪外，其精神状态，也早已进入了战斗的节奏。

因为，就在一个多小时前，冉向天在丛林里受到了泰格的突袭……

起初，冉向天还以为泰格突袭他是为了夺回这个小团体的领导权，但由于泰格也是那种喜欢在打斗中叨叨来显示自己游刃有余的家伙，所以冉向天在和泰格交手的过程中，不但知道了对方的真名，还得知了丹尼尔和泰格已经结盟。

丹尼尔和泰格无疑是计划好了的，由丹尼尔去对付燕无伤，而泰格去突袭冉向天。只要把燕冉二人杀死，剩下的人对这两人便构不成任何威胁。

可惜，计划终究赶不上变化，同为并级能力者，泰格却在占有先手优势的情况下被冉向天反杀，这才有了眼前这一幕。

“你这疯子……”冉向天又看了两眼地上那惨不忍睹的尸体，以及生死不知的梅尔，怒道，“虽然我自认也不算什么好人，但你居然连没有抵抗能力的女人都杀，而且还把尸体弄成那样……你根本就不是人！”

“呵呵……随你怎么说吧。”事到如今，丹尼尔已没有必要再去掩饰自己的本性，他狞笑道，“总之，你能自己出现在我面前，倒是替我省了不少事儿，我还真怕你利用你那所谓生存专家的技能躲进丛林里去，那样我还得费力去找你。”他舔了舔嘴角残留的鲜血，一脸猥琐地接道，“当然了，看到回来的是你，而不是泰格，我也是有点小失望的……呵，我本来还想欣赏一下泰格被我偷袭时的表情，现在是看不到了……”

丹尼尔自信满满，他认为在一对一的前提下自己就不可能输，别说是冉向天这种一看就不超过并级的家伙，即使面对更上位的能力者，丹尼尔也丝毫不虚。

事实上，在冉向天现身的那一刻，丹尼尔就已经在脑子里谋划如何将对方剁碎了。

谁知，和刚才他想踩梅尔的头时一样，就在他准备对冉向天使用能力时，又有异变发生了……

“哦？还有三个人呢，看来我走得还是有点快啊。”

这句话，从丹尼尔的身后传来。

和冉向天不同，说这句话的人，并未让丹尼尔提前察觉到任何动静，直到其话音响起前，丹尼尔都不知道有人靠近了。

当然，这还不是最恐怖的，真正让人头皮发麻的是……丹尼尔听出了，说话的人是燕无伤。

“你……”丹尼尔木讷地转头回望，连句整话都说不出来。

而进入他视线的，是个上半身赤膊，下半身穿着条短裤（原本是长裤，但裤腿在砍腿的时候也被砍断了）的男人。

人如其名，此刻的燕无伤，其全身上下……至少在他露出的那些皮肤上，看不到任何伤痕。这个在不久前分明已经被剁成杂碎的男人，这会儿却不可思议地、完好无损地站在了这里。

“还好，难缠的家伙只有一个，估计也不会太费劲。”燕无伤淡定如故，念叨完这句后，他便抬手朝丹尼尔做了个“请”的手势，“你们继续吧，我保证不在你们分出胜负前出手偷袭。”

丹尼尔和冉向天都不是省油的灯，燕无伤这么一说，那两位反而不会动手了。

局面，陷入了僵持。

但很快，稍稍冷静下来的丹尼尔，似是想通了一些事……他当即又露出一丝笑容，暗忖道：“呵，原来如此，差点儿就被这小子给唬住了……

“其实稍微想想就能明白，中了我‘死国之赉’的人是瞬间死亡的，所以他理应是连发生了什么都不知道的状态。

“退一步讲，就算这小子聪明绝顶，成功猜出了我这能力的施术范围和即死效果，但也绝不可能猜到其限制（对同一个人只能使用一次）。这样考虑的话……他觉得我很‘难缠’也就很好理解了。

“虽然暂时还不清楚他是怎么‘活过来’的，但也没什么好怕的。他现在故作镇静地旁观，无非就是想通过我和冉向天的战斗来观察我的能力原理，这就足以证明他也没有十足的把握能赢我……”

丹尼尔正这么想着呢，燕无伤却好似看穿了他的想法般，冲他说了句：“哦对了，顺带一提，我指的‘难缠的家伙’，不是你，也不是冉先生，而是她。”

其话音未落，躺在地上的梅尔竟猛然站了起来，她那起身时的动作宛如提线木偶、极为诡异，而她起身后做的第一件事就是……发出一声震耳欲聋的恐怖号叫。

第三章 星球

一

或许是因为从丹尼尔的话中得到了启发，又或许是燕无伤那句“难缠的家伙只有一个”让他隐隐察觉到了什么，总之，当梅尔那声号叫响起时，冉向天做出了一个可以说是非常正确的决定——逃跑。

他所处的位置本来就在营地的边缘，背后就是灌木和林叶，只需要转身一窜，就能消失在众人的视线中，而冉向天也的确这么做了。

丹尼尔看着冉向天跑路，却也无可奈何。且不说此刻冉向天并不在他的能力作用范围之内，就算在，这也不是一个使用能力的好时机。

因为丹尼尔一旦对冉向天用了能力，就意味着他必须在此时此地、在一分钟的时限内将冉向天“杀死”，否则一分钟后冉向天就会复活，并从此免疫丹尼尔的异能。

但由于旁边还有两个明显是能力者且是敌人的存在，丹尼尔无法保证当自己去给冉向天补刀的时候不受到那两人的攻击……再退一步讲，即使那两人没去攻击他，也会目睹到他的所作所为，然后势必会产生一个疑问——“丹尼尔为什么要去给一个已经断气的人补刀”继而就有可能猜出丹尼尔那即死能力的一些限制。

那么，他要是同时对多个人使用能力呢？

倒也不是不行。

丹尼尔的“死国之赞”在纸级时，同一时间只能作用在一个人身上，且只能让这个人“死十秒”，其施术半径也仅有一米；到了并级时，作用人数和施术范围都没有变化，不过死亡的时间延长到了一分钟；而到了强级，也就是现在级别，他的能力则有了一个小小的飞跃，除了施术范围扩大到了半径五米左右，同一时间能致死的人数也达到了五人。

这个数据，是丹尼尔亲自验证过的，验证的方法很简单：地铁里试一试就行。

说起来，丹尼尔对那次实验的印象很深——由于地铁里太挤，那些在他的能力试验中“死了又复活”的人压根儿就没倒下过……因为倒不下去。周围的人也没有发现他们死过了，还以为他们只是“站着睡着了”而已，当然了……醒来后的他们自己也是这么认为的。

言归正传……

看到这里，大家应该也已经发现了，虽然丹尼尔的“死国之赞”看起来很逆天，但只要试探出这个能力的极限，进行针对并不难：最简单粗暴的方法，就是找六个强级能力者去围攻他。到时候，就算那六个人全部都在同一时间进入了他的能力范围内，在他发动能力时也最多让五个人即死，而剩下的那个人，对上他时明显是有优势的……因为已经将能力用完的丹尼尔等于只能用强级的体术应战，但对付他的第六个人在体术之外还可以用异能。

更不用说，在与超过五个对手对抗时，丹尼尔很可能无暇去给已经中了能力的人补刀，一分钟后，那些中过他能力的人有很大概率可以复活，且从此都免疫他的能力。

眼下，丹尼尔面对的就是类似的情况。

假如现场只有冉向天和梅尔，他的确可以先对一个人用能力，迅速补刀，再去追另一个，但如今有个已经对其能力免疫的燕无伤在，让他非常尴尬。

考虑到燕无伤的实力很可能不在自己之下，丹尼尔必须保守住自己能力的秘密，以此制造出自己的能力仍能对燕无伤使用的假象。一旦他对梅尔用了能力，就相当于暴露了自己的底牌，哪怕燕无伤站在那儿不动，眼睁睁看着丹尼尔杀死梅尔，局势对丹尼尔依旧不利，因为他这就等于消灭了一个能帮自己牵制燕无伤的第三方因素。

“昨晚在树林里流口水的就是你吧？”就在丹尼尔紧张地思索之际，另一边，燕无伤已走向了梅尔，并开口问了这么一句。

“哈啊……哈啊……”梅尔号叫完，在那儿大口喘息了几声，她的喘息声非常粗重，就像是男人一般。

数秒过后，当她开口说话时，就连她的嗓音，也成了男声：“你……早就知道是我了吧？”

“是啊。”燕无伤耸肩回道，“虽然你隐藏在梅尔的体内，很好地掩盖了自己的气息和能量，但也并不是毫无破绽的，至少……我是不会上当的。”

“既然你早已看穿，为什么没有趁我‘没出来’的时候直接对梅尔出手呢？”那个男人的声音又问道，“那样的话，我就连一丁点儿杀死你的机会都没有了。”

燕无伤的表情没什么变化，只是平静地反问道：“你以为你现在就有吗？”

这两人你一言我一语，完全无视了站在一旁的丹尼尔，这让自视甚高的丹尼尔有些恼怒，不过，他并没有因此丧失理智，且很快就心生一计，转头对梅尔道：“梅尔，我们来谈个交易如何？”

“我叫比尔。”那个男人的声音即刻道，“拜你所赐，梅尔受了很大的委屈，所以接下来很长的一段时间内，这个身体都将由我接管了。”

“你想叫什么都行。”丹尼尔笑道，“总之，我就想问一声……你有没有兴趣暂时和我休战？”他顿了顿，又道，“我们联手，先把燕无伤给宰了如何？”

“啊？”比尔的脸突然朝着丹尼尔的方向猛然一转，“你说什么？”

他这四个字出口时，其右手已经掐住了丹尼尔的咽喉。

比尔的速度很快，远超丹尼尔的想象，在丹尼尔的眼中，对方就像是瞬移一样抓住了自己，他根本来不及做出任何反应。

“你算个什么东西？也配和我联手？”比尔一边说着，一边手上加力，轻松地把丹尼尔举了起来。

丹尼尔感受到脖子上传来的压力越来越强，其脸上也已现出黑紫之色，此时，他便顾不了那么多了，只能果断地对眼前的敌人使用了“死国之赘”，先保下命再说。

不料……

“哦……这就是你的能力啊？居然能瞬间杀死五个人，很强嘛。”比尔仍旧站在那儿，完全没有受到影响的样子，而且还准确地说出了丹尼尔的能力上限。

“唔——唔——”这一瞬，丹尼尔露出极其恐惧、绝望的表情，口中也开始发出类似哀求的悲鸣。

“很可惜，‘我们兄弟姐妹’有三十多个呢。”这是丹尼尔在断气前听到的最后一句话，比尔的这句话，也算让他死了个明白。

梅尔·平托，是一个多重人格症患者，她最早的主人格到底是谁，叫什么，已经无人知晓。唯一可以确定的是，她所有的人格都姓“平托”，而且在其精神世界中以兄弟姐妹相称。

有人相信，“多重人格”是人类进化的一个方向，是大脑对外部的一种应对机制，所以那些人格不但具备不同的个性，甚至会掌握不同的技能、知识和能力。

这种理论的真实性有待考证，不过梅尔应该算是一个可以支持这种说法的例子。

由于梅尔这个人格更适宜在平常人的社会中生活，所以她出现的概率比较大，但有时，其他的人格也会在某种诱因下，或是在“必要的时刻”冒出来。

而这其中最强的一个，就是“比尔”。

比尔是一个男性人格，年龄不明，他是三十多个人格中唯一的一名能力者，其能力名为——吞噬魔。

顾名思义，这显然是个有点副作用的异能，但若要分类的话，“吞噬魔”应当也算是“神祇体质”，是一种有着众多特性的复合型能力。

比尔舔了舔嘴唇四周的血，露出了笑容。

在他露出这个笑容的同一秒，粘在他身上的那些血污竟开始以肉眼可见的速度脱离了他的皮肤和衣物表面。

这种“脱离”是分子级的，所以一点痕迹都没留下，而那些被分离出来的细胞块，无论是血、肉，还是内脏的细胞，在半空凝滞了几秒后，就都被吸入了比尔颈侧的伤口中，瞬间就让他那被斧子砍出的巨大伤口完成了愈合。

这样的自愈手段，燕无伤也是头回见，这是和一般的自愈能力者那种“依靠自身细胞极速分裂来愈合”的形式完全不同的体系。

燕无伤瞥了眼地上的另外两具尸体：“看得出你的口味，昨晚你冲着Kunny流口水时我也猜到一二了。”

“我想你误会了。”笑了几秒后，比尔就对燕无伤道，“我昨晚流口水的对象……是你啊。”

比尔说着说着，口水又流下来了，一双眼睛也是不停地在燕无伤身上游移：“神祇体质者，从细胞层面上来说就和那些普通人天差地别。”

“是吗……”燕无伤闻言，当即不动声色地试探道，“这么说来，你以前还吞噬过别的神祇体质者咯？”

“没错，所以我可以……这样。”比尔这句话出口之际，其右臂平举、右手微张，一秒后，地上的那把斧子就凭空飞起，来到了他的手里。

“怎么？你还能控制金属？还是说木头？”燕无伤并未对对方展示出的新能力感到慌乱，而是继续试探着。

“都不是。”比尔回道，“我能控制的是‘近战武器’。”

“这个范围可有点广啊。”燕无伤道，“斧子砍刀这类东西就不提了……关键是，木头棒子、地上的石头、碎掉的玻璃……甚至烟灰缸、木头铅笔，都能算近战武器吧？”

“话是这么说……”比尔耸了耸肩，“可惜，我好像用不了那些，只能用用刀枪棍棒、斧子锤子这类东西。”

“哦。”燕无伤点点头。

比尔身形一闪，已然来到了燕无伤跟前。

那一刹，但见他手起斧落，刃芒倏绽。

一把普通的木柄长斧，到了比尔的手中竟变得像是开光神武，劈出裂地崩山之势。

燕无伤见状，心中暗道：“原来如此……不仅仅是‘控制’那么简单，而是只要被他握在手里的东西，都会变成神兵利器。”

他一边思索，一边悠然地避过了这一击。

之所以说“悠然”，是因为从燕无伤的角度来看，对方的速度并不快，非但不快，还跟慢动作似的。

轰——

下一秒，比尔手中的斧子劈中了地面，一股庞然巨力瞬时将丛林的泥土地劈开，撕开一道巨壑。

而燕无伤，只是侧了侧身，横挪了一步，便完全避开了这一击。

“还有别的吗？”燕无伤面无表情地问道，“光是这样，还伤不到我哦。”

嗖——

他话还没说完，一把砍刀便从其侧后方飞来，擦着他的耳朵就划了过去。

若不是燕无伤在那千钧一发之际向右歪头，他的左耳恐怕已被削去了。

“嗯……不握在手里也行啊……”燕无伤若有所思地念道，“而且同一时间可以控制复数的武器对吧？”

“这只是雕虫小技，跟你打声招呼。”比尔说着，眼神一凌，紧接着便暴喝一声。

喝声未尽，他背上的衣物便陡然破开，霎时，六条胳膊从他背后的衣服破口里探了出来。

就在燕无伤想要吐槽对方是“蜘蛛精”的时候，却又听得“嗖嗖”几声……在这破风声中，从四面八方又飞来了六把冷兵器。

转眼间，比尔已将自己武装成了个“八刀流”，并摆好了架势。

“你整这花里胡哨的有用吗？”燕无伤道，“这样反而会让你的速度变得更慢吧？”

比尔没有接这话，因为他用行动就能解答对方的疑惑。

他就这么举着八把兵刃朝着燕无伤猛冲而去，好像完全没有意识到自己在速度上的差距。

燕无伤本想再用和刚才一样的方式躲开，不料……

“嗯？”燕无伤刚要移动，却发现自己的身体在这一秒竟是动弹不得了。

电光火石间，他的余光扫动，检视着周遭的异常，想找出自己是中了什么招。结果他视线一落，却见……不知何时，有一把匕首，插在了自己的影子上。

“武器掌控、额外肢体、定影术……这家伙到底吸收了多少异能？”燕无伤正想着呢，一把砍刀就横着过来，砍在了他脸上。

在接下来的十秒间，比尔八臂齐出，掀出一片刀光剑影。

他和丹尼尔可不同，他是妥妥的凶级能力者，再加上他吞噬了不少神祇体质者，所以体术极强，十秒就足够他把燕无伤撕成碎片了。

比尔也不傻，从燕无伤身上的衣服状态、丹尼尔的能力，以及丹尼尔看到燕无伤时的表情，不难推测出那两人此前发生过战斗，且战斗的结果多半是以“丹尼尔以为自己切实杀死了燕无伤”而告终。因此，在和燕无伤交手之前，比尔就已然猜出了燕无伤有着非常惊人的自愈力，而对付这种能力，最有效的方式就是——趁他开始自愈前就将其“吞噬”掉，一个细胞都别留下。

……

两分钟后，这块空地像被犁了一遍似的，别说燕无伤的血肉了，就连燕无伤衣物上的线都没有留下半根。

“哈啊……哈啊……”这时，比尔才四仰八叉地瘫倒在地，大口喘息起来。

“呵……呵呵……哈哈哈哈……”他随即就开始大笑。

这一刻，他无比庆幸。

因为刚刚那第一斧下去时，他就已经明白，燕无伤的实力在自己之上。尽管自己有着诸多的能力，但假如燕无伤从一开始就认真的话，他是毫无胜算的。

幸好……对方托大了。

燕无伤那游刃有余的态度，让比尔抓到了一瞬间的破绽，以一个控制能力取得了先机。现在比尔已成功将对方“吸收”掉，这就意味着，燕无伤的能力都已归他所有。

比尔正这么美滋滋地想着，突然听到了燕无伤的声音传来。

“连我自己都觉得自己很可怕呀，这世上到底还有没有可以杀死我的人呢……”

伴随着他那颓废的说话声，比尔自己的脸则已开始扭曲，眼白外翻。

此刻，一个崭新的大脑已从比尔的大脑中诞生，并以一种吹气球般的速度极速长大，将比尔原本的大脑挤向了四周，并最终挤爆。至此，比尔，以及与比尔共享这个身体的另外那些人格，其实就已经死亡了。

紧接着，一个崭新的“人体”也以类似的形式从比尔的体内滋长起来，让比尔原本的身体分崩离析。

短短几分钟后，营地里，就只剩下了一个人——燕无伤。

二

【DAY5，豺蜂50，冷兵器15，热兵器15，辅助工具与消耗品20，开始空投】

中午的广播声如期而至，空投声也随之响起。

同一时刻，一棵大树的树洞中，冉向天睁开了他布满血丝的双眼。

这三天来，他几乎每天都生活在巨大的压力之中，一刻都未曾睡着过。

他的压力不仅是来自其他的生存者，更是来自这片丛林……

继“DAY2”的北极熊后，第三天空投的生物正如燕无伤此前随口吐槽的那样，是迅猛龙。冉向天是个野外生存专家不假，但他可不是古生物学专家，遇到这种早就已经灭绝了的动物，他也是抓瞎的……好在他姑且也是个并级能力者，再加上手头有武器，对付落单的迅猛龙还是没问题的。

然而，到第四天，出现了连远古时期都不曾存在过的动物——“虎狼”。

一种同时兼具猫科和犬科各种特性的古怪动物，外表看起来像是某些科幻小说或漫画里才会出现的“合成生物”，且具备着比迅猛龙更加强的攻击性、智力，以及团队作战能力。

如果说迅猛龙这玩意儿冉向天还可以依靠自己在教科书或电影里学到的一些知识去分析，那“虎狼”他就真的只能全凭想象去揣测怎么对付了……

转眼，到了第四天的下午，冉向天终于下定决心，重返营地。

几天前，他从营地逃跑的时候，其想法是让营地里剩下的那几位自相残杀、自生自灭，因为他判断自己单挑要打赢那几人中的任何一个都有难度，所以没有资本向别人提出结盟。

但眼下，情势已经变了，在这危机四伏的环境里，人类肯定是团结起来更易生存。

于是，冉向天鼓起勇气，悄悄摸到了营地的附近，想看看还有没有人在那里，结果却发现，营地里早已空了。

和冉向天逃走时相比，地上又多出了一具尸体，不难看出是丹尼尔的。而梅尔和燕无伤两人，则是不知所踪。

仅凭留在地面上的战斗痕迹，冉向天无法判断出两天前发生了什么，但他可以通过营地里的灰烬以及物资被拿走了不少这点推断出这里应该已经没有人住了。

思考了片刻，冉向天还是觉得不能放弃，他又去营地附近找了一圈，想找出一些燕无伤和梅尔去向的蛛丝马迹，结果……还真找到了。

那天，燕无伤从比尔的身体里“长出来”之后，就从昆特和丹尼尔的尸体上各扒下了一些还算完整的衣物，然后拿着衣服和一些物资，直接去了河边。

这一路上，燕无伤留下了一些痕迹，这便成了冉向天追踪的依据。

跟到河边以后，冉向天又看到了一头野猪和一头北极熊的尸体，不用问，这绝对是燕无伤的杰作。

因为燕无伤在这里把身体和衣物都冲洗干净后，就坐到河边的石头上，等着衣服慢慢晾干，一直等到第二天中午他才离开。在这期间，遇上两只来喝水的动物，也并不奇怪。

然而，至此，线索就中断了。

燕无伤没有带上动物的尸体离开，所以他也没留下什么沉重的脚印，冉向天无法猜出燕无伤去了哪里，另外，他也始终没找到有关梅尔的痕迹，只能揣测梅尔要么是跑了，要么是已经尸骨无存。

一切又回到了原点。

冉向天还是一人在丛林里逃避着随时可能从任何地方蹦出来的凶猛生物，他的神经几乎每一秒都是绷着的，稍有松懈可能就会一命呜呼。因此，尽管食物和水源都不成问题，但他还是以肉眼可见的速度憔悴了下去。

他现在多么想找到一个人类的同伴，哪怕是何怀那样的废物，只要能和自己轮流守夜，那也是帮了大忙了。

【DAY6，油灯人 30，冷兵器 5，热兵器 50，辅助工具与消耗品 15，开始空投】

昨天的“豺蜂”，是一种体型和豺狗差不多大的巨蜂，其尾部的针长得和矛尖一般大，不但可以远程发射，发完了还能立刻重新长出来。另外，豺蜂还长着尖牙、利爪，具备飞行能力，以及难以置信的敏捷度。

要说这种生物有什么明显的弱点，那就是它们在飞行时会发出非常明显的“嗡嗡”声，所以只要它们靠近，很容易就会被发现。

正因如此，昨晚，冉向天久违地睡了一觉。

说是“一觉”，其实也就三个多小时而已，但也够了。

他实在是太累了，比起继续强撑，他宁可在睡梦中被杀，所以他告诉自己:“反正有豺蜂靠近时我一定会被那动静吵醒的”，然后就睡去了。

就这样，冉向天活到了第六天的中午。到了这个阶段，他也懒得去琢磨“油灯人”又是个什么玩意儿了，只要知道这是一种比昨天的怪物更难缠的怪物就够了。

他努力地在丛林中跋涉，希望能找到其他幸存者的踪迹，虽然他也不确定是否还有其他人活着……

没想到的是，在这第六天的下午，他竟然真的找到了一个人。

“我不会是产生幻觉了吧……”看到何怀瞬间，冉向天已顾不上思考太多，他一个箭步就冲了上去，抓住了何怀的双肩，仿佛对方是一个海市蜃楼，若不及时抓在手里就会消失，“你竟然还活着！”

何怀站在那儿，冷冷看着冉向天：“嗯……其实这话应该是我说才对。”

这冰冷的语气和眼神，如一盆冷水浇在了冉向天的头上，让他恢复了应有的冷静。他即刻松开了何怀，退后了两步，言道："何兄，事到如今，我们也打开天窗说亮话吧……"他顿了顿，直白地问道，"你也是能力者吧？"

这已不算是什么推测了，而是谁都能想到的事情——若何怀只是个普通人，那他绝对活不过第三天。

"我是什么不重要，重要的是……"何怀用一种看死人的眼神看着冉向天，"这都第六天了，你连从并级升到强级都没做到，而且也没有开发出什么新的能力用法，各方面状态没有突破上限不说，精神力还越来越弱了……"

何怀说着，摘下了鼻梁上的黑框眼镜，然后又从上衣口袋里摸出一块异常干净的眼镜布，不紧不慢地擦了擦，边擦边道："说实话，像你这样没什么潜力的人，让你继续活下去恐怕也只是浪费时间而已。"

"你……"冉向天从对方的话里听出了一些让他头皮发麻的信息，"……你就是这个'生存游戏'的策划者？"

"用'游戏'这种词来形容未免太失礼了。"何怀重新把眼镜儿戴上，回道，"这个'星球'可是我花了不少心血才建成的，仅仅是做游戏的话，可没必要做到这个地步呢……"

三

杀死冉向天是一件很容易的事，因为他的级别跟何怀比差得太远了。

何怀根本不需要展现异能，只需要一记手刀就能将冉向天一击毙命。不过，为了避免手上和衣服上沾到血，何怀动手的时候还是用了一把捡来的冷兵器。

手起刀落，人头落地。

冉向天死得倒也算痛快，既没有受什么额外的痛苦，也没有在死后变成别人的食物。或许对他来说，能够迎来一个这样的结局，也是一件好事，一种解脱。

"你应该有不少问题想问我吧？"何怀处理完了冉向天，便随手把武器一扔，提高了声音说了这么一句。

其话音落后，过了大约五秒，燕无伤的身影便出现在了他的视线中。

"我要问什么你应该也清楚。"燕无伤从林间走出，平静地说道，"你把你能告诉我的，或者说你想告诉我的……跟我说一下就是了。"

何怀闻言，推了推鼻梁上的黑框眼镜，思索了几秒，然后面露微笑应道:“好，那我先自我介绍一下……”他微顿半秒，再道，“鄙人姓何名怀，身份并不是此前所说的什么公务员，而是斌尊麾下的一名参谋，人称——‘设计师’。”

“哦，幸会啊。”燕无伤用毫无诚意的语气接道。

“呵呵……不用客气。”何怀道，“尽管你跟我不熟，但我可是关注你很久了，作为‘天选岛’的第三名‘合格者’，我对你可是抱有很大的期待哦。”

“嗯……在你解释这个所谓‘天选岛’之前，能不能先跟我说下之前的两位‘合格者’现在怎么样了？”燕无伤道。

何怀轻笑一声，“放心，好得很，你听我说下去就是了。”

燕无伤耸肩，用一个仿佛在说“那你就说吧”的表情示意对方继续。

何怀也很快就接着说道：“大约是在十五年前吧。那时候我还在联邦做事，姑且也算是个小有名气的科学家。然而，因为联邦政府从里到外、从上到下，方方面面的腐败……想要在那种体制内做点实事是非常困难的。

“大量的资源都被投给了一群只会溜须拍马、论资排辈的货色，他们要么就是做着几十年都不可能有半点进展的画饼式项目来骗取资金，要么就是为权贵们提供一些专门满足变态享乐需求的无聊项目。

“像我这样的实干派，却只能拿着微薄的资金，付出几倍的努力，举步维艰地做着研究……

“而当我好不容易取得了一点点成果时，那群非但半点忙都没帮，还给我制造了不少阻力的所谓领导又会像蝗虫一样蜂拥而至，恬不知耻地瓜分我的荣誉和成就。

“那时候的我非常愤怒，却又无力改变什么。正当我心灰意冷，打算和那群人同流合污时，我遇到了我人生中最重要的伯乐——斌尊大人。”

他说到这儿，露出了一个无比虔敬的神情，看起来他是真心崇拜自己的主子。

“然后他就让你帮他设计并制造了我们现在待的这个地方？”燕无伤适时接道，“你确定这和你刚才所说的‘变态享乐需求’不是一回事儿吗？”

“注意你的措辞！燕无伤。”何怀忽然厉色道，“我可不允许别人这样诋毁斌尊大人。”他停顿了一秒，解释道，“制造这个‘天选岛’，并非是他的意思，而是我主动提出的。斌尊大人做的只是无条件地信任了我，并给了我几乎无限的可支配资源来推进这个项目。”

“所以你觉得这是一个‘能臣遇明主’的故事？”燕无伤道。

“难道你觉得不是吗？”何怀反问道。

“你接着说吧。”燕无伤如是应道。

虽然燕无伤内心对此事真正的看法是“一个疯狂科学家遇到了一个企图利用他的超级凯子”，但他并没有说出来，因为他怕自己还没有得到足够的信息，就把何怀给激怒了。

“光用说的，你可能无法完全理解，就让你‘直接看看’好了。”何怀随即就用一种炫耀的语气道了一句，并抬手指了指天空。

这一刻，丛林之上的蓝天白云、当空烈日，突然就消失不见了，随之显现的，是一个巨大的金属穹顶。

“‘天选岛’共分为三个部分……”何怀的话仍在继续，“第一个部分是位于海面上方的能源基地，该基地除了要为整座岛上的设施供能，还要屏蔽和筛选来自地球表面以及卫星轨道上的各种信号，而其运作时所产生的‘云层’，则刚好能将这座岛隐藏起来。

“第二个部分，是位于海平面下方的基因研究室，也是我平日里待得最多的地方。在那里，我只花三年就完成了在联邦体制内三十年都做不成的事情，我制造出了大量生存期在五年以上的濒危动物乃至灭绝物种，还成功研发了一些‘有趣的新品种’……”

听到这儿，燕无伤不禁插嘴道:“你的研究成果我挺熟悉了，不用详细介绍了。”

“呵呵……”何怀会心一笑，接着道，“而第三部分，就是这片虚拟丛林了。

“这部分从外界看，是一个位于海底深处的球形设施，其直径不过只有十几公里，但是它的内部被我设计成了类似‘彭罗斯阶梯’的空间。因此，理论上来说，这里就跟‘一整个儿星球’那样庞大，无论是飞行能力者、极速能力者，甚至是心灵传输能力者，都无法逃出去。”

燕无伤干笑一声：“哼……原来如此。”他似是忽然想到了什么，“所以，每天的‘空投’，说白了就是你从岛的‘第二部分’连接到‘第三部分’的通道里直接投下了物资，然后给我们放了一段飞机驶过的音效对吧？”

何怀接道：“没错，说起来，那音效还是我在网上随便搜了下载的。”

“嗯……”燕无伤沉吟了一声，再道，“其实，我来到这儿的头几天，就已经发现了每天飞机飞过时的声音是完全一致的，再加上‘从天上传来的广播声’，我大致也猜到了这里是某种特制的空间，只是没想到它是‘循环连接’的，要是早点知道的话，我此前也不会劳心费力地带着几个人连续跋涉一个月了。”

“从结果来看，也挺好啊。”何怀接道，“就是那一个月，让你把自身的能力提升到了凶级巅峰不是吗？”

“那么问题来了……”燕无伤问道，“你说我是‘合格者’，依据应该就是我的能力突破到某种程度对吧？”此前冉向天与何怀的对话燕无伤全都听见了，这点，何怀也是心知肚明，“可是，现在的我和那个时候相比，并没有再提升多少吧？你为什么要等到现在才现身呢？假如你是为了让我更进一步突破，就不该再‘重置’这个岛，而应该投下更强的怪物来考验我才对吧？”

“呵……”何怀笑道，“你不妨试着从另一个角度来思考一下这个问题，我想你应该能想到答案的。”

经他这么一提醒，燕无伤稍加思索，便恍然大悟：“哦，是时间的原因吗。”

“没错。”何怀点点头，“筛选并不只是针对你一个人的，所有你在这里遇到的人，都和你有着平等的机会。任何人，只要能在这个岛上累积生存满一年，就算是‘合格’。但你若是在第三百六十四天被一个新人杀了，那也算失败。

“在你之前，也不是没有出现过活了半年以上的凶级‘老手’被新人杀死的情况……像那种人，我自然是不会引荐给珷尊大人的。”

“那么我又要问回来了……”燕无伤再次提起了最初的问题，这也是他现在比较关心的和自己接下来的命运直接有关的事，“我之前的那两名合格者到底……”

“天选岛的第一名合格者，就是我，何怀。”何怀还没等对方说完，就接道，“我就是在这片丛林里，从一个体术能力接近并级能力者的基因改造人，突变出了真正的异能，并在短短一年内就成长为了一名凶级能力者。”

“敢于自己去充当自己做的东西的第一批实验品，佩服佩服。”燕无伤这话倒不是恭维，而是发自真心。

“呵呵，科学家都该有点儿自我奉献精神不是吗？”何怀当即说道。

“嗯……非要形容的话我觉得更像是‘对自己清理过的马桶非常有自信所以去舔了一下’那种例子，不过你说得也行吧。”燕无伤终于是忍不住来了句垃圾话。

何怀闻言，嘴角抽搐了几下，也不知自己该不该为这种事儿生气。

但终究，他还是忍住了，并再度开口道：“至于第二名‘合格者’，恕我不能跟你说太多，你只要知道她是一个谁都惹不起的存在就是了……”

“好吧。”燕无伤想了几秒，问道，“那接下来你准备怎样呢？把我带去见你口中的‘珷尊’？”

“是的，不过在那之前，你得先见另一个人。”何怀这句话出口的同时，他所说的“那个人”，已然从其后方的丛林里走了出来。

燕无伤将视线朝那人的身上移去，他看到的是一名三十多岁、穿着得体的东洋洲男子。

“燕先生，久仰了。”那人一边走来，一边就对燕无伤说道，“在下……月下部光秀。”

第四章 危险人物

一

斌尊姓姬，单名一个斌字。

他的出身来历其实也并没有多复杂，用一句话概括就是——前帝国皇室的后裔。

姬斌能成为如今的“斌尊”，虽然并不能说是巧合，但偶然成分的确也是有的。

一百多年前，帝国建立在麦尔洋上空的浮岛“天都”被“创世纪”所毁灭，当时居住于天都的皇族和贵族在那天也随着浮岛一起灰飞烟灭。而剩下的那些散布于全球范围内的权贵们，在联邦建立后，绝大多数也都被治罪了。

不过，其中难免会有漏网之鱼……

比如姬斌的祖母，就是当年帝国大皇子的诸多情妇之一，请注意，只是“情妇”，连“妃子”都不是。

因为当时的帝国皇室是很讲究门第出身的，平民家的女孩儿再怎么出色也很难在皇室中得到名分。那些作为皇室成员情妇的女人，在年轻时的确可以过着很优渥的生活，但当她们年老色衰失宠后，通常就是拿笔钱离开的下场。

姬斌的祖母很倒霉，她还没等到自己失宠呢，帝国便倒台了。所幸她并没有名分，也没有做过什么大奸大恶之事，所以她趁着有人注意到自己之前，赶紧带上了孩子和细软，从皇子为她准备的豪宅里逃了出去。

那一年，姬斌的父亲才一岁，对自己的身世一无所知，姬斌的祖母也并没有让孩子去姓“维特斯托克”——既不敢，也不能。

不敢的原因自不必说，在那个年头你敢用这个姓氏，就算联邦不来搞你，很多被皇族和贵族迫害过的人也会来灭你满门。

而不能的原因，其实也是当初帝国定下的规矩：没有名分的女人生的孩子并不被皇室所承认，不管他们在血缘上是否和皇室有关。

仅从这一条……大家应该也能看出当年的帝国到了末期时有多混蛋。当然了，放到逆十字的标准里，也没什么差别，因为逆十字的视角是“我们每个人都有罪”。

长话短说，转眼几十年过去，姬斌出生了。

姬斌的父母都是生长在联邦建立之初那大好年代中的普通人，在那几十年里，平民阶层的日子可以说很不错，也没有什么特别尖锐的社会矛盾，所以姬斌的童年还算幸福。

姬斌人生的转折点，是在他十二岁那年。那年，一场车祸夺走了他父母的性命，也让他在医院里躺了半年之久。他的祖母本来就患有阿尔茨海默病，在儿子和儿媳死后精神受了很大打击，变得越发神志不清。

就是在那种情况下，老人将姬斌祖上是皇室的事告诉了孙子。原本姬斌也是不信的，但一年后，他的祖母也去世了，姬斌在整理老人的遗物时发现了祖母当年和皇子的合影，还有两人交换的礼物和一些虽然简短但字迹清晰的书信。

同样是在那年，也许是青春期的到来，也可能是事故的刺激，姬斌觉醒了一种极为强大的异能。

就是从那时起，他认定，自己注定将是一个成就大事的人……

姬斌的异能成长得很快，十六岁那年，当他离开待了三年的儿童福利机构时，已然是一名强级能力者了。

而他踏上社会后干的第一件事，就是去找到了当年在事故中导致自己父母死亡的那名酒驾司机，并在对方身上第一次品尝到了杀人的滋味。

那天，站在新鲜的尸体前，姬斌再一次确认了，自己的确是与众不同的。

他没有一般人的同情心、同理心，也没有羞愧感和道德压力，除了自己的至亲之外，他对其他任何人的生死和感受都毫不在乎。

后来，他又花了几个月的时间，混入了充斥着能力者的灰色地带，并成功与一个“保皇派组织”搭上了线。顾名思义，那是一个拥护前帝国皇权的反抗组织，成员基本都是前朝遗老及他们的后代子孙，当然了，其中也不乏和姬珷类似的“皇室后裔”。

这些人不甘心活在联邦治下，他们怀念着当年作威作福的日子，怀念着那一出生就可以践踏在千万人头上的天赋特权。

然而，这些在帝国末期连居住到天都的资格都没有的家伙，以及他们的后裔，能有什么能耐，也是可想而知的……

因此，尽管他们已经在暗处活动了几十年，却一件大事都没做成。他们永远都在“筹措资金”，但每次弄到的钱很快就被他们花在了几个头领的私人事务或一些门面工程上。

而他们那种“贱民就该为我们服务”的纲领，也让他们的组织自带排外性，无法扩张。

久而久之，这群人与其说是个反抗组织，不如说更像是一群令人作呕的血统主义者组成的犯罪团伙，他们的那个目标，他们自己都已经不太相信了。

姬珷也不认同他们的理念，且很清楚这帮废物根本成不了事，但是他知道，这些人可以利用。

五年，姬珷只花了五年，就夺取了组织的控制权。

但彻底清洗那群废物，又花了他整整九年时间。终于，在姬珷三十岁那年，他掌握了一个完完全全属于自己的组织。

“珷尊”也在那一年诞生了。

作为一名强大的能力者，姬珷有着比一般人更长的寿命，他的容貌从三十岁后就一直没有太大变化了，他的智慧和实力也随着岁月的沉淀变得愈发深厚。

在他的运作下，“珷尊”这股势力很快就渗透到了联邦的方方面面，就连“茶宴”都没能察觉到他的行动，而当他们有所察觉时，也已经晚了……

姬珷的很多做法，其实和天一有相似之处。他从没有想过要走到台前，成为“帝王”或是“联邦总统”这种存在，因为他比谁都明白——王权没有永恒。

他只想做一个躲在幕后的人，一边维持这世间各股力量间的“平衡”，一边将世界改造成他理想中的样子。

他认为帝王将相的头衔并不能代表什么，只有他的做法……才算是掌握了“真正的权力”。

就这样，时间，来到了23世纪。

这一天，何怀，将“天选岛计划”的第三名合格者带到了姬斌的面前。

其实姬斌最初对这个计划也并不是很上心，比起“合格者”来，他对何怀的基因实验更有兴趣，所以他才提供了大量的资源去让何怀随便玩。

但自从“第二名合格者”德蕾雅出现后，姬斌的想法也变了，如果何怀每年都能制造出一个那种级别的能力者来给自己当手下，这自然也是一件好事。

“大人，燕无伤带到了。”何怀在姬斌面前，身段总是放得很低。

“哦……已经一年了啊。”而姬斌，则像个老人一般，坐在一张沙发椅上，戴着老花镜，翻看着一本纸质书。

他接待燕无伤的这个房间，只是一个很小的书房，装修看起来非常温馨，他本人也丝毫没有流露出什么帝王般的霸气，反而显得平易近人。若你不说他是“斌尊”，任谁也不会觉得这个看起来四十出头的中年男人（和上世纪中叶比，他的外貌又老了一些）有什么特别之处。

“我瞧瞧……”两秒后，姬斌不紧不慢地摘下了鼻梁上的眼镜儿，抬眼看了看站在何怀侧后方的燕无伤。

当然，这个时候的燕无伤，已经受到了阿秀那“认知修正”能力的影响，虽然他在一分钟前还连斌尊长什么样都不知道，但在他的认知中，却已认定自己是斌尊的部下了。

“嗯，不错。”也不知姬斌从燕无伤的身上看到了什么，来了这么句评价，“单论战力在我这儿已经能排进前四了。”

“需要属下去做什么，您尽管吩咐。”燕无伤也没有太多废话，他现在的想法就是迫切地要为斌尊办事。

“那就先做个简单的小任务，让你适应一下组织的氛围好了。”姬斌说着，把手上的书也合上，摆到了旁边的小桌上，“我想想……嗯……这样吧，最近樱之府那边的动向有点让人在意，不如就让阿秀带着你，去把那边总督杀掉吧。”

“总督？”燕无伤疑惑了一下，问道，“您是说联邦郡首？”

“现在那里已经没有郡首了哦。”姬斌接道，“哦对了，你已经一年多没有和外界接触过了，这也难怪……”他顿了顿，紧接着就用轻描淡写的语气说出了一件让燕无伤十分震惊的事，“由于最近一年里发生了一些状况，眼下联邦政府手里的地盘只剩下半个西洋洲了。如今，在这个星球上最庞大的势力，早已不是联邦，而是一个被称为‘第六帝国’的存在。”

二

2219年12月3日，樱之府，宇田。

从宇田站出来后，阿秀和燕无伤便拦了一辆出租车，朝着南面去了。

在很多年前，樱之府的服务业曾经是世界闻名的，但如今，也只是平均水平而已了。

就拿阿秀和燕无伤乘坐的这辆出租车来说，既没有干净整洁的车内环境，也没有仪容整肃的司机大叔，有的只是普普通通的车况和普普通通的服务态度。

更离谱的是，车刚开起来，那个司机大叔就跟后座儿上的两人搭讪，问他们是不是要去参观宇田神宫，如果是的话自己知道一家“性价比很高”的民宿，可以直接带他们过去，包他们住得满意。

燕无伤跟他强调了三遍他们并不想住民宿，也不去参观什么景点，那司机才有些不快地闭上了嘴。

“对了，趁着现在，咱把枪先准备好吧。”车开了大约十分钟后，阿秀忽然来了这么一句，而且他一边说着，一边就拉开了随身携带的手提袋，从里面拿了把手枪出来。

像枪械这种东西，一般来说自然是不可能带上车的，不过因为有阿秀在，他可以在过安检的时候将查看扫描仪器的工作人员的认知修改为“枪械并不是违禁品”，所以他们就把枪放在包里带上车了。

“哦，你是说明天排练用的道具枪是吧？”燕无伤的反应也是很快，他故意略微提高了声音，把这句话说给前面的司机听，同时，还用手肘顶了顶阿秀的胳膊，并朝他使了个眼色。

“呵……”阿秀笑了，“别担心，在我开口说刚才那句话之前，我已经修改了司机大叔的认知，现在不管我们说什么，他都会以为我们是在讨论电影情节。”

“呼……”燕无伤闻言，松了口气，接道，“话说你这能力还真好用呢，你要是去当牛郎的话可就无敌了啊。”

"哈哈哈……"阿秀笑得更欢了，"类似的建议，我确实是听到不止一次了。"

"说明这话对啊。"燕无伤道，"另外啊，我在车上的时候因为无聊想了想，如果你直接对我们这次的目标使用能力，比如把'憋气就是呼吸'这种概念植入给她，那她岂不是立马就自杀了？那样的话，我们根本就不需要什么武器，只要想办法让她进入你的能力范围，就能完成一次完美的暗杀。"

"哼……哪儿有那么容易啊。"阿秀把枪递给了燕无伤，随后，又从包里拿出了一张照片来，伸到了燕无伤的身前，"你看到她身边那两个男人了吗？"

他手上的那张照片不算很清晰，一看就是从某张街面监控拍到的画面中截取下来的一小块。

照片中有三个人，分别是一个十三四岁的、穿着连衣裙的小女孩，和两个西装革履、墨镜遮面的成年男子。那个小女孩，就是他们这次的目标——盛宫雅子内亲王。而那两个男人，都是雅子的保镖。

"雅子左手边那个满脸疤的叫真田，可以确定是能力者，但能力类型和等级都是谜。"阿秀递过照片后，就接着说道，"这个真田从雅子小时候起就是她的护卫，是个典型的死士，就算自己被切碎了也不会让主人伤一根手指的那种。不管我们的暗杀有没有成功，都有很大概率会和他对上，到时候，肯定得由你去和他周旋……"

"明白。"燕无伤看着照片，接道，"万一他的能力非常难缠，由我去抵挡，至少不至于瞬间被杀。"

阿秀点点头，继续说道："而雅子右手边那个家伙，你可能听说过，名叫索利德·威尔森，绰号'老兵'。在'第六帝国'攻下樱之府、雅子当上这里的总督后，索利德就被逆十字派到了雅子的身边，成了她的第二名贴身护卫……"他顿了顿，沉声再道，"这个家伙，比真田还要棘手；就拿你刚才说的那个方案举例吧，即使我真的成功修改了雅子的认知，让她无法自主呼吸了，索利德也能救她。因为索利德的能力'凡骨'，是为数不多的、可以将我的能力无效化的异能之一，当然了，前提是索利德先得推测出雅子的状况是由'认知修正'所致，并大致理解其中的逻辑。

"但退一步讲，就算索利德无法在第一时间破解我的能力，以他的能耐，他一样会在发现异常后立刻做出别的有效应对。比如就近抓起一支钢笔之类的东西，拆空笔杆，直接插进雅子的气管做紧急处理，然后呼叫增援和医疗救助……总之，他绝不会让自己护卫的目标那么轻易死掉的。”

燕无伤听到这儿，疑道：“那么这个索利德，你又打算怎么去对付呢？”

“简单。”阿秀应道，“如果对上了索利德，我直接把能力用在索利德的身上，把‘雅子是需要保护的目标’修改成‘雅子是需要杀死的目标’这样的认知，而在索利德杀雅子的时候，你就负责去压制住真田。”他说完这句，自己也从包里拿了一把枪，藏进了上衣内侧的口袋，“至于我本人嘛，姑且拿把枪在旁边待命，看看有没有需要我做的事……比如去阻挡那些神武会的普通保镖什么的。”

“嗯……”燕无伤也是个考虑事情蛮周到的人，他想了想，又道，“我还是有一点想不明白。雅子作为樱之府的总督、神武会的首领，以及‘第六帝国麦尔洋防卫线计划’的负责人，她为什么会只带少量的部下，微服出巡般地来到宇田这个地方，而且又那么巧的被一个街面监控拍到了……这该不会是某种陷阱吧？”

“不会的。”一秒后，阿秀忽然回了句让燕无伤摸不着头脑的话，“她应该是来吃生蚝的。”

“哈？”燕无伤的确是没听明白，只能用这么个字来回应。

于是，阿秀接着解释道：“是这样，根据我们的情报，大约在今年4月，雅子的身边多出了一个叫榊无幻的跟班。本来这事儿也挺正常的，榊无非就是在逆十字和神武会合作的初期被派去监视雅子的人员，但是……”他微顿半秒，接道，“不知道为什么，这位榊君别的不干，一天到晚就撺掇雅子到世界各地去吃一些珍奇美味，纵然是在雅子当上樱之府的总督，长期驻留后，他好像也没消停，所以雅子几乎每周都要溜出来一两天，就为了吃……”

“啊？这什么鬼？”燕无伤又问道，“你这情报可靠吗？”

“绝对可靠，因为神武会里也有我们的人。”阿秀回道，“但正如你所说，这究竟是什么鬼，我们的卧底也看不出来……”他的语气显得有些无奈，“我个人倒是有两个推测：其一，这种行动或许是障眼法，他们在用‘寻找美食’这种表象去掩盖某种逆十字授意的秘密活动；其二嘛，也可能只是榊君和雅子之间正在进行某种关于‘吃’的长线赌局而已……毕竟，在外人看来堪称荒诞的事，在那些‘真正的赌徒’眼里却可能比什么都重要的。”

“欸？”燕无伤看向了阿秀，“我听着，你好像跟这个榊挺熟啊？”

“呵……还好吧，在一次任务中和他接触过一段时间。”阿秀微笑道，“我本想将他纳入斌尊大人麾下的，可惜他拒绝了，并且在那之后不久，愣是去加入了逆十字……”他说这话时，神情中也是流露出了些许惋惜，“说实话，连我都有点好奇，逆十字到底是有什么魔力，竟可以在短时间内就拉拢到那么多让我们都觉得难缠的高手。”

他们聊到这儿的时候，目的地刚好到了。

司机将车停在了一家酒店的门口，跟他们要了车费。临行前，那司机嘴里还在骂骂咧咧地说着“两个冤大头”这类的话，很明显，他对于这两人没有去他推荐的民宿、没让他赚到外快而耿耿于怀。

阿秀和燕无伤也没理他，两个人去酒店前台登记了一下，拿到了房卡，就自己拎着行李上了楼。

根据卧底传来的线报，雅子的房间在七楼7021室，她一个人住一间，而索利德和真田住在7022，榊无幻住在7020，刚好把她的房间夹在中间。

至于神武会的普通保镖、文职人员等，雅子也带了一些，总人数在十人左右，不过这帮人的房间在哪儿就不确定了，反正他们都有对讲机联系，一听到风吹草动就会蜂拥而至。

阿秀和燕无伤到了房间后，连门都没进，只是把手提包往房间里一扔，就转身离去了。他们从消防楼梯下到了七楼（电梯需要房卡启动，且只能去到房卡所在的楼层），在七楼的走廊中，阿秀又对一名偶遇的保洁阿姨使用了能力，让对方交出了身上的万能房卡，接着，他们就来到了7021室的门口。

短暂的停滞后，两人对视了一眼，然后双双把怀里的枪掏了出来，直接握在了手里。

燕无伤很自觉地负责开路，他用房卡轻轻打开了房门。

他们推门而入，悄然行进。两人都是无声潜行的行家，整个过程中几乎没有发出过什么动静。

按照眼前的状况发展，如果顺利的话，他们或许能在惊动索利德和真田之前就把雅子杀死，然后只需要逃跑就可以了。

酒店的房间不大，也没有什么可以躲藏的地方，一眼就能看光。两人迅速确定了卧室和阳台都没人，那么剩下的地方就只有浴室了。

这一刻，两人都明白，雅子必定就在浴室里。因为他们进来时，房门内侧的房卡插槽里是有卡的，房间里的空调和灯也都开着，所以人一定就在屋内。

二人屏息静听。浴室里，没有淋浴的流水声，也没有人在浴缸里撩动水面的动静，不过仔细听，可以听到电动马桶圈制热的嗡嗡声……

对于暗杀者来说，目标在被杀的瞬间是否体面，通常是不重要的。

燕无伤和阿秀虽然觉得在别人上厕所时将对方击毙有点儿不太讲究，但事到临头，他们也不可能等人家方便完了再动手，毕竟只有天知道这期间会出什么变化。

于是，再次交换了一下眼色后，两人在沉默中用眼神达成了共识。

紧接着，燕无伤就一脚踹开了浴室的门。

砰砰砰砰砰砰——

两秒后，燕无伤便冲着马桶上的人连开了六枪，打光了手里那把枪的所有子弹。

硝烟未尽之际，阿秀也从门框那儿歪着探出了头，朝里面看去——他想确认一下雅子死了没有。

结果，他却发现，马桶上坐着的并不是雅子，而是一个男人，那个男人他也认识，是榊无幻。

此刻，榊正将双手交叉在自己脸前，作护头蜷缩状，而他的身上，一枪未挨……燕无伤那六颗子弹，全部打在了榊背后的墙上，几乎是擦着榊的身体轮廓，留下了六个弹孔。

“你这枪法……”连阿秀都忍不住冲燕无伤吐槽道，“两米开外，连开六枪，你居然……”

轰——

他话还没说完，只听得一声巨响，他身后的那堵墙应声裂开，一个满脸是疤的男人从墙另一边的房间直接破墙杀来，一拳就奔着阿秀的后心去了。

三

真田的攻击来得很快，凭阿秀的体术绝对躲不开的那种快。

但燕无伤，比真田更快，他出手一攫，便抓住了真田的手腕，阻下了这次突袭。

一秒后，阿秀转身，快速喊了一句：“停手！”

也不知他这句是冲谁喊的，但在他喊完之后，燕无伤和真田都没有再动了。

“没事了，真田已经是自己人了。”又过了一秒，阿秀赶紧对燕无伤解释了一句。

燕无伤听到这话，马上就明白了阿秀干了什么，他随即看了真田一眼，但真田又盲又哑，眼神没有变化，也没回应他。

无论如何，一息过后，燕无伤还是缓缓松开了真田的手腕，真田也没有再表现出任何敌意。

阿秀的能力，在同一时间最多可以作用在三个人的身上，且只要生效，便不限距离。先前被阿秀改过认知的安检人员、出租车司机，还有保洁阿姨，皆是短时间修改，阿秀在远离他们之后就把作用在他们身上的能力解除掉了，只有用在燕无伤身上的能力一直持续着没有解除。

因此，眼下他一看只有真田一个人杀过来，便果断地对真田也用了。

“除了你还有别人在埋伏吗？”阿秀见那两人撒手了，便立即问了真田一个问题。

真田摇了摇头。

“索利德没有和你一起吗？”阿秀又问道。

真田再次摇头。

“好吧。”阿秀没有再纠结这个，而是转而问道，“雅子在哪儿？”

这回这个问题，不能用点头或摇头来回答，所以真田就开始哼哼唧唧，嘴里发出一些古怪的、旁人听不懂的声音。

“他是个哑巴。”还没等阿秀反应过来，坐在马桶上的榊就先抢了一句。

阿秀闻言，冷笑一声，转身又面向厕所，举枪指着榊道：“榊君，你怎么还没跑啊？”

“废话，我还没拉完呢。”榊回答得理直气壮。

“呵……你还真是个讲究人。”阿秀接道，“比起拉一半提裤子跑，你宁可死是吗？”

“喂喂……你讲点逻辑好不好？”榊又道，“我也想跑啊，但这间厕所就一个出口，你俩就堵那儿呢，我又不是真田那种可以轻松撞破混凝土墙的能力者，你让我怎么跑？假如我在逃跑时被你们毙了，那我岂不是死了还遗臭万年？”

“嗯……”经他这么一说，阿秀觉得还挺有道理的，“好吧，言归正传……”他赶紧扯开话题，并把拿枪的手又放下了，“大家相识一场，我的能力你也清楚，我就不拿枪逼你了，你看你是自己把雅子的行踪告诉我呢，还是让我改完你的认知再问你呢？”

阿秀也是很机警的，他的能力上限是同时作用于三人，而目前已经对两个人用了，为了保险起见，第三个名额他是能留就留着，以免遇到像刚才那种紧急状况时束手无策。

“啊——”下一秒，榊突然就大喊了一声。

这一瞬，在场的另外三人皆被他所吸引，紧张地朝他看去。

结果两秒后，他们听到了“咚”的一声……那是某种物体落水的声音。

“呼……”接着，榊就露出了一脸轻松的表情，“OK，我好了，你先等我穿上裤子行吗？”

阿秀翻了翻白眼，本能地用手掩鼻，并侧过身去，用嫌弃的口吻道：“快点儿快点儿……”

接下来的三分钟里，站在浴室门口的三人先是听着榊在开启了电动马桶圈的清洗功能，随后又等他烘干、擦干……再起身，最后才依依不舍地冲了水。

提上裤子后，榊还讪讪笑道：“嘿嘿，别见怪。”

“行了！快说人在哪儿！别再拖延时间了！”此时的阿秀，火气都上来了，他一边吼着，一边再度举起枪来，并上前两步，直接用枪口顶住了榊的胸膛。

阿秀会生气，是因为刚才他答应让榊先穿裤子时，没有想到榊会拖那么久，且表现得那么贱。考虑到刚才真田破墙的动静，就算神武会的其他人没察觉到，酒店的管理人员也会有所反应，所以阿秀现在有些急了。

榊撇了撇嘴，应道：“好啦好啦，我告诉你就是，雅子她就在……”

砰——

他这话才说了一半，阿秀手上的枪就响了。

瞬间，榊背后的瓷砖墙上，溅上了一片鲜红。

接着，榊便倒了下去，倒在了自己的血泊之中。

“我……我……”心脏被击碎的他，在最后的时刻似乎还想说什么，可是终究没说出口，短短几秒过后，他便死不瞑目地停止了呼吸。

“欸？欸——”另一方面，阿秀也是一脸蒙，他瞪大了眼睛愣了许久，然后低头看向了自己手上那把枪，那眼神仿佛再说——你在逗我？

“你可别告诉我，偏偏在这种时候，你的枪走火了……”站在他身后的燕无伤，此时虚着眼，用吐槽的语气来了这么一句。

“这……”阿秀回过头，看着燕无伤和真田，下意识地扯着嗓子道，“这我也惊了啊，什么鬼啊！”

“算了，事到如今，我看咱们还是先撤了吧。”几秒后，还是燕无伤率先提了个靠谱的建议，“反正真田已经是我们的人了，让他留在这儿收拾残局，顺便找机会刺杀雅子，我们俩则到暗处躲起来，静候真田的消息。你觉得如何？”

“但……”阿秀的脑子转得也很快，“这样做，真田会不会被怀疑？”

“呜，嗯。”燕无伤还没回话，真田就从嗓子里发出了两声闷响，然后摇了摇头，又用手指了指自己，并做了几个乱七八糟的手语动作。

虽然阿秀和燕无伤都不懂他到底在打什么手势，但真田的意思他们明白，大体就是：“只有我真田，是绝对不会被怀疑的。”

不过，阿秀又想了想，接道：“不……不行，我们的样子已经被酒店的监控拍到了，我们逃走后，他们很快就能查到今天来的是月下部光秀和燕无伤。关于你的能力，他们可能会有误判，但我的能力，榊是早就知道的，而且榊加入逆十字已经有相当长的时间了，他肯定会把这情报告诉他们……”

他没有继续说下去，因为话说到这儿，燕无伤肯定已经懂了——一旦索利德看了监控，认出了阿秀，必定会怀疑留在现场的真田被修改了认知，那索利德马上就能将作用在真田身上的能力解除。

“那你的意思是……”稍顿半秒后，燕无伤接了这么半句话，并朝自己身旁的真田扫了一眼。

他的意思也挺明显的——干脆，就趁着真田现在没防备，把他干掉。

叮咚——

就在阿秀犹豫着该怎么处理这局面时，另一边，门铃又响了。

外面的人摁了两次门铃后，又轻轻敲了两下门板，并隔着门板高声说道：“您好，这边是客房服务，刚才有客人联系我们，说您房间里发出了很大的噪音，请问您还好吗？”

阿秀眼珠子一转，直觉告诉他，门外的可能并不是酒店的人，他立即压低了声音对燕无伤道：“先别忙……”然后，他也瞥了眼真田，“他没准还有用呢……”

说罢，他就轻声地、快步地走向了门口，打算先通过猫眼看看外面来得究竟是谁。

不料，就在他闭起一只眼睛，慢慢将脸凑向猫眼时，有人将一支针管插进了他的后颈，并将一管不明的液体注入了他的体内。

阿秀甚至没能转头看一眼下手的是谁，就快速失去了意识。

无耻混蛋

尾声

阿秀醒来时，发现自己被固定在了一张椅子上。

固定他的装置和椅子本身都是金属制成，阿秀也不清楚这到底是不是净合金，他只知道自己用力挣了几下无法将其挣开。

他环顾四周，发现这是一个大约五十平米的房间，除了四壁之外，只有一扇门，完全没有窗户，且连个通风口也看不到。

房间内分为两个部分，靠近他的这一侧只有两把固定在地面上的金属椅，分别锁着他和燕无伤。而房间的另一侧看起来则像是一个简易的手术室，放了不少专用的医疗器材，还有一张手术台。

此刻，燕无伤的头向下自然地垂着，眼睛也闭着，看起来仍在昏睡。

阿秀试着叫了他几声，但燕无伤并未有反应。

就在这时，房间的门被打开了。

一只“怪物”走了进来。

至少在阿秀看来，这家伙绝对不是人类，非要说像什么，那大概是铁血战士吧。

“你好，月下部先生。”没想到，对方一进屋就开口说话了，还用非常标准的中文和阿秀打招呼。

“你……是谁？”阿秀斟酌了一下，最终还是没把“你是什么”这种不太礼貌的话说出来。

“你可以叫我尼尼。”尼尼回道，“另外，看得出来，你对我很好奇，所以我就顺便告诉你一声，我是一个外星人。”

“呵……”阿秀笑了，“原来如此。”他很快就接受了这个设定，对他这种思想开明的人来说，这没什么好纠结的。

又过了几秒，阿秀接着道：“也就是说，逆十字里连外星人都有吗？”

“是的。”尼尼知道对方这是在刺探自己被哪方势力给抓了，不过他也没必要隐瞒，“上头派我来和你交涉的理由，你应该也能猜到一二吧？”

“是因为你并不受我‘认知修正’能力的影响吗？”阿秀的确是立刻就猜到了。

“嗯，这也是原因之一。”尼尼接道，“当然，如果你不信，我并不介意你先试验看看。”

“不必了，你一进来我就试过了。”阿秀道，“所以你说你是外星人的时候我知道你不是瞎掰的。”

“行。”尼尼点点头，“那么，我们就聊两句呗？”

“你不等我旁边这位醒了再聊吗？”阿秀说着，瞥了眼自己左侧一米开外的燕无伤。

尼尼回道：“但我也不知道他什么时候醒啊。”他顿了顿，解释道，“因为燕无伤的神祇体制可以快速代谢掉各种化学制品，包括但不限于酒精、致幻剂、麻醉剂，以及各种毒物……所以，我们把他弄晕的方式和用在你身上的不太一样。”

听到这儿，阿秀似乎明白了为什么燕无伤怎么叫都叫不醒。

“呵……行，那就我们俩聊。”虽已成了阶下囚，但阿秀依然显得不慌不忙、不卑不亢，“既然你们选择活捉我，那必然是对我有所诉求，我也是个有自知之明的人，我明白……我身上也只有两样东西是你们感兴趣的：一是关于斌尊大人的情报，二就是我的能力。而想要同时得到这两样，办法也很简单，就是直接把我拉拢到逆十字这边。”

“嗯，有理有据。”尼尼看着他，神情微变地应道。

派尼尼来跟阿秀交涉的另一个好处就是，这外星人就算有什么情绪起伏，脸上的表情有什么变化，阿秀也看不出是什么意思。

“其实吧……这事儿可谈。”阿秀道，“作为‘胜负师’，我只要保证到最后的最后……自己仍是赢家就行了，所以，如果你们能证明逆十字这边比斌尊那边更有让我效忠的价值，那我也并不介意‘另投明主’。”

“那你觉得我们该怎么做才能说服你呢？”尼尼又道。

“这个话题可以先放一放……”阿秀道，“在此之前，为了表示诚意，你不觉得有义务先把酒店里发生的事跟我解释一下吗？”

他很会谈判。

甚至有些过于擅长了。

毫无疑问，月下部光秀能得到“胜负师”之名，不单是靠他的异能，他的口才和智谋也是不凡。

他从一开始就把自身的筹码和对方大致的底线都算得一清二楚，然后反客为主，由自己来引导谈话，在尚未抛出任何有用信息的前提下，他反而要去套取对方的情报。

那么，阿秀真的会背叛斌尊吗？

答案是否定的。

阿秀对于斌尊的忠诚是坚定的，因为他是个有信仰的人。

他对尼尼说的那些话，不过就是为了周旋和试探罢了。在发现自己被抓的那一刻，阿秀就已经做好了必要时顺势成为卧底的觉悟，但只要一有机会，阿秀立刻就会逃跑并把自己获取的所有情报带回斌尊那里。

即使最后注定难逃一死，那他也要在咽下最后一口气前为斌尊、为自己的信仰再做些什么，哪怕是留下一条情报、一句话，也算是贡献。

“你是想知道是谁把你制伏的对吗？”思索了片刻后，尼尼接道，“或者……你对‘榊’的死仍有疑惑？还是说，你认为雅子的行踪和真田的埋伏更让你困惑？”

“可以的话，这些我全都想知道。”阿秀的回答也是意料之中的，毕竟，情报这东西，越详细越好。

“嗯……”尼尼沉吟了一声，接道，“那就得从两年前说起了吧。”

“哦？需要从那么久以前开始讲吗？”阿秀疑道。

“别担心，虽然时间是倒回了不少，但要讲的其实不多。”尼尼应道，“简单地说，那个时候，燕无伤就已经在为逆十字效力了。”

这句话宛如一记闷锤，敲打在了阿秀的太阳穴上，让他顿感一阵眩晕。

一种可怕的、不祥的感觉，逐渐在其心中冒头……

“燕无伤和凯九、枪鬼、浪客四人，都在审判之前就已经为逆十字效力了。”尼尼的话仍在继续，“他们为‘审判’做了很多前期的准备和布局工作，待这些工作完成得差不多时，燕无伤便接到了下一个任务。而为了完成这个任务，他自愿让浪客洗掉了他脑中关于逆十字的所有记忆。”

阿秀听到这里，不由自主地又转头望了一眼仍在沉睡的燕无伤。

“那之后，天老板便让燕无伤回到了原本的雇佣兵生活，在外头自行活动了一年半载。而这段时间，显然已足够组织抹除掉燕无伤为逆十字办事时留下的各种行动痕迹了。”尼尼接着道，“就这样，转眼到了去年秋天，基奇纳市的那场好戏上演……

“那个时候，兰斯故意用了‘烟土俱乐部’这个逆十字在很多年前曾用过的虚假代号来卖个破绽，让你们找到了组织和燕无伤勾连的线索。而你们也如组织预料的那样，抓走了燕无伤。当然，也有让人意外的情况，那就是你们竟然还用隋变替换了他，来参加‘审判’。

“不过那也无妨，因为将计就计是逆十字的拿手好戏……

“再后来的事，比如燕无伤在你们那边经历了什么，大多你都清楚，甚至比我还清楚。至于酒店里的事嘛……”

尼尼说到此处，也将视线侧移，朝燕无伤的方向瞥了眼:“他已经装不下去了，要不你直接问他吧。”

阿秀闻言，有些木讷地转头望去。

这时，燕无伤已经“醒”了，或者说，他已不再“假装昏迷”了。而燕无伤身上的那些金属架子，俨然也都没有上锁，被他轻松地打开了。

“你一直都醒着？”阿秀看着满脸堆笑的燕无伤，冷冷问道。

“是啊。”燕无伤回道，“我装得还不错吧？连心跳和呼吸都听不出毛病，对不对？”

“很好玩吗？”阿秀道。

“还可以吧，主要是为了测试一下尼尼能骗你到什么程度。”燕无伤回道，“从结果来看，还真不错……果然看不懂外星人的表情是硬伤啊。”

“你是什么时候恢复记忆的？”阿秀不想跟他再啰唆那些无关紧要的事，紧接着就问了重点。

“呵……”燕无伤轻笑一声，“你还记得那个出租车司机吗？”

阿秀的脸上闪过了明显的诧异之色，这说明他瞬间就领会了燕无伤的言下之意：“那个司机大叔就是‘浪客’？”

这确实出乎了阿秀的意料，因为从那个大叔的身上一丝能量都感觉不到，而且他对对方用能力的时候也没感觉到什么异常。最关键的是，阿秀也没有察觉到那个大叔在什么时候对燕无伤使用了能力。

“对，就是他。”燕无伤接着道，“从能力的角度来说，浪叔的‘诳语无戒’是一种全方位都完爆你那‘认知修正’的上位能力，你的异能最多算是他能力中的一小部分。他只要用他的能力‘覆盖修正’一下，就能让你的能力在你本人并未将其解除的情况下失去作用。综上所述……在出租车上的时候，我就已经想起自己是逆十字成员的事了。”

阿秀的眼神闪烁不定，思索了几秒，再道：“所以……在酒店房间的时候，就是你偷袭了我。在那之前，你连开六枪都没有打中榊，也并不是因为榊用了某种能力，只是因为你故意打偏了……”

“怎么？你就那么肯定那个人是‘榊’？”燕无伤反问道。

“什么？”阿秀，陷入了混乱。

这一瞬，他就像是被卷入了深海的漩涡，强烈的窒息感和无力感朝他涌来。他开始质疑一切，因为他意识到了一种可能——也许在出租车上被浪客用了能力的不只是燕无伤，还有自己。

“不用胡思乱想，没有那么复杂。”还是燕无伤的声音将阿秀从走神中拉了回来，他像是看穿了阿秀的心思般，微笑着接道，“酒店里那个被你‘失手’射杀的人，是隋变。”

此言一出，阿秀的眼前立刻闪过了那个“榊”死不瞑目的眼神和欲言又止的状态……

这时，尼尼又再度开口，解释道：“今天早上，隋变得到命令，变成了榊的模样，然后他就被浪客修改了记忆和认知，从意识层面也把自己当成了榊无幻。一直到他断气前的一刻，他才从洗脑中解脱出来，可惜他已来不及对你再说些什么了……

“至于真正的榊和雅子，早在昨晚就已经在索利德的陪同下离开了宇田，你从一开始就是踏入了陷阱而已。”

他说完，燕无伤又接过话头，对阿秀道：“顺带一提……你的枪会走火，也不是偶然的，浪叔在出租车上除了恢复我的记忆、覆盖你的修正之外，还把这次行动的计划也植入了我的脑中，所以我在车上就已经对你的枪动了手脚，而你也的确是用枪用得太少了，简直跟个门外汉似的，完全没发现我做了什么。”

他俩一唱一和，把阿秀的从容和自信击得粉碎。

但阿秀终究还是冷静了下来，且没有花太长的时间。

“所以你们搞这么多是为了什么呢？就为了活捉我？并让我亲手杀死隋变？”阿秀道，“要做到这两点，需要费那么多周折吗？尤其是后一件事，其意义何在呢？”

“隋变死亡的结果不重要，重要的是过程和形式。”燕无伤回道，“眼下，酒店和周边的各种监控都拍到了你我二人一起进入房间，而杀死隋变的武器上，还有你的指纹……这些信息，斌尊是一定会查到的。”

“你以为这样斌尊大人就会认定我背叛了吗？”阿秀道，“你们越是不遗余力地制造出我反叛的证据，斌尊大人反而会越相信我、并察觉到你们对我的重视。”

“对啊，这就是我们想要的。”不料，尼尼接道，“我们就是想让斌尊认为，你……月下部光秀，并没有背叛他，只是在被我们设计了以后，顺水推舟地成为了潜伏在逆十字里的卧底。”

“然后你们再以我的名义去给斌尊大人传递虚假的情报？”阿秀顺着对方的话问道，“呵……你们觉得他会上当？”

“他会的。”燕无伤道，“因为到时候帮我们去骗他的，就是你‘本人’。”

“你们想像对付隋变那样，让浪客也给我洗脑，用虚假的记忆让我替你们卖命？”阿秀说这句话的时候，脸上已露出了狠厉之色。

“不，对你不能用那种办法。”燕无伤回道，“尽管你的能力比不过浪叔，但终究是同类型，所以你们两人的能力是无法对彼此生效的。先前在车上的时候，其实你也并没有成功改写浪叔的认知，他只是单纯地对我们的言行不闻不问而已。”

“那你们想怎样？”阿秀说到这儿，冷笑一声，“呵，该不会是打算用道理说服我吧？”

他们没有回答他这个问题。

一息过后，燕无伤忽然扯到了另一个话题上：“阿秀啊，你有没有查过自己祖上的族谱啊？”

“你什么意思？”阿秀不明白这个突兀的问题所为何意。

“樱之府这个地方的历史还是蛮悠久的，你看你的长相，家族里也不像有什么混血的情况，说明你极有可能是地道的当地后裔……你就不好奇，自己的家族在过去的一千多年里，有没有出过什么名人，或者是皇亲国戚之类的吗？”燕无伤悠然接道。

“是又怎么样？”阿秀显得有些恼怒，因为他感觉燕无伤是在拿自己开涮，“这年头还有人在乎那些吗？”

“有啊。”燕无伤抬高了嗓门儿道，“你觉得不在乎的事，可能有人看得比命还重要呢。”

“所以呢？你是想告诉我我有樱之府古代的皇室血统？”阿秀用满不在乎的口气道，“然后呢？”

“哈！”燕无伤干笑一声，和尼尼对视了一眼。

这时，阿秀才意识到，先前尼尼的那次表情变化，也是在笑，而且是嘲笑。

“然后嘛……”燕无伤说到这儿时，房间的门又一次打开了。

门外，来了两个人。一个坐在轮椅上，身上接了一堆便携式的医疗仪器，看起来都憔悴得不成人形了；而另一个推轮椅的人，是真田。

燕无伤说着，朝轮椅上的老人指了指，“这位崇宫廉仁陛下，就是一个对血统有洁癖的人。组织在半年前就已经跟他达成了交易，要给他做‘大脑移植’，让他得到一个年轻的，至少得有生育能力的身体。而他对身体还有一个附加要求，那就是……这个新的身体，必须与樱之府皇室有那么点血缘关系才行。”

阿秀开始慌了，他在第一时间解除了自己正在持续的能力，并对在场的燕无伤、真田和崇宫廉仁分别重新用了认知修正。

“没用的。”但下一秒，走廊里，即大门外的视线盲区里，传来了一个声音，这个声音，阿秀曾在一辆出租车上听到过，“只要我在这儿，不管你用几次，都会被我瞬间化解。”

绝望的感觉，终于来临。

“燕无伤，救我！以你的战力杀光这里的人应该没问题的！”于是乎，阿秀做了最后的尝试，“好好想想是谁让你成长为凶级能力者的！再说你不是雇佣兵吗？作为中立人士，帮逆十字和帮弑尊大人又有什么区别？只要你愿意帮我……”

“唉。”燕无伤打断了他的话，用略显失望的语气道，“月下部光秀，请不要做这么不体面的事让我看不起你。”他顿了顿，蹲到阿秀的面前，直视其双眼道，“回忆一下，那个运筹帷幄、毫无怜悯的自己……那样的你，是多么有魅力。而现在，只是角色互换罢了，你何必要露出和那些庸人一样丑态呢？”

沉默。

因为无言以对。

大约一分钟的沉默后……

“呵……呵呵……哈哈哈哈……”阿秀终于是笑了，因为他放弃了，放弃了之后，真的很轻松，“啊……”他随即就长吁了一口气，“给我支烟行吗？”

“这就对了。”燕无伤掏出一支烟，搁进阿秀的嘴里，亲自为其点上。

“呋——你说得对……”阿秀吐了口烟，微笑着道，“不要让死亡这种小事，毁了自己的尊严。”

燕无伤则接着他的话道：“更不要相信，这个世界上有什么‘中立人士’。”

其话音落时，阿秀已被那支烟里的药物再度麻晕，失去了意识。

十分钟后。

某个房间中，浪客和燕无伤正坐在沙发上，有一句没一句地聊着。

燕无伤在抽烟，且抽的就是刚才递给阿秀的那种烟。反正麻醉药对他根本没用，所以他无所谓。

“下一个任务就比较轻松了。”浪客道，“那个叫‘药剂师’的，派其他人去抓可能有点困难，你去就容易得很。”

“嗯。”燕无伤掸了掸烟灰，点头道，“小事……”他显得不以为意。

浪客望了他几秒，接着，用一种奇怪，略带怜悯的口气道：“你的记忆我也看过挺多次了，但我真的是不懂你。”他摇了摇头，叹道，“你好像什么都不关心。你不关心最后是谁赢、谁输、谁当权，也不管自己帮助或出卖的人是不是真心把你当成朋友。”

“我为什么要关心这些？”燕无伤又抽了口烟，“呋——人能认清自己就不错了，哪儿有余力去在意别人？我只要明确，新帝国成立以后，自己能切实地过上纳坎沃的那种生活，就已足够。”

“呵……”浪客想了想，发出一声冷笑，随后道，“我发现，你刚才有句话说得不对。”

“哪句？”燕无伤道。

“‘不要相信这个世界上有什么中立人士’。”浪客回道。

“何以见得？”燕无伤又问，不过语气显得不置可否。

浪客道：“因为我刚刚才意识到，像你这种什么都不在乎的混账东西，才是这时代大潮中真正的中立者。”

VOLUME THREE

卷三

HEI AN WANG CHAO

黑暗王朝

邀约

序章

对于这个平行宇宙的地球居民们来说，最近这一年，注定是会被历史所铭记并大书特书的一年。

如果说2218年底的“九狱沦陷事件”还只是仅有少数人知晓的序幕，那么紧接着在2219年2月初打响的“西洋洲之火”战役，以及在3月29日那天终结了战役的“铁笼之炎”大屠杀，就是联邦在领衔的一幕好戏了。

然而，正如大多数四幕戏一样，到第三幕的时候，剧情会迎来一次大转折。

果不其然，在2219年5月31日那天，一场在后来被称为“联邦最后的晚宴”的审判，改变了一切。

那天晚上，在联邦首席检察官雷蒙德·福克斯的主导下，前联邦卧底特工马豪斯·普拉托走上了联邦海特丹法庭的证人席，这两人在全球无数观众的面前，公布了一个惊人的事实——铁笼之炎，这场杀死了数以万计的反抗军、联邦军，以及无辜平民的大规模无差别轰炸行动，是由联邦自己发动的。

这次的指证，显然不是那种扣上“阴谋论”或者“诽谤”的帽子就可以轻易否定掉的状况了。

因为早在这场审判之前，各种阴谋论早已在互联网上流传起来，其中有很多还是联邦的信息部门自己发布的。他们故意放了很多破绽百出的假阴谋论来混淆视听，让悲愤的民众对这类论调产生厌恶，从而让那些和真相沾边的阴谋论也失去了关注和支持。

但是，5 月 31 日的这次爆料，和那些在网络上的传言比起来，完全不是一个级别。

普拉托带来的证据里，包括了他自己的身份证明文件、联邦所有潜伏人员的身份证明文件，以及联邦在过去几十年里的每一桩见不得人的交易和行动。

这些东西，在庭审直播期间，就被尽数公布在了网上，放在了几乎所有的公共平台和私人网盘，任何人都能随意点击查看或者下载。

档案里的内容多到令人匪夷所思，且事无巨细，从群体性大规模的事件，到只涉及个人的刑事犯罪，应有尽有。

虽然这些事和"铁笼之炎"的真相其实并没有什么直接的联系，但是，人总会有一种思维惯性——当你在一千句真话里混了一句假话时，人们就会觉得假的也是真的了。

同理，当逆十字向民众们曝光了无数条可证的黑料后，铁笼之炎也好，铜幕之炎也罢，只要是跟着一起曝出来的，即使没有证据，人们也会认定那就是真的。

另一方面，除了普拉托爆出来的材料，雷蒙德也从官方渠道，即联邦司法部内部弄出了很多"佐证"，同样也以公开形式发布到了网上……

长话短说，那场审判到了最后，其实"铁笼之炎"只能算是一根导火索而已了，雷蒙德和普拉托手上那些记录着联邦对民众所做的恶行的文件，才是真正的"火"。

那天之后，沸腾的民意便伴随着一些过激的行动开始持续发酵……

到了这个程度，联邦媒体的事后控制、掩盖，非但无用，还会起到反效果。

抗议、示威、集会、武装反抗……此类事件在世界各地如雨后春笋般冒出，且有愈演愈烈之势。

那些在逆十字的保护下留存下来的反抗组织——铁血联盟、克亚米游骑兵等，全都趁此机会重新浮出了水面。他们从原先的过街老鼠突然就变成了备受民众爱戴的英雄。

在这全民激愤的大好形势下，这几个组织的规模在旬月之内便极速壮大，吸收了大量的平民武装甚至是联邦军的叛军力量，不到两个月就打下了大片的地盘；换了新领导的卡普乍得之魂也在阿加洲战场响应了逆十字的号召，由阿加洲向南展开推进；而在此前的战役中几乎没有伤到什么元气的龙郡反抗组织"崖山"也终于在 8 月揭竿而起，与西洋洲东部的战场连成一片。

至 10 月中旬，全球都已战火连天，除了联邦政权最为稳固的西洋洲西部之外，各地都有发生联邦军中低层将官带领士兵起义叛逃，甚至是直接夺权的情况。

明眼人都能看出来，如今的联邦大势已去，败局已定。

快则三个月，慢则半年，那个在过去的一个多世纪中统治着全世界的联邦政府就将从历史舞台上退场。

现在，差不多到了新势力们瓜分蛋糕的时候了……

也正是在这个时候，逆十字向全球所有的反抗组织首领发去了邀请函，邀约他们在 11 月 1 日这天，到星郡的东海岸出席一次会议，说是逆十字“有要事相商”。

此举似乎也是在宣告，这个旧时代的“终幕”，即将上演。

第一章 赴宴

一

2219年，10月31日，傍晚。

水晶郡，克里斯托城，“茶宴”本部。

还是那个明亮的会议室，还是那张圆形的、石制的会议桌。

今天，穆罕穆德（龙井）早早就在主座上就位了，只是，其他的座位，却有大半是空着的。

在过去的几个月里，由于战事的吃紧，不少茶宴的成员都像耶夫格尼（白毫银针）一样在某些行动中意外丧生了。另外，为了应对明天在阿特拉斯洋城召开的那次“反抗组织会议”，又有数名茶宴的成员带领着来自FCPS、EAS、监督者（supervisors）和EF这四大组织的成员前往了星郡。

这样一来，留在水晶郡本部的茶宴成员，算上穆罕穆德本人，也就七八个而已了。

不过，就算只剩两三个人，这会还是要开的。

时至今日，联邦政府里剩下的高层人员大体有两种人：一种是做的坏事还不算太多，所以背地里已经在和反抗组织勾勾搭搭谋求后路的；还有一种就是手上血债累累，恶贯满盈，一旦联邦瓦解，不管是落到反抗军还是老百姓的手里都绝对没活路的。

这两种人，自然而然地分成了鸽派和鹰派。

前者，主张的是“停止战争，以保留联邦在西洋洲的自治权为底线展开谈判”。当然了，这套说辞，就算他们自己也明白是一厢情愿，反抗军那边是不可能答应的。他们之所以抱持这种主张，只不过是为了在政治上站好队，以便自己在战败后可以少受点罪。

而后者，自是要顽抗到底的，这些人占了80%以上。对他们来说，要么继续作为统治阶级作威作福，要么就是被生吞活剥、万劫不复，没有中间值，也没有迂回的空间，更没有所谓的退路。

这样的内部环境，结合来自战场的外部压力，使得联邦原有的政治格局变得形同虚设。

“内阁十辅”的权力在过去几个月内丧失殆尽，大部分文官的处境和立场也都变得非常微妙，而军方和各个特种战斗部门的权力则在战争时期急速膨胀。

通常来说，这种权力的倾斜并不是什么好事，但那也分时候。

和平年代，人们需要的是完善的制度，因为维持社会的稳定需要方方面面无数人的努力，而所有这些在体制内分享了权力的人，都是需要受到体制本身的监督的。你不能把希望寄托在人治上——那是在考验人性，那是在自欺欺人。

但战争年代，人们需要的是英雄，是可以站出来打破那些已经无用的条条框框、带领人们胜利的杰出之人。

所以，联邦的这种权力更迭，也算是一种必然。

而其最终的结果就是，“茶宴”不得不浮出水面，作为统筹者，来指挥所有具备军事能力和超能力量的执行机构，以此应对战争时期的各种状况。

于是，“龙井”，即穆罕穆德，成为了这段时期，整个联邦实际权力最高的人。就算是“护卫官”们，绝大多数也都听从着他的指挥。

这也是为什么联邦至少还能守得住“半个西洋洲”。

“人到齐了是吗？”在第八个人落座后，穆罕穆德如是说道。

“是的。”坐在他旁边的“毛峰”立即就应了一声。

如今的毛峰，其公开职位就是穆罕穆德的私人助理兼保镖，像之前那样作为基层士兵潜伏的日子，早已一去不复返了。

“嗯。”穆罕穆德点点头，“那么，我们开始吧，今天的议题是……”

叱——

他这开场白还没说完，就被会议室电子门的开启声打断了。

这一刻，圆桌周围的八人齐齐转过头去，看向了门口。

不到五秒，所有人的脸色都变了，因为他们都认出了门口的两人：一个，是逆十字现任的当家子临，另一个，竟是联邦初代的大总统，兼“茶宴”的创始人，克劳泽·维特斯托克。

“哼。”一息过后，穆罕穆德就收起了惊讶的神色，转而冷笑道，“真是稀客啊。”

他没有问对方是怎么找到这里、怎么来到这里的，因为他明白那些问题此刻都已不重要了。

打过招呼后，穆罕穆德即刻又话锋一转，看着子临言道：“只是我有一点不明白。”他顿了顿，瞥了克劳泽一眼，“子临，你要来也就来了，带个克隆人过来干什么？呵，就为了让我们吓一跳？”

他这么一说，圆桌周围的其余七人纷纷露出了恍然大悟之色，看来“克隆人”这个解释的确是说服了他们，并让他们重新冷静了下来。

“克，隆，人……”克劳泽一字一顿地把这三个字重复了一遍，同时，缓步绕着桌子朝穆罕穆德走去。

在他靠近之际，毛峰顺势就站了起来，阻挡在了他的面前。

“我劝你别找死。”毛峰冲着逼近而来的克劳泽怒目而视，出言威吓道。

“小伙子，你先坐下。”克劳泽却是没生气，不但没生气，还非常温和地拍了拍对方的肩膀，用一种老年人的口吻来了这么句话。

诡异的是，毛峰还真就坐下了，且他坐下时，已然面色惨白，一头冷汗倏然而下。

旁人一时间还没反应过来这是什么情况，只有当事人自己清楚：克劳泽刚才拍毛峰的时候，稍微展示了一下自己的能量等级，而仅仅是这“冰山一角”，就已经击溃了毛峰过去对于能力者级别和能量这些东西的全部认知。

“年轻人，要懂得谦虚敬畏，懂得山外有山。”克劳泽说这话时，手还是轻轻搭在毛峰的肩上，用谆谆教诲般的语气念道，“不要因为自己比普通人稍微强一点，就站起来……就大声说话……”他微顿半秒，接道，“要知道，像你这种程度的能力者，被一招毙命的我见过好几个了，还有被一枪爆头的……以后低调点，好好做人，将来你还能有点发展。”

话至此处，克劳泽才把手轻轻从毛峰的肩上拿开。

而在他的手离开肩头的瞬间，毛峰像是一个正在溺水的人将头探出水面般突然开始大口喘息。

这短短一分钟内的几番变故，让所有坐在桌边的人都产生了比先前更强烈的动摇，因为他们都明白，克隆人应该是无法复制本体的“异能”的，即使其克隆的本体是变种人也不行，但眼前这个“克劳泽”，刚刚无疑是对毛峰动用了某种能力，让毛峰这个凶级的高手吓得连站都不敢再站起来了。

“至于你……”两秒后，克劳泽来到了穆罕穆德的身边，用居高临下的、冰冷中带有一丝嫌弃的眼神看着后者，说了一句让对方终生难忘的话，“在我跟你进行进一步的交流之前……”说话间，他低头瞥了眼穆罕穆德正占着的茶宴主座，“……请你先从我的座位上，滚开。”

二

克劳泽的要求过分吗？

那得看情况了。

如果他的确是个冒牌货，那这个要求无论从内容还是措辞来看都是非常过分的。

但如果他不是冒牌货，而是如假包换的克劳泽•维特斯托克，即“茶仙”本人，那这个要求就一点都不过分。

非但不过分，还合情合理。

因为这个“茶宴”组织就是他一手创立的，这个组织所有的规则包括传承的理念，也都是他一个人制定的。

换言之，茶宴，本就是克劳泽私人的所有物，他才是这里唯一的主人，拥有着不容置疑的话语权。

如今主人回来了，要坐属于主人的位置，那也是理所当然。

“哼。”短暂迟疑过后，穆罕穆德假装淡定地冷笑了一声，抬头望着克劳泽道，“你以为吓倒了毛峰，就能证明什么了吗？假货就是假货，就算你用武力威胁我，甚至杀了我，我也不会离开这个座位的……”话至此处，他突然正色，提高了声音道，“因为，我，穆罕穆德・萨勒，才是这里毋庸置疑的、正统的领导者！”

啪——

他话音未落，克劳泽就一个巴掌扇了过去，直接把他整个人给抽得飞出了座位，撞到了墙上。

这突如其来的一幕，让在座的茶宴成员们全都震惊了。

要知道，穆罕穆德虽然不是什么战斗人员，但他至少也是一名强级能力者，并不是那么好对付的。谁能想到，克劳泽只是一抬手，就像拍个皮球一样把穆罕穆德拍飞了。

“所以说，前人开创的理念，终会被后人所曲解。”两秒后，克劳泽一边淡然入座，一边念叨道，“愚者篡改的真实，却未必会被智者所纠正。”

“呵……”闻言，站在门口看戏的子临不禁笑出声来。

其他人并不知道他在笑些什么，就连克劳泽，此刻也不明白。

一息过后，子临悠然地走到了墙边，十分亲切把半边脸已经肿起来的穆罕穆德扶了起来。

但还没等穆罕穆德对他说声谢谢，子临就用一种嘲讽的语气先说道：“巴赫给的耳光脆生么？”

这话，旁人听不懂，但穆罕穆德很清楚地记得，因为这是他俩上次通话时，子临曾用过的台词。

“放开我！”强烈地感觉到自己被羞辱了的穆罕穆德愤然甩开了子临的手，接着，他用单手捂住自己受伤的半边脸，怒视着子临道，“你……你们这些暴徒！人渣！到底想干什么？”

“呵……”子临轻笑一声，“干什么？”他说话间，顺势就坐到了克劳泽身边的一个空位上，还跷起了二郎腿，“就算我们现在什么都不干，联邦也已经回天乏术了不是吗？”

他说得没错，这一点，在座的所有人都心知肚明。

“所以，今天，我们决定让维特斯托克先生来接手茶宴，或者说来接手这个即将瓦解的政权。”子临接着说道，“以此来保证，到最后的最后，那些脑满肠肥、死有余辜的联邦权贵们，都能得到一个相对公平也比较体面的死法。”

“反复地说同一个谎有意义吗？”穆罕穆德大声道，“谁都知道，真正的克劳泽·维特斯托克早就已经死了，我的祖父就是他的抬棺人之一！”

“那你的祖父跟你讲这个葬礼故事的时候，有没有提过……”下一秒，克劳泽开口问道，“虽然按年龄来说我死时已经年近百岁，但外表看起来还是很年轻呢？”

“有些变种人老得很慢，甚至到死外表都不会变化，这很奇怪吗？”穆罕穆德反问道。

“这么说来，你是可以相信并接受‘青春永驻’这档子事儿的。”克劳泽顿了顿，“那为什么，你对‘起死回生’这事儿却又无脑地拒信和抵触呢？”

“因为那本来就是两码事！”穆罕穆德又道。

“为什么这么说呢？因为你见过前者的实例，却没有见过后者的？”克劳泽道，“可是如果后者站在你面前你也不信，别人又该如何说服你呢？”

“长生不老的实例是可以证实的，但你说自己‘起死回生’，有证据吗？”穆罕穆德仍然不服。

“那倒是没有。”克劳泽道，“毕竟你我不熟，要不然我倒是可以让你问一些只有我本人才知道的问题来验证。当然了，据我推测，即使我真的回答出了类似的问题，你依然会找出种种理由来质疑这种现象的。”他稍微停了停，又道，“另外，我也可以看出，不只是你，目前为止，这一桌子人里相信了我就是‘茶仙’本人的，也没有几个……但这都无妨，因为我不需要你们相信我，我只需要你们服从我就可以了。”

“哦？”穆罕穆德听到这儿，怒极反笑，“呵……凭什么？”

“你不是最喜欢谈论‘资格’了吗？”克劳泽还没回答，子临又接过了话头，说道，“那答案不是显而易见了吗？”

“你是说这个冒牌货比我更有资格领导茶宴？”穆罕穆德操着他那沙哑的嗓子阴阳怪气地问道。

“是啊。”子临的口气则是理所当然，“和你这种一脸穷酸相、粗俗、无知、自大、下贱、不伦不类且脸都已经被打肿的蠢货比起来，我觉得更有资格的人多得是呢。”

他这话里，除了表面上的侮辱，还暗含着双关和与旧事呼应的讽刺，可以说是秀得穆罕穆德头皮发麻。

“你们可别搞错了……这里可是水晶郡，是克里斯托城。”穆罕穆德已放弃了和他们争辩，其表情也越发狰狞起来，“即便考虑到最坏的状况，比如这个房间里的人都被你们给杀了……你们也一样逃不掉的；很快，所有在城里留守的‘护卫官’都会过来围剿你们……”

“说是‘很快’，其实就是现在吧？”子临还是那副有恃无恐的样子，笑道，“我很清楚，当我们俩出现在门口的刹那，你就立刻通过藏在桌子下面的警报按钮呼叫了增援。不出意外的话，此时此刻，你口中的那些‘护卫官’中行动最快的那个，应该已经到了这栋建筑的门口了……而你之所以在受到方才那番精神肉体的双重羞辱后还能沉住气跟我们扯到现在，无非是因为你还没有放弃保命。”

说到这里，子临忽然从椅子上站了起来，并大踏步地朝门口走去。

“不过也没什么关系，我这次……就是为了见他们才来的。”子临边走边道，“眼下正好，我可以趁着煮咖啡的空隙，去会会他们。”

说罢，他便打开电子门出去了。

与此同时，坐在主座上的克劳泽也毫不客气地拿起了身后墙上的一个内部电话，冲着话筒道：“你好，请煮一壶新鲜的咖啡送到会议室来……是的，你没听错，咖啡。”

第二章 招安

一

所谓的“护卫官”，从来都不是一个官职。

无论你到哪一个联邦的官方机构去查，无论你是找人问还是入侵数据库，都不会得到任何关于“护卫官”的正式档案。

在联邦的人员建制中，也从来都没有这样一个职位存在。对于民众来说，这三个字只是存在于坊间传闻的东西。

那么，他们到底是什么呢？

说白了，其实就是一群打手罢了。但他们又不是普通的打手，而是强大到有资格超越自己出身的阶级、在联邦享有顶级特权的打手。

纳坎沃就是一个很好的例子，当然了，因为他是最强的，他那个待遇比其他护卫官都还要高一个级别，并不是每个护卫官都可以像他一样坐拥一个岛的。

而今天赶来的护卫官们，即目前留守在水晶郡的七名护卫官，在行政待遇上基本接近联邦郡首，且平日里基本什么事都不用做，只有在联邦需要动用“极端武力”的情况下，他们才会出勤。

比如眼下，联邦实际权力最高的穆罕穆德发出了求救警报，那护卫官们就得倾巢出动了。

尽管克里斯托城很大，护卫官们也分散在城中各地，但对这群最低级别也在凶级以上的能力者们来说，要赶到茶宴的集会处，也不需要太久。

因此，当子临走到建筑外面的空地上时，那七人，已然是站在那儿等着他了。

他们分别是——

巴德·莱文斯，九十一岁（脸看起来也有六十岁左右了，不过身形还是十分挺拔健硕，像是壮年男性的身材），西洋洲男性，狂级能力者，能力：死海。

庞浩业，三十七岁，东洋洲男性，凶级能力者，能力：灵墟。

塔佩，年龄不详，看外表大概是三十到四十之间，阿加洲男性，凶级能力者，能力：倍化。

志村大介，五十岁，东洋洲男性，狂级能力者，能力：魂降。

米歇尔·金，四十岁，西洋洲女性，凶级能力者，能力：时间爆破。

“儒雅随和的刘奇八”，四十二岁，东洋洲男性，凶级能力者，能力：怒之力。

威廉·希文，三十五岁，东西洋洲混血，男性，狂级能力者，能力:无限加速。

这七人，可以说是目前联邦手中最后的底牌，也是水晶郡至今没有受到反抗军攻击的原因。

站在能力者博弈的角度来看，即使同样去找凶级以上的能力者去对付他们，想在一对一的较量中干掉他们中的任何一个也都极为困难。再退一步讲，就算是多对一的形式，其他能力者也未必能占到什么便宜。

因为护卫官们不仅能力级别高，更重要的是他们的能力本身都很优越，且他们每一个都有着丰富的、对抗异能高手的战斗经验。

只要这七个人还在，反抗军就不可能通过常规的战争手段攻下水晶郡，除非他们学习穆罕穆德的做法，动用大规模杀伤性武器，做好将整个水晶郡夷为平地准备……当然，那只能算是下策中的下策。

“这就是第六帝国的统领吗？”看到子临出来，志村大介率先开口搭话了，“本人比资料上看起来还要年轻嘛，而且还顶着张轻浮的脸，真是让人不爽呢。”

志村是一个铁杆的“鹰派”，在过去的十几年里，他做了无数伤天害理的事，但因为他是护卫官，而且和其他鹰派的联邦高层关系比较好，所以一直也没人能动他。

像志村这样的人，自然是不希望联邦倒台的，而他对于子临的态度，也是可想而知。

“嚯？一见面就表达对我的嫉妒之情啊，那我就当恭维听了哦。”子临却是不以为然，他本来就挺喜欢和人对喷，志村这种舌战水平，在他眼里就是个蛞蝓。

“切……”志村不快地啐了声，接道，“油嘴滑舌……”但他随即就冷笑，“哼，不过，作为一个马上就要死的人，你的确有权利多说几句。只是我不太明白，为什么像你这种身份的人，会特意到克里斯托城来自投罗网呢？你怕不是傻了吧？”

“自投罗网只是你的理解。”子临双手插袋，从容应道，“在我的认知中，我并不认为自己会被你们杀死或是活捉，我这次来，也不是来找你们打斗，而是想和你们谈谈。”

“废话！这由得了你吗？你这种头号通缉……”志村还想说下去。

但这时，七名护卫官中辈分最高的巴德打断了他，沉声道：“志村，先等等，听听他想说什么。”

志村闻言，当即转头，冲着巴德横眉冷视道:“莱文斯先生，你这是什么意思？难道你想跟反抗组织的首领谈判？”

“你没感觉到吗？”巴德根本不屑于去回应这种无视实际状况先问怎么站队的问题，他平静地接道，“此刻，除了他以外，还有另一个实力深不可测的高手正待在那栋建筑里，而茶宴的人，毫无疑问……全都在那个人的手上。”

“也就是说，对方有人质是吧？”听到这儿，庞浩业也接了一句。

“没错。”巴德道，“刚才我让你们别贸然冲进去，也是考虑到了这点。”

巴德的确是一个考虑周全之人。方才，他是第一个赶到此处的护卫官，但是当他感知到了子临和克劳泽的存在后，他立即判断不能立刻往里冲。

因为他明白，以那两个人的实力，如果单纯是来杀人的，那当他赶到时茶宴的人应该早就已经死光了。由此可见，他们一定有别的目的，至少暂时来讲，还不会动手。假如他没头没脑地冲进去和对方交手，反而有可能引发不必要的伤亡。

另外，说句实话，巴德并没有十足的把握可以在保住茶宴成员生命安全的情况下打赢那两人……

综上所述，巴德选择了留在建筑外面等待，并且拦下了后续赶来的其他六人，告诉他们：“不出意外的话，过会儿里面的人会自己出来的。”

结果，子临也确实来了——因为子临和克劳泽，也一样能感知到外面的这些高位能力者们。

“所以呢？”几秒后，志村还是不依不饶道，“为了那些整天喝茶扯淡的家伙，一会儿他要是提出让我们放弃抵抗，我们也得乖乖照办？”

“你别着急啊。”这时，子临插嘴道，“我还什么都没说呢，你就急着帮我提要求干吗？”他就这么顺势接过了话头，又道，“其实我这次想跟你们谈的事情，对诸位来说算是好事……”他微顿一秒，视线快速扫过了这七人的脸，“我是来劝说各位，弃暗投明，加入我的麾下……”

他说到这儿的时候，七个人脸上的神色明显都有所变化，而且那七人分别都朝左右看了看，很显然，他们彼此间也在观察同僚对这个提议的反应。

子临见状，嘴角泛起一抹邪笑，也不知他又在暗忖些什么。

一息过后，子临又接着说道：“当然了，我给的待遇，应该不如各位在联邦这里享受到的那么夸张，但比起跟着联邦这艘船一起沉掉，我想这已经是一条很不错的出路了。”

“笑话！”果然，还是志村第一个跳出来唱了反调，“只要有我们护卫官在，联邦这艘船就永远不会沉！至少水晶郡这一郡之地，绝不会丢！”

“你的这份自信才是真正的笑话。”子临耸肩，接道，“纳坎沃都会死，你们七个就不会死吗？”他话锋一转，“前一阵儿在巴黎‘失踪’的两名护卫官又如何？难道你们以为他们还活着吗？”

是的，就在不久前，曾经为内阁十辅中的拉尔森夫妇担任护卫的两名护卫官，在巴黎出外勤的时候突然“失踪”了。

和当初在开罗被杀的江赢（亦是护卫官）的情况不同，如今的联邦，已没有余力再派出纽曼那样的精英人员和大量的人力去调查这种事儿了，所以，不管他俩是叛逃还是死亡，联邦这边也只能不了了之。

但其实呢，这两档子事儿，还真有个共同点。

那就是，这几名护卫官，同样都是被史三问干掉的。

铁笼之炎后，史三问就按照原本的行程计划，与猎霸和张三一起去了巴黎，并隐于市井之中。然后某天，就像金子总会发光，屎总会发臭一样，他们被那两个刚好来巴黎出外勤的护卫官发现了，之后的事情……也就不用做太多解释了。

“你的意思是，反抗军那边的能力者们，完全有能力对抗我们护卫官，或者说，你们有能力在不动用大规模杀伤性武器的前提下把我们全部杀光是吗？”米歇尔这时也加入了谈话。

她在这七人中，算是个典型的中立派，她并不在乎最后是联邦赢还是反抗军胜，她更关心自己的安全和利益。

“呵……”子临笑了，“金女士，你也太低估我们了。”他说完这句后，停顿了一秒，用那和善的微笑，说出了一句听起来很像虚张声势，但又是事实的话，“此时此刻，我本人，就可以杀死你们中的六个。”

“哼，这种话，你也敢说出口。”志村又是冷笑，“该说你是过分自信呢，还是没把我们放在眼里呢？”

“不把你们放在眼里就不会跟你们说那么多了。”子临应道，“至于自信这事儿，是不是过分，那得看结果不是吗？”

“有道理。”此时，庞浩业突然开口道，“那你就先让我们稍微看看你的话是否属实吧。”

其话音未落，周遭的景物已然骤变，他们八人眨眼之间便来到了一个陌生的环境中。

这里看上去像是一片沙漠中的废墟，且所有的事物都在景物转换的这一刻变成了黑白两色。

月是白的，夜是黑的；沙是白的，石是黑的；光是白的，影是黑的……

而在这怪诞的黑白世界中，庞浩业的能量强度也显著上升，原本是凶级能力者的他，在这里透出了狂级上位者的气势。

“这就是‘灵墟’吗？”尽管子临并不像其他几人一样曾经见过这个能力，但他面对这番变故，却也是淡定如故，“的确是个挺麻烦的能力呢。”

“你知道的也不少嘛。”庞浩业听到对方连自己能力的名称都报出来了，也就不再掩饰什么了，“既然如此，那我也直说了。除非我主动解除能力或者死亡，否则我制造出的这个‘领域’是不会消失的，也没有人或物质可以在灵墟与现实世界之间自由往来。所以，你在这儿想怎么闹都可以，即使你像对付纳坎沃时一样发动那种足以引发海啸的攻击，也不会对外界产生什么影响。”

“也就是说，我们也可以毫无顾忌地出手了是吧？”子临还没回话，志村就已经跃跃欲试地插了一句。

“呵……我知道的是不少，但你知道的好像就有点少了吧。”不料，子临理都没理志村，而是冲着庞浩业道，“庞先生，你这样可不行啊，都已经这个级别了，连自己的能力原理到底是什么都还没弄清楚吗？”

“你这是什么意思？”庞浩业不明其意，皱眉问道。

“你刚才说，这里是你制造的‘领域’对吧？”子临又道。

“难道你想说不是？”庞浩业反问道。

“当然不是。”子临道，“你以为你的能力是‘制造一个封闭的、广袤的领域，且在该领域中自身的能量等级会大幅增强’对吧？”他说得分毫不差，庞浩业就是这么理解的，“可事实上，‘灵墟’的真相并不是制造空间，而是将一定区域里的人，包括你自己，传送到某个空间而已。”

“哦？”庞浩业将信将疑，“那你的意思是……此地其实只是现实世界中存在着的某个地方咯？”

“也不是。”子临摇了摇头。

庞浩业有些不耐烦了：“所以这是哪儿？”

“这就说来话长了……”子临道，“首先我还得问问，你们相信这个世界上有天使和恶魔吗？”

“你该不会是想告诉我这里是炼狱什么的吧？”庞浩业道。

“少跟他废话，我看他就是想拖延时间，等着同伴来救他！”志村又插嘴说了一句，意在催促众人赶紧动手。

“你慌什么？庞先生不是说了吗，这个空间外人进不来的。”子临接道。

“行了，就算我信了，然后呢？”庞浩业也不太想理志村，故而立刻又把话题带了回来。

“嗯……”子临微微点头，“那你又知不知道萨麦尔这个名字？”

“听过，但不太了解。”庞浩业应道。

他的这种认知，也是该平行宇宙23世纪的人的普遍情况，尽管这个时代已经没有宗教组织了，但这类宗教/神话传说还是可以很容易地在网上查阅到的。

“萨麦尔曾经化身为很多形象……”子临继续说了下去，“他可以是充满智慧的先知，或统领天军的大天使，也可以是象征罪恶的堕天使、七宗罪的一员、代表诱惑的恶魔王子。还有些时候，他甚至可以是一条蛇，或是一个戴着镜子面具的人……”

话至此处，他顿了顿，再道：“在一百多年前，萨麦尔曾经来过这个世界，某天，他试图夺走一个人类能力者对自己身体的控制权，可惜最后以失败告终。虽然这次尝试失败了，但却意外地留下了一些东西。一个他用来暂时禁锢那个能力者灵魂或者说意识的黑白空间被留存了下来，并在此后的一个多世纪中慢慢扩张，变成了一个与现实世界平行的特异空间。”

听到这儿，庞浩业又开口道：“你是想告诉我……此地就是你所说的那个空间？”

“没错。”子临道，“你的能力‘灵墟’，其实是一种与这个黑白空间建立连接的能力。这并不是什么独有现象，历史上有不少‘时空引导’类的能力者，其能力性质就是与某个特定的空间建立联系，甚至还有可以直接用能力开启‘冥界裂隙’的人存在。

“只不过，在这类能力者中，有相当一部分人在初次开启能力后就被自己连接到的异空间里的东西杀死了。还有一些则像你一样，连接到了一个没有生物存在的空间，然后对自己的能力产生了误会。”

庞浩业想了几秒：“那你怎么解释我的实力到了这里会变强呢？”

“说明你和这个空间的‘相性’好啊。”子临道，“不然你怎么就连接到这儿来了呢？”

“好，就当你说的都是真的。”庞浩业道，“那我姑且问一句，你又是怎么知道这些的呢？”

子临闻言，露出了微笑……

2219 年，1 月 16 日，中午。

克劳泽走进书店的时候，其脸上的神态像是个正在重游故地的老人。

“你没变。”他很快就看到了坐在办公桌后的天老板，一边说着，一边朝对方走了过去。

“彼此彼此。”天一还是那样，穿着休闲西装，跷着二郎腿，手边摆了一杯喝了一半的咖啡。

两人虽是多年未见，但他们既没有像老友那样嘘寒问暖，也没有像敌人那般剑拔弩张。因为这两人对彼此过于了解了，很多交流反而趋于平淡、直白。

他们先是挖苦了对方几句，随后就聊了点茶宴和斌尊的事，再然后，就说起了……

“那个子临小朋友是什么情况？”克劳泽喝着茶，问道，“你给自己找的接班人吗？”

“怎么可能……”天一回道，“他跟我可一点儿都不像，倒是跟你……有相似之处。”

克劳泽瞬间就从这句听起来貌似并不走心的话里听出了某种信息：“你想让他做下一个时代的领袖？”

“不用跟我跩‘领袖’这种词儿，你我都清楚，用‘帝王’更贴切些。”天一应道。

“所以你又决定要放弃联邦，回归帝国制了？”克劳泽问道。

“呵……下一个王朝会启用什么制度，怎么会是我决定的呢？”天一笑着反问道，“眼下的联邦制是我决定的吗？”

克劳泽耸了耸肩：“好吧，是我定的。”

“那不就结了？”天一道，“你想当一任领袖，功成身退，那是你的事；子临觉得做一个长久在位的帝王对这世界更好，那也是他的事。”

“无所谓，我也早就看淡了，不在乎了。”克劳泽道，“只是……”他微顿一秒，接道，“我观察了一下，子临好像不是一般的人类吧？他的身体且不说，精神状况真的没问题吗？”

“没事的，这点上，他和你不一样。”天一回道，“他，以及他的孪生弟弟，他们俩从一开始就很清楚自己是‘什么’，也早已接受了自己的命运。”

克劳泽眼神微变，追问道：“那他们究竟是什么呢？”

“简单地说……”天一回道，“他们是我从‘镜脸’……也就是萨麦尔……死亡后所留下的一缕余烬中，制造出的‘人’。”

二

黑与白构成的空间中，对峙仍在继续。

对于子临的话，众人并不尽信，但也不是完全不信，因为他们暂时也看不出为什么子临要在这件事上撒谎。

“当然了，关于你们几位能力的细节，我们日后再讨论也行。”子临也明白，今天的事，光靠说，恐怕是搞不定的，“眼下，既然都来到这里了，我势必是得跟你们过个几招的。”

“你能理解，那很好。”庞浩业接道。

“不过。”但下一秒，子临就话锋一转，“我得事先申明，我只是和你们玩玩儿而已。我不介意你们全力以赴地攻过来，但我是不会跟你们认真的……

“我只希望，在战斗持续了一段时间之后，即当你们意识到‘我可以单枪匹马杀死你们中的六人’是事实的时候，就停下攻势，好好思考我的提议。

“而到了那时，仍旧冥顽不灵的人……”说到这儿，他的视线又一次扫过了众人的脸，“……我就会判断为，没有继续留着的必要了。”

砰——

他话音未落，一记爆破声已轰然而起。

大部分人都认为，事到如今，志村会应该是第一个出手的，没想到，却是米歇尔率先发难了。

她那已臻至凶级的“时间爆破”，在释放的距离和范围上都已有了很高的自由度：距离方面，只要是她目力所及的地方，无论近在咫尺还是远在地平线上都行，而爆炸范围，从直径一厘米到一公里也都行。

此刻，米歇尔将爆炸的范围控制在了直径两米，而爆炸的中心就是子临的腰部，刚好将其整个人笼罩了进去。

“哼……说了那么多，结果第一招就没躲开啊。”看着子临被炸到，志村当即冷笑出声，“被金的能力炸到，那就意味着已经死了吧。”

他的想法倒也没错，在绝大多数情况下，即使是相当高位的能力者，在“时间爆破”下也是会被一击致命的。

因为这个能力所引发的类似“爆炸”的现象，并不是在破坏人体或者说物质，而是在“破坏一定区域内的时间”。

时间爆破会停止目标区域里的时间增量，消除物质的运动和能量的传递，并让该区域作为四维空间中的一部分的基本结构崩塌，回归到一种接近于虚无的状态。

目前来说，实际防下过这招的人并不存在，且由于风险过高，EAS也没有对这个能力进行过防御实验。但是理论上来说，EAS的研究部门认为，能量操控力接近神级的能力者、可以让自身或周围进入“绝对零度”的能力者、部分时空引导类的能力者，以及神祇体质为“柯罗诺斯”的能力者（如果存在的话），是可以在这招之下生存的。

另外“秩序破坏”和“未知领域”这两个类型中，因为存在很多高度概念化的、无视物理规则的能力，故而也不排除有能够防下这招的人存在。

当然了，除了上述这些依靠能力本身的应对方法之外，在面对“时间爆破”时，其实也有更实际、更简单的策略，比如“让一个或多个体术和米歇尔差不多的能力者保持高速移动和她打近身战”，又比如“从她视线范围外的某个地方对她发动致命的偷袭或大范围的毁灭性打击”等。

简而言之，只要你有足够的资源和缜密的思维，大部分看似无敌的能力，其实都有着十分浅显的攻略方法的。

但此时此地，子临没有做这类准备。

他也不需要做什么准备。

当时爆后产生的模糊效应渐渐消散时，众人看到，在那如同被抹消掉的一个球形范围内，子临正毫发无伤地浮于半空，面带微笑地看着他们。

“果然没有这么简单吗……”的确，就连发动攻击的米歇尔本人也不认为能和纳坎沃对上的子临会死在这一击之下。不过，米歇尔活了四十岁，这还真是她第一次看到能在完全笼罩全身的时间爆破中幸存的人，她多少还是有点惊讶的。

而子临也没有接她这话，只是轻笑了一声。

“时间爆破”在“量子革命”的面前，大致相当于是整个数学体系下的一道公式而已，子临不需要做任何应对，就可以免疫这种攻击的影响。相比之下，还是薛叔的“时间回溯”对子临的影响更大一些。

下一秒，子临的身影已倏然而动，弹指间已欺近了米歇尔。

“近身战……”米歇尔见状，倒也不慌，且心中暗道，“很正确的判断，瞬间就想到了用这种方式来封住我的能力……”

她思索之际，身体也已动了起来，一路向后闪转腾挪，避开子临的拳脚，并开始观察子临在搏斗中的攻击模式。

“面对近身战，你有两种化解方式。”子临则显得很轻松，出手之余还能用非常平稳的语气开口说话，“其一，是抱着同归于尽的想法，强行发动能力，把自己和对手一块儿炸了，当然这事儿你从来没干过，这会儿也不打算干……”

此时看来，子临说到做到，他真的只是“玩玩儿而已”，其攻击至少留了五成余力。他只是利用这种战斗方式保持高速移动并在米歇尔身边活动，让其他人不敢贸然靠近。

“其二，就是用你那经过严格训练和诸多实战演练的——时爆拳法。”子临的话仍在继续，“即以自己的拳头为判定点，在超高速的近身搏斗中，向自己拳锋所指之处快速地发动直径为五厘米左右的微型时间爆破；这种攻击就不会伤及你自己了，且可以迅速、有效地让对手丧失战斗力，就算是自愈能力者也无法在短时间内恢复被时爆拳轰出的损伤。可以说，这种格斗术很大程度上弥补了你这能力被近身后不便发动的弱点。”

“够了！”两秒后，米歇尔突然轻喝一声，虚晃一招，随即退出了战圈。

子临也没有追上去，只是耸了耸肩，呼了口气。

“你们继续吧，我已经输了。”而米歇尔接下来的这句话，就是冲着其他护卫官讲的了。

“什么意思？”志村看向她，疑道，“你连皮都没擦破呢，就弃战了？”

“金长官的判断没错。”这时，七人中最年轻的希文抢在米歇尔回应前接过了话头，“无论是刚才的大范围爆破，还是时爆拳，都没有对子临造成任何损伤……”他有底气这么说，自是因为他看清了方才子临和米歇尔之间的每一手交锋，甚至看清了每一发“微型时爆”的效果。

经希文这么一提醒，志村也有些后知后觉地明白了。

因为米歇尔的能力属于无差别范围攻击，在这种多对一的战斗中，对于人数较多的我方反而威胁更大，眼下既然已明确知道了子临不受这能力的影响，那米歇尔确实是没有参战的必要了。

“也罢……”数秒后，志村撇了撇嘴，接道，“那你就歇着吧，你去旁观也好，我们反倒能放开手脚一起上了。”

换成别人，志村可能会把话说得更难听些，但面对米歇尔·金，他还是有所顾忌的，因为志村自己也属于那种防不住时间爆破的类型，而对于这种类型的人来说，“被时间爆破偷袭”是一种必死的局面，因此，他还是得稍微注意一点自己对米歇尔讲话的态度。

“庞浩业！希文！我们三个一块儿出手！”微顿半秒后，志村高声指挥道，“他防住时爆靠的肯定是能力，但他的体术看起来很一般，我们直接把他撕了就是了！”

他叫上的这两人，庞浩业三十七岁，威廉·希文三十五岁，都算是护卫官里比较年轻的后辈，至少比志村要年轻了十几岁，再加上这两位都是比较守规矩、讲礼貌的类型，所以志村这位前辈姑且还指挥得动他们。

而战力方面，庞浩业在“灵墟”加成下体术和能量级别都由凶提到了狂，希文的“无限加速”本来就是狂级，志村自己也是狂级。这三狂齐出，说要撕了谁，确不是什么难事。就算是护卫官中实力排前列的巴德，被这三人齐攻，恐怕也只有被秒杀的份。

说时迟，那时快，志村喝声未止，包括他在内的三道人影已从三个不同的方向朝着子临围了过去。

三对一，差不多是围攻的极限了，人再多，攻击的效率反而会下降。战斗经验丰富的护卫官们无疑都知道这点（虽然需要三个狂级能力者同时出手围攻的状况过去从来没出现过，但这三人也都是从纸级升上来的，以前他们能力级别低的时候自然也参与过一些多对一的战斗），庞浩业、希文、志村，虽是从来没有在一起配合过，但身为顶尖高手，他们也并不需要什么事先演练，稍微磨合几下便可配合得当。

那电光石火之间，第一个杀到子临眼前的，是希文。

从他能力的名称就能猜到，他是一名“神速者”。他的能力，其实算是燕无伤那“赫尔墨斯”的一部分，即速度的那个部分。

当然，虽然能力名称是“无限加速”，但希文不可能真的“无限”加速下去，即使是狂级能力者的身体素质和能量储备，也远远无法承担让人体加速到光速所需的能量，如果他强行让自己一直加速下去，那么在达到光速前后的阶段，他可能会面临两种下场：第一种是死，尸体都找不到的那种；第二种是在肉体崩坏的临界点成功闯入上一维度，对于本维度的人来说，他还是消失了（和死也差不多），不过他本人的意识可能还存在，至于他接下来会去哪里，那就有无数种可能了……

但无论如何，希文依然是个难对付的角色，毕竟他在本维度中可以达到的极限速度也已经足够快了。

他也是这七人当中唯一一个子临没有把握杀死的人。因为只要希文下定决心逃跑，子临是真的抓不到他。

七个月前，子临本打算在“东方快车”上埋伏的人，正是希文，可惜，那次联邦派了 EF 的纽曼过来，以至于他们不得不略微调整了埋伏的计划。

嗡——

这是希文的拳头轰在子临胸膛处所发出的声音。

这声音响起的时候，攻击其实早已完成了。

希文的思考也早已完成了。

攻击命中的刹那，希文就觉得拳面上传来的感觉也很诡异，就像是击中了某种具有极强张力并且可以吸收动能的屏障。

接着，他在一秒内对着这同一个点打了三十拳，但完全没有可以突破的迹象，每一拳上传来的反馈都是一致的。

当他打到第十八拳的时候，志村和庞浩业几乎同时到了。

庞浩业算是个比较讲究的人，虽然他遵从了志村的指示，但内心深处他多少还是觉得身为护卫官还三个打一个有点不讲究，所以从后方杀到的他选择攻击了子临的右肩，没有去打致命处。

志村就不同了，他是从侧后方去攻击子临的后脑勺，力求一击致命。

不过他俩攻击后的结果和希文也是一样的，并没有突破子临体表的防御……

然而，这一轮合击，并非徒劳——至少对希文来说不是。

在那一秒之间，连思维也比一般人要快上许多的希文意识到了一件非常重要的事，这件事，让他想到了一个有可能杀死子临的方法。

希文注意到的事情是，从体术层面上而言，子临的速度慢得有些出人意料。

有多慢呢？慢到在希文看来基本是静止的状态。

当然了，对一名神速者来说，这也是习以为常的光景，因为当他自身加速到一定的速度时，看周遭的绝大多数人和物都会出现这种效应。

不过，在面对凶级以上的能力者时，这种优势就会变得不那么明显，毕竟对方也很快，所以那些人在希文眼中就不是静止，而是缓慢移动了。

然，子临不是这样的——他慢得像个普通人。

可他显然不是普通人，因为普通人不可能和米歇尔这种战斗经验非常丰富的护卫官在近身战中打得有来有回。

稍加思索后，希文很快就理解了以下这几点：

一，子临的能力者级别可能非常低。

二，子临在战斗中表现出的高速并不依靠他的体术，而是靠能力实现的。

三，子临的能力可以自动完成防御，即使其本人的意识和反应没跟上也无所谓。

综上所述，他的弱点也是昭然若揭。由于在希文这个神速者面前，子临有大量的时间都处于一种“依靠被动的防御机制”的应战状态，因此，希文可以在其做出主观应对之前，就完成各种各样的尝试。

比如说，既然“冲击”类的攻击会被体表的防御屏障消除掉，那么就换个思路，用“摔投”或者“拖动”如何呢？

想到了这点的希文，即刻停止了攻击，退出几丈，高声道：“庞长官，我有个主意！”

他喊这句的时候，庞浩业和志村的攻击才刚完成，两人都是慢了半拍才发现希文已经后撤了。

而下一秒，还没等他俩以及其他人对这话做出任何反应，希文和庞浩业的身影就突然从众人的视线中消失了。

“怎么回事？”这下志村可蒙了，本来是三对一的，现在愣是变成了他和子临单挑的局面。

另一方面，一公里外某处。

“你小子还真是会先斩后奏啊……”站定时，庞浩业也已意识到了，刚才希文一喊完话就朝着他冲了过来，推着他的脖子就把他一路带到了这里。

其整个过程，也不到两秒。

“抱歉，时间紧迫……”而希文也不拐弯抹角，稍微打了声招呼后，就开始说自己的计划……

一分钟后。

希文和庞浩业双双回来了，现场的情况倒也没什么差别，因为这一分钟里志村也没敢再上前，而子临也没主动出手。

“商量好了？”子临见二人再度现身，便冲着希文道了一句。

希文根本不和他啰唆，下一秒，异变又生。

和一分钟前的情形一样，希文又一次从众人视线中消失了，不同的是，这次他带走的不是庞浩业，而是子临。

大约十秒后，希文的身影再次出现，且一现身就大喝：“就是现在！”

他那个“是”字还没说完呢，精神高度集中且早已准备就绪的庞浩业便按照“计划”出手了。

眨眼之间，众人就被带回了现实世界。

看着周遭的景物由黑白的沙漠变为了熟悉的街道，有好几位都不清楚这又是唱的哪一出，几秒后，还是巴德第一个反应过来：“原来如此，这的确不失为一个好办法。”

其他人也不傻，又过了几秒，他们也都后知后觉地明白了刚才发生了什么。

希文刚才做的事，说白了其实也很简单——

首先，他问了庞浩业，这个黑白的空间到底有多大。

庞浩业告诉希文，这个空间根本没有边际，很可能比整个地球还要大，自己已进入过这个空间无数次，但每次都是随机来到一个不同的坐标点，所以他此前才会一直以为这个空间只是自己制造出的一个“领域”。另外，庞浩业还表示自己也曾尝试过寻找这个空间的边界，但就算用其狂级的速度跑上几天几夜也找不到。

得到这一情报后，希文就更有底气了，他跟庞浩业说：“既然子临自己告诉我们你这‘灵墟’并不是制造领域的能力，而是将人传送到某个‘与现实世界平行的特异空间’的能力，那也就是说，当你离开后，这个空间也是存在的，并不会因为你解除能力而消失。所以，我们可以这样：一会儿由我去把子临拖走，我会全力加速，把他丢到一个远离我们的地方，然后我就立刻折回来，当我一现身，你就把我们七个传送回原来的世界，将子临一个人丢在这个空间里。”

庞浩业听罢，稍微考虑了一下就答应了。

这的确是个好主意，因为庞浩业不但没看到过这个空间的边际，也没在这空间里看到过食物和水，如果真能把子临关在里面，那时间一久，对方肯定是要渴死的。再退一步讲，就算子临是一个可以不靠水和食物就长期存活下去的怪物，他依然有很大概率会永远迷失在那个空间里……

“切……”片刻后，还是志村用马后炮的语气说道，“早知如此，从一开始就让庞浩业一个人把子临拖进‘灵墟’，然后再一个人出来，这不就结了吗？”他顿了顿，好像是忽然想起了什么，“对了，不是还有一个高手在吗？对他也可以这么处理吧？”

这时的志村，都已经在考虑怎么对付克劳泽的事情了，不料……

“你想得倒是很美啊。”其他护卫官都还没他的应话呢，子临的声音竟然又响起了。

七人闻声，纷纷抬头，却见子临悠然地浮于他们头顶的半空中，一边说着这话一边缓缓落下。

“希文先生，你的思路倒是没错，但你对我的实力还是有所误判。”子临落地之际，望着希文接着说道，“诚然，我的体术并不强，毕竟从能力者级别来说我还只是‘纸级’而已，所以我在近身战中表现出的‘力量’和‘速度’，确可以说是一种假象。

“用跳高来比喻的话，当你们跳起来时，靠的是自身肌肉的爆发力，而我只是在量子领域中移动了自己的身体，然后让你们看到了一个移动的结果。

“但如果你觉得这种‘假象’意味着我在速度层面上存在某种巨大的破绽，那就是误会了……”

子临说到这儿，别有意味地停顿了一下，再道：“我的眼球没跟上你的速度，不代表我的思维也没跟上，此其一；我被你们攻击的时候全靠被动防御而没做什么主观上反应，并不代表我就做不了什么反应，此其二；还有最重要的第三点，我可从来没说过，那个空间能困住我啊。”

他态度从容地将这番话说完，周围的七人脸上又是神色数变。

“我也放弃了。”几秒后，希文给了句干脆话，“我打不赢他。”

“那也算我一个吧。”庞浩业摊开双手，顺势接道。

“喂！你们两个！认真的吗？”志村这下可有些急了。

希文用不置可否的语气接道：“我只是个神速者，攻击上限一目了然。我已经很清楚自己不具备击败或者杀死他的能力，至于他能不能杀我，我觉得倒是可以的。虽然我应该能逃得了一时，但我想如果他有那个决心，整个地球都不会有我的容身之处。”

另一边，庞浩业也是一副无奈的样子：“我……就不解释了吧。”

他的确是没什么好多解释的，刚才的事已经证明了他的能力在子临面前毫无意义。

至此，七名护卫官中，已有三人放弃了对子临的挑战。当然了，某种角度来说，他们方才的施为，也只是在“给自己一个放弃的理由”。

若他们和志村一样是铁杆的鹰派，那应该还是会再尝试继续战斗下去的，但很显然，这三人不是什么主战派，比起对联邦的忠诚，他们都是更在意自身的安全和利益。如今子临明确表示愿意给他们一条后路，他们肯定不会轻易将其断绝。

至于作为护卫官的职责，意思到位也就行了，就刚才那几番尝试，换了别的对手早就挂了。

“莱文斯先生……”终于，一直没开过口的塔佩，眼见如此，也忍不住开口了，“你的意见如何？”

“你是在问我要不要投降吗？塔佩。”巴德闻言，头也不回地应道。

“可以说是吧。”塔佩道。

塔佩是一个政治立场很鸡贼的家伙，他总是摆出一副热爱和平的姿态，强调着战争给那些无辜的联邦子民们带去的苦难，但从来不谈联邦对反抗者们犯下的种种罪行。他对那些战争罪犯弃政从文、从商或投身教育的行为表示钦佩，对那些做着慈善的财阀寡头们赞不绝口，却好像看不见这些人的双手和资本上都沾满了鲜血。

可以说，像塔佩这样的“鸽派”，反而会比鹰派带来更大的杀伤。

如果他是联邦的领袖，他一定会立即坐下和反抗军谈判投降，只要能为联邦留下一批核心人员，他甚至不要地盘都可以。

若谈判成功，他就会和这批人一起作为“弱势群体”留存下来，到那时，他们就是“少数的声音”了，他们可以在新政权的治下通过文化侵蚀和舆论战的方式去争取支持者，慢慢地得到更多的话语权，以达到自己的目的。

相较于志村在这种仅仅留恋于联邦带给他的荣华富贵的家伙，塔佩才是对联邦这一存在真正保持着忠诚的存在。

这种人反而不会做些患得患失的事情，他们看得比主战派的人更长远。面对子临，或者说面对现在的世界形势，塔佩从一开始想的就是投降。

但他这种投降，就像那种在投降诏书里写自己此举是为了世界和平的人一样。他可从来没觉得自己有做错什么，也不觉得自己输了，这只是一种策略，一种暂时的退让。

“嗯，塔佩。”一息过后，巴德沉吟了一声，应道，“有句话，其实我早就想跟你说了。”

“什么？”塔佩也是一愣，因为他平日里和巴德也不是很熟。

“比起护卫官来，你真的应该去当政客才对的。”巴德如是回道。

而就在巴德说话之间，塔佩忽然露出了一种极度痛苦的表情，并双脚离地，升到了空中……

三

“死海”这个名称，是EAS给的。

当年他们给这个能力命名的时候,巴德已经是一名凶级能力者了,而在那之前,巴德的这个能力并没有什么名称。

纸级时，这个能力只能让某个个体（人或体型较大的动物）体内的含盐量凭空上升那么一丁点，并略微逆转地心引力对这个个体的影响。

放到实际情景下就是：中招者会觉得有一点口干舌燥，同时会感到身体轻快了一点点。

乍看之下……这无疑是个很鸡肋的能力，鸡肋到大多数人都会觉得根本没有去锻炼的价值。

但是，巴德·莱文斯，并不是“大多数人”。

巴德是一个心性非常强韧的男人，如果要总结他的性格乃至人生，那就是两句话：“make sense”和“do everything he can”。

巴德的出身很糟，用四个字来说，那就是“人穷脸丑”。

他的相貌很不好看，属于那种“在学校不易交到朋友，踏上社会找工作也处处碰壁”的类型。

他的家境也很差，穷到连基本的尊严都很难保障的那种程度。

但是，巴德从没有抱怨过自己的出身，更没有去抨击世人看脸的天性……因为他自小就明白怨天尤人并不能改变现状，也无法解决问题，那只会让你的心态变得更糟，继而影响到你的行为。

这个世界本就是看脸的，自古以来便是如此，这是融入每个人骨髓里的天性，强行否认这一点是没有意义的。

本身就长得好看的人怼这个，显得虚伪；本身就长得难看的人怼这个，则毫无说服力。

就算你能在争论中怼赢别人，也只能达到发泄不满的效果而已，并不会改变什么实际情况。

所以，巴德根本也不去干那个事儿，在他看来，与其把时间和精力浪费在抱怨和发泄上，不如用来做点实事。

还是那两句话：“make sense”和“do everything he can”。

巴德认为一件事情必须合乎逻辑，能够改变现状，才有去做的价值，在此基础上，才有努力的必要。

如果认定一件事仅仅只是能让自己情绪上爽一些，但对于自己在现实世界的处境没有什么帮助，甚至会让事情变得更糟，那他绝不会做。

综上所述，巴德成年后，面对自己“长得丑”这个现状，实施的解决方案就是：锻炼身体，训练气质，改变造型……最后，在攒到了一笔钱之后，第一时间就去整了个容。

听起来好像有点过于真实了，但这，也并不是每个人都能下决心去完成的。

同理，为了摆脱贫穷，巴德在学习和工作上也付出了比别人更多的努力。虽然他也很清楚这种努力未必能换来对等的回报，但至少能让自己成功的机会变大。

巴德不是那种会去纠结于“公平”的人，那些人，也就是世界上的绝大多数人，我们普遍都有这样一种思维——尽管自己已经很努力了，但还是远远比不过那些先天就有着优渥的家境并占有了更多资源的富二代们，后者只要躺在父辈乃至祖父辈的财产上吃喝玩乐，就能轻而易举地取得成功。而自己付出了许多，却还只是勉强混个温饱，活得非常艰辛。

这种想法，也没有错，因为那就是实际存在的现象。尽管不是所有X二代都符合平民们对于纨绔子弟的刻板印象，但符合的也确实不在少数。

这样的对比，无疑会让人产生不满，甚至是怨恨，会让人觉得自己的努力没有价值、没有意义。

再换一个角度看，先天的天赋、先天的美貌……也和先天的财富或地位一样，都会让我们在某时某地产生类似的感觉。

然而，我们，真的有必要因这种“不公平”而催生出什么负面情绪吗？

换个例子：你开着水龙头时浪费掉的清水，你吃完外卖后扔掉的剩饭，永远也不可能被送到因战争和饥荒洗不上澡、吃不上饭的人手里，这也是一个事实。

但你应该为了这些你认为是理所当然的生活习惯而感到内疚吗？

你又可曾想过，如果把你的这些行为展示在那些挨饿的人面前，他们也可能对你产生不满和怨恨呢？

而巴德的脑子里，就根本没有那根弦。

他就是那个“吃不上饭、洗不上澡”的人，但他看到那些浪费水和食物的人时，不会有任何情绪。

他的第一反应会是：那与他无关，因为那些人浪费掉的东西，怎么也不会落到他手里，他也不指望由别人来改善自己的生活，他只考虑自己能做什么来改变现状。

“make sense”。

“do everything he can”。

因此，当他发现自己有个“鸡肋”能力的时候，他也完全没有对此感到什么沮丧。

他能做的事情，就是接受这点，并把这个能力视为一种自己独有的资源，研究开发到极致。

时光荏苒，年复一年……撇开能力者的身份不谈，巴德作为一个普通人，从一名完全没有靠山的基层公务员，慢慢爬到了联邦军中层文职人员的岗位上。

当然，那年，他已经六十一岁了，离退休（联邦时代部分职业的男性退休年龄已经提高到了六十五岁）也只剩下几年而已了。

一直到巴德退休那年，就连关系最好的同事和他的妻子子女都没人知道他还是个强级能力者。

一晃眼，又是十年过去，到了七十五岁，巴德仍在坚持不懈地悄悄锻炼自己的能力，并成功将其练到了凶级……

终于，他的努力在这一刻开花结果，其能力在达到凶级之时发生了质变。

因为他的能力是经过整整半个多世纪的不断磨炼和沉淀才获得突破的，所以他对能量的理解和运用也都非常扎实，比起其他同级别的能力者来，他从突破凶级瓶颈，到升到凶级巅峰，所需的时间要短得多。

巴德几乎是在一个月内就掌握了自己的新力量等级，并让自己在细胞层面上停止了衰老，其外表还开始了逆增长。

那一年，他以能力者的身份重新在联邦就职，并在接受了EAS的测试后直接被列为了护卫官候补。

巴德，并不是什么天才，要说他有什么过人之处，那就是心性和心态。

他几乎就是普通人努力的极限——不管自己处于哪个位置，都将所有客观存在的不公平视为理所当然，然后将自身的时间和精力成本作为一种优于别人资源，合理、同时又毫不吝惜地投入，从而使自己更好、更强。

现在的他，是狂级能力者，且是幸存的七名护卫官中资格最老、地位最高，也是实力最为深不可测的一个。

而根据他的那两条处事原则，把“投降派”的塔佩处理掉，同样是理所当然的。

“你这是干什么？”志村看着浮到半空的塔佩，一时间也是惊疑交加，赶紧出声质问巴德。

尽管志村是鹰派，塔佩是鸽派，但在眼前这种情势下，护卫官之间自相残杀似乎还是有点过了。

“你刚刚不是也听到了吗？他不但明确了自己想投靠对方的意向，还有策反其他人的倾向。”巴德却是用十分冷静的语气回应着，同时，手上的施为也没有停止，就仿佛杀死塔佩这件事，像是踩碎脚边的石子那样容易。

“他只是在问你的意见……”庞浩业也有点看不下去了，虽然他和这几位的交情也不深，但巴德这种轻易就对同袍出手的做法在他看来实在是不太讲究。

“难道我非得先回答他的问题，然后等他率先对我产生了防备乃至杀意再动手吗？”巴德反问道，“我为什么要冒着被他先下手为强的风险，去做那种事？就为了事后能心安理得地告诉自己是他先动手的？”他顿了顿，“如果我每杀一个人都需要满足这样的条件，那姑且不说我还能不能胜任护卫官一职，恐怕我这条命也早就交代了吧。”

他这话，没别的，就是 make sense。

庞浩业无法反驳，毕竟自己也杀过不少人，其中很多人他连脸都没看清。若要深究的话，他自然也不可能对每个人都以相同的标准去对待。

“唔——咳——”就在他们谈话之际，空中的塔佩已经浑身僵直地飘到了几十米的高空，并在最后的几声呻吟中停止了呼吸。

“我有点好奇，他会去哪儿啊？”这时，至此还没说过一句话的刘奇八，忽然面带几分笑意地开口了，“难不成就这么一直升到外层空间去吗？”

很显然，刘奇八对于塔佩的死，也并不十分在意。

“他要是没断气，还能运用能量的话，那确实有可能抗住大气层的高温，成功飘到太空里去。”两秒后，巴德也是用很随意的语气回应了他，“可惜，塔佩并不是那种能在体内钾含量暴增时仍然活下去的体质，所以他应该会在穿过大气外层时被烧成灰烬吧。”

“呵，这就是‘死海’啊，虽然以前有听说过，但亲眼见证，还是头一回呢。”刘奇八笑道，“就是不知，这能力对这位子临少爷有没有用呢？”

“试试便知。”巴德说着，心念一动，便对子临也用出了“死海”。

狂级的“死海”，其实还是那两个效果：一，凭空提升目标体内的含盐量；二，逆转地心引力对目标的影响。

区别在于：纸级时他只能制造一丁点盐分，但现在他可以在目标体内制造出包括但不限于钠、钾、钙的各种化学物质，比例可以随心所欲，总量虽然没有到很夸张的地步，但致死绰绰有余了。

而地心引力这块，基本就是可以让人像气球一样垂直上升，且离地越远，上升速度就越快，即使进入外层空间后也不会停止，目标会持续向着地球的反方向直线移动。当然了，也不会无限加速下去，接近音速时差不多就到上限了。

至于“死海”在同一时间内可以作用的目标数，纸级时是一个，现在嘛……如果巴德愿意，让一座千万级人口的大都市内的所有居民“上天”也行。

不过，类似这种操作，他一般也是不会做的，除非他能明确某个区域内至少有 95% 以上的目标都是敌人，才会发动这种视野外的大范围“死海化”攻击。

毫无疑问，这狂级的“死海”很强。就拿在场的其他六名护卫官来说，随便哪一个，包括希文在内，要么就别中，中了这招的都得死。

眼下，巴德对子临出手，也是不留任何余地的。

巴德的立场始终很明确，他不是什么鹰派或鸽派，他只是认定了子临这样的人如果夺得了天下，并不会比联邦更好，所以，他要反抗……

“看来你才是最麻烦的一个呢。”然，数秒过去，子临还是停在原地，安然无恙，且神态自若，“比起志村那种人，你才是完全没法儿交流的类型……”

他这话，字里行间，杀意已昭。

“连‘死海’都对你无效吗？”当巴德意识到自己的能力没有作用，并听到子临的这句话时，他已经接受了自己马上就会死的事实，故而……既如此，便如此，他的语气依然很平静，“就算纳坎沃也做不到这样，你到底是怎么办到的？”

“从分子层面上改变体内蛋白质的结构单元，让这些蛋白质自动把我体内的水分子和你生成的盐分剥离并隔绝掉，然后再将这些盐分……”子临说到这儿，忽然停下，像是要吐痰般干咳了两声，然后“呸”的一口，从嘴里吐出了一块核桃大小的结晶状物体，随后接着说道，“……排出来就是了。”

他的回答，等于没答，因为就连巴德也没听懂他在说什么，其他人就更不懂了。

至于他为什么没有“上天”这点，也不需要解释，因为他刚才已展现过类似飞行的能力了，只要这份能力能和“死海”那让人“上浮”的能力互相抵消，子临自然就不会上天。

“你动手吧，我有心理准备了。”一息之后，巴德说出了这句他自己认为是遗言的话。

他的人生，没有遗憾，也从未有过悔恨，他是个永远向前看的人，即使面对死亡，也是如此；哪怕在这最后的时刻，他说出这句“放弃”的话，也是因为他认为自己已经“do everything he can”了。

此刻，他只希望能体面地离去，仅此而已。

“好的，放心吧，你的家人都会得到妥善的安排。”子临一边说着，一边朝前迈出一步。

下一秒，但见其身形一闪，已来到了巴德面前。

此时，只要子临的手指在巴德身上轻轻一点，巴德就会化为尘埃，随风散去……

然，就在这一瞬，一只手，攫住了子临伸过来的手腕。

那个拦住了子临的人，不是旁人，正是刘奇八。

在一个多世纪前，这个世界上存在过一个名叫切弗·奇里奥斯的男人。

在他活跃的那个年代，他既是这个世界上最聪明的几个人之一，也是这个世界上最强的能力者之一。

他的能力，始终没有一个确切的名称。

不过，他本人倒是有个绰号，叫“血枭”。

绝大多数的能力者，能力至少要在青春期过后才会觉醒，而觉醒的契机大多是受到了某种生理或心理上的刺激，只有变种人和极少数极有天赋的能力者会在更小的时候乃至刚出生时就具备异能。

血枭，无疑属于后者，他的能力与生俱来，从他出生的那一刻便伴随着他。而他那能力的效果——感知周遭所有生灵的负面情绪，感知到的越多，自身的战力就越强。

这个能力有着非常恐怖的副作用，因为它是“被动”且“永久”生效的，而且“只能”感知到负面情绪。

如果你觉得负面情绪是一种只会在短时间内存在的东西——比如在你“愤怒”“仇恨”“嫉妒”“厌烦”时，才叫有负面情绪，等过会儿你注意力转移掉，不去想这些时，就没有负面情绪了，那你就错了。

负面情绪并不只在你自己感受到或是爆发出来的时候才存在，而是伴随着你一生，你不爆发的时候，那些情绪不是消失了，只是暂时被压抑住了而已。

它们就在你的内心深处，在你的潜意识里，融在你的认知中。你的三观、性格、待人接物的习惯，乃至一个下意识的动作、一个一闪而过的念头……全都是建立在正负两种情绪的基础上的，两种情绪始终都在那儿，随时等着被触发。

简而言之，一个人身上能累积的负面情绪，要比想象中多得多，即使是人们自己，也无法完全体会到自己到底能发出多少负面的能量。

但血枭可以体会到。

从他还是一个婴儿的时候，就能体会到……

想象一下，如果是你，不管白天黑夜，无时无刻，脑子里都可以感知到方圆几十米内所有邻居或路人深埋在内心深处的负能量和恶意，你会变成什么样？或者说……你的精神能够支撑多久？

少年时的血枭就给自己做过很多次精神鉴定，但不管是他本人还是那些被他逼疯的心理医生，都无法确切了解他的精神状况到底如何。

他最后只能推测，自己可能在出生后不久就疯了，而这种“疯”，又意外的没有夺走他的理智。他在保存理智的前提下，适应了某种与一般人类大相径庭的精神状态。

要比喻的话就是：虽然血枭的身体和世人们活在同一个物理维度上，但精神层面来讲，他却一直生活在一个世人无法体验的人间炼狱里。

当然了，这么可怕的负面效果，所带来的正面收益，也是惊人的。

血枭几乎没有进行过任何刻意的修炼，就在三十岁之前成为了凶级能力者，而且他这个能力的“凶级”，和子临的“纸级”一样，并没有太多参考价值，真打起来，他很可能把狂级的人给秒了。

只要他附近有足够多的人，或者他附近那些人身上的“罪”足够多，他就能强到难以置信的地步。

比如，在天一附近时，血枭的力量可以超越同为凶级的“力量”（此处指那个名为力量的异能），速度可以甩掉现在的希文，肉身强度和自愈力接近凶级的燕无伤，能量等级（虽然他无法做到外放和性质变化）则可比肩临死前的纳坎沃……

像这样的能力，无疑是独特的、罕见的。

在血枭去世后的这么多年里，这世间再也没有出现过和他一样的能力者了。而这……其实也算正常现象，因为即便有人觉醒了和他一样的能力，那个人八成也会在觉醒能力后的短时间内因精神崩溃或暴走而死亡。

但眼下，有了一个例外。

刘奇八，就是个和血枭“类似”的能力者。

当然，只是“类似”，实际对比一下，二者的区别还是很大的。

首先，刘奇八的“怒之力”并不是出生时就有，而是在青春期之后觉醒;其次，也是最关键的一点，他的能力不是“被动永续”的，而是可以主动开启或关闭的，且在他失去意识后也会自行关闭；其三，他无法感知到人类拥有的全部负面情绪，只能感知到“愤怒”这一种。

这三点，基本解释了为什么刘奇八还没疯，还活着……

而他那个“儒雅随和”的绰号怎么来的，想必大家也都能猜到一二了：由于刘奇八每次开启能力时，都会让自己的精神处于一种近乎狂暴的状态，每次都有“可能会丧失理智而暴走”的风险，所以他平日里不停地在做各种心理辅导和情绪管理训练。

除了开启能力时，刘奇八从来不生气……从不！never！ never ever ever!

你就是上去扇他一巴掌，用最脏最毒的话骂他全家，甚至拿粪泼他，他都不会生气。

当然了，不生气不代表就这么算了，要有人真敢莫名其妙扇他一巴掌，他可能会先面带和善的微笑问一下对方这样做的原因，假如没得到满意的答案，他就继续面带和善的微笑反手一巴掌把对面扇死。

“这么说来……我得先解决你了。”子临一看拦下自己的人是刘奇八，而且刘奇八此刻脸上的表情已变成了凶神恶煞一般，他就明白，对方已然开启能力了。

“给我死！”此时的刘奇八，和刚才那有说有笑的状态自是不同了，其整个人身上透出的怒意和杀意让其他几名护卫官都不由得想要后退。

嗖——

刘奇八那个“死”字出口时，他已经拽着子临的胳膊将子临整个人向斜上方甩飞了出去。

子临还没飞到最高点，刘奇八的身影便已闪到了对方前进的轨迹上，从空中倒悬身体给子临来了个回旋膝撞。

“喂……这……”庞浩业刚来得及吐槽半句，他预想中的事情就发生了。

被刘奇八从高空击落的子临宛如一发炮弹般砸中了地面，紧接着，那过剩的冲击力便四散扩张，在地表炸开了一个半圆形的大坑。

好在子临是斜着落下来的，着陆点距离茶宴会议所在的建筑还有一段距离，要不然那栋楼怕是要倒。

“啊——”

然，尘埃未定，刘奇八的攻势已如影随形地跟了过来，他发出一声狂吼，再次从半空“踏空”俯冲而下，朝着坑底的子临一拳轰了过来。

很显然，开启“怒之力”后的刘奇八变成了一个无所顾忌的破坏狂，他能把攻击目标锁定在正确的敌人身上已是不易了，至于其他的连带破坏……比如城市的街道和建筑会怎样，会不会伤到平民，他是根本不会考虑的。

此刻他这一拳，可不是打坏一些地下水管或煤气管道的程度，若打实了，附近几条街范围内的建筑都可能会塌掉。

这就好比你在一个床垫上搭了若干个积木模型，然后朝着床垫中心用力下压一脚时会发生的状况一样。

“我说你啊……”下一秒，伴随着子临的说话声，一道黑芒突从烟尘中闪出，迎天而上，“……这城市的很多基建我以后还要用呢，别乱来好不好？”

他这句话还没说完，黑芒已和刘奇八错身而过，并使刘奇八的整条左臂连带着左肩和一部分锁骨人间蒸发了……

纵然刘奇八现在的速度已经让希文都感到了惊叹，但面对这瞬间生成的黑芒，他还是没能完全避过。

“放过他吧，这没必要。”还未等子临展开追击，巴德便迅速冲到子临面前，用身体阻拦住了对方，他说完这句，又回头朝天上喊道，“刘，快解除能力！别再打了！我已经准……”

他这句话没能说完。

因为子临趁他回头时，很随意地抬手点了他一下，让他在转眼间便化为了尘埃……

四

“啊！”伴随着一声惊叫，刘奇八从噩梦中醒了过来。

还没等他缓过神，其全身上下就如涨潮般涌上了一阵疼痛感。

吃痛之际，刘奇八的脑子也清醒了许多。

他一边调整好粗重的呼吸，一边朝周围看了看。他发现，此刻自己正躺在一间应该是病床的房间里，其左手还挂着点滴，身上的病号服和身下的床单都已被大量的汗水浸湿了。

而在他的病床旁边，坐着一位老者，正在用 I-PEN 看书。

“你的新陈代谢还真是快，手术才过去两小时，你好像连止疼药的效果都给代谢掉了。”见刘奇八醒来，那名老者不紧不慢地放下了手中的 I-PEN，跟他搭了句话。

“我……我……”刘奇八刚想接对方的话，却突然间想起了什么，他即刻高声问道，“……我的家人！她们没事吧？”

这一刻，刘奇八想起了自己昏迷前记得的最后一件事——暴走的自己跃到了半空，朝着自己家的方向投去了一辆油罐车。

“没事，你的家人安然无恙，已经被转移到安全的地方去了。”老者回道。

“真的？”刘奇八追问着，因为他确实有点不信，“你没骗我？”

老者明白，刘奇八的怀疑情有可原，故而又接道：“太细致的我就不说了，简单地讲，我赶到现场的时候，来杀你和你家人的那伙人已经被你撕成了碎片，但由于你本人在战斗中失去了理智，即使在敌人全灭后依然没有停止无差别的破坏，所以，我立即做了应对……”他顿了顿，再道，“我跃到半空，接住了你丢出去的那辆车，并对你使用了能力，让你的身体迅速脱水且上升到了高空，不久后你就因缺氧而昏迷了，这时我又解除了能力，把你接住，交给了现场的医护人员。”

老者说这段话时的语气十分淡定，且条理清楚，刘奇八觉得对方并未说谎，因为真要编的话，不会编这样的内容。

“呃，谢谢。”刘奇八想了几秒后，接道，“对了，还未请教……”

“巴德·莱文斯。”巴德应道，“不久前还是个没什么职位的退休公务员，不过最近当上了护卫官候补，姑且算是你的上级吧。”他说着，瞥了眼刘奇八那缠满绷带的手，“考虑到你现在全身都有伤，碰哪儿哪儿疼，我就不跟你握手了。”

“哦！原来是长官！嘶——”刘奇八本能地想敬个礼，但肩膀一使劲儿就疼得他龇牙咧嘴。

“行了，年轻人，这种时候不用瞎客气。”巴德说着，收起了手里的 I-PEN，并站起身来，“我在这儿主要就是想等你醒来时亲自把情况跟你说一下，让你可以放心。毕竟刚才那些话换个人告诉你，你可能不会立即相信。”

“谢谢长官！”下一秒，刘奇八当即高声回道，“救命之恩……不，救我全家之恩！我刘某自当……”

“行行行，别激动。”巴德倒是显得很平静，他打断了对方的话，接道，“举手之劳罢了，再说我是接到命令后赶来的，只是在履行职责。不过，你那个能力，以后的确要注意一下，免得给自己和身边的人带去危险。”

“是！刘奇八谨记长官教诲！”刘奇八的嗓门儿更高了。

回忆的片段，从眼前闪过。

刘奇八也不知道，这算不算是所谓的“走马灯”。

那一年，他二十六岁，是联邦军能力者战斗部队中的一名战士。他家中有个比他小一岁的妻子，和一个还在襁褓中的女儿。

联邦高层的内斗向来频繁，像刘奇八这样驻守在水晶郡的基层战士难免会在执行任务的过程中得罪某一方势力，所以，当他的家人，并不安全。

再加上刘奇八那“怒之力”的副作用，在他三十五岁之前他都没能很好地控制住，也让他的家人承担着巨大的压力。

终于，几年后，妻子和他离婚了，又过了两年，改嫁了他人。现在前妻和他之间，几乎成了点头之交，而只有每周末能见面的女儿，如今也已满十六岁，正处在人生中最想摆脱父母的年纪。

某种角度来说，最近这几年，和自己的家人相比，刘奇八反倒是和巴德一家的接触更多一些。

一到逢年过节，巴德就会邀请刘奇八到家里吃饭，因为巴德也知道，刘奇八的父母早亡，他也不可能去前妻家里过节，如果巴德不请他，那他就只有一个人在家喝闷酒了。

巴德和刘奇八不同，他有一个大家庭，尽管巴德的妻子已经故去，但巴德子孙满堂，每次过节都有一大家子人聚在一起，多个刘奇八，对他来说也不过就是添双筷子而已。

然而，很多时候，对一个人来说是举手之劳的事，对另一个人来说却可能意义重大。

巴德和刘奇八的交情里，便尽是这样的事，比如当年的救命之恩，又比如多年后的那几顿年夜饭和感恩节晚餐……

巴德可能不是很在意，但刘奇八却是一直在铭记、在感恩的。即便刘奇八已从当年那个年轻的士兵，成为了和巴德同级别的护卫官，但在他心里，巴德始终是自己最尊敬的前辈和恩人。

可惜……到了最后的最后，他也没能救下巴德。

不但不能救对方，眼下，连他自己怕也是性命不保了。

子临释放的黑色能量，是刘奇八前所未见的。刘奇八在能力开启时的超高肉体强度、体表能量的防御力，以及卓绝自愈力，都在那黑芒面前变得形同虚设。

刘奇八的伤口在攻击逝去后不但没有愈合，还有渐渐向身体端侵蚀的趋势，他身上的能量也在被那黑色的伤口慢慢消去，很快，别说能量了，他就连力气都使不出来了。

他看着眼前的景物倒转，知道自己已开始坠落。那狂暴的情绪也悄然消退，说明他的能力也已失效……

“结果，我还是什么都没能做到，什么都没能保护，什么都没能留住……”刘奇八在心中念出这句话时，他哭了。

子临这个对手，让他感到了绝望。但刘奇八并不是在为自己这败北身死的结局流泪，而是在为自己的无力和那份直到最后都没能报答的恩情而悲伤。

“别碰他！”

另一方面，在这刘奇八坠落之际，志村则冲着准备过去接人的庞浩业大喝了一声。

庞浩业是个讲究人，他已看出刘奇八快死了，同袍一场，他不想看着对方从空中坠下后摔个粉身碎骨，落一个不怎么体面的死状。

但是，志村的提醒，也有道理：“难道你看不出那黑色的东西有可能会蔓延到旁人身上吗？”

他说的没错，的确有那个可能。

结果，刘奇八还是重重地摔落在了地面上，折断了脖子，当场毙命。

庞浩业、米歇尔和希文的面色都变得不太好看，他们显然都已丧失了斗志。

只剩下志村，仍没有放弃战斗。

砰——

就在这时，十几米外，突然又有一具尸体从高空落下，刚好砸在了一辆停在路边的车上，把那车砸得粉碎，好在车里也没人。

众人并没有被那动静所吸引，因为他们全都知道，这会儿掉下来的应该是塔佩的尸体。

子临也无视了那边的状况，从坑中慢慢走了出来，开口道："七个人，现在还剩四个，我觉得够了，你们觉得呢？"

有三个人，低下了头，不再说话。

但是，此刻的志村，竟然露出了冷笑。

"呵……呵呵呵……"他的笑声中，透出了一种仿佛胜券在握的气势，"我也觉得够了……"他停顿了两秒，"按照我原来的设想，只要'一个'就够了，可惜，刚才塔佩被弄上了天，而巴德又被你弄得尸骨无存了，搞得我也不好动手。但现在，一个刘奇八，加一个塔佩，我周围有了两具顶级能力者的尸体。你知道那意味着什么吗？"

子临耸耸肩："知道是知道，但我不想打断你的表演，所以，你继续呗。"

"哼！我马上就让你笑不出来！"言至此处，志村已然发动了自己的能力——"魂降"。

这个异能的效果非常简单，从纸级开始就没有变过，即"献祭新鲜的人类尸体，召唤一个可以在短时间内为志村作战的英魂"。

魂降召来的英魂强度，只跟祭品的数量及质量有关，和志村的能力级别无关，也就是说，纸级的志村和狂级的志村，差别只是他自己的肉体强度和能量等级而已，其能力的效果始终是一样的。

但饶是如此，志村还是很勤奋地把自己练到了狂级，毕竟狂级能力者的身体比较耐打，且衰老速度也会变慢。

而他练到狂级的方式，无他，就是非常频繁地使用这个异能。

志村本就是个草菅人命的人，在他杀人的行为背后，也有一部分锻炼能力的动机在。

当然了，在这个过程中，他也相当于是做了大量的实验，摸清了"魂降"的各种特性。

首先，召唤英魂必须用"新鲜的尸体"，也就是刚死不久的，这个"不久"是多久，没有一个特别精确的时间，但通常是三十分钟左右，过了这个时间，就算把尸体冷冻起来，做好防腐工作，弄得跟活着一样，也无法作为祭品使用了。

其次，召唤出来的英魂强度，主要还是看祭品的"质量"，数量则是一个比较次要的条件。

举例来说，献祭一个普通的成年人，可以召唤出一个战斗能力达到特种兵水准的英魂，但献祭十个这样的普通人，召出来英魂战斗力并不会变成一个特种兵的十倍，最多变成一个更强一些的特种兵。

继续增加数量，而不提升质量的话，强度的增比也不会有什么飞跃。很可能会出现献祭了一千个普通人的尸体，也只能召出一个并级能力者英魂的局面。

但是，若这一千个人里面，混着一个并级能力者，那就可能一下子召唤出一个强级英魂来了。

另外，召出的英魂是能力者的情况下，其能力和祭品的能力也有一定关联，比如说你献祭了一个并级的能力者，能力是制造火焰，那最后可能会召出一个强级能力者的英魂，能力是制造岩浆。而当献上复数的祭品时，情况会更复杂，有点像某种“无限制的融合”，充满了未知的可能性。

不过这个能力自然也有弱点。

其一，同一时间只能存在一个英魂，且在英魂存在的时间耗尽前，就连志村自己也无法将其驱散掉。当然了，如果英魂被“打得灰飞烟灭”，或者志村本人死亡，英魂应该也会立即消失的。

其二，用过的尸体便无法再用了（献祭不会在物理上消耗掉尸体，所以某种角度来看其实需要的不是尸体，而是“灵魂”），即使时间还不到三十分钟，也不能把同一具尸体重复作为祭品使用。

其三，虽然英魂不需要依靠志村的体力和能量来维持活动，但“召唤”这个举动本身是要消耗不少体能的，志村实验过，在一个小时里召唤两次是他的极限了。

眼下，志村倒是不用考虑第二和第三个弱点，因为他一次就把刘奇八和塔佩的尸体都给用了。

子临的实力的确超乎他的想象，但是，志村有自信，拥有“怒之力”的凶级能力者刘奇八，加上“倍化”能力者，同为凶级的塔佩……用两具这种质量的尸体，绝对可以召唤出一个前所未有的强大英魂。

要知道，志村以前唯一一次用凶级能力者的尸体发动魂降时，就召出了一个比他自己还强得多的狂级英魂，而且，当时他用的祭品，只是一名刚刚踏入凶级门槛的能力者而已。

这次，他用的可是两名护卫官。

就算是出现传说中的“神级”存在，志村也不会觉得奇怪的。

同一时刻，茶宴本部，会议室中。

克劳泽正坐在那儿，悠然地等待着他点的那壶咖啡。

煮一壶好的咖啡，自然是需要一些时间的，像茶宴这种组织，后厨请的人绝不会差，所以他们是从磨咖啡豆开始弄的，这会儿还没开煮呢。

克劳泽也不跟会议桌旁的这些“小辈们”说话，他觉得说不着。人家呢，也没有和他搭话，因为都在关注着外面的战况。

虽然他们看不到外面的状况，但他们大多数人还是猜到了情况可能对他们不太有利。

想想也明白，以一己之力对抗多名护卫官，按常理来说是该被秒杀的，但他们等了那么久，战斗还没结束，护卫官也没有一个冲进来救人的，这多半就是坏兆头。

“嗯？”

忽然，克劳泽发出了一声明显带有疑惑和些许惊讶的沉吟。

他的这一反应，迅速吸引了整桌人的注意力。

而正当众人把视线投过来时，一旁的毛峰也做出了异常的举动：只见他颤颤巍巍地从座位上起立，踉跄地退到了墙边，好似在本能地远离着某种可怕的东西。

“那……那是什么？”毛峰面色惨白，眼神中充满恐惧，他木讷地转过头，看着克劳泽，问了这么个没头没尾的问题。

“虽然你这问题不该问我，但我确实知道答案……”回这话时，克劳泽已恢复了自己的那一贯的从容，他说道，“事实上，比起把‘那家伙’召来的志村大介本人，我可能更清楚情况……”

“你们在说什么？”穆罕穆德这时也发问了，虽然他并不能感知到外面的情况，但他无疑也发现了——此刻有某种足以让克劳泽都感到惊讶的变故正在发生着。

“志村似乎用他的能力召来了一个非常麻烦的家伙。”克劳泽先是这么应了一句，然后用若有所思的语气，自言自语道，“说起来，‘那家伙’死的时候达到什么级别了啊？我死得比他早不知道啊……”他微顿半秒，微微蹙眉，“子临不会死掉吧？那天一可要找我算账了。”说到这儿，他又露出一种后知后觉的表情，“欸？我好像也有危险啊……”

志村召唤出的英魂，从一道时空裂隙中降临，伴随其一同出现的，还有几只若隐若现的黑色之蝶。

不过，那些“冥蝶”和时空裂隙，都在晃眼之间便消散了，留下的，是一名身高一米九左右、留着寸头、体型健硕的男子。

这个男人的名字叫切弗·奇里奥斯，AKA——“血枭”。

“呼……”血枭站定时，先是深呼吸了一次。

他应该很久都没有体验过“呼吸”这事儿了，所以这也可以理解。

接着，血枭就用一个挺明显的小动作提鼻子闻了几下，并顺势转身，看向了站在不远处的庞浩业。

“兄弟，给支烟。”血枭一边说着，一边已朝着庞浩业走了过去。

庞浩业并不认识血枭，不过他知道志村的能力是怎么回事儿，故而也知道眼前的男人是志村“召唤”出来的。

给支烟这种要求，不过分，而且庞浩业也猜到了血枭是通过嗅觉发现自己身上有烟的，所以，他没有做出什么惊讶的反应，只是平静地掏出烟盒，抵出一支烟递了过去，还顺手用打火机帮血枭把烟给点上了。

“谢谢。”血枭抽了口烟后，露出了颇为舒畅的表情，并对庞浩业道了声谢。

他那样模样，看起来很是惬意，一点儿攻击性都没有。

但是，自从他现身的那一秒起，子临的眼神，就变得有些紧张起来了。

子临倒也不是害怕，只是很难得地进入了一种“我可能要认真战斗”的状态……

面对血枭，这样的心理预期，是很有必要的。

虽然纳坎沃和史三问他们也都有置子临于死地的能力，但子临对上他们时并不会紧张，因为那两位至少在思维层面来讲还都是“正常人”——一个人只要其思维还算正常，就可以预测。

但血枭……和他们不同。

血枭是一个疯狂和理性的结合体，如果用心之书去看血枭的思想，书里不会显示出任何文字，只会出现一堆抽象画般的线条来。

像他这种人的行动，只有天老板可以在一定程度上进行“预测”，子临还不行。

“别紧张。”又抽了几口烟后，血枭仿佛是看穿了子临的心思般，望向他，悠然地说了句，“我不打算跟你打，”他又吐了口烟，“抽两根烟我就回去。”

“喂！你在说什么呢！”听到血枭的话后，志村毫无疑问当场就跳起来了，“你以为是谁把你召唤出来的？立刻给我宰了那小子！听到没有？”

其实，刚才那一分多钟里，志村心里也是非常疑惑。

被“魂降”召来的英魂按理说是可以由志村用意念直接下达命令的，虽然命令的内容无法做到很细致，但类似“杀死某人”或“杀死那几个人”之类的指令，只要志村心念一动，英魂就会立即执行。

血枭出现后，志村也是在第一时间就在心里下了命令，让其去杀掉子临，但结果血枭完全没理会命令，只是自说自话的去问庞浩业要了根烟抽。

“你可以拒绝他的命令吗？”两秒后，血枭还没开口，倒是子临先问了血枭这个问题。

“哼……”血枭冷笑，“没有人可以命令我，就算是天一也不能，何况是这玩意儿。”

说到“这玩意儿”这几个字时，他头也不回地朝志村的方向掸了掸烟灰，轻蔑之意，溢于言表。

“可我在天老板那儿听到的版本和你说的有点出入呢……”子临若有所思地应道。

“你小子很坏嘛……”血枭说着，忽然笑了起来，“呵呵，天一要是知道你在我这儿挑拨离间，多半会夸奖你吧。”

“奇里奥斯先生，哦不，奇里奥斯教授。”子临稍微纠正了一下对对方的称呼，再道，“我的确是听过不少您的事迹，但您应该不可能认识我才对。所以我不禁想问，您为什么会知道我和天老板有关呢？”

“老子的智商至少四百以上，能感知和分辨方圆几百公里内所有人类的负面情绪，还能知道这些人中哪些是能力者……”血枭应道，“……你告诉我我凭什么推测不出你和天一有关？”

“原来如此。”子临点点头，接道，“抱歉，像您这样的人，在这世上不多，我还不太适应这种‘轻松的谈话’。”

他说这话时，已试着跟上了血枭的思路，并大致猜到了血枭的推理过程。

如果血枭所说的属实，当然了他也没必要撒谎，那他能掌握到的信息就很多了：比如克劳泽的存在、克劳泽的情绪变化、子临的能力和“本质”、子临和这些身穿联邦制服的家伙之间的敌对立场、他们每个人心中的情绪，等等，再加上血枭本就知道的一些信息，以他的智商，拼凑出了一条逻辑链来的确不是什么难事。

“嘿！我跟你说话你听到了吗！”就在子临和血枭旁若无人地聊到这儿时，感觉到自己遭到羞辱的志村已忍无可忍，他箭步上前，来到了对自己不屑一顾的血枭身后，一手搭在了血枭的肩上，“你这家伙到底是怎么回事？”

志村言至此处，本来是打算用力抓着血枭的肩膀将对方转过来面对自己的，不料，他发力一拽后，血枭纹丝未动。

这种蜉蝣撼树般的感觉，作为一个高位能力者的志村已很久没体会到了。不过我们普通人应该很容易理解，要比喻的话，就好比你试着用一只手去推动一整个集装箱。

“说起来，”一秒后，志村还没从最初的震惊中回过神来，血枭就自己转身了，边转还边说道，“这人世间还真是一点儿也没见好啊。”

当血枭真的转过身来，用居高临下的眼神看着志村时，志村的脑中突然成了一片空白。

他想跑，无论是身体的本能，还是他灵魂中累积下的那些“罪业”，都在催促他远离眼前的这个男人……

然而，在志村的神志回味过来——“原来这就是恐惧的极致”之前，他就被血枭一把掐住了脖子。

被掐住的那一瞬，志村发现自己已然失去了一名狂级能力者应有的力量和速度，就好像他突然就变回了一个普通人，一个的油腻中年大叔。

“或者应该说……”血枭则还是很轻松的样子，稍稍在左手上加了把力，将志村的下巴往上抬了几度，并迫使志村张开了嘴，“……人间，又污秽了？”

他来了句带梗的玩笑话，然后用一个很自然的动作，将右手伸过来，把一截烟灰掸进了志村的嘴里。

子临对这一幕的反应还算淡定，但在场的另外三名护卫官就有点看不懂了，不过他们也不知道，也不敢问。只是都觉得，从某种角度来说志村的能力还真是牛逼。

“我很好奇，”此时的子临，比起戒备血枭，反倒是对这次难得的谈话机会更有兴趣了，“无时无刻接收着无数人的恶意，是一种什么样的感觉？”

“当是非观和罪恶感消失后，也就没什么特别的感觉了。”血枭把志村当烟灰缸一样用左手举着，右手抽着烟，用轻松的语气和子临继续聊道，“就像喝水，虽然你觉得不好喝，但还是每天都在喝着。

“身处底层的家伙人数最多，他们的‘恶’尝起来很普通，无知、自以为是、不知自省，他们每天都疲于奔命，但各方面的欲望却还是得不到满足，于是他们每天也都在愤怒、在不满，并通过各种渠道寻求着认同和发泄，但最终，他们的绝大多数，还是难以避免地充当着被压榨和被利用的工具。

“中产阶级的‘恶’，令我作呕。投机分子、利己主义者、打着公知旗号招摇撞骗的骗子、夜郎自大的媒体从业者……中产是最能主导舆论的一群人，也是在这世间通过传播负能量来达到某种目的的主要群体。他们最爱摆出高人一等的姿态，将自己与社会底层划分开，舰着脸往精英阶级的脚底下凑；而这些人中越是歧视、刻薄地对待底层劳动者的，自己在精英阶层面前的嘴脸就越是贱。殊不知在那些真正的精英眼里，他们和底层并没有什么区别，都是俎上鱼肉罢了。

“至于那些精英阶级，或者说统治阶级嘛，数量不多，所以我能感知到的情况也不多，不过现在我所处的这座城市里好像集中了不少呢。

“如果说前两种人的恶是水，那这些人的恶更像是酒，虽然也有一些比较单纯的成分在里面，但大部分都比较复杂，味道更深远，也会对世间产生更严重的影响……”

血枭不紧不慢地说着，边说，边抽抽烟、掸掸烟灰。

子临听得很认真，而且听着听着还露出了笑容，他好似是遇见了一位相见恨晚的良师益友，且对血枭的话深以为然。

在血枭说完这些后，子临又问了他几个别的问题，两人聊了有十多分钟。期间，可能是因为聊得挺开心的，血枭又问庞浩业要了第二和第三支烟。庞浩业呢，也是对方要，他就给。

这段时间里，志村已停止了徒劳的抵抗，用一种“已经死了”的眼神，瘫软着不再挣扎。

而另外三名护卫官，在旁听着这番对话，越听越觉得毛骨悚然，只觉得自己的“精神力”在噌噌往下掉。

“好了，我差不多该走了。”终于，十多分钟后，血枭把第三支烟的烟屁股扔进了志村的嘴里，随即说道，“跟你聊得很愉快，不过这家伙的能力时限应该也快到了。”

“嗯，我也很愉快，可以说受益匪浅。”子临接道，“奇里奥斯教授，如果有天我死了，也到了您所在的地方，可以找您接着聊吗？”

“谁知道呢……”血枭回道，“那儿太大了，八成找不到吧。”

“是吗？”子临的眼中闪过一丝失落，“不过我还是会努力找找的。”

“随你便。”血枭说着，随手就拧断了志村的脖子，像扔垃圾一样把他甩到了地上。

而随着志村的断气，血枭的身影也模糊了起来，并迅速由实化虚，变成了一团黑影。

一息过后，那黑影又化为了诸多黑色的蝴蝶虚影，飞散开，消失在了空气中……

子临凝视了血枭消失的地方几秒，整理了一下情绪和表情，接着，才转头，看向了剩下的三名护卫官：“呵，抱歉，让各位久等了。我也没想到，今天还能有这番意外的收获。”他顿了顿，“不过，咱们的正事儿还没办完呢，关于让诸位‘弃暗投明’的提议，不知三位现在能不能给我一个最终的、明确的答复了呢？”

第三章 乱战开始

一

星郡，大洋城。

在一个多世纪以前……准确地说，118年前，这座城市曾在一次重大的灾难中被毁灭过。不过，时间很快就拂去了这些伤痕，那之后不到十五年，它就恢复了往日的繁华，再一次成为了星郡东海岸的一颗明珠。

然而，在如今这战火纷飞的乱世之中，这座以赌博和旅游业为主要经济来源的城市，不可避免地……再度没落了。

曾在这里挥金如土的那些权贵们，现在都已躲到了水晶郡去，半步都不敢出来。

而那些曾经一年四季都络绎不绝、来此度假的中产阶级们，也早已一个都不剩了——他们中比较富裕的那部分人正忙着把自己的各种财产兑换成珠宝或金条之类的“硬通货”，举家逃往他们认为“安全的”势力领地。另一部分政治嗅觉没那么敏感或者说也没有那么多财产的人里，也基本没有那种会在战争时期还离开家人出来度假的奇葩。

简而言之，在客源几乎断绝的情况下，城里的那些酒店、景区、赌场、酒吧，所有的娱乐和服务行业都出现了大规模的萧条，紧接着就是一阵倒闭和裁员的浪潮。而那些失去了工作岗位的从业人员，大部分也只能选择离开这座城市。

这里，不知不觉间，就成了座“荒城”。

仅有的居民都聚集在西南的郊外，远离城市的中心。

那些豪华酒店、大型赌场、奢侈品商铺、停靠着游艇的码头……昔日里纸醉金迷的所在，现在则已被流浪汉、酒鬼、暴徒、强盗们占据。

城里有价值的东西，从豪车家具、到酒杯花瓶，要么就被破坏，要么就被搬走变卖，留在那儿搬不走的，则都被占山为王的家伙们所霸占。

联邦警察早已失去了对这个地方的控制权，事实上，他们能管好郊区一带，不让周边的民众受到城中暴徒的骚扰就已经很不错了。

对这些仍然留守在大洋城的警员来说，他们现在最期待的事情就是反抗组织赶紧来接管这座城市，这样他们的压力能小一些。

2219 年，10 月 31 日，深夜。

阿布西肯岛东岸那狭长的沙滩上，三道身穿潜水服的人影自海中浮出，悄然上岸。

从身材就能看出，那是两男一女。

“哈……”为首的男子摘下潜水面罩后，喘了口带着海水味的空气，同时，他用自己可以看破黑暗的卓绝视力，迅速确认了一下周边的情况，然后抬起左腕，对着一个腕表式的通信设备言道，“第二小队，这里是‘先锋’，我们已经登陆，暂时没有发现异常，OVER。”

在他说这句话的时候，与他一同登陆的那名男子也摘下了潜水面具，而那名女性，虽然她也穿着潜水服，但她居然没有戴潜水面罩，也没有背供氧设备，就连她那头干练的短发，在上岸后也是干的，根本没沾到水。

“这里是第二小队，微型无人机显示你们前方的建筑群里有生命体反应，请予以确认并肃清，OVER。”数秒后，三人都从藏在耳中的通信器里听到了这句回应。

“明白，立即执行，稍后联络。”男子一边回话，一边已把背上的氧气瓶卸了下来，随手扔回了海里。

另外那名男子也默默地做了一样的事，然后三人就趁着夜色，徐徐靠近了与沙滩只有一街之隔的一栋大楼。

他们的动作非常迅速和安静，当然这也是应该的。因为这三位，分别是 EAS 精英战斗部队“缨侍”的队长罗斯，以及副队长慢哥、葛凝。让他们仨搞定这么个侦查任务，无疑是大材小用了。

不过，若考虑到今天这个行动的“阵容”，其实也没什么不合适的。

此刻，在距离海岸线几公里外的一艘潜艇里，那支准备登陆的“第二小队”中，除了有EAS调来的“缨侍”队员，还有FCPS中的战斗精英、联邦军能力者作战部队的强者，以及来自EF和监督者组织的高阶战斗员。

他们全员，都是能力者、变种人或改造人……

而担任这支队伍指挥兼战力保障的坐镇者，共有三人：第一位，是有着“联邦军第一猛将”之称的古萨•威斯特姆；第二位，是EF“厂长”，阿历克斯•伯吉斯；第三位，则是监督者组织的头号战斗员，“特工之王”——N。

上述的这些高手们，几乎是联邦除了正规军和护卫官之外的全部底牌了，当然，今晚的任务，也确实具备着让他们倾巢而出的价值。

按照“龙井”的说法，这是一次“可以在一夜之间结束战争”的行动。只要他们能趁着逆十字召开“会议”的这个机会，将所有反抗组织的头头脑脑一网打尽，便可让联邦反败为胜。

这话好像有点道理，但那些真正的聪明人，大多是不信的。

虽然历史有时候真的会因为一两个人，甚至是一两个小人物的行为或生死而改变，但眼下的联邦，恐怕不是靠这种方式就能保存下来的了。

但，这些人终究还是来了。

他们有些，的确是为了给联邦尽忠，还有些，只是随波逐流、别无选择……

同一时刻，哈里·W·凯利纪念大桥。

数十辆黑色的豪车，此时正在桥面上向东行驶。

这支车队，由“铁血联盟”和“克亚米游骑兵”中最强悍的一群能力者组成，而坐在最中间那辆车里的，正是这两个反抗组织的现任领袖。

铁血联盟现在总司令名为鲍里斯·西多尔·莫洛佐夫。他原本只是一名反抗军中校，“铁笼之炎”发生那天，他刚好不在事发地，故而幸存了下来。后来，在联邦大力肃清反抗组织的那个时期，他一直躲在阿加洲，在“卡普乍得之魂”的庇护之下苟着，连联系旧部都不敢。

但随着逆十字导演的那出“联邦最后的晚宴”上演，鲍里斯意识到自己的机会来了，他突然就回到了双鹰郡，以“现铁血联盟最高指挥官”的名义极其高调地开始收拾旧部、扩张势力、拉拢民心……

他很清楚,他们那位“前副司令”扎伊采夫,或者说“前联邦探员”马豪斯•普拉托，是不可能在政治上和他抗衡的。即使普拉托如今已经反水，站出来指控了联邦……但其曾经为联邦当了多年卧底的事情不会改变。

和鲍里斯这种在铁血联盟基层出身，一步步爬上来的将领比，普拉托想当铁血联盟的领袖，自是名不正也言不顺。

于是乎，鲍里斯顺利成为了铁血联盟的总司令，而普拉托则连职位都已不被承认了，成了一个只有逆十字肯收留的边缘人。

另一边，再说克亚米游骑兵的领袖。

这位我们并不陌生，就是那个在不冻港之战中担任克亚米游骑兵“临时司令”的汉娜·梅德韦杰娃大妈。

如今，她已成功上位，成为了组织的正牌司令。

由于克亚米游骑兵早在“九狱事件”就已有所行动，是战争初期最先站出来正面对抗联邦的组织，同时也是“铁笼之炎”中受创最严重的组织之一，所以他们在民间得到的支持也是非常高的。

自6月以来，游骑兵们以蓝盾郡为根据地，急速发展扩张，到现在，他们已坐拥欧亚大陆中西部的大量地盘，不但军力强盛，且支持者甚众，可以说是目前实力最强的反抗组织。和当年那种只能给其他组织当小弟的规模比起来，现在的游骑兵在实力上反倒还压了铁血联盟一头。

而汉娜这个游骑兵总司令，到了今时今日，自然也有了自己的想法和野心。

她和鲍里斯两人，虽然表面上都还算服从逆十字，但心里早已觉得——那种靠少数精英在运作的组织，是不可能永远骑在我们头上的。

眼下，联邦已成明日黄花，每个组织都在打着自己的小算盘。汉娜和鲍里斯都明白，逆十字邀请他们参加的这次会议，十有八九会演变成一场关于各势力如何瓜分天下的谈判。

因此，他们不约而同地在会议前秘密与对方取得了联系。经过一番讨价还价，两人一拍即合，结成了盟友。

在他们看来，铁血联盟和克亚米游骑兵的这次结盟，乃是奠定天下大势的一次壮举。

其一，两个组织的战力可以合到一处，确保他们出席这次“会议”时的安全。

其二，到时候在谈判桌上，两人也可以互相帮助，为彼此争取到更多的利益。

其三，如果日后要靠武力解决那些在谈判桌上无法解决的问题，两个组织也可以共同进退。届时，游骑兵向西鲸吞西洋洲，南下阿加洲，铁血联盟挥师东洋洲，剑指欧罗洲……双方二分天下，岂不美哉？

当然，这些步骤具体能不能落实、怎么落实，还得看这次会议开的怎么样，但有一点是可以肯定的——他们是不会再让逆十字在自己头上当“太上皇”了。

他们俩也不怕被人发现他们结盟了，他们甚至很乐于让别人知道这点，因为这也是一种施压的方式。

所以，他们昨天就在不朽城会合，直接走陆路，开车来到了大洋城。

另一方面，同样是在这个夜晚。

阿特拉斯洋上空，一架开启了光学迷彩和反侦测系统的飞机，正在“隐形模式”下向着大洋城靠近。

“卡普乍得之魂”的现任司令乌维吞马，就在机上。

乌维吞马并不是这位司令的全名，他的全名……如果要完整念出来，需要将近二十秒，就连他自己都对这种也不知道是几辈儿的祖上传下来的取名方式感到无力吐槽，但想想传了好多代都这样，在自己这里断了好像有点可惜，于是就这么忍着。但实际上，平日里他一直都在用“乌维吞马”这个简化的名字（也就是他那全名最前面的几个音节），除了他自己之外，也没人背得出他的全名。

有点扯远了，言归正传。

乌维吞马也是在“铁笼之炎”后上位的反抗军领袖，他的前任伽西里司令在铁笼之炎发生时只是失踪了，并没有死亡，但由于伽西里不得人心，乌维吞马趁他失踪期间很容易就夺了位。

不冻港之战那晚，伽西里被已经转投逆十字的前九狱副监狱长苏菲·克莱蒙特所杀，或者说“被自杀”一事，后来自然也传到了乌维吞马的耳朵里（汉娜有意把消息放出去的）。

按理说，乌维吞马应该感谢逆十字帮自己除掉了这个后患才对，但他为了自己的政治利益，最终还是摆出了一副连他身边的亲信都不信的、义愤填膺的姿态，公开对逆十字发出了严厉的斥责。

此后他发表了一系列的公关措辞，大致意思就是：“伽西里是我们的领袖，他不在的时候我只是暂时代管一下组织，心里还是认定他的地位的。你们逆十字居然敢随意就杀掉我们卡普乍得之魂的司令，这笔账我绝对要找你们算！不过嘛，在联邦垮台之前，咱们同为反抗组织，还是得以大局为重，不应内斗，所以等到以后瓜分利益的时候，我再找你们算账，到时候可别忘了你们逆十字欠我们的。”

简而言之，乌维吞马觉得，这次会议，就是他问逆十字“要账”的时候，利用一个他自己本来也打算干掉的“前司令”的死，去讹逆十字一笔，怎么算都不亏。

不过他也不是傻瓜，知道事情没那么容易，毕竟反抗组织不止他卡普乍得之魂一个，他们也不是实力最强的。所以，这回他也做好了撕破脸的准备，把组织里最强的能力者统统带上了飞机，作为自己的保镖。

再加上乌维吞马自己也是个实力不俗的强级能力者，他对此行能有所收获还是颇有自信的。

晚，11点，大洋城海滩广场酒店，天台。

子栖靠在天台边缘的护栏上，眺望着夜空和海面。

他的身后，一名穿着得体、气度不凡的中年男子正负手而立，说着什么。

那个男人，并没有说太久，不多时，他就讲完了。

子栖听罢，转身，背靠栏杆，开口道:“所以……夏侯先生的意思就是，‘崖山’愿对我们俯首称臣，是吗？”

被他称为“夏侯先生”的男子，叫夏侯延。

“是。”夏侯延回答得很快，显然是早已考虑清楚了。

“嗯。”子栖点点头，“‘崖山’的首领，不带任何护卫和武器独自前来，并亲口对我说出这番话。此番诚意，的确是令人信服。”

“那么我是否能认为，子临大人您已接受我崖山的归降了？”夏侯延接着问道。

“我只有一个问题。”子栖接道。

“请问。”夏侯延道。

“你为什么还站着？”子栖问了。

夏侯延，却不知如何回答。

但他很快就明白了这句话的意思。

“不必了。”

下一秒，夏侯延正欲跪下，子栖的话语却拦在了前头。

“晚了，也没用。”一息过后，子栖又接了这么句话。

夏侯延闻言，也就不跪了。

不但不跪了，连脸上的表情也变了，变得冷然、狠厉。

“除了没下跪，我还有露出什么马脚吗？”夏侯延问道。

“没有。”子栖回道，“顺带一提，你那些埋伏在周围的部下，也没有。”

子栖那后半句话，意在告诉对方，刚才我那句“不带任何护卫和武器独自前来”，也只是配合你的演出，跟你客气客气而已。

“就因为我没有跪下，你便看穿了我？”夏侯延又道。

子栖笑了笑：“人的肢体语言，比嘴里说出来的那些，可要诚实得多。”

夏侯延也点点头：“你刚才说‘晚了’我明白，但‘也没用’的那个‘也’字是什么意思？难道说，就算我是真投降，你也没打算接受吗？”

“你啊……尽在问些没用的问题。”子栖说着，耸肩摊手，“你真投降也好，假投降也罢，怎么处置你并不是由我决定的。”他顿了顿，再道，“其实早在我来到这里之前，一切就已经注定了。”

“哦？”夏侯延自以为从他的话中听出了什么，冷笑，“呵，这么说来，在逆十字之中，你子临也并非是头号人物咯？”

“嗯，不是。”子栖回道，“不过，在你这件事上，家兄早已有了定夺……”

当“家兄”两个字从子栖口中说出时，夏侯延的神情变了，他马上就意识到了子栖上上句话的真意，但他并没有打断对方。

而子栖也继续说道：“从一开始，就不存在什么谈判，‘瓜分天下’这种事，从来就只存在于你们这些人的幻想之中。

“现实是，你，和所有来参加明早那场‘会议’的反抗军领袖，都得死……

“新的时代，没有你们的一席之地。

“不过，第六帝国的史书上，会有你们的名字的。

“因为今晚过后，你们都会以‘另一种形式’，活下去……”

二

夜，已深。

咖啡，也已经凉透了，就像人的心。

穆罕穆德仍旧坐在那个会议室里，呆滞地望着空荡荡的房间。

白天发生的事，还历历在目。

他清楚地记得，子临回到这个房间时，那悠然的状态。那小子就这么毫发无伤地回来了，还坐下喝了几口刚煮好的咖啡。接着，子临便用很随意的语气向茶宴的成员们介绍了一下跟着自己一块儿进屋的、刚刚被自己给“招安”的三名护卫官。

那一刻，茶宴的八人，深切地感受到了——何为绝望。

那一刻，穆罕穆德也明白了，子临和克劳泽今日来此的目的，从来也不是想从物理上伤害或消灭“茶宴”，而是想摧毁“茶宴”的意志。

他们做到了。

喝完一杯咖啡后，子临和克劳泽就离开了。

然后，护卫官们也离开了。

再然后，会议桌旁的八人，也陆陆续续起身，一个接一个一言不发地走了出去。

最后，连身为穆罕穆德亲信的毛峰，也离开了。

他们走的时候，都没有说话，甚至连眼神交流都没有，但每个人看起来都若有所思。

当会议室里终于只剩下自己一人时，穆罕穆德明白，“茶宴”，已经完了。

今天走出这个会议室的人，都再也不会回到这里，至于他们将来会去哪里，也已经和茶宴无关。

当然，穆罕穆德还可以以“联邦实际权力掌握者”的身份继续做他这段时间来一直在做的事，比如和那些政客斡旋、和那些联邦军高层交易、与反抗军媾和，等等。

但他也明白，那些，也都已没有意义了。

他就像是一个在已经被判负的棋盘上下棋的人，他还活着这件事本身，就是子临对他的一种羞辱。

他开始慢慢认识到，自己对“茶宴”理念的误解，对权力的贪恋，还有沉浸在权谋游戏中那可笑的模样……

他也开始理解，逆十字做的一切，只是加速这时代大潮成形的助力罢了，真正将巨浪变成海啸的东西，是联邦自己花了一百多年的时间，慢慢煮沸的民意。

凭他一个人的心机，是无法改变什么的，最多只是拖延罢了。

失败的屈辱已经不算什么，失去信念，才是让穆罕穆德难以面对和承受的。

终于，他放弃了生的意志，举起了手……

身为一个能力者，让自己无痛苦的死去，他还是能做到的。

但就在他要动手的时候……

吡——

会议室的门开了。

“啊！先生，抱歉，我不知道您还在这儿。”一个穿着厨房工作人员制服、推着个小推车的中年男子走进门来，并在看到穆罕穆德后露出惊讶的表情，道了这么一句。

穆罕穆德见状，也放下了手。他毕竟还是一个体面人，他不想在自己要死的时候，还在别人面前制造那种夸张的血腥场面，给人留下心理阴影。

“没关系。”穆罕穆德从鼻孔里往外长出了一股气，接道，“你是来收拾茶具的吧？”

“对对。”中年男子点了点头，“因为一直没接到让我们来收拾的命令，我们也不敢擅自来打扰，但这眼瞅着都快凌晨了，而且我问了清洁工，他们说停车场里的车都被开走了，我就想着……是不是你们忘记通知我们已经散会……”

“行了。”穆罕穆德对对方所说的一个字都不感兴趣，只想让对方快点儿离开，故而随口接道，“你收拾吧。”

“好……好的。”中年男子诺了一声，就推着车过来收茶具。

或许是对方的出现缓解了穆罕穆德自杀的冲动，或许是看到对方收拾茶具让穆罕穆德突发奇想，几秒后，穆罕穆德又一时兴起地开口道：“你叫什么？”

“啊？”被他问时，那中年男子愣了一下，他显然没想到像穆罕穆德·萨勒这样的大人物会来问自己这种小角色的名字，“呃……呵。”他先是给了个尴尬的笑容，随后才回道，“我叫吉米·莱恩，是厨房的二厨。”

“二厨？”穆罕穆德道，“怎么是你来收拾？不该是帮工来吗？”

“哦，先生您可能不知道，这栋楼的厨房其实使用率不高，所以不用太多人手，白天也就我们几个厨师和两位茶艺师在。”吉米说到这儿，讪讪一笑，“嘿嘿，另外不瞒您说，一个小时前大家都觉得这边八成已经散会了，所以他们也都回去了，就留了我一个在厨房等着，收完了茶具再下班。”

“哦……”穆罕穆德沉吟了一声，念道，“这么听来，你好像是被同事欺负的对象啊？”

他话音未落，吉米那正在收茶具的手抖了一下，险些打碎一个茶杯，还好穆罕穆德眼疾手快，一把扶住了对方的手腕，将其手上的茶具稳住。

“啊！对不起！先生。”吉米赶紧放好茶具，点头致歉。

“小事。”穆罕穆德也不在意，只是接着方才的话道，“从你反应来看，我猜对了？”

吉米闻言，犹豫了两秒，露出一丝苦笑：“呵……没办法，混口饭吃嘛。”

听着他的话语，看着他那苦涩的表情，穆罕穆德的视线不由得慢慢移动到了这个男人的左手上；穆罕穆德很快就看到了一枚廉价感十足，且非常陈旧的结婚戒指。

“养家不容易吧？”穆罕穆德对自己的推理能力还是很有自信的，故而如此问道。

这话，让吉米怔住了，其脸上掩不住地露出了些许哀伤的神情。

“我明白，家家有本难念的经啊……”穆罕穆德说着，随手从自己怀里掏出了一本支票簿，在上面签了个名字，并撕下一张放到了吉米面前的一个盘子上，“你我今晚相识，也算缘分，这张支票就当是我的见面礼了，想填多少金额随便你，不过我个人建议你全部兑换成现金，量嘛……能塞满一个大包的量就差不多了。趁着联邦的银行和货币体系还在正常运作，你赶紧兑了钱，和家人一起离开这里吧。”

他这话刚说到“见面礼”这三个字时，吉米就在摇头摆手了，看起来是想拒绝，但穆罕穆德用一个下压的手势示意对方让自己说完。

而待他全说完后，吉米沉默了。

良久，吉米才重新开口：“让我为您做点儿什么吧，不然这钱我不会拿的。”

他的语气，和他注视穆罕穆德的眼神，说明他也已经从穆罕穆德的言行中感觉到了什么……

“呵……”穆罕穆德笑了，这笑更多是在自嘲，因为他也没想到自己会被这样一个小人物同情，“那就为我泡壶茶吧。”他微顿半秒，补充道，“要上好的西湖龙井。”

“好的！”吉米挺直了身板儿，正色道，“虽然我不是茶艺师，但我会努力做好的！”

他很快就转身出去了。

而穆罕穆德就这么静静地坐在那里等他，等着喝自己人生中的最后一杯茶。

十分钟不到，吉米就从厨房回来了，并奉上了一壶刚泡好的龙井。

“先生，请慢用。”吉米将几样茶具逐一放到桌上后，恭敬地做了个请的动作。

穆罕穆德不紧不慢地洗杯、倒茶、点茶、看茶……嗅其香，尝其味。

当那口茶水入喉时，他不禁觉得，这是他有生以来喝得最好喝的一杯龙井，甚至让他有些沉醉了、恍然了……

恢复意识时，穆罕穆德发现自己已置身于一个陌生的房间内，并被固定在了一张很可能是净合金制作的、专门用来制住能力者的金属椅子上。

视线清晰后，首先映入他眼帘的，是几面砖墙、水泥地面，以及一些暴露在天花板角落的没封好的管道，通过这些东西以及周围阴冷潮湿的空气，基本能推测出这里是个地下室。

“哈哈……爸爸！爸爸！”几秒后，一阵稚气未脱的童音传入了他的耳中。

穆罕穆德循声转头，看到房间另一侧，还有一个人在。

此刻，吉米正坐在一张椅子上，背对着穆罕穆德，在看电视；那电视里放的，应该是一段家庭录像，画面中，一个看起来不过两三岁的小女孩在奶声奶气地喊着爸爸，还有一个看起来像是女孩母亲的女人坐在小女孩边上冲着镜头微笑。

“你终于醒了。”又过了几秒，吉米无疑是听到了穆罕穆德醒来的动静，他头也不回地说了这么一句。

“你……你竟敢在我的茶里下药！”穆罕穆德几乎是立刻回想起了失去意识前的事情，并推测出了自己遭遇的状况。

“是啊。”吉米却丝毫没有被对方的气势压倒，只是淡定地回应着，并站了起来。

随着吉米转过身，穆罕穆德看清了：此时的吉米，穿着白背心和牛仔裤，身前围了条塑胶围裙、双手戴了塑胶手套、左耳上悬着一个口罩、额头上还架着个蛙镜。

“我没有什么不敢的。”吉米一边朝穆罕穆德走来，一边接着说道，“事实上，我真正要做的……还没开始呢。”

“你……”穆罕穆德本想去猜测什么，但他很快意识到这时候没必要费那脑子，直接问就是了，“……为什么？”

“为什么？”吉米重复了这三个字，然后面无表情地看着地面，沉默了几秒，再道，“因为你导演的那出‘铁笼之炎’，害死了我的妻子和女儿……让我在一夜之间，失去了亲人、朋友、工作、住所……一切。”

说到这里，他又挪了几步，从房间的角落里拉来了一辆工具推车，车上放了几个金属托盘，里面除了一些手术用具外，还有几瓶成分不明的注射剂，和几件看起来像是木工活才需要用到的器具。

“我原本是想自杀的，就像你不久前在会议室里想做的那样……”吉米说着，从裤子口袋里拿出了一张纸，“但就在我打算轻生的时候，有个陌生人，给了我这样一张纸……”

说话间，他便展开了手中那张皱巴巴的纸，展示在穆罕穆德的眼前。

这一秒，这张纸上，显示着穆罕穆德此刻的心声：“这是怎么回事？”

“其实，我以前也算个小有名气的厨师……”看到对方的表情变化后，吉米就把纸收了回去，继续说道，“我和妻子一起经营着一家法式料理餐厅，虽然我不是正规的学院派出身，但手艺也得到了不少美食家的认可。餐厅的生意一直很好，我的女儿露西也非常健康可……”说到这里，他似是陷入了回忆中，冰冷的眼神忽然变得温柔，哽咽到一时间说不出话来。

“呼……”数秒后，吞下一口有些咸涩唾沫后，吉米喘了口气，接着道，“简而言之，我费了不少功夫才混进这克里斯托城，并争取到了现在这份工作。

“从你的‘心声’里，我学到了不少有用的知识，比如如何制伏你这样的‘能力者’，还有如何在保证人不死的情况下让他受到最大限度的痛苦等。有些知识的确很难，实施起来也需要相当的成本，不过对一个把全部的时间和心力都用在复仇上的人来说，也不是太难实现就是了……

“就这样，我在那个厨房里，每天都被人欺压，被恶意克扣工资，做着帮工都不会做的脏活儿累活儿，无偿加班……所有这些付出，只为了等一个机会。”

言至此处，他停顿了一下，这个刹那，一种野兽般的杀意从其眼神中渗出，仿佛在这一瞬吞没了他最后的一丝人性：“……今天这样的机会。”

“别这样……”穆罕穆德的冷汗已经下来了，他可以接受没有痛苦的自我了断，但他不能接受眼前这些，所以他感到了前所未有的恐惧，“有了我给你的钱，你可以有新的人生……比以前更好的人生！”

“呵呵呵……哈哈哈哈哈……”吉米听到这话，当即就病态地大笑起来。

也不知这笑声的背后究竟是嘲笑、是疯狂，还是悲伤……

吉米一边笑着，一边走到了电视那边，关掉了家人的录像，然后开始播放音乐。

那是一段穆罕穆德非常熟悉的旋律——巴赫无伴奏大提琴G大调第一组曲。

“不……不！我不会……不会是在这里！不会是在你这种人的手上……不可能！”穆罕穆德也开始因恐惧而歇斯底里，他用他那沙哑的嗓音咆哮起来，但这并不能改变他的结局。

这晚，在克里斯托城的某个地下室里，一段悠扬的古典音乐反复循环着。

但即使是离那里最近的邻居也不知道，在那音乐声之下，还掩藏着一阵阵凄厉的惨叫，和病态的狂笑声。

三

午夜，大洋城。

由罗斯、慢哥和葛凝三人组成的侦查小队很快就将东岸附近的几栋建筑清空了，过程也没什么好多说的，因为那几栋楼里只是盘踞了十几名正在酣睡的普通暴徒罢了，这些人本就是毫无警觉性的酒鬼和瘾君子，直到在睡梦中被击毙，他们都没有惊醒过来。

搞定了这十几个人之后，潜艇上的主力部队也迅速从海岸那儿登陆了。

下一步，他们将会到城中分散潜伏下来，然后静静等待那些参与会议的大人物们的到来。一旦他们掌握并锁定了每一个反抗军首领的位置，就会从各处同时展开突袭，将那些目标一网打尽。

另一方面，鲍里斯和汉娜的“铁血游骑兵联军”此时也已驶过了西侧的大桥。

不过，他们到了桥头后，便停止了进军。

这两位自然也有自己的算计，反正现在距离会议召开还有整整半天时间，他们也不急着进城;先散出一些探子去探探城里的情况，万一里面已是“十面埋伏”，那他们也还有后撤的余地。

不过，他们不知道的是……其实此刻，不，准确地说是从昨天他们会合的那一刻起，他们就已经被人盯上了。

在暗处跟踪他们的人共有四个，分别是刚从樱之府那里被调回的“老兵”索利德·威尔森、“枪鬼”K·R·施瓦茨、前联邦巡查官车戊辰以及“影织”伊如梦。

靠着影织的能力，跟踪和窃听这种事简直易如反掌，索利德、K和车戊辰只需要堵在对方的后路上，保持安全的距离慢慢跟着就行。

逆十字这四位本次的任务是——在对方进入大洋城后，找机会发动攻击，在保证鲍里斯和汉娜的遗体相对完整且对方没有向外发出“受到逆十字攻击”这类信息的前提下，将对方全员歼灭。

至于执行这个任务的方法和细节，由他们自行判断。他们可以选择暗杀，也可以正面强攻，甚至可以想办法引发铁血游骑兵和其他组织的冲突，然后来个黄雀在后。

总之，只要最后把事情搞定了，过程不重要。

与此同时，大洋城上空，乌维吞马所乘坐的飞机终于也飞临了海岸线。

他也很机智地选择了保持飞机的“隐形模式”，在高空盘旋，暂不降落。

因为搭载了最新型的光学迷彩系统和反雷达反热能侦测设备，所以他有自信，无论面对怎样的侦查仪器自己都不会暴露。

不出意外的话，他打算就这么在天上待着，听听音乐、喝喝香槟，悠然地等到会议开始的前一刻再降落。在那之前，如果下面打起来了，他还可以见机行事——进，可派几个精兵跳伞下去给人补刀；退，可坐山观虎斗。

想得倒是不错，但“意外”自然还是有的。

乌维吞马的专机的确是搭载了当今世上最先进的反侦察系统，可惜，逆十字那边可是掌握着比当今世界最新技术还领先不少的“第三纪元”科技的。

今晚，富兰克林“博士”早就已经把一座“空中堡垒”开到了大洋城的领空，这会儿正在更高的地方看着乌维吞马的飞机在下面转圈呢。

“你真不考虑用导弹或者主炮解决问题吗？”

此时，在那空中堡垒的指挥室里，孟夆寒正一边布置着法台，一边在跟博士聊天。

博士则是坐在操作台前，一副不是很想搭理小孟的样子，不耐烦地应道：“都说了……那样的做法，既不能保证找得到乌维吞马的尸体，也不能保证他一定会死。最后的结果，要么就是他在能力者的保护下生还落地，然后把‘受到导弹攻击’或者‘被逆十字给埋伏了’这样的信息传送出去，给我们日后的计划带来不必要的麻烦；要么就是他和全机的人直接被轰成灰，我们还要再去花很高的成本去其他地方收集他的 DNA……”

孟夆寒闻言后耸肩，半开玩笑地接道:“那万一我不小心‘用力过猛’了呢？”

“什么叫‘用力过猛’？你给我翻译翻译。”博士道。

“就是……”孟夆寒回道，“召来的‘天雷’太强，把那整机人都劈成了齑粉之类的。”

“哦。”博士点点头，用讽刺的语气回道，“合着你们这些跳大神儿的，发动的攻击都是不能准确控制的是吗？”

“也不是不能控制啦……”孟夆寒辩解道，“在那之前，‘法术’不是跳大神儿好吧？严格来说我们这个也是一门科学，只不过没有你擅长的科学体系那么严谨……”

“好的好的，你不用跟我解释。”博士打断了小孟，没让他继续说下去，“你瞧，‘科学’这个词儿，在我的心里就像是一条界线，线的这边是一群满口相对论、量子力学和弦理论的秃子，而另一边则是哲学家、地质学家和你这种跳大神儿的……像我这种在线‘这一边’的人，看到你那种在‘另一边’的人时，就觉得很烦，不想跟你废话，所以你最好赶紧把该干的事情干了，尽量别玩儿砸了，也别再跟我说了，OK？”

“呃……行吧……”孟夆寒可是深谙道家“不争”之理，他也没因为博士的毒舌吐槽而生气，只是撇了撇嘴，接道，“跟你开开玩笑嘛。像这种程度的法术，又有这么长时间准备，不难的。”

话至此处，他的法台也已经布置完毕，紧跟着他就开始掐诀念咒。

孟夆寒念咒之际，其双眼紧盯着前方大屏幕上被堡垒的侦测系统锁定的那架飞机，同时手中的桃木剑也快速地挥了几下，“嗯……不过，亡魂可渡三途川，肉身咱还得用一番……”

“啊？”就连博士都听出孟夆寒念的东西好像有点问题。

“还请雷公抬一手，给个面子留活口……”可孟夆寒还是若无其事，“有道是……十分能耐使七分，剩下三分给儿孙……”

“你这跟谁商量呢？”博士都惊了。

他槽声未落，却见夜空中突绽一道电光，瞬间将黑夜点亮。

霎时间，那道闪电的末梢，精准地击中了乌维吞马乘坐的飞机，直接就把机上的电路系统全部搞废了。那机上的人顿时乱作一团，他们也是万万没想到，那么完美的反侦察和伪装系统，就这么被一道雷给破坏了，而且因为操作系统已停止运行，飞机当即就开始坠落……

“嘿嘿，其实以我现在的修为，只要法台搭好，掐个诀就能搞定这个术法，嘴里念什么，不重要。”看着屏幕上的飞机开始向下跌落，孟夆寒讪讪一笑，对博士说道，“只不过念咒这种事属于传统艺能，太久不念怕生疏了，所以我这儿随便编几句打油诗，就当熟悉熟悉业务。”

博士闻言，不禁高声吼道：“你这不就是跳大神儿吗！”

四

那一道晴空霹雳，突兀地点亮了夜空，让许多在地面上的人看到了空中的那架飞机。

不过，并没有人轻举妄动。

因为大多数人也并不知道那架飞机是什么来头，以及机上都有谁。再者，无论施救还是攻击，都会暴露自己的位置。

所以，大家就这么看着……想看看有没有其他人会跳出来做点儿什么。

而机上的乌维吞马和他那些能力者保镖们自然也不会闲着——他们得自救。

但是，那并不容易……

首先，他们要面对的第一个问题就是——是否要离开飞机？

这个问题的答案，主要取决于“机上有没有人可以阻止飞机的坠落”，比如像超人一样利用飞行能力把飞机托举起来，或至少减缓下坠的速度。如果有那样的能力者，那他们也就不用弃机了。

可惜，没有那种人。

“飞行能力”其实还真算是一种比较罕见的异能，有些能力者或变种人在实力达到一定层次后，可以靠着对原本能力的高阶运用来实现飞行（比如史三问可以御屎飞天），还有些复合型能力也包含了可以飞行这项，但是纯粹的“飞行能力者”，真的极少。

乌维吞马的手下中虽然有好多都具备着在战斗方面表现不俗的异能，但阻止一架两百多吨重的飞机下坠这事儿，刚好没人能做到。

因此，他们现在的选择，只能是先逃离出机舱，然后再想办法避免自己摔死。

然而，“逃出机舱”这事儿，也很难……

这架飞机，总共只有两个出口，一个在客舱和驾驶舱之间，另一个在机尾的货舱那儿。客舱的出口就是一扇宽度仅可供一人通过的门，而机尾的出口是卸货用的，有好几米宽，车都可以从那儿过。

在电力系统崩掉之后，货舱的门就等于是废了，因为那个舱门是没有纯手动开启方式的，没电的情况下要开，除非你能在门上轰个口子出来。然而，这架飞机从里到外，尤其是最外层的装甲和舱门，做得都极为坚硬厚实……虽然没有用上净合金吧，但强级以下的能力者要打破这飞机的装甲还真不容易，就算是达到了强级的能力者，也得花不少时间和力气才能搞定。

另外，要去到那个机尾的出口，还得先从客舱后面的通道进入下层货舱，而那中间还有两道门……有那工夫，还真不如直接在客舱上开个洞来得快。

那么客舱的那个出口又如何呢？

开倒是可以手动开，但那个出口一次只能通过一个人。

从被闪电击中，到飞机坠地爆炸，满打满算，中间也就只有不到一分钟的时间而已，而这架飞机上，算上机组人员、保镖和乌维吞马自己，足有五十多人。

这么说吧，假设现在他们不是在一架倾斜的、急速下坠的飞机上，而是在一个普通的地铁站里过检票口，且这五十多人有秩序地排成一排，一个挨着一个通过，就算那样，一分钟也未必能过完。

现在这帮人正双脚离地，散在飞机各处，惊魂未定，乱成一团……他们怎么可能来得及全部从那扇门通过？

“让我先走！”

不得不说，乌维吞马的反应很快，他吼这句话的时候，手上已然是抓好了一个降落伞包（飞机各处的储物空间里都有，平均每个舱里有十个左右，熟悉位置的话最多移动三米就能找到一个），在双脚离地的情况下，抓着机舱内的椅背和行李架的边缘朝着舱门移动了过去。

但在这种生死攸关的情况下，真能做到“让领导先走”的人并不多。

如果乌维吞马的这些部下是因为某种崇高的信仰或者目标而聚集在一起的，那可能是会有人愿意牺牲，然而他们并不是那种关系……

因为利益而聚集的家伙们，到了这会儿，自然是要先救自己——命都没了，还谈什么荣华富贵、扬名立万呢？

所以，这一刻，这机舱内没有什么上下级，每个人的生命都是平等的，每个人都在为了自己争取生的机会。

乌维吞马的举动，更像是一次表率，周围很多还一脸蒙的人被他这么一吼，也纷纷反应过来，开始抢夺伞包，争先恐后地向着舱门挤去……

他们中的大部分人，都不用担心高空缺氧或者低温之类的问题，毕竟是能力者，身体素质摆在那里。他们甚至伞包也未必一定要拿，因为有些人虽然不会飞，但他们有自信可以落地不死……当然前提是自己落地时并没有被装在一个大铁罐子里。

砰——砰——

飞机被雷击后的第十秒，终于有些脑子转得还算快的家伙开始攻击机舱壁了，他们也知道往门口那儿挤怕是来不及了。

而这个时候，已经涌到舱门附近的那堆人里，俨然已有七八个死在了同袍的能力之下。他们在双脚离地的情况下嘶喊着、扭打着……争夺着彼此手里的伞包，并向着出口奋力爬去。

在这挣扎求生的关头，他们也顾不了那么许多了，反正没能及时逃出机舱的人总归是个死，别人死，总好过自己死。

能否从这状况中活下来，就是看你够不够狠、够不够强，并且还得看点儿运气……

当然了，乌维吞马还是不至于沦落到和部下们搏命的地步的，他好歹也是反抗军的首领之一，身边最少最少，也是有那么一个“心腹死士”的。

他的副官，也是他这次带来的所有部下中最强的那位，就是一个愿意为他牺牲的人。此刻，那副官一看情势不妙，果断地爆发，冲入人堆，攫住了乌维吞马，奋力将其从那些缠斗、争抢的人当中拽了出来，然后回身就是一记侧踢，在机舱上踢出了一个巨大的破口。

下一秒，乘着气流，他顺势就拽着乌维吞马一起从那口子窜了出去。

两人出了机舱后，因为空气阻力的缘故，他们下落的速度登时减缓了不少，而那飞机……或者说那块已经失去了动力的巨型铁疙瘩，就这么以肉眼可见的速度和他们拉开了距离。

吸进一口冷空气后，乌维吞马立即回过神来后，迅速给自己穿上伞包，并在开伞前打了个手势，示意副官抓紧他的身体，接着，他便拉开了降落伞，与副官一同乘伞降落。

待这二位在空中稳住态势、往下看时，他们的飞机已然坠落，并直接从顶部撞入了一栋高层酒店。也不知是煤气管道还是飞机燃料的缘故，撞击后两秒，楼内发生了巨大的爆炸，伴随着浓烟和巨响，那栋建筑发生了结构性崩坏，不消片刻，它便像是一座被篮球击中的纸牌塔般坍塌散落。

乌维吞马和副官都是能力者，视力明显优于常人，所以，即使是在夜空中，他们也发现了除了他俩之外还有大概十几人也成功逃出了飞机，其中有些人抢到了降落伞，有些没有；有些成功打开了伞包，有些没能打开；有些人虽然没开伞也顺利落地了，还有些尽管离开了机舱，但终究没能避免坠亡……

总之，这场“雷击事故”，搞得乌维吞马很伤。

眼下会议还没开始，他的那些“精兵强将”就已死了大半，而且他本人现在在天上像个活靶子一样飘着，简直就是任人宰割的状态。即使他平安落地了，其位置也已暴露，接下来将面临的也是非常被动的局面。

不过，对于今晚这场乱局来说，乌维吞马的这次坠机，却可称得上是打开僵局的导火索。

轰轰轰……

果然，还没等乌维吞马和他的副官降落，那飞机坠落地点的附近又响起了一阵连续的爆破声。那激荡的光影和澎湃的能量，都说明这些爆炸是能力者所引发。

五

“一、二、三、四……”

此刻，就在那骚动的中心，一个身着联邦军高阶战斗人员军服的高大男子，正一边数着数，一边将那些从“空难”中幸存的能力者逐一“引爆”。

这个男人，名为古萨·威斯特姆，乃是官方认定的“联邦军第一猛将”。

他的形象，也确实很符合一般人对“猛将”的印象：高大壮实的身材，刚毅的相貌，不苟言笑的神情，强悍的实力。

要说他身上有什么和“猛将”人设不符的东西，那大概只有他那异能的名称——微波炉。

其实这个能力和巴德·莱文斯的“死海”有点像，都是那种在级别低的时候有点鸡肋、但练高了以后非常恐怖的能力，只不过名称上一个高大上一些，而另一个……就是家电嘛。

不过，古萨和巴德最大的区别还是在于：古萨可不是什么努力家，他是天才。

尽管他也是到了年近五十才把能力提升到狂级的，但他是在从没有刻意去锻炼过能力的前提下达到这个实力的。

另外，古萨的出身也很高，算是名门之后；所以，纵然他的实力完全可以让他在“护卫官”中占有一席之地，但他依然被留在了联邦军中。

毕竟护卫官的存在是对一般民众保密的，但“联邦军第一猛将”却是可以用来彰显联邦形象和实力的活招牌——这一职责，让古萨这样的“名门子弟”来担当，也正合适。

然而……到了今时今日，这“名门”的身份，“第一猛将”的荣誉，全都变成了负担。

在一个联邦倒台后的世界里，像古萨这样的人，必定是为人所不齿的，哪怕他没有做过什么伤天害理的事情，一样会被人钉在耻辱柱上唾骂，一样会被埋在地里踏上一万只脚……综上所述，古萨无疑是一个“鹰派”，不管是为了他个人、他的家族，还是为了“联邦的脸面”这种或许已经谁都不在乎了的东西，他都得顽抗到底。

他也早已明白，对他这样的人来说，在这不可逆转的时代浪潮中，唯有战死沙场，才是唯一的善终。

“……十二、十三。”短短十几秒后，古萨就把落在自己附近的那些“空难幸存者”全都给干掉了。

卡普乍得之魂的那帮家伙，运气是真的很差，他们飞机坠落时撞到的那家酒店，刚好就是古萨带领的小队埋伏的地方。

古萨这边也很莫名，心说我刚带着十几个部下选了个视野好的建筑完成布防，怎么突然就有架飞机撞过来了？

好在古萨他们发现得也早，及时撤离了被撞击的区域，所以没有人员伤亡。但由于那些卡普乍得之魂的幸存者在降落时已经发现了他们的行踪，古萨也就只能出手了。

“嗯……天上还有两个吗？”解决完了那些落地的能力者，古萨便把视线投向了空中，锁定在了乌维吞马和其副官的身上。

“抱歉，那两个可不能留给你……”而就在古萨准备对那两人发动攻击的当口，一个陌生的声音忽从其身后传来，中断了他的行动。

那一瞬，古萨神情骤变。

他不仅是惊讶于有人可以悄无声息地来到自己后方数米之处，更惊讶的一点在于，当他听到那个声音时，他后知后觉地发现，自己已经感觉不到任何一名部下的气息了。

“别找了，全都尸骨无存了。”一息过后，那个声音好像是猜到了古萨的想法，又补充了这么一句。

这时，古萨才不紧不慢地转身，看向了那个声音的源头。

“我叫莱文，不过这个名字你可能不熟，你们联邦给我的代号是——‘猎霸’。”猎霸从容地站在那儿，面对着眼前的联邦第一猛将，自报了家门。

“我知道你。”这会儿，古萨早已收起了惊讶，恢复了镇定，他一边打量着猎霸，一边沉声应道，“正好……我有笔账要找你算。”

“怎么？”猎霸的反应也很快，“我和你有仇吗？”

“杰赛德·纽曼这个名字，你有印象吗？”古萨也不拐弯抹角，直接就问道。

“哦……那个能把人‘送回一天前’的家伙是吗？”如今的猎霸，有着一个非常强大的大脑，所以他的记性也变得很好。

“那个‘能把人送回一天前的家伙’，是我的朋友。”古萨接道。

“原来如此。”猎霸点点头，“我杀了你的朋友，所以你要找我算账，对吧？”

“是的。”古萨回道。

“那如果我告诉你，你的朋友并不是我杀的，你信不信？”猎霸又问道。

古萨想了几秒，回道：“我信，毕竟他死的时候没有目击者，死因是根据他生前最后的任务目标来推定的，再者，无论人是不是你杀的，眼下你我都要分胜负、决生死，所以你也没必要在这件事上撒谎。”他顿了顿，话锋一转，“但即使他不是你亲手所杀，你也有着一部分责任，这点……我想你不会否认吧？”

“无所谓，你觉得有就有。”猎霸道，“当然了，要让我说呢，既然他是在履行职务时因公殉职的，那给他委派任务的人，才是间接把他推向死亡的人，而直接责任则在杀他的人身上。我这个从头到尾都处于被动的人，其实也没做什么。”

“你说的也有道理。”古萨这人，还真是讲道理的，“这样看来，你我之间，好像也没有什么私怨了。”

“是没有。”猎霸道。

“那就让我们……”古萨接道，“不带私人情绪地拼个你死我活吧。”

与此同时，城中另一处。

某条无人的大街上，一个男人，正拿枪指着另一个男人的头。

拿着枪的那名男子，看起来四十岁上下，梳着背头，身穿一袭黑色西服，大半夜的还戴着墨镜。无人知晓他的名字，人们只知道他的代号是“N”，人称——特工之王。

而被他指着后脑勺的那名男子，同样是四十岁上下的样貌，同样梳着背头，也同样是一身黑西服，不过他没戴墨镜，且其脸上，有着一道斜跨整张脸的狰狞疤痕。他的名字，叫杰克·安德森，人称——杀神。

“知道我为什么没开枪吗？”这是N对杰克说的第一句话。

“你想让我知道，自己死在了谁的手里。”杰克也知道对方想要什么答案。

“那你现在知道了吗？”N问道。

“我只知道，谁会死在我的手里。”杰克回道。

“呵……你是想说，此刻的局面，是你有意造就的吗？”N又道。

“你明白就好。”杰克回道。

“你这样就未免太难看了吧，安德森先生。”N冷笑道，“我以为，被称为‘神’的男人，至少该具备坦然承认失败的气度才对。”

“我现在就在很坦然地告诉你，你马上就要死了。”杰克的回应，依然是那么淡定。

“唉……”N叹了口气，“那我就没什么好说的了。”

砰——

话音未落，他便扣动了扳机。

另一方面，空中堡垒内。

“我也差不多该下去了。”博士起身离开了座位，跟孟夆寒打了声招呼，便向指挥室外走去。

“博士，您这戾气有点重啊。”当对方经过自己身边时，孟夆寒终究是忍不住念叨了一句。

“跟你无关。”博士说着，已走到了门口，“这是私人恩怨。”

说罢，他就走了出去。

“唉……”孟夆寒也不拦博士，只是暗自叹息了一声。

自从得了天师传下的那些衣钵后，孟夆寒的修为可谓一日千里，如今的他，颇有些“窥破天机、不言不争”的做派。对很多事，他都表现出一种悲天悯人、但又不愿插手的模样，这种“高人风范”，当真是十分欠揍了……

“花开花落花有时，人去人来人无悔……”待博士已然离去了，孟夆寒才摇头晃脑、自言自语地念道，“可怜半生恨难已，只叹一朝命归尘。”

道别

第四章

一

凌晨，大洋城，哈里·W·凯利纪念大桥西岸某处。

在这片并未被暴徒们占领的区域里，有一间不起眼的汽车旅馆。

此时，有一男一女，正坐在旅馆内的一间客房中，围着一张小桌，吃着夜宵。

“难以置信。”房间内，卡门一边把一勺炒鸡蛋放进自己嘴里，一边说道，“这到底是什么玩意儿？伪装成炒鸡蛋的分子料理？”

“不，这就是炒鸡蛋。”兰斯这边，则在吃着一块看起来已经发了霉的起司，并在说这句话的间隙喝了口红酒，“只是用的鸡蛋比较考究，且负责料理的人也比较厉害而已。”

“哦？难道你这次还自带了个厨师一起来？”卡门道。

“呵呵……”兰斯轻笑了两声，解释道，“这些菜都是榊准备的。”

卡门听到这句话后稍微愣了一下，才接道：“你是说……榊无幻？”

“是啊。”兰斯回道，“这小子在樱之府待了半年多，说是监视，其实也没太多正事儿要干，于是就整天跟着那个合法萝莉一起去花天酒地，号称是搞什么‘料理狩猎’。没想到在这个过程中他意外地发现自己除了赌博以外，在料理方面也极有天赋。他那些纤毫入微的手上功夫，用在做菜上可说是一拍即合，结果，半年不到，他就从一个半吊子美食家，练成了一个一流厨师……我昨天早上还在跟他说，以后他也不用再去赌博了，直接开餐厅卖炒蛋都能发财。”

“你不觉得，你这段话里透露的情报太多了吗？”卡门听罢，语气神情未变，只是淡淡地说道。

“聊天不就是这样吗？”兰斯道，“东拉西扯地分享一些知道的事。”

“就因为我现在和你坐在一起吃饭，你就觉得我们是那种可以随意透露情报的关系了？”卡门道.“还是说，你和那些烂俗电影里的反派一样，喜欢对俘虏啰里啰唆地说一大堆，以显示你的从容？”

兰斯闻言，沉默了片刻。

这期间，他收起了轻浮的笑容，若有所思。

片刻后，他再度开口：“我就想和你……像正常人那样聊聊天，不行吗？”

“你说呢？”卡门问道。

“但我记得以前我们也曾那样聊过。”兰斯道。

“以前我还年轻，不懂事。”卡门冷冷地回道，眼神中透出了厌恶。

“你对我们之间的往事，就只感到后悔而已吗？”兰斯道。

卡门也沉默了，但只有几秒钟：“我从不对做过的事后悔，我也想让那些事变成值得回忆的东西，毁了一切的人，是你。”

“我怎么了？我只不过是让你看到了真实的……”兰斯道。

“真实的你，是一个反社会的杀人狂。”卡门打断了他。

“啊啊……”兰斯摆了摆手指，“那个‘年轻不懂事’的你，觉得我是杀人狂。”他顿了顿，“难道现在的你还这么看吗？”

“那我该怎么看？”卡门反问道，“像那些民众一样，将你视为一个‘英雄’？”

“不可以吗？”兰斯道，“将制度审判不了的恶徒们送入地狱的人，不是英雄吗？”

“通过制度将恶徒们送入地狱的人才是英雄。”卡门可不是那么容易在逻辑上被带跑偏的，“跳出制度行使暴力的人，同样是恶徒。无论其动机是什么。”

“但你口中的制度，你根本也不信，在法学院的时候你就不信。”兰斯道。

“所以我才想要从内部改变它。”卡门道。

“呵，雷蒙德也是这么想的。”兰斯道。

“我可不像他那么容易被你洗脑。”卡门道。

“但你也承认自己曾经和他一样蠢对吧？”兰斯道。

“别逼我用这么好的红酒来泼人。”卡门道。

听到这句，兰斯就笑了，并且更加不依不饶：“说到底，还是你的出身桎梏了你，让你从一开始就限制了自己的道路和阵营，但我懂你。”他逼视着卡门的双眼，快速地喝了口酒，再道，“你和我，是同一类人，若不是因为你的血统，你早就和我做一样的事了，甚至会做得更加极端，我说得对不对……卡门•莫•维克斯托克？”

叮——

这一秒，卡门手里的高脚杯碎了。

被她捏碎的。

些许玻璃的碎片扎进了她白皙的手掌，鲜血和红酒混合在一起，散发出一股独特的浓郁气息，簌簌滴落。

她花了许久才平静下来，看着兰斯道：“行，我承认，我就是这种人，我用那些愚蠢的、世俗的包袱捆绑住自己，又一次次在你这个同类的挑衅下露出本性。我就像一个自己把自己关进疯人院的疯子，一个逼着自己当好人的贼，你满意了吗？”

兰斯没有回答她，只是默默地伸出手去，把她手拉过来，然后用轻柔的动作，不紧不慢地开始拔那些扎进她手里的玻璃。

“这点小伤我自己可以处理。”几秒后，卡门说道，但她没有把手收回来。

“就让我为你做这最后一件事吧。”兰斯的回答，却有点让人摸不着头脑。

卡门思索了几秒，推理出了一个结论：“这么说来，我已活不到日出了？”

“呵……”兰斯笑了，“要杀你早就杀了，何必把你抓起来好吃好喝地招待着。”他好似怕对方不信，微顿半秒后，又补充道，“放心吧，你怎么说也是‘维克斯托克’，而且是那位‘大总统’仅存的直系后代，天老板亲自打过招呼，无论是联邦的时代，还是今后的王朝，任何人在任何情况下都不得伤害你。当然，你自己除外。”

他说到这儿，卡门不但没有“放心”，反而是露出了更加凝重的神情：“那你是什么意思？”

“我的意思你不是已经明白了吗？”兰斯道。

“不可能。”卡门忽然伸出另一只手，抓住了兰斯的手腕，让他停止了手上的动作，“为什么？”

“呵……”此刻，兰斯露出了一个温柔的、完全不符合他人设的笑容，“因为我该‘回去’了。”

“什么回去？回去哪里？”卡门继续追问，声音也渐渐升高。

“我知道，你以为你很了解我……”兰斯道，“但其实，我身上有一个秘密，就算是逆十字中也仅有几个人才知道。我不能告诉你，不过，你也不用难过，我说了，我不是去死，只是……‘回去’而已。”

“那我怎么办？”这句话，卡门脱口而出，她也不知道她为什么要这么问。

“你……”兰斯刚要回话，忽然，好似有什么事情打断了他的思绪，让他神情微变，“唉，时候到了，本想和你像常人那样聊聊天的……也罢，是时候说再见了，或许，再也不见。”

话音未落，他突然就两眼一翻，整个人瘫软着倒了下去。

卡门赶紧把他搀扶住，没让他倒到地上，但当卡门扶起他的脑袋检查时，却发现兰斯的呼吸和脉搏都已停止了。

大约一分钟前，麦尔洋某处，深海之中。

在这人类科技尚无法触及的深度，在那漆黑的海沟之中，静静地躺着一个正方形的黑色物体。

和维斯洲丛林中的那个相比，这座暗水族的遗迹明显要小得多，其体积还没有一栋普通的居民楼大。

遗迹内部也没有被墙柱分隔，只有一个一体化的空间。

在这个空间的正中，有一根直径两米不到的光柱，光柱中，悬浮着一个孩子。那是个小男孩，看起来不过十岁左右年纪，而其相貌，基本就是一个缩小版的兰斯。

嗒——嗒——

空阔的空间内，有脚步声慢慢逼近。

一个男人走到了光柱前，并缓缓抬起了右手，随着他手的动作，无数黑色的方形颗粒从地板中涌出、上升，并迅速拼凑成了一个通体黑色、表面密布着一道道青色流光的金属控制台。

男人看了眼控制台，然后用手在上面轻轻触了一下。

紧接着，他眼前的光柱就缓缓暗淡下来，那光柱中的小男孩也慢慢降下，并在双脚触地的瞬间睁开了双眼。

“哦？结果是你来啊。”长得很像兰斯的男孩儿刚一睁眼，就冲着男人说了这么一句。

“说实话。”厉小帆耸肩应道，“当我听说了你的这个‘秘密’后，我也挺震惊的。”

“知道的秘密太多可未必是好事哦。”男孩儿笑道。

“我明白，或许某天我会因此被灭口吧。”厉小帆回道，“不过现在，我觉得我们应该重新认识一下对吧？”

“嗯……”男孩儿点了点头，正色道，“初次见面，我叫古清。”

“幸会幸会，在下厉小帆。”厉小帆应道。

“呵……”古清笑了，“说真的，我本来以为来‘送我走’的，会是子临，或者天老板本人，不过由你来也的确合情合理。”

“是啊，毕竟是要使用虫洞技术，存在着不可挽回的风险，哪怕只有几万分之一的概率会出岔子，也该规避掉。”厉小帆回道，“为了防止天老板本人或者子临被卷入其他平行宇宙而造成不可估量的后果，让我来显然更合适一点。”

“所以我说很合理嘛。”古清道，“反正你本身就是平行宇宙穿越者，对我这事儿的接受度比较高，再者，像你这样的普通人，就算因为意外而再次穿越了，对其他宇宙的影响也不会很大。”

“但你又怎样呢？”厉小帆道，“你不是普通人吧？”

“天老板让你来之前没告诉你关于我的事吗？”古清问道。

“他只说了你也来自别的平行宇宙，另外又说了下让我做什么，其他的他让我直接问你。”厉小帆回道。

“还真是懒呢，那个大叔……”古清撇嘴念叨了一声，然后停顿了两秒，继续说道，“好吧，你猜得没错，我在原来的宇宙，的确也不是什么普通人。正因为我太不普通了，所以才会被送到这里来。”

“难道你在‘那边’是和天老板或者子临一样的存在吗？”厉小帆又问道。

“不能这么比，那边有着和这边完全不同的规则和状况。”古清道，“简单地说，因为种种原因吧，我从一出生，就背负了过多的‘业’在身上，如果放任不管，我很可能会在成年以前就把周围的世界毁掉，所以我的父母就拜托了他们的一个朋友，让他带着我到了这里，和天老板进行了一场交易。”

“什么交易？”厉小帆作为一个记者，好奇心还是很强烈的，他兴致勃勃地追问道，“在此之前，‘业’又是什么？”

古清反正也是要走的人了，故而也不介意把这些告诉他，于是理了理思绪，再道：“用这个宇宙的概念来说，天老板所掌管的‘罪’，其实就是不完整版本的

‘业’——那是一种冥冥之中自然存在的、无法准确测量但又精确得难以置信的高维准则。然而，在这个宇宙中，由于‘抹杀者’的死亡，导致只有‘罪’的那部分仍在正常运作，而与‘因果循环’相关的那部分功能缺失了。又由于神明的惰怠，这部分职能便落到了‘传述者’，也就是现在的‘引导者’天一的身上。”

“所以天老板其实是个半神？”厉小帆听到这儿，又忍不住插了句嘴。

“其实从生理上来说，他只是个比较特殊的人类。”古清回道，“但你非要说他是神的话，那他也绝不仅仅是‘半神’那种程度而已。因为他本身已经算是这个宇宙秩序的一部分了，他既是推动这个宇宙文明时间轴的变速齿轮，又是‘因果律’这一虚数空间变量在物理世界的具象化呈现体和执行者……他所背负的一切，以及发生在他身上的事是何等的悲剧，无论是我，还是子临，都根本无法与之相比，而像你这样的普通人更是连想象都想象不出来。

“至于我刚才提到的‘交易’，其实也不是什么大事儿。

“用这个平行宇宙的时间来说，在一个多世纪之前，也就是联邦刚成立不久的那个时代，我被一个魔鬼，是的，就是字面意义上的‘魔鬼’，他跟我父母那辈人有点渊源，就是他把我带到了这个宇宙来。

“天老板和那个魔鬼也是旧识，他们很快就谈妥了交易条件——魔鬼答应把一个诞生在这个宇宙的十分危险的‘AI’带到我所在的那个宇宙去处理掉，而天老板承诺会在我的‘业’彻底消除之前，让我在这个宇宙以某种形式生活下去。

“交易达成后，魔鬼就回去了，他宣称会在我重新进入时空隧道时，把我拖回原本那个宇宙里的某个和我离开时相隔不远的时间点。

“那之后，我在天老板的书店里和他学习了几个月的时间，了解了一些关于这个世界的历史和常识。然后我们俩就都觉得……是时候分开了。”

厉小帆听到这儿，疑道：“为什么？你们闹翻了？”他说着，朝周围扫视了一圈，“于是他就把你关到了这里来？”

“恰恰相反。”古清回道，“我们相处得非常愉快，老板娘也很喜欢我，我要再晚走半个月，她可能就要把我当成亲儿子那样给我穿上女装拍照了。”

“嗯……这样啊……”闻言，厉小帆当即若有所思地虚起了眼，用不怀好意的眼神开始打量眼前这个长得还真挺可爱的儿童版兰斯。

“嗯哼！”古清大声地清了清嗓子，以此打断了对方恶意的玩笑，并接着道，“我离开的原因，是因为我和天老板一致认为，如果我在书店继续待下去，我和他们夫妇就会产生类似于亲情的、非常麻烦的情感羁绊，考虑到我迟早是要离开这个宇宙的，而他们俩可能还要一直待到……呃……永远，所以我们还是早点儿分开比较好。

“因此，我就被送到了这里。天老板把我原本的身体保存在了这个暗水族的能量容器中，在这里面待上一年时间，生理上来说也只相当于几天而已，所以这一百多年过去，我的身体看起来也就长了两三岁的样子。

“另外，他还封印了我作为‘古清’的记忆，并在保留常识的基础上，加入了‘我是一名能力者’的认知，让我以一种和你颇为类似的、‘附身’的状态，在这个星球上活动。

“当然，因为我也不是什么省油的灯，为了防止我把这个世界搞得天翻地覆，每隔十几年，他都会把我的记忆再次归零，同时让我附身到一个新的身体上。

“而这种状况，一直持续到了那次‘审判’为止。

“直到那天和你们这些‘陪审员’们坐在一起时，我还以为自己是詹姆斯•兰斯，但那之后，天老板觉得时机差不多了，便解除了我记忆的封印。于是，从一月到现在，这将近一年的时间里，我作为古清的记忆，以及这一个多世纪里的各种经历，都像是涓涓细流般一点儿一点儿地清晰了起来……”

厉小帆听完这些，思索了一会儿，才接道：“那我可不可以认为，时至今日，你的‘业’已清除得差不多了？”

“嗯……”古清点点头，眉宇间似是有那么一丝失落闪过，“就算我想多留一会儿，都不行了，不是吗？”

厉小帆很敏锐，他即刻接道：“有什么让你放不下的人或事吗？”

“你问得太多啦。”但在这个问题上，古清就不那么坦率了，“我们已经耽搁了不少时间，该说再见了。”

厉小帆也点点头，眼神中露出些许的无奈：“那你需要我跟谁带话吗？比如天老板、子临，或者别的什么人，谁都可以。”

古清也稍微想了想：“好吧，就替我给子临带句话吧。”

二

鲍里斯，全名鲍里斯・西多尔・莫洛佐夫，生于双鹰郡一个普通家庭。

他的相貌平平，智商和体格也都一般，在他成长的过程中，也从未展现过什么特别出众的才能。

当然，他也并不是什么能力者。

就是这样一个普通人，如今，却成了世界上最大的反抗组织之一——“铁血联盟”的领袖，甚至有可能在不久的将来实现更大的野心。

实话实说，即便在他自己看来，这事儿都有点不可思议。

但这就是现实……

回顾他的人生，如果说非要从他的身上找出某个过人之处，以给他现在的境遇一个必然的成因的话，那恐怕是能是……“运气”了。

大部分人认为自己分得出什么是“好运气”，什么是“坏运气”，其实未必。

比如说，在鲍里斯十八岁那年，某天，他的父母突然就被一个联邦官员的儿子飙车给撞死了，而且对方分明酒驾超速闯红灯，结果在一番运作下，稍微赔了点钱屁事没有，反而是鲍里斯的父母成了主要责任方……这，看起来无疑是坏运气。

但反过来想，若不是因为这件事，鲍里斯也不可能就此辍学并加入铁血联盟。他的父母要是没死，他势必会走上完全不同的一条人生道路。

又比如说，“战役”爆发那年，堪堪升到上士的鲍里斯一上战场就被一发流弹炸成了重伤，更巧的是，那天他刚好遇到一个初来乍到的医务兵，那新兵蛋子一上战场就被吓傻了，继而延误了他的治疗。本来，在这个医学极度发达的时代，鲍里斯那伤虽重，但依然是可以在短期内就恢复战斗能力的，可他愣是被那货治得在大后方躺了好几个月……这，看起来也是坏运气。

但反过来想，若非如此，鲍里斯未必能活到战役结束，即使活到了战役结束，也可能变成俘虏，最后在别的地方以更加痛苦的形式死去。

当然，还有一个最典型的例子就是：“铁笼之炎”那天，他又刚好在阿加洲出差，逃过一劫。

毫无疑问，他出差的理由也不是因为什么好事。在当时那种吃紧的战况下，铁血联盟所有的中校之中，只有鲍里斯一个没有被委以实务，事实上，自打他升到这个位置后，整天就被调来调去的，和其他组织“交流工作经验”。

上级不用他的理由也很单纯——这人什么都好，就是能力上真不行。

他的忠诚是没有问题的，毕竟他和联邦是死仇。他的资历也是足够的，这么多年熬下来，和他同期的只要还能喘气的，哪怕残了的都已经是将军了，他当个中校也不过分。

鲍里斯唯一的问题就是他的能力，用子临的话来说——平庸。

然，正是这份平庸，以及一系列的机缘巧合，把他推到了现在这个位置。

如果“历史”是一个脱口秀演员，那么发生在鲍里斯身上的这一切，应该算是这个演员最常用的幽默公式之一，我们甚至能在很多帝王的身上看到类似的影子——无论那些帝王在史书上把自己的成就粉饰得何等理所应当。

总之，鲍里斯以前遇上的所有“坏运气”，到这会儿看来，似乎都成了“因祸得福”。

但这就是最终的结局了吗？

显然不是。

鲍里斯的传奇才刚刚开始。

11 月 1 日的凌晨，他的运气又一次帮了他。

逆十字的“清洗”在这一夜如火如荼地展开，和他结盟的克亚米游骑兵总司令汉娜·梅德韦杰娃，卡普乍得之魂的司令乌维吞马，崖山的首领夏侯延，以及几乎是联邦最后一股精锐战力的一支特别行动小队皆在这晚遭到了肃清。

唯有鲍里斯凭借着自己“不是能力者”且没有什么显著特征的优势，在几名部下的拼死护送下险象环生地逃出了战斗区。

他乔装改扮，很容易就混入了平民之中，并在事后离开此地，与组织取得了联系。

这晚过后，他成了除了子临之外仅存的唯一一个反抗组织领袖，而且他立即就将逆十字的所作所为公之于众，拆穿了逆十字的“克隆人领袖”把戏。

一时间，举世震惊，民愤鼎沸。

在这联邦即将倒台的当口，子临这个打着“第六帝国”旗号的男人竟为了篡夺天下犯下如此暴行，那些被平民们视为英雄的反抗军头领们就这么被他杀光了，哪里还会有人支持他？

就这样，本就人数稀少，没有任何实质军事力量的逆十字成员们变成了众矢之的。众反抗组织推举鲍里斯成为了所有组织“总盟主”，带领他们和联邦签订了停战协议，双方倾尽所有，在全世界范围内展开了搜索和剿灭逆十字的成员的行动。

大约一年后，子临和那些逆十字成员们要么就死了，要么从此人间蒸发，世间再无逆十字活动的迹象。

而那之后不久，早已在暗中和鲍里斯勾勾搭搭的联邦高层们，在谈妥了双方的利益后，终于在表面上做出了“无条件投降并归顺”的姿态。

鲍里斯成为了“新政府”的第一任统领，一些在联邦高层内部斗争中败下阵来的人被推出去填了民愤，而剩下的那些则靠着舆论慢慢洗白，仍旧保有了自己在新政府中的一席之地。

天下，再次安定。

鲍里斯从此走上了人生的巅峰，成为了这个星球上最有权力的人，坐拥无尽的财富和美女，每天锦衣玉食、夜夜笙歌……

后来……

后来的事他就不知道了。

因为他的“白日梦”到此为止了。

在他做这个梦的时候，K和索利德已经在近乎无声的前提下解决掉了他和汉娜身边所有的护卫。

顺带一提，期间汉娜也在做着一个和鲍里斯类似的梦。

在确认了已没有任何幸存或隐藏的护卫后，索利德就离开了，因为早在十分钟前事先潜入城的影织就已经发来了好几个坐标，表示她追踪的那些侦察兵多数都遇到了战斗，索利德得跟过去看看情况，免得错过什么重要人物的死亡。

不多时，桥头这边，除了在远距离拿狙架着看的K之外，就只剩下了车戊辰一个人……和两具在白日梦中死去的尸体。

车戊辰没有让那两人遭太多罪，以他现在的能力，不但可以同时让多个人陷入“白日梦”，还可以做到“梦中杀人”。

简单地说，他只要让别人梦到自己被淹死，那个人在现实里也会窒息。所以，他眼下的做法就是，让那两个人在美梦中“猝死”了。

在确认自己得到了两具全尸后，车戊辰便从车顶上滑了下来，坐在了引擎盖儿上，掏出了一盒烟。

他敲出一支烟，搁进嘴里，拿起了打火机。

火，点不着。

那该死的海风固然是个合理的解释，但车戊辰却在这一瞬莫名产生了一种不祥的预感。

他的直觉很准，几秒后，有一只稳稳的手，从黑暗中伸出，把一个点着了火的打火机，伸到了他的面前。

车戊辰微微抬头，在火光中看到了杰克那张沧桑的脸。

“呵……”他轻笑一声，用手指夹住烟，把头往前凑了几分，让杰克帮他点着了烟。

“你做得还挺利落的，考虑过当杀手吗？”杰克没有立刻收起打火机，而是给自己也点上了一支烟。

车戊辰吐了口烟，他没有回答杰克的问题，而是反问道，“你该不会是特意过来夸我的吧？”

杰克也抽了口烟，不紧不慢地应道：“那你觉得我是来干吗的？”

“呵……”车戊辰又笑了，苦笑，“应该是来杀我的吧。”

“有人要杀你没错。”杰克回道，“但不是我。”

“哦？”车戊辰道，“那是谁？”

“你说呢？”杰克也是一次次用问题回答了问题。

但车戊辰还真是被他一问就想到了答案：“嗯……明白了。”

车戊辰没有再就这个问题多说什么，也没有转头看，或者做出任何躲避的动作，因为他知道，既然自己此刻已经身在K的瞄准镜里了，那做什么都没用了。

“的确……对付我的能力，远距离狙击才是最正确的做法。”车戊辰掸了掸烟灰，接着道，“那么……你来这儿，是为了和我道别呢？还是有什么别的要说的？”

“相识一场，来道个别也是应该的。”杰克道，“另外……你就不想问问，自己为什么要死吗？”

“不必了，我知道原因。”车戊辰说着，又猛吸了一口烟，“我不至于天真到认为自己能活到子临登基，然后成为第六帝国的‘特工之王’什么的……倒是你，我有点不懂，你为什么能活得比我久？”

“因为我还有些事没做完。”杰克的回答也是言简意赅。

“嗯。”车戊辰若有所思地点了点头，烟雾中，他的眼神变得很复杂，语气，则变得很疲惫，“也是难为你了……”他扔掉了烟头，冲杰克笑了笑，“那就祝你好运吧。”

噗——

下一秒，一发被消了音的狙击弹如期而至，穿过了车戊辰的头盖骨，瞬间终结了他的生命。

打完了这一枪的后，远处的K便放下了狙击枪，不再去瞄准任何东西——他今晚的任务，已经全部完成了。

而杰克，也只是默默地抽完了烟，扔掉烟头，又一次步入了黑暗中。

三

夜，还在继续。

就在车戊辰被爆头的同时，城中另一处，那个和N对峙着的“杰克”也随着一声枪响……被爆了头。

看着眼前那具倒地的尸体，N拿枪的手慢慢垂下，他那墨镜下的眼神，却显得有些疑惑。

“不可能这么简单。”

这是N脑海中闪过的第一反应。

身为“特工之王”，他的确有杀死杀神的自信，但他并不相信这件事的过程会如此轻松。

“这是怎么回事？”N在心中自问道，“这个人身上散发出的那股危险气息以及能量强度绝非虚假，而他全身上下也没有丝毫伪装的痕迹……如果他是假的‘杀神’，那只有一种解释——这是一个实力不在杰克之下，且经过全身整容的人。”

他正思考到这儿呢，地上的“尸体”，动了。

但见，那个脑袋被打得稀烂的“杰克”用一种提线木偶般的诡异姿态站了起来，紧接着，一股黑色的液体迅速从他的伤口处喷涌而出，重新构成了一个头部。

这一次，生成出来的那个头颅，就不再是杰克的长相了，或者说，都已经不是人类的模样了……

“这还真是稀罕呢……”N看着在数米之外完成了自愈的暗水，当即用饶有兴致的语气接道，“这世上竟然还有我所不知道的且实力如此强大的易形能力者存在。”

N的判断显而易见，他觉得自己遇到了一个至少凶级以上的、同时具备易形和自愈能力的能力者。

可惜，他错了。

两秒后，暗水闻言，转过身来。

说是“转身”，其实暗水只是把自己头部以下的部分从“穿着西装的人类外观”液化成了自己的本体外观，并且在这转化过程中将前胸变成了后背。

“You know so less。”这一刻，暗水的声音也变成了自己那不带任何感情色彩的本音，且开口就先来了句英文，随即再道，“你刚才说的那句‘被称为神的男人，至少该具备坦然承认失败的气度’，就是一种很典型的、荒谬的认知。”他顿了顿，说道，“真正的‘神’，无论他在承认或否认时，无论他在欺骗还是说实话时，都不会产生任何的负罪感或‘是否坦然’这样的主观意识……

“‘坦然’这种状态，是你们人类之间基于自身社会的伦理观和道德约束所产生的东西，我的种族里，就没有这种概念。而那些类似‘坦然’的，正面的或负面的各种定义，也皆是由‘罪’而生，是你们‘第五王国’的生物独有的认知标签，是真正的神或者说具备‘神格’的生物根本不会在乎的玩意儿……

“至于你们根据自身面貌以及各种知识所幻想出来的那些‘神明’形象，或者是那些因为做到了某些常人所不能之事而被称为‘神’的凡人，比如杰克……他们的处事态度，也同样没有必要去迎合或符合你的预期或者说你那浅薄、宽泛的判断。

“因为你……也不过就是个普通人而已，至少在我眼里，你和你的同类并没有那么大的不同；而你那‘我不知道的就是稀罕的’的想法，也不过是你基于自身的狂妄和无知催生出的谬误。”

在暗水说这些话的时候，N自然也没闲着。

“特工之王”，绝非浪得虚名。

尽管暗水的话确实在一定程度上激怒了N，但N并没有因愤怒而丧失哪怕丝毫的理性。

N依然在做着最正确的事——对情报做分析，对战斗做准备。

N的情报能力极为出色，那些真真假假、虚虚实实的语言、文字，乃至人的细微举动等，其背后的含义，在他的面前都会被瞬间看破，因为他不但具备着高超的洞察力和分析力，还拥有着一种名为“数学世界”的异能。

这个异能，是一种在自己的眼中将周遭的所有物质“数字化”的能力。

比如，一个苹果，在我们普通人眼里是个苹果，在N的眼里也是一个苹果，但是，当N发动能力并将这个苹果覆盖在自己能力范围内时，他看到的就不是一个苹果了，他看到的会是一堆数字和公式……质量、热量、最大周长、化学符号、分子结构式，乃至这个苹果各个部位的RGB颜色值……

仅仅是一个苹果，他就能看到海量的信息，那么可想而知，在一个人的身上，他能看到什么。

换成我们常人，如果被丢进那样一个满是数字的世界里，反而会被扑面而来的大量信息弄得举步维艰、不知所措，但N在多年的刻苦训练和实战经验中，已完全适应了在“数学世界”中获取情报并立刻做出反应的能力。非但如此，他还在能力到达凶级时开发出了这个能力更高阶的运用方法——“提前计算”，即在那些只有他能看到的“数字”产生变化的瞬间，进行快速演算，以此来预测物体的运动轨迹、性质变化，以及会引发的连锁反应等。

说得再通俗一点——他可以预测大约数秒之后的未来。

说得再，再具体一点……你们可以认为这是一种和“零时差演算”非常相似的东西。

而要说他这能力有什么缺点，那大致上就两个：其一，“数学世界”是一种以他自身为中心向外展开的“领域”效果，在领域范围外的世界他是看不出数字的，而这领域的覆盖范围取决于他花费了多少时间和体力去进行扩张。虽然这能力刚发动时扩张起来还是挺轻松的，几乎瞬间就能把半径五到十米的范围笼罩起来，但随着其领域的体积（覆盖范围是按球的形态扩张的）越来越大，继续扩张和维持领域也会变得越来越慢，越来越吃力。

其二，他本身的战斗能力会在“提前计算”开启时有所减弱。毕竟预测未来是一种非常耗费心神的高阶技巧，N的脑力无法支持他在使用这种技巧的同时再去思考太过复杂的事。也就是说，当他“预测未来”的时候，他的身体基本就是在靠本能战斗了，想要灵活运用自身具备的各种格斗术和枪术，他就得先停用预测能力。

“我看不出你有撒谎的迹象，我也的确不知道你的来历。”在暗水说完话的数秒后，N觉得自己的领域已扩张得差不多了，这才不紧不慢地接道，“但据我观察，你也不过就是个能量强度颇高的硅基生命罢了……”他说这话还是有把握的，因为这些情报他都能直接“看”到，“不管你是被逆十字找到的还是制造出来的，反正在我眼里，你和那些从‘EF’里出来的怪物也没什么区别，只是个生物兵器而已。

“你的那套认知，于我而言也是毫无意义……

“诚然，你今天假扮成杰克·安德森来引我上钩，是个好主意。我本想用‘预测未来’去对付安德森的‘时间停止’，却没想到被你这么个有自愈能力且多半还有着极强体术的家伙给缠上了。你可以说是我最不擅长对付的类型，但是……”

他这个“但是”出口时，人已经动了。

但其实，他也不是自己想动才动的，而是由于看到了“未来”不得不动。

呲——

下一秒，只见一道黑线从暗水的咽喉处毫无征兆地飞出，闪电般窜向了N的眉心，若不是N提前做出动作，他的大脑中间怕是要被洞开一条隧道。

“……但是，你依然认为你有杀死我的机会，对吗？”暗水一边攻击，一边接着对方的话说了下去。

而在他道出这句话的同时，他的身上各处也都在络绎不绝地射出黑线，且每一道都似一支威力惊人的利箭，即便只是轻轻蹭过，也能将钢筋水泥都生生撕裂。

“这家伙……还可以将身体的一部分像这样随意地发射出来吗……”另一边，靠着提前预判和本能动作拼命躲闪着的N，内心也开始紧张起来，只因暗水的战力比他预估得更加夸张，“在自愈力如此之强的前提下，竟还有这么凌厉的远程攻击方式……有点棘手啊。”念及此处，他又是一个后空翻，并用余光瞥了暗水一眼，“哦？这是……”就这一眼，让他发现了一些新的情况，“呵……原来是有代价的啊，被射出来的身体部分并不会立刻长出来，所以你相当于在消耗自己的血肉发动攻击……那我只要再撑一会儿，你岂不是自己就把自己给掏空了？”

四

N的算计，很快就被现实所打破。

因为那些被暗水发射出来的黑色细锥在攻击落空后并没有消失或是失去控制，它们在暗水的第一轮攻击过后，马上又纷纷转头射回了暗水的身上，并在接触暗水身体的瞬间重新融了进去。

这番操作，不但让暗水的攻击变得更加复杂难避，还创造了一种循环。就好比一个人用枪发射出的子弹可以按照其意愿随时随地被吸回枪里，并在飞回去的过程中照样对所过之处造成伤害。

在这样的状况下，N别说进攻了，想保证自己不死恐怕都未必能行。

“不妙！已经四分钟过去了，他的体力和其他能力值都没有消耗的迹象，且没有展现出任何的特定习惯或破绽……这个怪物，简直就是个无懈可击的杀戮永动机。”

“呵，看来你遇到了一个相当棘手的家伙呢。”

“你！你是怎么……”

“至少有件事他说对了，你知道的事，远不如你自己想象中那么多嘛。”

“有屁快放，我现在没有余力和你钩心斗角。”

“啊，放心，我也不打算在这种时候逗你玩儿，毕竟你要是死了，我也一样会玩儿完。我就直说了吧，其实每次你开启‘数学世界’时，我都会被唤醒，我之所以一直没暴露这件事，是因为我觉得有朝一日可以利用这个来对付你，但没想到，你居然在这种地方被逼入了绝境，而现在能救你的，也只有我了。”

“所以，你是想跟我合作？”

“没错，只有我们联手，才能击败这个家伙。”

“‘联手’这种话从你嘴里说出来，还真是有点讽刺呢。”

“怎么？非要我和你作对，你才习惯吗？”

“这个问题，应该是我来问你才对吧？”

“行了，这种对话我们已经有过无数次了，并没有什么意义。在这种生死存亡之际，难道你还要再拘泥于我们之间那些无谓的矛盾和怨恨吗？我现在可是在救你啊。”

“你是想自救。”

“呵，都一样，谁让咱们是兄弟呢。”

以上那些对话，并没有被暗水“听”见，因为这些话本来也没有被“说”出来，它们仅仅存在于N的脑内。

相信各位看到这里也都猜到了，没错，在这位特工之王的身上，有着一个鲜为人知的秘密——他的身体里，存在着两个人。

请注意，是“两个人”，而不是“两种人格”。

N是一个在战争中出生的孩子，因为种种原因，他的父亲身份不明，而她的母亲在整个孕期都没有做过产检，直到即将分娩时，她才发现自己腹中的是一对连体双胞胎；但以当时当地的医疗条件，N的母亲不可能完成顺产，同样的，也没有条件让她做正常的剖宫产。

最终，伟大的母爱战胜了对死亡的恐惧，她用一种十分残酷的方式，舍弃了自己的生命，将生的机会留给了腹中的两个孩子。

N和他的兄弟“Z”，就是在那样的情况下出生的。

他们刚出生时的样子，就像一个“囍”字，两人的躯干和头部都有重合的部分，他们两个人共用着“一个半”的大脑，各自有一片肺叶和一个肾，同时分享着一片共有的肺叶和一个共有的肾，且其中一人的脾脏和另一人的肝脏以一种奇特的方式连在一起，组成了一个医学上难以界定的复合型器官。

毫无疑问，像这样的一对婴儿，即使是在设施齐全的大医院里，存活下去的概率也非常低，甚至可以说他们仍在呼吸的每一秒，都算是医学奇迹。

但他们活下来了……

他们在一个卫生条件很糟糕的反抗军地下设施里，靠着一些好心的战士省出来的口粮调成的米糊，生存了下来。

更诡异的是，在出生后不到两年的时间里，这两兄弟的身体连接得越来越紧密，就像两个影子慢慢重合一般……到十八个月大时，他们竟然变成了“一个人”。

从那以后，N从生理上来看，的确就是“一个人”了，但实际上，他是一个不科学的存在。

他和他的兄弟“Z”，也不知道是基于什么原理，在生长的过程中互相吞噬了彼此的身体，实现了“合体”。

但他们两兄弟的关系并不怎么和睦，因为在“合体”后，不知为何，N获得了这个身体的优先控制权。也就是说，在绝大多数情况下，只有N同意，Z才能出来活动……这样一来，相当于是Z的整个人生都被N夺走了。

当然，Z也并非完全没有出来的机会，在成年以前，他经常可以趁着N睡着、过度疲劳，或者昏迷时暂时夺走身体的控制权。

因为Z所拥有的“时间”非常少，所以他每次出来都会抓紧每一秒钟及时行乐，做下许多任意妄为的事情，然后把烂摊子丢给N去处理……Z认为，这也是天经地义的，按他的话说——“谁让你占用了我大部分的人生呢？”

而N也为了不让Z把他们俩的人生一块儿给毁了，去进行了许多冥想和心理训练，以避免自己被动失去身体控制权的情况，但同时N也并不希望将Z消灭掉，他只希望有一天能改变Z，寻找一个让两人和谐共存的方式，并尽可能地补偿Z所失去的时间。

N和Z，就是这样一对奇特的兄弟：他们互相厌恶，却又无法分开，他们彼此理解，但又都不愿退让。

放任不管的话，或许他们终有一日会上演一出兄弟相残的悲剧，但眼下，面对暗水带来的生命威胁，他们也是不得不放下恩怨，联手抗敌。

“好吧，看来我们都别无选择了。”N本就是个很理性的人，他没有纠结太久，便同意了Z的提议。

“哼……那么，从现在起，你把全部心思都用来‘预测未来’吧，而‘如何战斗’的部分就交给我。”Z也不跟兄弟客气，当即就接管了身体的控制权。

这个瞬间，原本已被打出不少伤口，渐渐陷入颓势的N，其体势骤然一变。

他不再只是靠着一些最基本的本能动作去闪避和移动了，他开始更有效率地运用自己的身体和各种移动技巧，轻松流畅地穿过了暗水的持续攻击，并在这场战斗中第一次主动朝暗水冲了过去。

暗水也在第一时间察觉到了对手的这种变化，他立刻停止了已经失去意义的远程攻击，收回了所有射出的身体部分，并改变架势，抬手一接，刚好迎上了对方挥来的右拳。

嘭——

拳掌相接之际，发出一声震响。

爆绽的气流应声而释，将两人周遭的烟尘推散开去。

“你似乎把大脑的工作效率给翻倍了。”暗水气定神闲地挡住了攻击，半步都未退，还用他那冰冷的语气道了这么一句。

砰砰砰——

N和Z则是根本没有接话的意思，其右拳还未完全收回时，便向左滑步，做了个侧身变式，左手甩枪一指，在近距离上朝着暗水的脑袋又连打了三发。

N的配枪显然不会是什么量产型的普通货色，他用的枪和子弹皆是净合金打造，这子弹若是打在一般的能力者身上，对方就是凶级也不可能全身而退。

刚才暗水就被这枪爆过头，这会儿自然也不能幸免，其脖子以上再次被打散成了液体。

但Z的攻击还远没有结束，他紧跟着又瞄准了暗水的胸口开了一枪，打出了一个窟窿，同时，其右手从腰带里掏出了一枚电浆手雷，顺势拉开插销，塞进了暗水的胸腔。

电光石火之间，Z就完成了这一系列的动作，并踏地后翻，跃到半空，跳出了那枚“加强型电浆雷”的作用范围，在高处冷笑着望着暗水的整个身体被卷入了肉眼可见的电潮之中。

“果然，我们联手的话，即使是这样的怪物也不堪一击呢。”Z一边在心中得意地念出这句话，一边用右手抓住了自己左侧的衣领，以一种明显会扯坏衣服的力道发力一拽。

然而下一秒，他身上的那件西服并没有被扯坏，而是变成了一种如“流沙”般的物质，从其身体表面“流”过，汇聚到了他的手中，并疾速凝结成了一个金属质感的球体。

“别放松警惕，快用塌缩炮给他最后一击，等确定打死了你再得意好了。”而当N在心中对Z的话做出回应时，Z已经把右手上的这个“纳米金属球”罩到了左手所持的枪上。

数秒之间，那些纳米金属颗粒便在磁力的导流之下和那把净合金手枪合二为一，变成了一支手炮式的、直接佩戴在胳膊上的喷射武器。

与此同时，远处的暗水则还在奔涌的电浆中挣扎着，看上去丝毫没有要挣脱的迹象。

这一刻，已稳稳落地站定的N，俨然已在自己预测的“未来”中看到了暗水被塌缩炮击中的景象，而同样接收到了这一信息的Z，也在此时瞄准了暗水，完美按照着N呈现出的“未来”，发射了塌缩炮……

第五章 再次进化

一

仍是这个夜里，西洋洲北部某地。

子临站在一座孤山之上，借着月光，眺望着远处的大地。

他似乎在思考着什么，又好像是在等待着什么。

而他等的人，并没有让他失望。

薛叔，来了。

“这地方可真不好找。”薛叔开口便是这么一句。

“我想在这里建一座城市，把我们脚下的山炸平了，造一座宫殿，然后在里面摆上一个大大的铁王座……”子临一边说话，一边悠然地转过了身来。

但薛叔却打断了他：“这种连你自己都不信的话，就不用跟我说了吧？”

“呵……我可是认真的。”子临笑道。

“是吗？”薛叔应了声，再道，“那为什么我从你的眼中，看不到你对自己所说的这些‘未来’的丝毫憧憬。”

“这话说得……”子临耸肩，“难道我就不能是一个把自己的欲望深藏在心底，丝毫都不显露出来的人吗？”

“你当然可以是。”薛叔道，“事实上，你从一开始就把自己真正的心愿藏起来了，不是吗？”

“你想说什么？”子临道，“想说你已看穿了我？”

“我可没那能耐。”薛叔道，“但有一个人可以。”

这一秒，子临的神情有些变了：“是不是兰斯告诉了你什么？”

“是的。”薛叔回道。

“哼……”子临冷笑，“他又觉得他了解我了？”

薛叔没有答这问题，只是继续说道：“他告诉我，你根本不想做‘王’，你只是想要一个‘暴君’的凶名，并躲在这凶名之下，承担起这世间所有的仇恨，把那些必须去做的肮脏之事和痛苦抉择统统做尽，最后再以一种狡猾的方式‘死去’，以此把一个安定的王朝交给子栖去打理。”

“这么荒谬的说辞，你也信吗？”子临听罢，一脸镇定地问道。

“我刚听他说的时候，只是将信将疑。”薛叔道，“不过随着我知道的事情越来越多，我便明白，他说的是真的。”

“你知道什么了？”子临道。

薛叔道：“首先，我知道你的退路，就是莉莉娅，或者说是她的异能。

“你应该很清楚，‘无’这个能力，要比浪客的‘诳语无戒’更加高位……

“这个能力看似只是作用于‘某一个事物’上，但换个角度去思考，其实其作用的目标是‘整个宇宙’或者说‘整个维度’。‘无’并不是抹消了某个东西或者人的存在感，而是蒙蔽整个宇宙中绝大多数三维生命体的认知。

“换言之，这个能力在并级时，已经具备了月下部光秀那‘认知修正’在神级时才能达到的部分效果。

“也只有靠这个能力，你才有可能在对世间行使过暴君之举后，重新过上平凡的日子。”

子临听到这里，仍是保持着镇定：“不是吧？就凭这点，你就相信了兰斯那番推测？”

“其次……”薛叔依旧没有回答他的问题，而是接着方才的话说了下去，“就在今晚，你为了帮子栖扫清未来的隐患和障碍，已经展开了一系列的行动……

“那些反抗组织的领袖自不必说。杀光他们倒是不难，难的是这种人杀光了一批又会冒出新的一批来，所以你选择效仿斌尊的做法，利用他们的尸体来制造完全受控且任何检测都无法识破的‘假货’。”

“而逆十字内部……车戊辰是肯定要死的，不仅是因为他足够聪明，更是因为他这个人和兰斯在很大程度上有相似之处，有朝一日他一定会看破你的计划，何况，他的‘白日梦’又是极少数可以杀死你和子栖的异能之一，这种人……绝不能留。

“至于我，无疑也是必须要消灭的一个，当然了，杀我的理由就更加单纯和充分了，因为我是个能将你所做的一切努力都推翻掉的、仍笃信着人性和正义的白痴。”

薛叔话音落时，子临脸上已丝毫不剩轻松戏谑之色。

“你怎么知道我做这些事是为了子栖，而不是为了自己？”子临又问道。

“很简单。”薛叔道，“如果是你自己来做‘王’，你完全可以在维系住各方平衡的前提下完成王朝的建立，那样的话，你便不需要去扮演什么暴君了，我和车戊辰也就算不上是什么‘隐患’了。只是，那种做法，恐怕要耗费你数年乃至数十年的时光……”

“好吧好吧，兰斯说对了。”话说到这份儿上，子临也就不再试图隐瞒了，他摇着头，面露无奈地念道，“我就是要‘逃’，行了吧？”

“为什么？”薛叔问道。

“因为这样对这个世界更好，不是吗？”子临回道，“按照我的计划，只需要很短的时间，第六帝国就能完成正常来说要几十年才能实现的伟业。

“然后，我会把一个强盛的王朝、一个安定的治世直接交到子栖的手上。他是一个比我更适合治世的君王，他可以让世人过得很好。

“而我，会带着变革中所有的痛苦和仇恨消失在人们的视野中，只留下一个反派的形象在史书上，然后去过我想过的小日子。

“对这个星球上剩下的绝大多数居民来说，尽管他们可能一无所知，但我的做法，会让这时代变迁带给他们的阵痛缩短几十年，难道这不好吗？”

薛叔闻言，思索了片刻，反问道：“你没有努力去试过，又怎么知道哪种选择更好呢？”

“我没有必要去试任何事。”而子临紧接着就用斩钉截铁的语气回道，“在两百多年前，有个姓维特斯托克的已经试过了，至于他怎么试的，你在小学历史课上应该就学过。”

薛叔听到这儿，皱眉念道：“你是说，在联邦之前的那个帝国，也是天老板……”

“没错。”子临没等他说完就接道，“我和当年的那位‘王’是一样的，你以为我们是什么？野心家？征服者？呵……我告诉你，我们都只是被人推到台前的小丑，在有限的生命中肆意张狂，燃尽一切，最后不被任何人所理解的，归于尘土……”

薛叔听到这儿，不禁想起，根据史书记载，前帝国的那位“皇帝”，好像真是在王朝进入平稳期后不久就驾崩了的。

“你好像想到了啊。”子临看着薛叔的表情变化，便猜到了他心中所想，顺势接道，“你猜得没错，像我这样的人，就连‘寿命’也是被设定好的。我不知道过去的那位‘王’有着怎样的能力，但拥有‘量子革命’的我，可是清清楚楚地知道自己‘自然死亡’的具体日期的……相信我，若我按照你的说的那条路去走，我的结局和过去那位王不会有太大差别。”

他现在说的这些，的确是薛叔所不知道，也没有想过的了。

“那你让子栖成为王，不就是让他替你……”薛叔又想换个角度质问他。

但子临显然早已有了答案：“根本不一样。”他又一次打断了对方，“按你说的‘维持平衡’的方式慢慢去施行变革，才需要花费几十年；而用我的方法，一年之内就能全部结束……

“我若做个贤王，第六帝国就会是上上个政权的复刻。但我若化身为暴君，将时代更快地推上下一个稳定期，那子栖便可以轻松接手，他甚至可以在厌倦后把王位禅让给他们觉得合适的人，一样不会有什么影响。”

薛叔点点头，他似乎是理解了对方：“而要实现你的计划，像我和车戊辰这样的人……就是必须扫除的，对吗？”

子临也没有回答薛叔的问题，他只是沉声言道：“原谅我……我不是你，我没有你那么坚强、坚韧，我没有你的勇气和意志，更没有你的信念和无私。

“我只是一个普通人，我也只想当一个普通人……

“我不想再装出一副游戏人间的戏谑模样，自欺欺人地告诉自己，我并不仅仅是一个工具而已。

“我累了……

“我早已不在乎自己最后会背负着多少‘罪’而死去。

“当下之局，是我从‘引导者’所安排的宿命中逃脱的唯一方式，只要从结果上来看我依然完成了使命，让历史再入轮回，他便不会在乎我改变了时间或是形式。

“所以，对不起……我必须杀了你。”

话分两头，在子临与薛叔对峙的时候，另一方面，大洋城中。

还是在那个天台上。

子栖已经将“崖山”的精锐部众统统消灭，绝大多数人尸骨无存，唯有他们的首领夏侯延还留了个全尸。

“呼……比想象中还要费力些呢。”子栖收拾完了敌人，长舒一口气，然后也不知跟谁念道，“你是来支援我的吗？谢谢了，不过看来已经没必要了。”

就在他话音落时，杰克从一处阴影中走了出来。

“抱歉，我不是来支援你的。”杰克的声音透出了一丝无奈。

子栖转身看向对方，沉默了几秒，再道：“不会吧……”

“会的。”也不知杰克在回答什么，反正他的下一句就是，“我就是来杀你的。”

“这么说来……”子栖接道，“你和薛叔是一伙儿的？”

“子临在和纳坎沃对决前就把心之书转交给你了吧，你看看不就知道了。”杰克回道。

“我从不看你们的心声，因为我信任你们。”子栖接道。

“但我们根本不是你挑选的。”杰克道。

“我信任我的哥哥，所以我哥挑选的人，就是我愿意信任的人。”子栖道，“当然了，我哥也跟我说了，近期内薛叔可能会对他不利，并且有可能拉上一两个逆十字内部的人帮忙。只是我没想到，你也会是其中之一。”

“那你有没有看过你哥哥的心声？”杰克又问道。

“我……”子栖犹豫了一秒，“……看了。”

“那你准备怎么做？”杰克又问道。

“呼……”子栖又长出了一口气，“我也不必特意去做什么吧。”

“也就是说，你支持他。”杰克道。

“感性上来说，他是我哥；理性上来说，我也认为他的判断没有错。”子栖道，“他的办法，对他、对我、对这个世界来说，都很好，唯一的遗憾就是要牺牲掉一小部分人。”他顿了顿，再道，“这其中，逆十字外部的人自不必说，内部呢，有车戊辰、老兵、浪客、薛叔、博士……眼下来看，还得算上你。”

“嗯……”杰克点点头，“好吧。”他微顿半秒，接道，“在我们拼个你死我活之前，我能先问你几个问题吗？”

“你问呗。”子栖不假思索地应道。

“你们就那么不相信世人吗？你们就如此确定他们会重蹈两百多年前的覆辙，不知学习、不知改变，再次带给自己数十年的动荡和苦难吗？你们就不能给他们一次机会去证明自己，而不是急于替他们做主吗？”杰克问道。

“呵……”子栖笑了，“是的，我们就是不相信他们，也就是这样认定的。

“作为一个超脱于‘平庸者’的人，一个见证了‘阡冥’之末的传承者，你理应比其他人更容易理解我们才对……

“阡冥也好，茶宴也罢，帝国也好，联邦也罢……这些组织或政权的大小、称谓和形式其实都不重要。

“最伟大的英雄也终会死去，最宝贵的品质也终会被淡忘，再崇高的理念也能被歪曲，再卓越的成就也能被泯然。

“时间终究会把第五王国一次次重新推入轮回，对人性抱有幻想才是对世人真正的毒害。

“好。”杰克没有和他争辩，只是继续问道，“我再问你，你觉得子临为了达到自己的目的……或者说理想，所造成的那些牺牲，值得吗？”

子栖摇了摇头，缓缓言道：“在我看来，这个问题，跟‘何不食肉糜’的性质是一样的。只有你这种曾经在自由、宽松的环境中生活过的人才会去思考或讨论。

“我和我哥从诞生的那一刻起就是工具，我们没有什么道德感。

“所以，像这种‘人性拷问’对我们来说也没有意义。我们根本就不在乎，或者说无法站在和你一样的角度上去看待你所谓的‘值不值得’，当然你如果非要得到一个能让自己感到舒适的答案，那我可以回答你——‘值得’。

“这点，不管你问我，还是问我哥，答案不会有区别。

“我们不会对所做的事产生任何悔恨，我们只是做该做的事，做那些人们不愿去做的、所谓冷酷残忍的勾当，因为……总得有人去做。”

杰克闻言，沉默了片刻。

片刻后，他再度开口：“假设，一切都按照你们的计划展开，你真觉得你们可以成功地瞒天过海，欺骗世人，以此换来一个安定的盛世吗？就凭你那张和子临一模一样的脸，你就真的确定不会留下任何破绽、遭人怀疑吗？”

“只要莉莉娅的能力正常发挥作用，世人根本就不会记得我哥哥的长相，也不会知道他的去向。”子栖回道，“至于我这张脸……有必要的话，我也可以改变它，这都无所谓。”他摊开双臂，坦然言道，“我甚至可以把自己整成女人……更有意义的是我所代表的价值和理念，而不是我真实的面貌。”

他的回答，已是逻辑自洽，没有什么可以再辩的了。

或者说，旁人再怎么去辩，也不会改变他的看法。

于是，杰克说道："那我还有最后一个问题……"这一瞬，他的眼神变了，一股庞然的杀气也随之绽开，将方圆数十米的范围都笼罩了起来，"如果我今天把你杀了，毁掉了子临的计划，你觉得子临能不能找到一个人来替代你？或者说，接下来，他还有没有什么后备的计划？"

子栖听到这句时，神情也变了，不过他还是如实回道："能替代我的人应该是没有的，就算有人具备做'王'的能力，也无法像我一样理解哥哥的意思。所以，他应该会让薛叔回溯时间，回到我被杀之前，并设法阻止你说的那种状况发生。"

"那如果薛叔死了呢？"杰克又追问道，"比如，几乎在我动手杀你的同时，死在了世界的另一头。"

"呵……"听到这儿，子栖笑了，苦笑，"原来如此，这就是你们的计划吗？"

"是的。"杰克道。

"那我哥还可以找孟夆寒，把我复活。"子栖又道。

"且不说他现在是否还能指挥得动孟夆寒，就算能……"杰克又道，"如果我在杀你的时候，把你的魂魄直接送到一个'很远很远'的地方去，孟夆寒怕也无能为力吧。"

此言一出，子栖立刻就意识到了一件事。

"这么说来，你已经'理解'了自己的能力。"子栖接道。

"没错。"杰克道，"而你应该也知道，我的'超维放逐'，只要做到了'完全理解'，立刻就能达到狂级。"

"那又如何？"子栖道，"在'量子革命'面前，你又能有几成取胜的把握呢？"

"如果是对上完整版，那我自然是连一成胜算都没有。"杰克想都没想，便用淡定的语气回道，"但是，如果是对上失去了部分'特性'的量子革命……"

这个刹那，子栖感到了一种危险的气息。

他猛然发现，在杀神那如有实质般的庞大杀气掩盖下，有另一个人的气息，不知何时，已靠近到了自己身后。

啪——

就在子栖想要回头之际，一只手拍在了他的背上。

那只手的主人，名叫索利德·威尔森，AKA——"老兵"。

早已和杰克商定好战术的他，以进城支援影织作为幌子，脱离了之前的四人小队，然后在城中与杰克悄然会合，一同出发。

在杰克吸引住子栖注意力的时候，索利德便隐匿起自己的气息，徒手从建筑物的外层一路攀上了天台。

眼下，在这子栖露出的、仅有一次的、不足二十分之一秒的破绽中，索利德成功用手接触到了对方，并且发动了能力——凡骨。

尽管索利德在过去的半年中，趁着在樱之府充当保镖的大量空闲时间里努力学习了不少量子物理学知识，但他肯定还是无法彻底理解“量子革命”的。

不过，凭借他现有的知识，也足够让子栖失去一部分的“特性”了。

“你……”子栖本想说话。

然，时间，在这一刻，停止了。

子栖和他的哥哥一样，本该是不受时停影响的。即使是在面对“时间回溯”时，至少他们的记忆也能保留。

但此刻，由于其异能失去了部分的“特性”，他也被时停给停住了。尽管子栖的意识仍在运作，但身体已无法动弹。

他不是坐以待毙之人，他立即开始用剩下的那部分能力去攻击索利德。

这一招，子栖曾经对斌尊手下的“幽鬼”阿什·拉提法用过。当时的子栖，还扮演着神秘的“镜先生”，他只需要一次呼吸的时间，就可以用能力把接触自己身体的人连同衣物一起化为尘埃。

可是，由于时间停止的影响，他的这个能力，也没有立刻奏效。

最终还是杰克抢先一步，一个闪步来到了他的面前，将手掌放在了他的肩上：“或许你们兄弟俩的理念才是对的，但我终究也是个凡人，我能做到的只有问心无愧、尽力而为……”

嗡——

子栖并没能对杰克的话做出任何回应，伴随着一阵光晕和一声奇怪的分子加速声，子栖便原地消失了。

在他消失前的一瞬，他的眼中也并没有流露出任何的恐惧或愤怒，有的只是些许遗憾和几分悲伤。

时间，再次流动。

说时迟，那时快！重新获得行动能力的索利德不由分说，突然就探左手抽出了腰间的军刀，用一个快、准、狠的动作，一刀朝着自己右臂的肱二头肌处砍下，利落地斩断了自己的右臂。

而他的右臂几乎在脱离他身体的同时，在半空化为了尘埃。

“切……”

这整个过程中，索利德连哼都没哼一声，直到切完右臂，他也只是啐了一口唾沫，然后就面无表情地从腰带上拿出了一瓶冰冻治疗喷雾，把自己那正在飙血的伤口断面封了起来。

“下一步你打算怎么办？”两秒后，索利德边掏绷带边顺口问杰克，“你若还要杀子临，我可帮不了你了，要不然你去问问孟道长？”

“不必了……”杰克开始给自己点烟，“事到如今，子临已没有太多选择了。”

一分钟前，西洋洲北部，还是那座孤山之上。

看着薛叔在自己的眼前化为尘埃散去，子临的脸上非但没露出轻松的神情，反而是惊疑交加。

他不解的是：为什么薛叔连一次回溯都没用就死了？

据子临所知，薛叔的能力有一个特性是会在即死的刹那“被动回溯时间”，也就是说，即便有人想在薛叔睡着时把他暗杀，也会在枪响的瞬间引发时间回溯。

因此，按照子临的原本的预估，如果薛叔认真和他对决，最终的结果应该是薛叔在无数次的回溯中“耗尽寿命”而死。

然，方才，薛叔却是直接朝他冲过来，并立刻死在了量子革命之下。

这种情况，唯一的解释是，薛叔在主动求死，他用自己的意识制止了能力的发动。

“不对……他为什么……”种种假设和推演在子临脑海中闪过，然后他很快想到了最糟糕的那个可能。

“难道！”就在子临不由自主地道出这句时。

他感觉到……时间，停止了。

二

凌晨，大洋城。

并不是所有人都有能力感知到杰克制造出的时停效应的，就算是暗水也不行。

退一步讲，即使暗水真的感知到了时停，他也无法在期间活动。

所以，面对N和Z发动的塌缩炮攻击，暗水的处境还是相当不妙的。

虽然他并不会“死”在这种攻击下，但若是被打中了，的确会产生非常糟糕的后果。比如说，假设他的身体有一部分被纳入了奇点中，进入了黑洞维度，那就可能会引发两种结果：其一，他的意志随着那部分身体一同离开这个世界，留下的部分变成普通的液体；其二，他的意志仍在，但身体的总质量在一定时间内大幅减少，而这种损伤能不能重新补充回来、需要多久补充回来，皆是未知数。

综上所述，这一回，暗水也算是难得地陷入了一次危机中。

然，就在N和Z看着“暗水被击中的未来”，认为胜局已定的刹那……

一道速度快得难以置信的黑影赫然横飞而来，正正好好地撞在了暗水的身上，将被电浆雷钳制在原地的暗水撞飞了出去，并刚好取代了暗水，被袭来的塌缩炮击中了。

“什……”

“……么？”

这一刻，共享着身体的N和Z在意识上也几乎同调地吼出了这么句话。

可还没等他们看清那黑影是什么，对方就被卷入了微型黑洞中，并消失在了奇点处，只留下些许残留的血肉碎片掉落在地。

“真不知道该说他运气好还是运气背了……”下一秒，一个熟悉的声音从那黑影飞来的方向传来，并在这一句话说完之前就由远及近，来到了N和Z的侧后方。

N和Z不用转头便知道，说话者正是“联邦第一猛将”古萨·威斯特姆，于是Z脱口而出：“刚才那玩意儿是个人？”

“啊……”古萨淡定地应道，“就是代号‘猎霸’的那位。”

“让我猜猜……”此时，N暂时又接管了身体的控制权，再度问道，“你踢了他一脚？”

“是的。”古萨回话的同时，已走到了N的身边，和他并肩站着，“我本来以为这脚可以把他踢碎之类的，没想到他身体的强度高得离谱，结果他就一路飞到了你这边来，还刚好被塌缩炮击中了，这种巧合真的是……”

“行了。”N已经了解了状况，故而打断了对方，“你来得正好，既然你干扰了我的战斗，那就好好负起责任，把我这边的问题一块儿处理掉吧。”

对N来说，这情况其实挺让他恼火的，因为他用“数学世界”提前计算未来的一大缺陷就是——来自他领域之外的东西，他计算不到。

也就是说，假如有人从他的领域外部将某种物体或能量掷入他的领域内，且那东西的速度足够快，就可以在他做出反应之前干涉他“看到的未来”。

眼下，猎霸的乱入，无疑是一次极端的巧合。在距离如此远的前提下，就算你让古萨特意把猎霸往暗水身上踢，他也未必能成功，更不用说把这次撞击的时间点刚好控制在塌缩炮命中暗水前的零点一秒左右了。

因此，N郁闷归郁闷，却也无法过多地去责怪古萨，反正现在的情势依旧对他有利，有了古萨的帮忙，他理应变得更加游刃有余。

“嗯……”数秒后，古萨转头看向了刚才被撞飞出去，而现在正在往这儿走的暗水，并说道，“你居然会主动开口叫我帮忙，而且连塌缩炮都用上了……看来你对上的家伙很棘手啊。”

N撇了撇嘴，冷笑一声：“呵……你自己去试试不就知道了。”

古萨当然会试的，因为他这会儿正在兴头上呢。

前文说过，古萨不是什么努力家，他是天才。像他这样的天才，在战斗中是很难“全力以赴”的，毕竟大部分的对手都只有被他秒杀的份儿。

但方才和猎霸的战斗，让古萨久违地稍稍认真了一点……

当古萨发现“微波炉”并不能突破猎霸的能量防御时，他甚至有些兴奋，因为他好久没有用体术和别人对战过了。找一个能让自己尽情殴打的活沙包，对古萨而言那也是不容易的。

但谁曾想，两人刚打了没多久，就发生了刚才的那出“意外”，导致猎霸身亡了。于是，古萨就把目标转移到了暗水这个连N都觉得“棘手”的对手身上，期望对方也能让自己放手一搏。

“总之……先让我看看你能不能顶住这个吧。”望着接近而来的暗水，古萨还是先朝对方打了个响指，发动了自己的能力。

结果，暗水被他给“引爆”了。

“嗯？”古萨也是一愣，随即暗啐一声，心中失望地念道，“嘁，还没猎霸厉害吗……”

其实他是误会了，论硬实力，暗水自是比猎霸厉害的，只不过暗水不会防“微波炉”而已。

而猎霸之所以能防下古萨的“微波炉”，是因为猎霸已经跟着史三问学习了很久，尤其是如何用能量进行技术性防御这块，猎霸可是用功得很。虽然猎霸并不算是史三问最好的学生，但在史老师的指导下，即便是资质平平者，只要足够勤奋，一样可以拥有相当高的造诣。

“就一个‘普通人’而言，你的确很强大了，至少比N以及他体内的另一个人加起来还要强大。”爆炸的余音尚未止息，暗水的说话声就再度响起了，“看起来，继续限制自己的破坏力来跟你们战斗，不是什么明智之举。”

他这段话还没说完，已经从破碎的液态快速重聚成了人形。

“原来如此……”古萨看到暗水竟能在被“炸开”之后立刻复原，顿时又来了兴趣，“难怪N对付你会那么费劲。如此惊人的自愈力，我还真是前所未见。”

“小心了。”N见古萨有些托大，还是没忍住提醒了一句，“这家伙可不仅仅只有自……”

N的话没能说完，因为他被自己眼前的景象和数秒后的未来给吓到了。

此刻，但见暗水不紧不慢地举起了右手，掌面朝上平举。

在N看到的“未来”里，暗水接下来会在手中凝聚起一个黑色的能量球并朝着他们扔过来。接着，不管他们有没有被那玩意儿直接打中，一秒后，以那球体为中心，半径五公里内的所有东西都会被湮灭。

N并不知道暗水刚才为什么没用这招，不过他大致能猜到一两个理由：比如怕误伤同伴，或者怕把一些还有用的尸体给毁掉。

无论如何，理由现在已经不重要了，重要的是他必须阻止自己看到的事情发生……

三

猎霸不知道自己的意识是否有中断过。

因为他并没有“昏迷过”或者“醒来了”的感觉。

事实上，他已经什么感觉都没有了，毕竟此刻的他，连身体都没有。

但他依然可以“看到”，有一个直径一米左右的黑色光球正悬浮在自己面前。他也依然可以“听到”，那个光球在用女性的声线跟他说话。

“我知道你有很多问题想问，所以我先自我介绍一下……”那个黑色光球说话时的口吻听起来十分舒缓、平静，“我，是黑洞女王，用你能理解的概念来说，我是一名多元宇宙级的神明。”

“我这是死了吗？”猎霸也是开门见山。他并没有去细琢磨没有嘴和声带的自己是如何跟对方对话的，反正能交流就行。

“你对‘死亡’一无所知，你所掌握的语言体系也无法精确详尽地描述有关‘他’的知识。”黑洞女王回道，“因此，我只能说，你现在的状态，并非是你认知中的‘死了’，但你也绝不算还‘活着’。由于你的异能阻止了你的意识向‘死亡’的领域过渡，却又没能完全完成你在生理层面的进化，这便导致了你此刻所经历的这种异常。”

“呵，那我换种问法。”猎霸听得一知半解，只得苦笑，“我还能回到我认知中的那种‘活着’的状态吗。”

“可以。”黑洞女王道，“我出现在这儿，就是为了帮助你完成这件事的。”

“那敢情好啊。”猎霸一听自己还能“复活”，自是挺高兴的，“需要我配合吗？”

“当然需要。”黑洞女王道。

“嗯，要我做什么呢？”猎霸问道。

“学习。”黑洞女王回道。

“又学？”如今的猎霸听到这两个字会起应激反应，“要不然我还是死了吧？”

“你死不了。”黑洞女王道，“我说了，你的异能不会让你坠入‘死亡’的怀抱。你必须先‘活过来’一次，将你那‘死亡之适’的效应消耗掉，然后才能死去。”

“我还以为我的能力最大的优势就是自动生效不用我去学呢。”猎霸又道。

“如果你是死于你那颗星球上比较常见的谋杀手法，那你的确很有可能可以享受到你所谓的‘能力自动生效’。”黑洞女王接道，“但很遗憾，你现在是被塌缩炮给打了。所以，你只有两种选择，要么就通过‘学习’离开这里，要么就以眼下的状态永远徘徊下去。”

“好吧。”猎霸无奈道，“那我能不能问一下，你要教我的东西，我大概要学多久？”

“这个问题没有任何意义。”黑洞女王回道，“‘多久’只是你以低维生物的记忆模式来定义‘时间’的参照值，既然你已经失去自己在物质世界的具象化容器，又何必再拘泥于那种‘错觉’呢？”

说实话，这个黑洞女王的话，十句里有九句猎霸没听明白，但听到这儿，猎霸又隐隐感到，或许对方的“教导”早就已经开始了。

“但我并不觉得自己的记忆模式在目前的状态下有什么变化，我感知到的‘时间’仍是线性的，我们的交流在我的意识中也仍是以‘顺序’在增加和延展。”思索片刻后，猎霸如是应道。

“不要再用你习惯的方式去‘感知’什么了。”黑洞女王回答他的每个问题都是立即接话，仿佛不用思考就早已准备好了回应，“通过物质世界的容器去和外界做感官沟通的行为模式，是限制生物智能维度的最沉重枷锁。在这里，你的枷锁已经解开。故而，‘这一刻’的你，还没适应如何去真正地‘感知’这个世界，而‘那一刻’的你，则已认为‘时间’根本就不存在了。”

“时间不存在的话那我又如何反过来去衡量自己的记忆呢？”猎霸又问道，“我又怎么确认我们的此番对话是存在的？”

“那我反过来问你。”黑洞女王道，“以人类的角度来看，当他们所能触及的物质世界中的全部空间、空间中的全部物质，都进入绝对静止状态时，作为他们的意识在物质世界的容器——他们的身体，也就静止了。继而，他们的思维也会随着大脑一起停止，于是……他们的‘错觉’也将在那时不复存在，这即是你们认为的‘时间停止’。”她顿了顿，接道，“但当这种情况真的发生时，你们中的绝大部分人，并不能感知到这个过程，那么，这个过程所包含的‘时间’，又算不算是时间呢？”

“所以你的理论是……在人类的维度，空间的变化才是时间和意识存在的基础和依据？”猎霸现在如果还在“容器”里，那他肯定会觉得脑仁儿疼。

“你概括得还不够准确，但确实已经尽力了。”黑洞女王评价道。

“看来我在你这儿也不算什么好学生。”猎霸吐槽道。

很显然，史三问也不止一次把猎霸拿来和“别人家的孩子”做过比较。

“无妨，每个灵魂都是独一无二的存在，纵然你无法像某些疯狂的异才那样轻松的触及真理，但你一样有属于你的独到之处。”黑洞女王接道。

“虽然这话听起来像是在安慰我，不过我猜你根本没有做那种事的动机，我姑且就当客观事实听了……”猎霸接道。

“那我们继续说下去吧，你已开始接近你要学习的内容了。”黑洞女王顺势就把话题带了回去。

“嗯，你说。”猎霸道。

“和‘死亡’一样，‘空间’也是多元宇宙重要的基础和组成。”黑洞女王随即便娓娓言道，“你很幸运，你的‘死亡之适’在帮你逃避‘死亡’时候没有把你推到‘虚无’或是‘精神’的面前，而是来到了我的面前……”

“你……”猎霸好似听出了对方这话还有下文。

黑洞女王也没让他失望：“……我，即是‘空间’。”

大洋城中，还是那千钧一发的时刻。

眼见黑色的能量球已在暗水的手中凝成，N也顾不了那么多了，他用手上那个一共只能发射两炮的塌缩炮再次轰出了一击，想要抢在暗水的攻击放出前改变“未来”。

而古萨也在看到暗水的动作和N那比自己快半拍的应对后，想好了下一步的对策。

这一瞬，古萨和N虽没有交流，但心里已经达成了共识。两人和方圆几公里内所有生物的性命，都赌在了这一发塌缩炮上……

假如这一炮没能阻止暗水，那就没什么好说的了，大家一起完蛋。但假如这一击能够阻碍暗水的施为，那他们接下来就会立刻联手抢攻而上，不再让暗水有释放这种大规模无差别攻击的机会。

谁料，和上一次塌缩炮发射时一样，这回意外，又出现了。

而且这次发生的状况，比上一次还要离奇。

那一瞬，但见一道人影突兀地出现在了暗水身前，刚好挡在了塌缩炮轰来的轨道上。

那人影不是别人，正是猎霸。

他现身后二话不说，一手握住了暗水手掌上的能量球，另一手五指张开，来了个徒手怒接塌缩炮。

一秒过后，那两股黑色的能量便皆像是泥牛入海般消失在了猎霸的掌心，而后者不但面不改色，还长舒了一口气。

“前辈，过了吧？”猎霸喘上那一口气后，便转头看着暗水道，“你这样很可能把某些需要回收的尸体毁掉的。”

暗水闻言，盯着猎霸看了几秒，在这期间，其眼中的青芒先是越来越亮，但马上又暗淡下去。

也不知道暗水看出了什么，数秒后，他开口来了一句：“那接下来，就交给你了。”

说罢，他也不等猎霸回应，整个人唰一下就化为了液体，紧接着就快速涌入了地面上裂开的一条缝隙中，不知所踪了。

四

暗水的离开并未让猎霸陷入慌乱，相反，他的从容，以及他刚才的表现，反倒让古萨和N有了一定程度的动摇。

“不对劲儿……”N在第一时间对古萨言道，“我看不到他的‘未来’。”

古萨笑了一声：“呵，我现在倒是更想知道一下他的‘过去’。”

“你是想问我刚才为什么没有死于塌缩炮吧？”猎霸听到他们的对话，顺势就接过了话头，对古萨道，“虽然我并不介意把原理解释给你听，但要让你彻底理解我所经历的事恐怕会很费劲，所以你不妨就这么认为——此刻，我在生理上，已经进化了成了可以‘适应’塌缩这种现象的形态。”

“有点荒谬。”古萨听完，只是稍稍思索了两秒，便应道，“不过，眼前的事实让我不得不相信你说的是真的。”

而在一旁冷眼旁观着的N，虽然没有对这两人的话做任何评价，但其心中也基本确定了猎霸所言非虚。因为在N的认知中，能够在其“数学世界”的能力领域中免疫“预测”的存在，理论上来说就三种：其一，量子操控者；其二，实力接近神级的神速者；其三，便是可以做到“在同一时间点上，既在此处，又不在此处”的特殊空间能力者。

“行了，多说无益……”一息过后，猎霸开始迈步向前，并言道，“如今的我已经没有兴趣和你们或者任何人再战斗了，就让我用比较体面的方式送二位上路吧。”

“你这话……”下一秒，古萨的身形一闪，便出现在了猎霸身前，“……就有点儿狂了吧。”

话音未落，掌风已至。

在远处将对方“引爆”这种做法，无疑只是古萨那能力的外放形式之一，而且并不算什么高阶运用。他要是认真起来的话，也是可以拿出一些足以瞬间灭城的招式的。

这一瞬，古萨便是把足以毁掉一座城市的能量，以一种限定攻击范围的形式，轰在了猎霸的身上。

晃眼间，猎霸整个人被笼罩到了一个和老式电话亭差不多大的“光茧”之中。

那光茧一经生成，便发出了极其耀眼的光辉，就算是戴着墨镜的N都无法直视，只能暂且移开视线。而那茧中溢出来的热能，更是直接将周围丈许之地的建筑和沥青路面都给熔成了液态，就连古萨自己也在这招式出手后立刻退后了十几米，以防被“外溢”到茧外的能量灼伤。

按常理来说，古萨的这一“杀招”，只要正中，绝大多数狂级能力者也无法从中幸存，然而……

“你究竟是没听懂我说的话呢？还是抱着侥幸心理非要试一试才肯死心呢？”

仅仅两秒后，猎霸的声音就从光茧中传出，同时，那茧的光芒也极速衰退，还没等猎霸把整句话说完，就已消逝不见。

“你这攻击的杀伤力还及不上太阳风暴。”毫发无伤的猎霸很快就再次出现在了两人的视线中，“而我可是连‘黑洞’都不惧的。你的尝试怎么可能会奏效呢？”

突突突突——

古萨还没回应，另一边，N当即就抄起了右手的“手炮”，切换成了加特林模式，开始朝猎霸倾泻净合金子弹。

N这是抱着“也许这家伙只是对能量攻击完全免疫，但物理攻击却意外会有效”的想法而行动的，反正试试又不花钱，眼下的情势他也只能死马当活马医了。

可接下来，他便亲眼看到那些子弹尽数“没入”了猎霸的身体，然后便无声无息地消失不见。

猎霸的身上没有留下弹孔，也没有伤口，更没有流血，什么都没有。

那些子弹就像是击中了一个没有实体的幽灵，但却没有“穿过”它出现在另一端，只是不见了——好似雨点，落入了汪洋。

看到这一幕，古萨居然又笑了，苦笑：“呵，看来凭我们是没有办法杀死他的了。”

“喂……你这就放弃了吗？”N这时又唤出了Z的人格，他们两兄弟可是完全没有坐以待毙的意思，仍在思考着如何应敌，“你可是联邦的脸面，应该还有一两手连我都不知道的压箱底招式没用吧？”

“抱歉。”古萨道，“因为他重新现身后我感觉到了十分危险的气息，所以我刚才直接就用上了自己最强的杀招，但结果你已经看到了。”

“什么？”N和Z同口同声地惊道，“你是说刚刚那个发光的……”

他还没把话说完，古萨就打断道：“N，你可别搞错了，我可是天才啊……”话至此处，他的语速不知为何越来越慢了，“什么时候可以有所保留，什么时候必须认真，这点战斗直觉，我还是有的。”

他说完这句话，忽然又陷入了沉默，然后慢慢低下头，一动不动。

N和Z并不需要上前确认就知道，此刻，古萨的双瞳已然涣散，呼吸和脉搏也都已停止。

这位联邦第一猛将，就这么站着……死去了。

“你做了什么？”N和Z甚至没看见猎霸是如何杀死古萨的，也无法做出任何的分析，所以他只能怀着愤恨和恐惧，自己去问这个问题。

“他攻击我的时候，我也攻击了他。”猎霸直言不讳，并无隐瞒之意，“只不过我的攻击所造成的效果，没有他的那么显眼。”

他这回答，其实依然没有解答N和Z的疑惑。假如他说得更明白些，比如“在古萨对我使出杀招的同时，我就把他的心脏弄没了”，可能还更好理解一些，但那也都无所谓了。

应完这句后，猎霸便以一种肉眼无法捕捉到的移动方式，突然出现在了N所站的地方。此时的猎霸的确像是个“幽灵”，他的身体和对方的重叠在了一起，从旁观者的角度来看，那景象就好似你在PS软件里把两个不同图层的人物叠放到同一个位置那样。

接着，在N和Z根本来不及做出任何反应的情况下，他们身体的90%就消失了……

“嗯……”猎霸结束了这场实力悬殊的战斗，转过头去，“……该去找‘引导者’谈谈了啊。”

同一时刻，大洋城上空，逆十字的空中堡垒内。

在自己的房间里闭目打坐的孟夆寒，此时忽将双眼一睁。

但见他急忙忙扬起右手，在空气中一抓，无中生有般将一件法宝变到了手中。

“收！”只听得他口中急念一诀，同时，左手并作剑指，朝着右手上托着的法宝一点。

不消片刻，他手里那形似普通石块的法宝就缓缓“绽开”，犹如铁器开花，石中生莲。转眼间，变幻成了一朵有着玉器质感的双蕊奇花。

“呼……”这番施为过后，孟夆寒舒了口气，随即就小心翼翼地将这法宝收了起来。

又过了几秒，一个女人的声音突兀从孟夆寒的识海中响起：“孟掌门，你又偷偷纳了什么好东西啊？”

孟夆寒一听就知道，这是帝慝（即混沌）又在给自己千里传音了："你一口一个掌门这么叫着，但明里暗里老这么监视着我，不太好吧？”

帝慝轻笑一声，回道:“掌门若不喜欢，我不看就是了……”她话锋一转，“但我天生性子好奇，难免今后还会有忍不住的时候，要不……到时你就罚我？让我也长长记性？”

“不敢不敢。”别看孟夆寒平日里吊儿郎当，但心还是颇为的坚定，可不会轻易受这妖孽蛊惑，“你们四凶乃我门中护教神兽，可谓坐上之宾，我岂敢在你们面前拿什么掌门架子。”他顿了顿，将话题又带回了对方的问题上，“我刚才收的东西呢……也没什么好藏着掖着的，只是一对相生相克的双子异魂罢了。我看这对魂魄根骨清奇、天资不俗，流落冥海后天各一方那就可惜了，所以我就先收起来。将来我帮他们重投阳世，纳入我门下，当一对护法童子，岂不美哉？”

“切……我还以为是什么好东西呢。”帝慝听到这儿，立马就失了兴致，“行了，你接着打坐吧，当我没找过你。”

说罢，她与孟夆寒的神识连接也中断了。

孟夆寒不禁撇了撇嘴，既已被打扰，他也无心再打坐了，干脆就拿出了一件镜状法器，开始观看下方的战局。

而他第一个看的，就是富兰克林博士……

此时，博士正驾驶着一台高四米、重四吨，外着红色涂装的人形战甲，与一个同样身高接近四米、三分像人七分像浩克的男人战斗着。

虽然那个男人变了身，和常态时的样子差距很大，但孟夆寒自然识得，他便是联邦组织 EF 的“厂长”，阿历克斯·伯吉斯。

尘埃落定

第六章

一

【档案编号：R.F-0053】

【绝密】

【该文档限EF内部A级以上人员调取及浏览，文档的编辑权归（已屏蔽）所有】

伊萨哈博士的备忘录（语音转文字）

一周前，当他们把那个二流大学的实验室助教留下的研究资料拿来时，我根本没当回事儿。

过了好几天，我才在一个闲暇的午后怀着看笑话的心态把它打开了。

然后，我就惊呆了。

那天下午我差点尿了裤子，只因看资料看得太入神完全忘记了时间，甚至忘了上厕所。

后来我就召集了整个部门一起看，接着……不出意外的，我和我的团队都在心理上受到了非常严重的打击。

毫无疑问，我们这些人，向来是自诩为精英的，其中也不乏十四五岁就被大学破格录取的所谓高智商神童。

被EF所征召，更是让我们确认了自己即是人中龙凤，是这个时代最好的科学家。

但在看了那位“变态的罪犯先生”留下的研究资料后，我明白了，自己只是个凡人，一个可悲的、自大的凡人。

如果说他是那种在山洞里用些破铜烂铁就能造出方舟反应炉的家伙，那我们就是一群待在实验室里燃烧着大量经费却只会生产垃圾的废物。

认清了这点后，我也就释然了，我决定从今天起，每天用烧杯烤章鱼，用试管做调味料，了此残生。

普朗克上校的日记（注：由于普朗克上校坚持把日记写在纸上而不使用电子文档，在那场火灾后，我们只抢救出了一些不完整的内容）

（日期和开头已被烧毁）

伊萨哈已经疯了，他刚开始烤章鱼的时候我以为他只是在开玩笑，但后来他竟然去把……（此处纸张焦黑无法辨认）号实验体悄悄偷了出来，打算做成菜。

我们没办法，只能把他关了起来。

他的心理评估报告会决定他的命运，我想四十八小时内就会有结果了。

（此处被火烧断，空缺一段）

……那帮实验室里的家伙最近都不太正常。

我跟他们不熟，因为我讨厌那些书呆子，但近来他们有很多人都做出了一些奇怪的举动，让人很难不当回事儿。

就在今天早上，还有个穿白大褂的秃子拿着把手术刀摸到了我的背后，我发誓，如果不是我及时听到了脚步声并立即回头，这货八成就要抬手抹我脖子了。虽然他当时还没抬手，但那杀气可逃不过我这久经杀阵之人的眼睛。

我必须尽快查出实验室那边到底出了什么事，尽管被调来以后我一直觉得EF这地方让人毛骨悚然，不过这次的情况……（底部已烧毁）。

伯吉斯上校的内部通报

之前的事件报告已归档至B级档案【Accident21890904】，此处不赘述。

个人对普朗克上校的殉职表示遗憾。

因前厂长李嘉现已引咎辞职，所以我现在已接管EF的安保权限，并兼任临时厂长。

由此刻起，所有部门的事务、流程，都需向我报告，由我统一指挥协调。

非常时期，非常规则，请大家务必配合。

Accident21890904（以一号设施所有智能探头实时传送至云端的影像为基础，由系统自行生成的文字报告）

09:35，主实验室，B级科研人员2455，B级科研人员1713，B级科研人员0923使用实验室设备调配不明合剂。

09:48，B级科研人员0923开始用罐装染发剂喷涂主实验室的各个监控探头，这期间，监控系统自动向主实验室内发出语音警告，并向安保处发出通报。

09:50，两名安保人员赶到，但已无法开启主实验室大门，亦无法与内部的人员进行沟通。

09:53，普朗克上校来到主实验室门外的走廊，与先后赶来的六名安保人员一起对门内的三名人员发出了最后警告。

09:54，普朗克上校以A级人员权限启动紧急流程，系统强制开启实验室大门。门开启后，三只身高在三米左右的类人形不明生物从实验室中冲出，与安保人员发生肢体冲突，冲突过程中六名安保人员和两只不明生物当场死亡，普朗克上校轻微负伤，并对剩下的一只不明生物展开追击。

09:59，不明生物以最短路线接近实验体仓库，并在途中又造成了十一名安保人员的伤亡。

10:07，不明生物闯入实验体仓库，通过了B级人员DNA权限验证，解锁了该级别可解锁的所有培养皿、封闭仓、牢房等囚禁设备。

10:08，系统向一号设施地下及地面全单位发出撤退警报。

10:09，普朗克上校与基地内剩余的所有安保人员会合，封锁实验体仓库出口。

10:12，部分实验体开始破坏A级囚禁设备，另一部分开始冲击出口。

10:15，检测到基地内部多处装甲板受损，以及多处结构性损坏，系统推定有96%的可能是实验体（已屏蔽）的能力导致。

10:17，实体仓库内部探头全部被破坏，出口亦被突破，大量高危险级实验体涌出。

10:20，普朗克上校及所有安保人员阵亡，该区域走廊内最后一个探头被破坏。

10:22，基地损伤率激增，多处消防系统被触发或被破坏。

10:28，失去所有信号。

伯吉斯长官的备忘录（语音转文字）

到昨天为止，调查和扫尾工作都进行得差不多了。

FCPS也已将“药剂师”提到了较高的通缉级别……是的，现在那小子有绰号了……不过那已不是重点。

这个药剂师着实很聪明，可说是狠狠摆了我们一道，哦不……那时候我还没来EF，所以他只是摆了别人一道，和我无关。

简而言之，经过技术部门的检查，事件的起因已经明了了：原来，那小子在自己的研究资料里藏了一手“防盗措施”。

那是一个简单的小程序，并不是什么计算机病毒，而且还被封装在了一个非常常见的山寨办公软件里，作为存储和打开资料的媒介，所以防火墙根本不会对其有任何反应。

至于那个小程序的效果，就是类似“催眠”或者说“心理暗示”的把戏。

当有人观看那份研究资料时，那个小程序会以一定的频率，将一些带有“暗示信息”的图像投射到屏幕上。这些图像都是半透明的，而且每次只出现几毫秒，正常人用肉眼看时根本意识不到这些图像有闪现过。

但是，看的时间一长，这一帧一帧的图像慢慢累积起来，就会对人产生影响，往观看者的脑海里植入各种疯狂的念头。

而我们都知道，实验室的那帮人，基本都在夜以继日地研究药剂师留下的资料，于是他们都受到了不同程度的影响，表现也是各异。

说实话，如果他们每个都像伊萨哈博士那样反倒没事儿了，可惜，有那么三位在精神失常的情况下调制出了一些“新东西”，从而引发了那次“事故”。

好消息是，那份合剂他们是在探头的监视下调配出来的，新的团队已经在还原并寻找实验体进行实验了，能得到这个配方，也算因祸得福吧。

眼下，虽然技术部门已经把药剂师留在那份资料里的“防盗措施”剔除了，但实验室的研究人员却是疯的疯、死的死，我必须得重新找个人，拉支队伍，重建EF的科研部门。

而据我所知，这个时代、这个星球上最好的科学家，是个和药剂师一样“疯狂”的家伙。

也就是我的老同学，维克托·富兰克林博士。

一个身为“无能力者”，却仍被囚禁在九狱的“冥泉考焚”那层的男人。

我想，以他的智商，肯定能猜到，当年害他入狱并因此升官发财的人正是我。现在的问题是，他会不会为了我开给他的条件，再出来帮我呢？

维克托·富兰克林是个不幸的人。

有多不幸？大约就是每八百万人中才会有一个赶上的那种不幸吧。

和大部分早衰症患儿一样，富兰克林在出生时还是很正常的，这也是他能活下来的重要原因。

但是，一年过后，当他的病症开始显现并被确诊后，他就被遗弃了。

直到今天，富兰克林也没有尝试过去寻找自己的父母，更没有动过让他们“付出代价”之类的念头，因为他相信，当人们选择去丢弃一些重要的东西时，同时也会失去一些别的东西，这本身已是一种代价了。

或许上天就是这么喜欢开玩笑，在富兰克林被遗弃后不久，伴随着早衰症的症状一同开始加剧的，还有他的智力发育。

绝大多数早衰症患儿的心智与同龄儿童并无差异，但富兰克林的基因变异却不止于此。

两岁时，富兰克林就有了相当于十岁儿童的认知和学习能力；三岁时，他已在孤儿院中将联邦标准全日制高中教材学完；到了五岁，他的智商和学术能力就已超过了绝大多数二十五岁的成年人。

也正是在五岁那年，他被联邦某知名大学“录取”，成为了那里的学生兼研究对象。

富兰克林自己也很清楚，早衰症患者的平均寿命只有十三岁，哪怕是活得最长的也很难超过二十，所以他一直有个很简单的目标——在自己寿命用尽之前，找到让自己活下去的方法，如果可以更进一步的话，他想像个正常人一样长大。

这，是他唯一的愿望。

一件在我们普通人看来理所当然的事，但在他看来却是需要用有限的一生去攻克的难关。

然而，几年后，富兰克林的想法就有了变化……因为他的身体状况比预想中崩得更快。

九岁那年，他的头骨便已经鼓得和ET一样，同时他眼窝凹陷、皮肤松褶、牙齿尽落、关节僵硬……当然这些还不是最糟的，最糟的是他心肺功能已经不行了。

好在联邦的医疗科技还是很发达的，而且他所在的大学也愿意为他买单，所以，靠着一台全自动护理轮椅的辅助，他依然能勉强做到生活自理。

但是，这些生理上与日俱增的痛苦，终究是给他的精神带来了不可逆转的影响。

“为什么像你们这样的蠢货，个个儿都可以四肢健全，即使每天浑浑噩噩，也还能再活几十年；而像我这样卓越的天才，却连最基本的行走、说话、呼吸都需要仪器的辅助……你们这种人，到底有什么资格活着？”

这种念头一旦萌发，便不可收拾。

富兰克林开始走向极端，他为了续命，不惜一切代价。

而他的这些行动，很快就被他的一名同学洞悉了。

他那个同学的名字就是阿历克斯·伯吉斯。

智商不等于智慧，这句话套用在富兰克林和伯吉斯的身上恰到好处。

和富兰克林这种智商很高、在学术领域有着非凡作为的人不同，尽管伯吉斯在学术上无法突破普通人的界限，但他却是一个天生的政治投机分子、冷血的阴谋家、玩弄权术的高手。他不需要自己去做什么学术研究，他可以直接去利用富兰克林这种人，并将后者吃干抹净。

一年后，二十四岁的研究生伯吉斯窃取了富兰克林在“人体机能强化”这个课题上的大量研究成果，并因此被联邦军的科研部门破格吸纳，直接就成了中层管理人员，开始负责项目了。

而富兰克林则因为进行非法实验、挪用经费、威胁公众安全等多项罪名被捕……

很显然，这些罪名绝不可能是富兰克林这个坐轮椅的病人独自犯下的。事实上，其中的大部分罪行都是伯吉斯在执行，也是伯吉斯主动在劝诱富兰克林不断越界。

可结果，却是富兰克林背了所有的锅，而伯吉斯“清清白白”地拿走了全部的好处。

这是为什么呢？其实以富兰克林的智商，事后想想，立刻就明白了。因为从伯吉斯打定主意要利用富兰克林的那一刻起，他就已经想好了全盘的计划。在过去的一年中，伯吉斯每做一件违法的事，都会故意留下些经过他处理的“痕迹”，这样，等到最后他盗走研究成果并抽身时，警方从那烂摊子里找到的所有证据都只会指向富兰克林。

于是，十岁那年，富兰克林就成了名罪犯。

值得庆幸的是，考虑到他的特殊情况，他最终没有被关入监狱，而是被囚禁在了一个看守并不怎么严密的医疗机构里，和一群精神病人关在一起。

那段日子，富兰克林的性格变得越发扭曲，伯吉斯的背叛让他体会到了成年人的歹毒，让他看到了人性复杂的一面；而“疯人院”里的日子，又戏剧性地让他看到了人性最“纯粹”的一面。

他开始认识到，像他这样的“怪胎”，终究不会被这个社会所接纳，也不会被平等地当作正常人来看待。

所以，他认为自己也没有必要，再去被这个社会的规则或者道德所约束。

十三岁那年，被囚禁了三年的富兰克林成功越狱了。

他逃跑的过程非常轻松，因为所有守卫都以为他离开轮椅根本不能走路，但其实……他能走。

早在他被捕之前，也就是在大学里做研究的最后一年，他曾经在自己的身上也做过一次“强化实验”，而那实验的效果，过了整整两年才开始显现。

然后他又花了一年的时间，在没有人也没有监控看到自己的时候，悄悄地给身体做康复训练，让久坐不动的身体重新恢复活动的能力。

万事俱备后，富兰克林就跑了出去，并在不久后做下了几件大案，成了被联邦视为极度危险分子的通缉要犯——“博士”。

可惜，好景不长，十六岁那年他又被抓了，而这次，他被丢进了九狱的“溟泉考焚”之中，恐怕到死都不会出来了。

又是四年过去。

二十岁的富兰克林，还是只有十岁左右孩童的身高和体重，但其体貌看起来却像是个九十岁的老人。

他能活到今天，究竟是他本来就有着这么长的寿命，还是拜十年前那次“强化实验”所赐，他也不得而知。

他只知道，自己每天都过得非常痛苦。

作为一个年仅二十岁、思维和感觉比正常人还要敏锐许多的人，他每天都承受着高龄老人才能体验到的病痛。从消化系统到呼吸系统，再到肌肉、关节……每天他都能清晰地感受到自己的身体如同植物般走向枯萎，却又对此无能为力，因为“衰老”是无药可医的。

然，就在富兰克林已决定认命，数着日子、心如死灰地等待着自己的死期时。

某天，一位故人，竟来拜访了他。

那个阴险的男人伯吉斯，居然再度出现在了富兰克林的面前，并给了他重获自由，或者说重获部分自由的承诺，当然，那是有条件的……

二

11月1日凌晨，大洋城。

富兰克林和伯吉斯的战斗，已呈白热化。

前者驾驶着由他自己改造的以“第三王国”科技为基础的战斗机器人，后者则是直接以“变身”的形式作战。

虽然伯吉斯在战斗经验、速度、反应这些方面都有相当明显的优势，但靠着机甲卓越的性能和UI辅助，富兰克林仍是可以做到和对方四六开。

“你现在是不是已经对来找我报仇这件事感到后悔了？”尽管变身成了一个身高四米、外貌狂暴的巨人，但伯吉斯的语言和思维能力其实并没有受到什么影响，依然在战斗中对富兰克林进行着挑衅。

“我有什么好后悔的？”反倒是富兰克林，从战斗一开始就变得十分亢奋且愤怒，“后悔你死了以后我就不能看你活受罪了吗？”

轰——

他说完这句，又是瞄准了对方的躯干，用肩炮释放了一次光束扫射。

别看伯吉斯身形巨大，但灵活异常，面对这攻击，他一个侧跃，单手撑地，再接一个空翻，堪堪避过。

“呵……你就嘴硬吧……”避开攻击后，伯吉斯冷笑着言道，“打到现在你还看不出来吗？你那机甲的战力和我相比，刚好差了一线，你是杀不了我的。”

说话间，他已闪身到了富兰克林近前，“砰砰砰”又是一轮重拳连打。

伯吉斯这拳头的威力有多大呢？这么说吧，并级的体质强化型能力者，若被他这种拳头打中，那就是一拳一个……

这位EF的“厂长”和他麾下的那位纽曼一样，都是以机械和生物科技双管齐下改造的身体。而他和纽曼不同的地方在于，他并不是能力者，他从来就没有属于自己的先天异能，他的一切能力都来自改造。

当然，他用在自己身上的那些技术，全都是EF消耗掉了无数实验体，百分百确定有效、安全且强力的情况下才用上的。

可以说，伯吉斯是联邦在“改造人”这项技术上全部科技力量的巅峰结晶，也是一个难以复制的存在，因为要制造一个像他一样的改造人，实在是太贵了。

“我知道你打的什么算盘……”伯吉斯一边说着，一边高高跃起，抬脚就是一个战斧式下劈腿，轰压而下。

富兰克林操控机甲抬起双手格挡，这一格之下，机甲无恙，但其脚下的地面瞬时崩裂、塌陷，化为一个凹陷的巨坑，引得周围的建筑也从四面倾倒压下。

而这时，伯吉斯已借着对方格挡的反作用力轻松地跃起到了高空，看戏一般望着脚下坑中的机甲被建筑埋压。

“……你觉得跟我这样缠斗下去，时间长了，作为生物的我，终究会因体能的下降而变弱、继而败北。”伯吉斯的话语并没有停下，“可惜，那种情况，并不存在。”

轰——

建筑物的残骸还没落定，一道光束已从烟尘下窜出。

而伯吉斯似是早已料到了这次攻击，在光束出现的前一秒，他就双掌一拍，掀出一阵劲风，让自己在半空横移了一段，先知先觉地闪过了攻击。

但这还没完，富兰克林驾驶的机甲紧随着光束，一路破开建筑碎片的阻挡，朝着空中飞冲而来。

伯吉斯见状，一声暴喝，紧接着十指相交，双手紧扣作锤，双臂猛然挥下。

下一秒，机甲的头锤和伯吉斯的手锤便轰然相撞，发出震耳巨响，响彻夜空。

这是纯粹的力量冲突，并不包含能量层面的交锋，饶是如此，依然绽出烈风阵阵、席卷八方。

【警告，头部装甲出现裂痕，修补程序启动，纳米机器人将经由修补原液被引导至破损处，完全修复预计需要63秒】

机甲内，语音警报在富兰克林耳畔响起，但他已无暇顾及这些，因为方才的那次冲撞，让他重新朝着地面的陷坑跌去，而居高临下的伯吉斯只是被弹向了更高的高空。

这电光石火之间，富兰克林的手指已在数个控制界面上娴熟地飞舞了一番，控制机甲开启了背部和脚步的部分推进器，并做了缓降动作，以避免自己在机甲落地时被震成内出血。

“你这机甲还真是耐打啊，等把你打死了，这机甲我可要回收回去好好研究研究……”另一方面，伯吉斯除了手有点儿麻之外，并无什么损伤。他说完这句，忽地调整姿态，冲着地面抻直了双臂，接着，他双掌掌心的皮肤像是花瓣般“打开”，露出两个金属口子来。

唰唰——

两秒后，两道热能光束从伯吉斯的掌中喷发，精准地轰向了富兰克林的所在。

此时富兰克林立足未稳，刚想从坑里飞出来，结果被这远程的光束追击打了个正着。无奈，他只能再次举起双臂来挡。

【警告，左前臂装甲严重破碎，右前臂防御力场即将耗尽，已调用推进器能源进行补正】

“不行，鬼知道他这光束能持续多久，推进器的输出功率不能降，前臂损伤不管了！”富兰克林直接用语言向机甲的内部系统下达了命令，同时，他自己也已将眼前的一个操作杆推到了顶。

于是乎，他的机甲就这么顶着对方的光束直射，再一次从坑里飞了上来，一路逼近了伯吉斯。

【警告，机甲左前臂已完全溶解，右前臂损伤......】

富兰克林没再听下去了，他一抬手就把这语音提示给关了，继续朝着敌人冲了过去。

见此情景，伯吉斯的冷笑更盛。

“你还是老样子啊，维克托……”伯吉斯说归说，战斗上的注意力一点儿没分散，他看准时机，在富兰克林靠近到两米左右的距离时，停止了光束的输出，并将双臂向两侧张开，将那冲过来的机甲擒抱入怀，“明明有着比谁都高的智商，却永远蠢得像个长不大的孩子……”说到这儿，他不禁怪笑出声，“呵，看来你的脑子是真的有病啊。”

“就算我的脑子或精神真的出了问题，那很大程度上也是拜你所赐。”说话之间，富兰克林的驾驶舱已在对方的擒抱压迫下出现了破损，他的半张脸已可透过机甲的破口和对方面对面了。

“哈！”伯吉斯嘲讽地笑了，“你在说什么呢？你该感谢我才对吧？”他顿了顿，“要不是我把你从九狱里拉出来，你早就烂死在里面了。你能以现在的这种形态又活了这么多年，还有什么怨言？”

“呸！”富兰克林立刻回道，“你让我还原‘药剂师’的配方，骗我说一旦研究成功就可以‘治好我’，还能治好世上所有的早衰症患儿……结果，你却给了我经过修改的数据，让我给你研究‘长生不老药’，事情败露之后还把我关起来在我身上做实验、折磨我，把我变成了这半人不鬼的样子……”富兰克林说这些时，简直是咬牙切齿，“……若不是我早有防备，在研究期间就做了许多逃跑的准备，我会比烂死在九狱里还惨十倍。”

“So what ？”伯吉斯又道，“你又能怪我什么呢？

“说到底，人和人之间本就只有一种关系，那就是互相利用以达到自己目的的关系。

“从来就没有什么谁对谁错，有的只是赢家和输家……

“我，是赢家，始终都是。

“而你，则是个被人吃干抹净的 loser，像你这样的人在学校里学习再好，也会被人欺负；到社会上遵守秩序，就被人占便宜；进了单位加班背锅有你，升职加薪的是别人；以为自己做人善良就会有好报、待人真诚早晚会遇到爱情，结果就是当备胎、被戴帽、背后被人骂。

“这世界就是个供人类互相倾轧的战场，正因为你这种 loser 俯拾皆是，我这样的赢家才能享受人生……

“连这个道理都不懂的、天真的你能活着就该感恩戴德了，就别总想着来跟我斗了，你斗不过我的！”

他们对话之际，不知不觉，机甲的推进器已经将两人一同送到了近万米的高空，而且这高度还在不断攀升着。

“呵……想冻死我？还是想让我缺氧窒息？”伯吉斯也发现了周遭的变化，但他依旧不慌不忙，“别做梦了。你想的事情我都能想到，这些年里，我的大脑机能早已被改造成了不输给你的水平。”他说到这儿，双臂加力，进一步挤压富兰克林的驾驶舱，“除了联邦研究多年的人工辅助脑，我的身上还有以你的技术为基础原理制作的强化细胞，这让我拥有了近乎无限的体力，就算我体力真耗尽了，我还有机甲部分的能源可用。另外，因为药剂师事件而意外获得的配方，又给了我这强化变身的能力……而这些，还只是冰山一角，我的身上还有许多你闻所未闻的机密技术，都是 EF 这些年通过无数实验得来的。

“你以为我没看穿你的战术吗？我这是将计就计，让低温干扰你机甲的性能，这样我才更容易将其破坏。再退一步讲，就算你一路把我推到了宇宙空间，先死的也是你。”

“你想多了。”此时，由于舱室破损，富兰克林反倒已经脸色苍白、浑身僵硬，他伸手抓住了舱内弹出的氧气面罩，戴在了口鼻上，这才能继续跟对方讲话，“我从一开始，就没想过用拉锯战耗尽你的体力，也没考虑过什么通过环境来战胜你的事……”

听到这句时，伯吉斯的神色略微变了。

“我同意你说的，这世上没有什么对错，就算有，我也不是对的，最多是和你一样错。”富兰克林戴着面罩，也不知道按了个什么键，接着就瘫坐在那儿，什么也不操作了，“也许我就是一个输家，你才是赢家，但不管你通过掠夺和压榨我这种输家获得了多少成功，只有在一件事前，我们终会是平等的……”

“你……”伯吉斯已经知道对方要干吗了，他当即就想放开机甲脱身，但却很快发现由于周围温度太低，自己的双臂包括整个身体都已经和机甲冻在了一起，一时间难以分开。

“等等！”伯吉斯一边奋力挣扎，一边已试图在语言上给自己再争取些时间，“我明白了！是我错了！维克托，别这样，我们不用走到这一步的！”

富兰克林根本懒得理他，一副死猪不怕开水烫的样子，瘫在驾驶座儿上，有气无力地接道：“别说了，自毁程序一经启动便无法中止。”

他这是实话，如果不是因为语音提示被他关掉了，提示音也会把“无法中止”这个事儿播报出来，另外还会倒计时。

“嘁……”伯吉斯闻言，当即啐了一声，怒道，“别得意，你这怪胎……我！死！不！了！”

其实他不是确信自己死不了，只是觉得自己确有机会生还，毕竟他的肉体强度和自愈能力很强，其大脑和头骨也都经过了机械改造加固，就算是中了核打击，他也未必会死。

“不，你一定会死。”富兰克林道，“这点我可以肯定。”

咔——

富兰克林说这句时，伯吉斯那边才刚把自己的右臂从机甲表面强行“撕”了下来，而他的这个动作，也让他狠狠掉了一层血肉。

纵然疼得撕心裂肺，但伯吉斯为了活命也顾不了那么多了，眼下他是能做什么就做什么，哪怕给自己多争取一分一毫活命的期望也好。

“你知道‘创世纪’吧？”富兰克林的声音越来越小了，像是个病危者的自言自语，但强化过听力的伯吉斯自然还是听得清清楚楚，“这个机甲的核心，用的就是类似的动力源。尽管只是个量产版，远达不到真正的‘永恒核心’级的输出，但在小范围内造成的杀伤效果，是一样的。”

他的话，伯吉斯没有完全听懂，也不需要完全听懂，因为懂了也没意义了。

这时，两人已来到了数万米的高空，闯入了同温层。

富兰克林驾驶的机甲，也终于在此刻，自爆了。

没有声响，有的只是绽放的光芒。

那耀眼的光，甚至穿透了云层，在数秒之间将黑夜点亮，但很快，一切又再度回归静谧，被黎明前的黑暗所吞噬。

三

“哈啊……哈啊……”

黑暗的街巷中，一片寂静，只有乌维吞马粗重的喘息声，显得格外扎耳。

在过去的数个小时中，他经历了坠机、生还、遇敌、逃亡……几乎是一刻都没有停歇，神经一直都处于一种极度紧绷的状态。

他模糊地记得，应该有那么个人把自己从飞机上救了出来，并一直陪在自己身边保护着自己，还在这一路上帮他解决掉了不少联邦的战斗人员。

但此刻，他竟然完全想不起那个人的名字、样貌，甚至不确定是否曾有过这么个人了。

他也不知道这种感觉是从何时开始的，他只知道，他现在非常害怕。

这一切就像是一场无法醒来的噩梦，伴随着这漫无止境的黑夜，不断地追迫着他，想要将他吞噬……

好在，到了这个时间点上，他差不多，也该解脱了。

直到被抹了脖子的瞬间，乌维吞马都没明白是怎么回事儿，但至少他的恐惧和苦难，到此为止。

一息过后，莉莉娅的身影，出现在了乌维吞马的尸体旁。

也可以说，她从一开始就在那里。

莉莉娅也没有跟踪对方太久，十几分钟前，她偶然发现了正在四处逃窜的乌维吞马和其心腹，然后她就顺手干掉了后者，并将死者的“存在”给抹除了。

只是，从乌维吞马的角度出发，这事儿就成了短期记忆中有一个很重要的人突然“消失了”的状况，他也想不起对方是谁、什么时候消失的，以及究竟有没有存在过。

当然，这一切都随着莉莉娅对他的暗杀而告终。

咻——

不料，就在莉莉娅现身后的数秒，在其准备回收乌维吞马的尸体之际，异变又生。

但见一道人影挟带着风声从莉莉娅身后的黑暗中兀然杀出，径直朝着莉莉娅冲来，

这发动偷袭之人，乃是EAS的特别战斗小队“缨侍”的副队长葛凝。她的出现无疑也意味着，和她一同担任登陆先锋的罗斯上校以及慢哥也在附近。

要说这三位，运气也是真不错，作为联邦这次登陆行动的侦察部队，他们才是最有可能先被干掉的，但眼下，他们却成了活得最久的那批人。

究其原因，除了他们人数少、机动性好、实力也的确很强之外，最重要的是，逆十字内部也有接到命令，“EAS”这个组织的人，能留活口就尽量留，因为今后他们还有用。

事实上，EAS的确也是在子临的规划中，唯一一个可以在新帝国时期“完全保留”下来的联邦机构。

因为EAS具有高度的自治性和专业性，基本游离于联邦其他的特殊职能部门之外。他们的主要工作就是管理、研究以及评估各种能力者和变种人的能力，平日里也并不怎么掺和联邦的政治或军事行动，更多的是去调查一些能力者在民间引发的破坏事件（比如车戊辰和穷奇的事件）。

当然，眼下这个特殊时期，他们还是不得不派人员来参与军事行动了，毕竟联邦都快垮台了，他们若仍是一兵一卒都不动也有点说不过去。

“投降吧。”几乎在身体接触发生的同一瞬，葛凝的这句话也出口了，“别做让自己后悔的事。”

话音落时，她的前胸已紧紧贴住了莉莉娅的后背，其右手钳制住了莉莉娅的右臂，左手则锁在了莉莉娅的咽喉上。

“你是EAS的人，你应该知道我的能力吧？”莉莉娅不慌不忙，语气从容地应道。

“我可没有义务告诉你我是什么人，我也不会因为这么低级的试探就暴露什么

信息给你的。”葛凝的反应也很快，但纵然她嘴上是这么说的，心里却也在犯嘀咕，自己是不是真被看穿了。

“葛副队长，我劝你再思再想，重新评估一下现在的状况。”于是乎，下一秒，莉莉娅干脆就把对方的姓氏和职位都报出来了。

葛凝闻言，心中一惊，不过她仍是不动声色，因为她知道此刻躲在暗处的罗斯和慢哥也听见了莉莉娅的话，所以她决定先争取一些时间，让队友也消化一下这个状况。

“这么说来，你早就发现我了？”短暂地思索后，葛凝接道。

“不是‘你’，是‘你们’。”可惜，莉莉娅又立刻在这博弈中推进了一步，“你不用隐瞒这事儿，你我都清楚，我在发动能力时是不可能被跟踪的，所以你们三个跟踪的并不是我，而是乌维吞马和他的保镖。直到我现身的瞬间，你们才理解了那两人的死因，并迅速做出了要活捉我的判断……

“然而，实际情况是……我早就已经发现你们了，并已向我的队友们发出了消息，此刻我动手解决掉目标并立刻现身，代表了什么，你应该能想到吧。”

话说到这个份儿上，就算不怎么聪明的人也该理解了，总结为八个字就是——螳螂捕蝉，黄雀在后。

但葛凝一时间也没有接话，毕竟人都是抱有侥幸心理的，再者，在这种尚未见到其他敌人的情况下，因对方的几句话就反主为客，有点太冒失了。

莉莉娅也明白这个道理，所以，为了让葛凝死心，她又补了一句:“你的‘隔绝’的确也是一种很高位的能力，尤其是在防御方面，但是你那两位以召唤能力见长的同伴，恐怕很难招架我同伴的偷袭，你若真为他们着想，就放开我，然后投降，我能保证EAS的诸位不会有性命之虞。”

“行了，葛凝，放手吧。”葛凝还没开口呢，不远处的黑暗中，已传来了罗斯上校的声音，“她说的都是真的。”

伴随着那无奈的语气和话语，罗斯和凯九一同从黑暗中走了出来。

凯九倒是没去锁罗斯的喉，只是把一只手搭在了罗斯的肩上，但这也已经足够了。没人知道刚才在那无声的阴影中这两人之间发生过什么，反正从结果来看，罗斯已经没有了再去抵抗的意志。

“慢哥，你也被抓了吧？”走出来之后，罗斯又冲着另一边高声问了一句。

“啊，有位女士从影子里冒出来，把我抓住了。”慢哥不管到了什么时候，还是在用那慢吞吞的语速说着话。

见两位队友都束手就擒了，葛凝也只能深深叹口气，放开了莉莉娅。

莉莉娅解脱后，回头看了她一眼，然后用一种安慰的态度，拍了拍葛凝的肩膀："唉，男人，对吧？"

她莫名其妙就说了这么三个词儿，还是以疑问的语气作为结尾的。

但葛凝好像听懂了，摇头叹气，语重心长地应道："是啊……"

罗斯看到这一幕后，露出了一种呆滞的表情，随即又转头看着凯九道："她们是不是在说……"

"是的，你就是个废物。"凯九都没等他问完，就直接用不耐烦的口气接道，"我也是，赶紧走，别惹事儿。"

凯九快速说完这几句，就推搡着罗斯带头朝着西面走去了。

慢哥和葛凝也不需要押送，自己就跟了上去，当然，影织和莉莉娅还是走在了他们身后，以防万一，另外莉莉娅也得顺带把乌维吞马的尸体运回去（以她的体能，单手拖着走就行，比一般人拖个行李箱还轻松）。

11月1日，早晨7点。

一轮旭日自海岸线上升起，驱走了漫长的黑夜。

阳光如一双温暖的手，抚过了人们给这座城市留下的那些伤口。

大洋城的日出是比较晚的，这也给了逆十字充足的时间去打扫战场。

至凌晨4点50分时，城中所有的联邦军战斗员、各反抗军势力人员，还有一些躲藏在建筑中的罪犯皆已被肃清。

这一夜，有不少人被活捉了，当然，更多的人，没能再看到第二天的太阳。

"扫地"的工作由神武会负责，今日过后，大洋城也将由他们接管，成为他们在摩门和樱之府之外的第三大据点，相信不用太久，它又会变回那个度假、旅游和赌博的圣地。

话分两头，同一时刻，在地球的另一边，却是晚上7点。

魔都，某书店中。

克劳泽正坐在天一那办公桌的外侧，喝着茶。

晚饭的味道不错，这让饭后的茶水也变得更加有滋有味了。

他独自品了一会儿，天一便从里屋走了出来，给自己倒上了一杯咖啡，并坐到了老位置上。

“我很好奇，你以前一个人的时候也会洗碗吗？”闻着对方手上残留的洗洁精的味道，克劳泽不紧不慢地问了这么一句。

“我以前通常都吃外卖，所以不怎么用到碗。”天一知道对方在挖苦自己，但他回答得还是很淡定。

“但你总得洗咖啡杯吧？”克劳泽又问道。

“洗啊。”天一说着，端起咖啡浅尝了一口，“用下一杯，洗上一杯。”

克劳泽品了品这句话，然后视线不由自主地移动到了自己手上的茶杯上：“我这茶杯应该是你婚后才买的吧？”

“那是我以前用来吐痰和瓜子壳的。”天一若无其事地说出了令人作呕的台词。

“哈，哈，哈。”克劳泽面无表情地发出了三声假笑。

天一还没回话，这一秒，刚好有个人推门进了书店。

“我还以为从史三问那边毕业以后就可以少跟屎尿屁打交道了呢。”猎霸提着个四四方方的箱子走了进来，“所以，二位大佬平时就聊这些吗？”

“瞧瞧这是谁来了。”天一抬眼望向猎霸，用充满讽刺意味的口吻高声道，“这不是‘宇宙级’的高手猎霸大神吗？”

“行啦，我在黑洞女王那边听说了不少你的事，你真不用跟我或者跟任何人客气。”猎霸说着，把箱子往地上一放，“‘联邦第一猛将’的头我拿回来了，我的任务到此为止了吧？”

“嗯，已经可以了。”天一随口应道，“女王那边有让你给我带什么话吗？”

“没说什么，就是向你问好，还说她会在‘一切的尽头’等着你之类的。”猎霸回道，“另外就是，她让我正式到宇超联报到的时候，把尼尼也带回去。”

“那你什么时候去报到呢？”天一问道。

“那得看你什么时候能把飞船准备好了。”猎霸道，“我一个人过去倒是不难，但尼尼必须乘飞船，所以我还得在地球上留一段时间，确保尼尼的安全，等有飞船了，再跟他一起乘飞船回去。”

“行吧。”天一耸肩道，“那你再等等，等他帮你搞定了飞船，你们就能出发了。”

天一在说“他”这个字的时候，扫了克劳泽一眼。

但克劳泽可没想到会有这么一眼，当时就惊了：“喂喂，什么意思？我去搞定？”

“放心吧，尼尼的飞船残骸我早就收集好了，碎在太空里的部分和联邦捡到的部分都回收了个七七八八，不足的部分用我们地球上的材料也能补齐，你只要去造个曲速引擎就齐活儿了。”天一用一种很悠然的态度接道。

“我只要造个什么？”克劳泽这句不是提问，是吐槽。

“你不要慌嘛。”天一道，“枪匠做的东方快车引擎已经摸到曲速引擎门槛了，设计图在联邦的档案库里有，虽然至今也没有联邦科学家能做出复制品，但我想，以你的智慧，研究三五个月，再花一两个月改良，就能做出飞船的引擎了。”

“你自己怎么不做？”克劳泽问出了一个直击核心的问题。

“我忙啊。”天一抬起双手枕着头，瘫到沙发椅的椅背上，臭不要脸地回道，“忙着洗咖啡杯呢。”

克劳泽翻了个白眼，不再说什么，喝了口闷茶，算是默认了。

反正等联邦倒台以后，他估计也挺闲的，去研究一下曲速引擎就当打发时间了。

“对了，子临那边，你打算怎么处理？”待那两个老家伙秀完这波，猎霸又看向了天一，问道，“他这会儿应该已经快气疯了吧？不会恼羞成怒毁灭地球吧？”

“呵……”天一笑了，“你也太小看我认准的‘王’了，就这点儿程度，不至于的。”

“你别总拿别人跟你比啊。”克劳泽插嘴道。

“那是啊。”天一道，“他能死，我不能，我可比不了他。”他又喝了口咖啡，“放心吧，他会想开的，也许此时此刻，他就已经想开了。”

“你说的‘想开’，是指放飞自我吗？”克劳泽又道。

“是又何妨呢。”天一反问道，“他已演了太久了，现在终于能做回自己，为什么不让他痛快地飞一回呢？”

彻悟

尾声

2219年11月1日，黄昏。

百岛城。

这又是个下雨的日子，雨不大，但冷。

在这战火纷飞的年月里，水城也并没有太多的游人，而这糟糕的天气，让街上的行人更少了。

就是在这样的时节，在一条僻静的小街上。

一道孤影，默然走在雨中。

没人知道他要去哪儿，就连他自己也不知道。

直到一把伞，忽然出现在了他的头顶。

“你是怎么找到我的？”子临没有回头，因为他很清楚给自己撑伞的人是谁。

“我回过书店了。”莉莉娅说着，将一本包着黑色封皮的书从大衣的口袋里取了出来，并向前递去，“天老板让我把这个捎给你。”

子临没去接书，也没动，只是轻声问道：“你看过了吗？”

“一点点。”莉莉娅回道。

“那就是看完了咯？”子临道。

莉莉娅耸肩，用承认了的语气应道：“乘飞机时无聊，又睡不着，就会想翻点儿什么。”

“也就是说，我在你面前，已没有什么秘密可言了吧。”子临又道。

“不是啊。”莉莉娅回道，“人在每时每刻都可能产生新的想法，所以我对你的了解，也就止步于我上一次看你的心声为止了，此时此刻如果你有什么新的念头冒出来，我自然是不知道的。”

“嗯。”子临点点头，终于是转身，面对了莉莉娅，“那你对‘目前为止你所了解的我’，有什么看法吗？”

“按理说，我应该对你那个‘让浪客给我洗脑，然后让我以你妹妹的身份常年用异能保证你大隐于市’的计划感到怒不可遏……”莉莉娅抬头，望着子临的脸道，“但是，在看完了你全部的心声后，我发现，其实我也不是那么气愤，更谈不上恨你。”

“因为你觉得我很可怜？”子临接道。

“是啊。”莉莉娅用颇为平淡的语气回道，“你是如此可怜、可悲、绝望……我想任何有同理心的人只要换位思考一下，大体都能理解你的那份自私和疯狂。”她言至此处，话锋一转，“但我毕竟不是你，非但不是你，还是一个原本有可能被你牺牲和利用的人，所以，即使我理解你，但我依然不可能认同你或是支持你。”

“呵……”子临笑了，苦笑，“那你说，我这种人，还能改吗？”

“那是你的事，我又不是你妈，没义务来帮你思考这种问题。”莉莉娅道，“我只希望今天过后，我和你还有逆十字再无瓜葛。今后你要做什么事，成为什么人，我都不会来干涉，相对的，我也希望你不要再来干涉我的人生。”

她说到这儿，把心之书强行塞进了子临手里，随即转身就走，重新把子临丢在了雨里。

“我说……”一息过后，莉莉娅才刚走出了几米远，子临忽又开口，冲着对方的背影道，“假如我那个计划，不是让浪客给你洗脑，也不是让你以我妹妹的身份，而是以另一种更直接的、符合你本人意愿的形式让你留在我身边，你会不会更易接受些？”

“噗——”下一秒，莉莉娅愣是笑出了声来，她用一个小痞子般的动作歪过头、转过脸来，看着子临道，“书现在在你手里，你看一眼不就知道了？”

“自从越狱结束后我就没再看过你的心声了，这你应该也是知道的。”子临回道。

“那你为什么不看呢？”莉莉娅说着，再度转身，面向了子临。

“我……”子临想了想，“我觉得人与人之间有时候还是保留些秘密更有趣些。”

“那为什么别人的心声你又照看不误呢？”莉莉娅又问道。

子临用理所当然的语气回道：“工作需要啊。”

“呵呵……”莉莉娅笑着点点头，迈着仿佛从《雨中曲》里学来的欢快步伐，啪啪地踩着地上的小水洼，几步回到了子临跟前，“你知道你这人最需要的是什么吗？”

子临低头看了看自己的裤子，望着上面那些刚被莉莉娅溅上去的泥点子：“一家靠谱的干洗店？”

莉莉娅没有接他这句吐槽，而是撒手把肩上的伞一扔，忽地伸出双手捧住了子临的脸。

“你需要的是……”她面带微笑地说着这句话，同时，她那两只手的动作由“捧”变为了“捏”，“……一本能看见自己心声的书，来治治你那自负的、迟钝的、虚伪的、天真的、无药可救的脑子……”她一边说着，手上一边加力，挤压揉搓着子临的腮帮子，将子临的嘴唇挤成了章鱼嘴，脸也挤得像个傻冒样儿，“……你个白痴！”

她骂完，捏完，长出了一口气，脸上也笑得更灿烂了，好似这波发泄得挺爽。

随后，她又捡起地上的伞，甩了甩头发，扬长而去。

留下两边脸被挤得通红的子临独自站在原地，半天没回过味儿来。

不过，“半天”后，子临还是回过神了。

此时，雨也停了。

他把心之书揣进衣兜，把额前湿透了的刘海往后捋了一下，顺势抬头，正瞧见一轮新升的明月从渐散的乌云中漾出。

然后，就如天一所预料的那样，他“想开了”。

莉莉娅那番荒诞而随性的举动，让子临很受启发。

其实人有时候真不必想得太远，眼前的感受才更重要。永远都会有某些意外去改变人们规划好的未来，即使没有，人自身的想法也会随着阅历的增加慢慢变化，至于这些变化是好是坏，总是未知的，也正是这种“未知”带来的苦难或幸福，才让人生变得有趣，变得有意义。

这天过后，子临不再纠结于逃脱宿命。

他接受了命运对自己的种种束缚，他也不在乎自己还要为这个世界再付出多少。当然了，作为交换，他也会在此后的人生中，随心所欲地对这个世界予取予求——无论后世会怎样去评价由他所统治的这个王朝。

VOLUME FOUR

卷四

ZHOU 纣 · LIN 临

罪徒

第零章

平庸，是一项伟大的品质。

我，就是一个俯拾皆是的平庸者。

我碌碌无为、依附如风，但又自命不凡，自觉与众不同。

在过去的几年中，我依靠着极少数高标卓识、坐言起行的超凡者，在这世上引发了一场“变革”。

但变革，终究是一种错觉，本质上来说，它只是某种轮回的一部分。

变革的终点，仍是平庸，被“改头换面”的世界，终将被交还到平庸者们的手中。

然后，在很长的一段时间内，人们都会以为，这个世界已经变了，变得不同了，变得更好了……就算还有些不好的地方，那也只是变革带来的阵痛，迟早会得到解决。

但其实，不会。

什么都没变，轮回还在继续。

不过，我会骗他们的。

我会尽力让他们觉得一切都变了。

当然，我也会在付出的同时，尽可能地向这个世界索取我想要的东西，来填补我内心的空虚，以及让自己忘却命运的沉重。

毕竟，对我来说，平庸是很简单的。

我曾经也觉得，越困难的事物就越有趣，但现在的我，并不太喜欢去和困难打交道。

因为，我累了。

而做一个普通人，真的很轻松。

真正的目标

第一章

一

2220年，5月的某天。

第六帝国，皇宫。

这座宫殿，位于黑地山脉的东侧，外观上看大体是复古风格，但内部巧妙地融入了全现代化的软硬件设施，可说是完美地将奢华与实用性结合在了一起。

即便以这个时代的科技水平来看，这座建筑的诞生也可称得上是建筑史上的奇迹，不仅是因为它的富丽堂皇、巧夺天工，更是因为它从开工到竣工，总共只花了四个多月的时间。

当然了，如果把逆十字所掌握的黑科技考虑进去，这可能也并不算什么特别赶的工程了……

这天的深夜，子临歪斜地躺在他那超大的“铁王座”上，面容微醺地玩着手机游戏。

王座之下的朝堂，早已空空如也，一片漆黑，只有王座两侧还留着两处不算很明亮的冷色调光源。

王座那宽大的扶手上放着一瓶见底的红酒，和一个半满的酒杯。

酒是好酒，不过子临并不是那么容易醉的人。

同样的，他也不是那种放着柔软的床不躺，喜欢特意躺在王座上玩游戏的人。

他在等人。

等一个不速之客。

至于为什么要在这里等？非要说的话就是——有仪式感。

就在子临倒光了瓶中的最后一滴酒时，一抹月光从乌云后探出、透过数米高的落地窗洒了进来。

同一时刻，朝堂的阴影中，也出现了一道人影。

他的名字是杰克·安德森，人称——杀神。

“好久不见啊，杰克。”子临神态自若地喝了口酒，用眼角撇着杰克问候道。

“是啊，得有半年了吧。”杰克回道。

“最近在忙什么呢？”子临又道。

“忙着在世界各地减轻你那些暴行附带的伤害。”杰克道。

“那还真是辛苦你了。”子临悠然接道，“不过最近这阵儿我的肃清行动已告一段落了，你应该也闲下来了吧。”

“所以我来找你了啊。”杰克沉声道。

“嗯。”子临点点头，再道，“此刻，既然你出现在了本王的面前，那么我能不能认为，本王的两位御前护卫都已经死了呢？”

“他们应该死吗？”杰克没有回答他的问题，而是反问了一句。

“他们当然该死。”子临回道，“他们最好是被你杀死的，因为那叫殉职，最多算无能。”

他这话，显然还有半句没说出来——假如凯九和K并没有被杰克杀死就把杰克放进来了，那就是另一种性质，那亦是死罪。

“那你就当他们已经死了吧。”数秒后，杰克如是应道。

“呵……”子临笑了。

这笑容只持续了瞬间，紧接着就变为了冷酷。

下一秒，子临忽将手中的酒杯朝着杰克的方向扔了过去，摔碎在了朝堂的地板上。

玻璃的碎片顺着光滑的大理石地板碎散滑动，杯中的红酒也在地上淌开，散发出丝丝酒香。

“是什么让你认为，你可以指使一位王去怎么做、怎么想的？”子临说话间，已站起身来，一步步顺着台阶向杰克走去。

他若无其事地踩过碎玻璃和红酒，直到与杰克相隔半米，对面而立。

“难道你觉得，凭你自己一个人……”子临站定后，冷笑道，“……杀得了我？”

子临话音未落，一抹冷色，已在月光的映照下闪出。

这一刻，袖剑的锋刃已从杰克的袖中探出，抵在了子临的咽喉上，只要再进分毫，便会见红。

六个月前，星郡，某处。

早晨，伊如诗像往常一样，吃完了早餐，步行了几分钟，来到了一家医院。

她和这间医院里的医生护士都很熟了，经过走廊时，时不时就有人跟她打招呼。

8 点，她准时来到了医院顶层的一间病房里。

这间病房虽然并没有标上“特需”或者“VIP”这样的字样，但内部的设施和配套的医护人员都是整个郡最好的，而且其所处的位置，也是在一个没人会来的死角，想要过去，必定要经过保安室。

这病房里只有一个病人，名叫冼小小。

在那些不知情者的眼里，这个女孩应该是某位神秘富翁的亲属，年纪轻轻就不幸成了植物人，被养在了这间医院里。

但实际上，她并没得任何病症，相反，她十分健康。

她会保持沉睡的原因是，每天都有人将一种特制的镇静药物通过输液的形式供给她，当然，维持人体机能的营养液和抑制异能的“原始哈迪斯神雾”这两种东西也是必不可少的。

也只有以这样的方法，才能暂缓其能力的成长，以及维护现实世界的秩序。

毕竟，她是这个星球上仅有的两名“现实修正者”之一。

伊如诗负责照顾冼小小已经有相当一段日子了，自从这年 2 月她和失散多年的妹妹重逢后，她就从珍珠郡搬到了这里，并得到了一份“私人护理”的工作。

这份工作的报酬很不错，而工作内容则非常轻松，她只需要每天白天过来陪陪冼小小，给后者念念书、翻翻身，活动一下四肢关节，顺带再做些简单的清洗工作即可。

因此，白天的大部分时候，伊如诗只需要坐在病房里看看平板，和偶尔造访的医生护士聊个天，到了傍晚下班后，其住处也就在附近，晚上她愿意去蹦迪也好，运动也罢，都是自由的。

最重要的是，搬到这里后，她的妹妹伊如梦经常会来看她。每当两人相聚时，她这住处，便也有了几分“家”的氛围。

尽管伊如诗并不知道自己的妹妹究竟是做什么的，也不知道冼小小的来历，更不知道是什么人用如此丰厚的报酬来雇用自己从事这样一份看起来谁都能做的工作……但她能感觉到，只要自己维持现状，便可以让妹妹安心。

和自幼失踪、坚强勇敢的妹妹不同，伊如诗一直是个简单、平凡的女孩，她并没有很好的头脑，也没有什么非凡的潜质，她有的只是难能可贵的善良、真诚和乐观。父母亡故后，她也就这么平凡的、艰辛地活着。

虽然她内心深处一直认定自己的妹妹没有死，且一定在世界上的某个角落幸福地生活着，但当影织真的出现在她面前和她相认时，她还是像个普通女孩那样差点哭晕了过去。

那之后不久，她就来到了这里，过上了现在这种日子，并“幸运的”避过了这八个多月来发生的所有战乱以及那臭名昭著的“铁笼之炎”事件。

但就在今天，她这按部就班的安逸生活，似乎到头了。

上午 10 点，伊如诗刚给冼小小翻过身，忽然就有人敲响了这间病房的门。

她说了声：“请进。”

推门进来的是她的妹妹。

而影织的身后，还跟着另外两人，厉小帆和凯九。

“姐。”影织进屋后，脸上还挂着微笑，边打招呼边和姐姐拥抱了一下。

但拥抱过后，伊如诗就用担忧的眼神，望着影织那假笑的面容道：“怎么了？”她说着，转头瞪了厉小帆和凯九一眼，好像在用眼神质问“是不是你俩欺负我妹妹了”？

“你跟我来。”影织也没有耽搁，当时就拉着姐姐的手出了病房，直奔停车场，把一脸无奈的厉小帆和凯九丢在了病房里。

“欸？”伊如诗一时有些无措，“你带我去哪儿啊？”

“去哪儿都行，离开这里。”影织回道。

“哈？”伊如诗的力气可远远不如妹妹，别说是拽着走了，就算影织把她扛起来，她基本也没有反抗的余地，所以她想停下脚步是不可能的，只能踉踉跄跄地跟着妹妹，边走边道，“怎么回事啊？这突然之间……”

“我们自由了。”影织道，“就这么回事。”

“什么？”伊如诗听不懂。

她当然听不懂，因为她并不知道，她和冼小小的处境实质上是一样的——都是类似被软禁的状态。同时，她也是子临的又一道“保险”，是保证影织不会背叛的人质。

“到车上我会跟你说的。”影织回道，“总之我们今天之内最好就离开这个郡。”

“啊？”伊如诗都傻了，“可……你至少让我回家收拾一下东……”

“姐……”影织打断了姐姐的话，“有我在还不够吗？”

伊如诗愣了一下，然后望着妹妹，笑了：“好吧，我跟你走就是了。”

二

2219 年 11 月 15 日。

距离星郡东海岸的那次“反抗组织联盟会议”刚好过去两周的时间。

如果各位不清楚这两周的意义，那么我可以说得再明白些——用比较完整的尸体为基础去制造克隆人并注入以纳米机器人为载体的受控型 AI 人格，差不多是要花两周时间。

于是乎，就在这个时间点上，一则堪称惊天动地的消息，同样是在星郡的这片土地上被发布了。

这天，包括铁血联盟、克亚米游骑兵、崖山、柏柏尔之魂在内的，所有为公众所熟知的反抗组织，皆派出了代表，即他们各个组织的领袖“本人”，在一场于乔治城举办的新闻发布会上，宣布了他们的组织将全部归入一个名为“第六帝国”的新政权之中，成为一个“统一的整体”。

这个新政权，正如其名，采用的是帝国制。

那些反抗组织合并进去以后，不会再是联盟、联邦，或者其他类似的带有自治性的组织，它们的所有行政和军事权力都会移交给帝国。自这天起，所有的反抗军，上到军衔、制度，下到着装、称呼，都将一致化。

尽管对于这世界上的某些人，尤其是联邦那边的高层来说，这事儿也算是意料之中、迟早要来的，但真的事到临头时，他们还是难免为之焦躁、恐惧……

可惜，恐惧并不能改变他们的命运，只会将他们慢慢推向绝望。

由于早在各组织归顺之前全球绝大多数地区都已是反抗军所控制的地盘儿了，所以当第六帝国成立时，它基本已经占有了除西洋洲西部之外的全部领土，军事上其实也没有太多仗要打了。

在接下来的半个月里，第六帝国将很大一部分精力都放在了舆论控制上，毕竟这个星球上的人民已经有一百年左右没接触过帝制了，肯定会有不少人感到困惑、畏惧、反感……

这种时候，自然就得把那些社会上的公知、文娱圈人士、意见领袖、偶像等拉出来，对世人施加影响，让更多的人站到支持新政权的一方来，同时利用多方面的手段把那些反对的声音逐渐淹没掉。

至于手段到底有哪些？是技术层面的也好，心理层面的也好，线下物理层面的也好……这里也没必要一一举例赘述，反正这些事儿，厉小帆是个中好手，交给他去办就行了。

而与舆论战同步展开的，还有三件事儿：

其一，收编、混编所有反抗军中高级指挥官，通过调动各地的人员配置，将原本那些团体、派系全部拆散打乱，防止军中出现“有反抗组织旧部不服领袖的归顺行为于是开始拉小山头准备纠集人马乱动”的苗头。

其二，颁布“临时法”，并向各地方派遣帝国任命的公务员班底，即以“总督”为首的领导班子，正式接手各地包括行政、治安、经济等多方面的政务，解决反抗军占领时期行政管理和治安混乱的情况，很大程度上安抚了民心。

其三，消灭或吸纳西洋洲西部以外的仍旧效忠联邦政府的军事力量，彻底扼杀任何成规模的武装对抗活动。

简而言之，这半个多月的时间，在子临的一系列举措下，全球的形势迅速趋于平稳。当老百姓们回过味儿来的时候，那“乱世”的感觉仿佛已经过去，几乎所有在帝国占领区的人都已不再会去担忧“自己和家人的生命财产可能会随着一发流弹蒸发”这种事了，他们现在更多地在感受着时代更迭、政权变更后的一些民生上的变化，而一些头脑精明的投机分子则已经在寻找可能伴随着这个时期一同出现的一些机遇。

日子，就这么一天天过去……

对于联邦高层的权贵们来说，这半个多月可说是度日如年。

第六帝国真要是剑拔弩张地把水晶郡给围了，跟他们军事对峙，外加各种谈判，逼得他们各个部门每天开八次会，那他们可能还没空瞎想。

可子临的做法却是——把他们晾着。

简而言之，就是一种根本没把现在的联邦当回事儿，也没空理你们的态度。

这就让联邦政府很是尴尬了，因为水晶郡这个地方，尤其是克里斯托城里的那些居民，说得直白点，是靠吸全球人民的血才过上好日子的，他们一直都是位于金字塔顶端的既得利益者。但现在，他们却成了空中楼阁，断绝了和外界的各种来往，无论是交通运输、经济，还是通信……即使帝国不刻意去封锁他们，他们在一个已经基本舍弃了农业和工业多年的郡里，也根本无法做到自给自足，更不用说维持原本的奢华生活了。

在这种局面下，接下来会发生的事情就很明显了……

水晶郡的守军和居民们、各个特种暴力机关里的执行者们、克里斯托城里的权贵们，还有那些为权贵提供各种服务的平民们……在那阶级至上的联邦体系下，支撑着这些人和阶级之间平衡的东西如今已经崩坏。

假如这个时候有人（比如帝国）从外部施压，或许联邦内部还能在压力之下忽略掉很多问题，大家勒紧裤腰带团结起来一同抗敌。

然而，子临并没有给他们创造这种条件，而是选择了一种让他们最难受的方式。

这样一来，联邦内部的矛盾爆发，无疑也只是时间问题了。

12月2日，天选岛，“斌尊”的书房。

待燕无伤和何怀出去之后，姬斌便离开了沙发椅，起身踱了片刻步，然后来到了书架边，挪动了一本书的位置。

接着，他便默默地走到酒柜前，打开酒柜的玻璃门，抬手选了一瓶红酒。

这个选择没有什么特别的意义，只是因为当时当刻，他想喝这瓶酒而已。

还没等他把开瓶器展开，就有人敲响了他书房的门。

“进来吧。”姬斌一边忙着手上的事，一边随口说道。

保罗·阿克蒙随即就走进了房间，当然，各位可能更熟悉他的另一个名字——辛迪加。

这个一米六出头、一百斤都不到的小个子西洋洲人，还是穿着他那身量身定做的茶色小西装，举手投足间透出一股子市侩的气息，却又不失应有的优雅和礼仪。

“您找我。”辛迪加进门后就恭敬地站好，回应了主人的呼唤。

姬斌跟他也不用多说什么客套话，直接就入了正题：“我刚才给了燕无伤一个刺杀樱之府总督的任务，由阿秀维持着修改他认知的状态，陪他一起去。”

辛迪加闻言，稍加思索，问道：“您是有什么不放心的地方吗？”

“呵……”姬斌笑了，“我的手下之中，属你办事最为周全，不如你来告诉我，这里面有什么隐患吗？”

“燕无伤这个人本身就是隐患。”辛迪加的确心思缜密，他几乎不假思索便答道，“阿秀可能会有危险。”

“嗯。”姬斌点点头，“你说对了……”他顿了半秒，“……一半。”

辛迪加应道：“请大人指教。”

“燕无伤是隐患没错，但阿秀不会有什么危险。”姬斌道，“他的能力、他对我的忠诚，以及我对他的信赖都很有价值，所以，就算他出事，也不会被杀，最多是被生擒洗脑之类的……没关系，都有回旋的余地。”

“那您是希望我……”辛迪加用询问的语气接道。

“你带上休和花冢君，晚他们几个小时出发，一起去樱之府。”姬斌道。

“是作为行动的保险吗？”辛迪加问道。

“不。”姬斌说话间，把手上的红酒打开了，并给自己倒上了一杯，“你们另有任务。”他说到这儿停下，喝了口酒，品了品滋味，并露出了一丝笑容，“我真正的目标，自然不会是一个小小的樱之府总督。即便那小妮子同时担任着神武会的当家，但在逆十字那边，她也无非是个随时可以被取代的棋子而已，杀她没有什么价值……

“我这次把阿秀和燕无伤派出去，其一，是为了通过这次任务测试燕无伤的忠诚；其二，也是为了分散敌人的注意……”

辛迪加听到这儿，又问道：“那么您真正的目标是？”

“把榊无幻给我带回来。”姬斌紧接着便说出了自己的命令。

“明白。”辛迪加沉声诺道，“这一次……属下一定不辱使命……”

三

2219年12月3日，黄昏。

麦尔洋上某处。

“我讨厌坐船。”榊说这话的时候，正站在一艘小型游艇的船舷，无精打采地凝望着起伏的海面。

尽管海上的夕阳十分美丽，但此时的他可是一点欣赏的心情都没有。

因为他这是在“跑路”。

和他一起跑路的还有另外两人，一个是雅子，也就是我们那位赌博世界的女王，看起来永远只有十三四岁的盛宫雅子内亲王大人，而另一个……是“老兵”，索利德·威尔森。

“为什么啊？”听到了榊的抱怨，正在游艇二层的躺椅上悠然喝着果汁的雅子微笑着挖苦道，“我可是听说你很擅长游泳来着。”

很显然，像雅子这样的人物，不可能对当初的“四叶草号游轮事件”一无所知，她甚至都知道那时候的榊在摆脱阿秀和花冢的追杀时说了什么台词。

“跳海里游泳的前提还不是因为继续待在船上就要死了？”榊回道，“这恰恰说明了我为什么讨厌坐船，好吗？”

“的确，看来你一坐船就会有糟糕的事发生呢。”下一秒，同样站在船舷抽着雪茄的索利德忽然开口接了一句。

虽然索利德在绝大多数时候都是在用同一种沉稳的语气说话，但因为接触的时间也比较长了，榊和雅子都能听出其中那微妙的变化。比如此刻，他们就都听出了索利德已经进入了警戒状态，且话中有话。

因此，当索利德话音落时，雅子已将脸上的墨镜推上了额头，起身来到了船的这一侧朝外观望，而榊也是转头朝着索利德正在眺望的方向看去。

在那璀璨的夕阳下，他们看到了三个人——三个在海面上“行走”的人。

一个是瘦小的白人男子，一个是形容体貌如鬼神般的壮汉，还有一个是身材修长的白人中年男子。

“喂喂，咱们都已经提前溜到海上来了，这样都能被找到吗？”榊这话，是冲着索利德说的。

索利德耸肩应道：“一般来说，张三给的情报是不会有纰漏的。我刚才还和他互通过消息，确认了燕无伤已经回归逆十字，阿秀也已经被搞定了。”他顿了顿，“但是，他只字未提还有这‘另一拨人马’存在。”

“所以？”榊大体已明白了索利德的言下之意，但他还是希望对方把话挑明了说出来。

“所以……”索利德道，“这应该是子临送给我们的‘临别礼物’吧。”

关于他口中的“临别”这事儿，还得往回说……

昨天，也就是12月2日这天，子临已答应了榊、雅子和索利德，允许他们辞去在第六帝国的所有职务，放他们自由。

放雅子走的原因很简单，首先，雅子早就不想继续和第六帝国扯上关系了，她本来就对体制内的高官厚禄不怎么感兴趣，只是因为“待在胜利者这边比较安全”才继续留着的。最近这段时间，在看到了子临对其他那些组织的领袖做的事之后，雅子也是越来越害怕，怕自己哪一天违逆了那位帝王的意愿，也会落到相同的下场，所以她的去意越发强烈。

其次，在12月3日的行动成功后，雅子的父亲崇宫廉仁便将通过脑部移植手术得到阿秀的身体，而一旦他得到了阿秀的身体，他就可以回来自己来统领“神武会”，不再需要雅子代劳。再进一步讲，阿秀的身体还很年轻，且有着健全的生育能力，崇宫廉仁在适应了新身体后，完全可以再生若干个健康的、“听话的”孩子，并培养、挑选其中的一个作为自己的新继承人。

在这种情况下，雅子这个既不听话、生理上也基本不可能有后的现继承者，自然就变成了一个无用的，甚至是让崇宫廉仁感到碍事的存在。尽管他们之间也是存在父女亲情的，但像崇宫廉仁这样有着强烈封建帝王情结的人，并不会在“与一些无用的子女断绝关系”这种事上纠结太多的。

综上所述，放雅子走，无疑是双方都乐于看到的一种结果。

接着来说索利德……

在决定协助杰克的那一刻，索利德其实已经有了死的觉悟。他并不怕死，能在逐渐凋零前死于非命，并且能在死前做自己觉得正确的事，是这位老兵的夙愿。

然而，出人意料的是，11月1日的那件事过后，子临非但没有杀索利德，甚至连提都没提那事儿。

当然了，他肯定不是因为不知道才不提的，而这反而更让人感到头皮发麻。

最后还是索利德实在忍不住了，自己去跟子临说起了这事儿，问子临为什么无动于衷。结果子临回答他：“于你而言，你配合杰克他们做的事，并非是出于私怨，而是在为自己的良知殉道，这点上，我们三观不同，我用嘴说服不了你，用武力也无法让你屈服，所以也没什么好说的。

“于我而言，亲情的羁绊、复仇的快感……我从来也没有过。我只知道，你们已经成功了，成功破坏了我原本的计划。杀了你，子栖也不会回来；杀了你，我原来的规划也无法再实现……再说，你也早就有了死的觉悟，杀你我也不会快乐，不会赢，完全没有意义。”

以上，是子临明面上说给索利德听的。

足够了，但并不是全部。

还有一件事情，他没有告诉索利德，也没有必要说出来，那就是——索利德被拉入逆十字的真正意义，本来就是为了对付子栖。

在子临原本的计划中，如果子栖没有按照子临的意愿替他为王，甚至与子临发生冲突时，索利德的“凡骨”，就是子临为了对付自己的弟弟而留的一道保险。

达到凶级的“凡骨”，可以在较长的一段时间内消除掉子栖的部分能力，在这个基础上，浪客的“诳语无戒”便有了趁虚而入的机会。

为了实现这个设想，子临还准备了一系列“让索利德在达到极限的战斗中升到凶级”的布局，然而由于子栖在一个较早的时间点上表露了自己愿意配合子临，所以这个计划并没有实际展开。

正因如此，早在4月份的时候，索利德就和榊一起被分配到了雅子这边，成了两个大闲人。

如今，子栖也死了，没有子临的帮助，索利德靠自己永远也到不了凶级，所以他也成了个无用之人，再加上他和榊的关系不错，杀他可能会得罪榊，还是放了吧。

说到这儿，可能有人会奇怪，子临还怕会得罪人吗？而且是怕得罪榊？

答案是，会的，而且他应该怕。

“祸榊”的能力，其实也是一种“神祇体质”，其神格对应的是一位无名之神，因为这位神象征着灾厄和祸乱，以至于连说出它的名讳都是禁忌。

只有天一、子临、克劳泽等少数人知道，榊那能力，实际上是无法用“纸、并、强、凶、狂、神”这种标准来测定的，当然非要用这套标准来算也行，毕竟他的体术破坏力和能量掌控力这两项总能找到对应的级别。

但以能力本身的特性而言，榊的异能在纸级或神级时都没什么区别，就是会将本应降临在自己身上的“不幸”以一种相对合理的形式转移给身边的人。

这能力大多情况下是即时生效的，但延时和慢性转移的情况也并非不可能。而且，越是遇到极端状况，“祸移”的形式和威力也会变得越发不合理，且“没有极限”。

这个乍看之下似乎只能被动触发的自保能力，实际上是强到难以置信的逆天神力……

举例来说，在“冥界门前”，车戊辰开枪打榊的那一次：在榊受伤、有可能死在阵法中的危机发生时，冥界之蝶突然出现，解决了秋正一的魂魄，这就属于即时触发。

但那次……真的只有秋正一被转移到了“不幸”吗？

的确，秋正一是当时在主观上想要害死榊的人，即死也很正常，但当时在本意上是想要救榊，实质上却射伤了榊的车戊辰呢？他就真的没事了吗？

很显然，祸榊的“延时”效应并没有放过他，车戊辰后来的遭遇并非偶然。

再往更深的一层说，在行动前指使车戊辰遇到危机就攻击榊的子临，又如何呢？他的计划被打破也是偶然的吗？

榊的师父“雀叟立川”，他那悲惨的结局，真的仅仅是“一个赌徒失去了运气”造成的吗？

当初骗了榊许久，又指挥花冢杀他灭口的阿秀，现在怎么样了？

或许，榊的这个能力，才是真正应了子临的那句“我们每个人都有罪，没有人能瞒天过海，没有人能逃脱审判”——那冥冥之中的力量，最终不会放过任何人。

另外，还有一种情况，即当榊身边一个人都没有的情况下，“不幸”发生的情况。

那时，他的能力也不会失效，相反，那才是最危险的状况。比如他从四叶草号上逃生，在海里差点被淹死那次，发生在他身上的“不幸”依然被积攒了下来，并演变成了“雷击”这种形式，最终降临到了凯九的身上。

那么想象一下，如果榊跳进了岩浆里，或者进入外层空间、跳进太阳或者黑洞……然后在那些瞬间就可以致死的环境中待上几天、几个月，乃至几年……会发生什么？

其积攒下的“不幸”，完全可能以任何匪夷所思的，超脱时间、空间、现实，乃至意识和虚无等所有领域的形式，降临在某个存在的身上。

任何人，即使是史三问，都有可能被这个能力所击败。

因此，榊无幻被招募到逆十字的原因也是显而易见的——他可以待在逆十字这边什么都不干，但绝不能被其他任何一股势力所利用，否则，除了天一之外，谁都不是安全的。

今天，既然榊和雅子、索利德一样，已被子临允许“离开”了，那只能说明一件事，子临已经把该收拾的对手都收拾得差不多了，剩下唯一一个还能掀起点风浪的斌尊，也已是明日黄花、命在旦夕。

“你的意思是……子临知道还有一批人要来追杀我们，但故意让张三别告诉我们对吧？”雅子听到了索利德和榊的对话，便适时接了一句。

“是啊……”索利德道，“利用我们这三个弃卒削弱一下斌尊那边的战力，这不是一举两得吗？”

站在他们三人的角度考虑，似乎是这样的，毕竟他们仨，包括榊自己，都不知道“祸榊”的价值所在。

但从子临的视角出发，其实并没有那个意思：他可不需要利用这三人去削弱斌尊的实力，对付斌尊的计划子临半个月前就已经定好了，他手上的战力也完全有能力去执行这个计划。

子临隐瞒情报的原因只不过是因为他已经通过心之书确认了榊、雅子和索利德三人都坚定地想要归隐，不可能再去加入任何势力，更不用说“被胁迫着”去加入任何势力了。

而辛迪加此行则是立功心切、志在必得。因为上次行动的失败，让他一直憋着口气想再次证明自己，今天他无论如何也要把榊无幻带回去。

所以，双方的这次接触，到最后必然会演变成对立的局面，并诉诸武力，这反而是更加断绝了榊被斌尊招募的可能。

当然，子临也考虑到了“雅子和索利德被杀害，让榊产生复仇的念头，并在干掉斌尊之后回头再来找有着部分责任的自己”这种展开，所以，为了保险起见，他还是留了一手，让暗水事先潜伏在了榊他们所乘坐的那艘小船上，以防万一。

如果他们仨能自己解决，那最好不过。解决不了，暗水出来帮忙，子临也算卖个人情给他们，怎么也不亏。

“别误会！”辛迪加一边在一张“血毯”上走着，朝着船步步靠近，一边已冲着榊他们说道，“我们只是想找榊君谈一谈。”

“我可不觉得咱们之间有什么好谈的。”榊这时也紧张起来，因为他觉得我方能打的就索利德一个，而对方那三人无疑全是高手，真动起手来怕是要遭，但他也无能为力，只能边给雅子和索利德使眼色，边试图用话语来拖延时间，“而且真要谈的话，你们过来一个人就行了吧？三个人一起过来搞得我有点儿紧张呢……”

“斌尊大人的意思是……”辛迪加像是没听到他的话一般，继续道，“想让榊君跟我们回去慢慢聊。”说这话时，他和他身后两人的脚步并未放缓，甚至反而越走越急。

“切……”榊暗啐了一声，他已看出对方没有分毫妥协的意思，于是他干脆改用很不客气的语气回道，“当初在四叶草号上我都没有接受阿秀的邀请，如今我就更不可能……”

“此一时！彼一时！”辛迪加高声打断了榊的话，“你现在不是也离开逆十字，或者说第六帝国了吗？想必你也是不认同子临的做法，才会走的吧？”

“我认同谁，不认同谁，已经不重要了。”榊道，“我们三个现在都只想过普通人的生活，不想再掺和你们这些大人物之间的斗争，一秒钟都不想。算我求你们放过我们行不行？”

闻言，辛迪加表情微变，两秒后，他摇了摇头，然后闭上眼睛，深呼吸了一次。

他呼出的那口气，变成了一声叹息。

站在他身旁的休和花冢都明白他的意思，霎时，但见花冢身形一闪，已然跃至半空，他不由分说，便直扑船上的榊而去。

榊本身的体术和能量操控都不强，姑且算是并级中上水准，而他也不清楚自己“祸榊”能力的真相，所以面对花冢的攻击，他并没有什么办法。

而雅子的“乌鸦嘴”很显然也是个有诸多限制的能力，通常来说，她只有在赌桌上才能凑齐发动的条件。若是她的能力在日常生活或者战斗中也能随便用，那她使用“我由衷地希望自己今天遇到一点意外”或者“我由衷地希望你在接下来的十秒内不要猝死”这种句式就能解决几乎所有的危机了。

因此，眼下，这游艇上的三人之中，也只有索利德能对花冢的突袭做出应对来。

呼——

说时迟那时快，但见索利德一个闪身，同样跃至半空，来到一个比花冢更高的位置，压在了对方起跳的抛物线上，以一个自上向下斜压的角度轰出一拳，试图阻下花冢。

“哼……”见此情景，站在十米开外的海面上的辛迪加不禁露出了冷笑，因为在他看来，索利德的举动完美诠释了四个字——以卵击石。

砰——

果然，一秒后，伴随着一声震响，花冢挥起的巨拳与索利德的拳头相撞了，碰撞的结果也不出意料，索利德那条刚装上一个月的金属义肢瞬间就被打成了碎片，他的身体也在余劲的冲击下失去平衡，在空中翻转了几圈后，便跌进了海里。

“他还没死吧。”一息过后，休冷冷地看着索利德坠海之处，道了一句。

“啊……”辛迪加知道同伴的意思，当即回道，“就交给你处理了，尽量抓活的。”说罢，他也从“血毯”上跃起，跳向了游艇。

待辛迪加跃起后，休便操控着脚下的血毯，将其变成了一个直径三米左右的球体，把自己包在其中，宛如一个老式的潜水舱，然后他就站在这个血球中，迅速沉进了海里。

另一方面，击退了索利德的花冢，以及后来的辛迪加，已然先后跳上了游艇。

榊这个时候已经翻身上了二层甲板，挡在了雅子身前，看着那逼近的二人，他也没多思考，几乎脱口而出道：“好吧，你们要找的是我，和他们无关，让他们走吧，我会跟你们回去的。”

“呵……”辛迪加闻言，冷笑一声，“本来我的确是这么打算的，然而，从我们出现到此刻，这短短几分钟内，你的诸多言行都显示出这两人和你的关系不一般啊……”他顿了顿，“考虑到这点，把他们抓回去作为人质来威胁你，无疑会是个极佳的选择。”

他话音刚落，只听得“哗啦啦”一阵水声，两道人影应声跃出了水面。

两秒后，直接跳到了这二层甲板上的休一个甩手，就把自己单手提上来的索利德像个垃圾一样扔到了辛迪加的脚边。

辛迪加低头瞥了眼双目紧闭、全身僵直的索利德，随即看向休道：“你确定给他留了口气？”

“放心，我只是给了他一发小小的脑血栓而已，造成的损伤在我的控制范围内，他暂时还死不了，当然也不会自然醒来。”休用略带炫耀的语气回道。

“嗯，那就好。”辛迪加听到这儿，心中大定。毕竟对方阵中唯一一个能打的已经被秒杀了，剩下那两人自是插翅难逃，只能任其摆布。

“那么……”辛迪加说着，又看向了榊和雅子，“……二位都是聪明人，我也就不拐弯抹角了。”他摊开双手，摆出一副演讲的样子，“眼下，要我放你们中的任何一个走都是不可能的，而为了避免节外生枝，我也不打算和处于清醒状态的二位一起长途旅行。所以，为了让接下来的旅途轻松些，你们有两种选择：其一，吃两片儿我带来的药，睡上一觉；其二，就是让花冢给你们来一次物理麻醉……”

他得意扬扬地说着这些胜利者的台词，却丝毫没有注意到，就在他说话的同时，站在他身后的花冢，已经无声无息地死去了。

那么是谁？或者说……是谁有这个能耐，可以在那么短的时间内悄无声地杀死花冢这种高手呢？

想必各位也早已猜到了，是暗水。

具体点说——伪装成休，站在毫无防备的花冢背后的暗水。

适才，休见索利德落水，便用血球包住自己潜下去追杀。本来，对他这位“鲜血魔术师”来说，只要不被“凡骨”率先接触到身体，几乎就没有输给索利德的可能，毕竟他只要动动手指就能让对方的心脏爆掉。而且在海里，索利德游泳的速度绝对不可能比他那血球移动的速度更快，更不用说休的血球本身也是一层可以阻断海水和外来物的防御屏障。

因此，追下去的休，压根儿就没有想过自己会遇到什么危险。

他又怎会想到，有一个在海里移动得远比他更快，且用肉眼根本难以辨认的超强存在，早就在船底等着他了。

入水后不到五秒，休就被暗水给“吞噬”了，他的血球屏障在暗水的突袭下就跟个鼻涕泡差不多——一戳就破，而他本人的体术自然也不可能抵御暗水这种强敌的攻击。

休被杀的景象，索利德虽没有看得很分明，但他也发现了动手的正是暗水。

随后，暗水便快速来到了索利德的身边，用自己的身体制造了一个类似血球的隔离环境，在里面跟索利德简短地交流了几句，说了个简单的计策，再然后，他们就在辛迪加和花冢的面前上演了那“跃出水面”的一幕。

其实，如果辛迪加的心思再缜密些，疑心更重些，他应该是能看出些许“休是假冒的”破绽的，因为休刚才下水时，还是站在血球里面移动的状态，但伪装成休的暗水冲出水面时却没有用血球，而是直接提着索利德跃了上来。

这一差别，虽然也有很多理由可以解释过去（比如在战斗时解除了血球，搞定后就懒得再用了之类的），但作为一个疑点，已足够了。有时候，抓住一个疑点，出于保险起见再问几句，就会将事情导向完全不同的方向。

但这世上，没有“如果”。

于是乎，就在辛迪加跟榊和雅子说着那番话的时候，站在辛迪加和花冢后面的暗水突然出手，用一根“延伸”出来的食指，闪电般从后颈处刺入了花冢的脑干，并在花冢的脑中将自己的指尖“炸开”。

这整个过程不到一秒，出手的声音则小到在海潮和海风中完全可以忽略不计，花冢也是根本不及做出任何反应，便已宣告死亡。

诡异的是，不知是什么原因，已经是一具尸体的花冢，竟然还是昂首挺胸地站在那里，站在这并不算平稳的船甲板上，他的眼睛也没有闭上，尽管眼中已失去了神采，但还是那样圆睁着。

他就宛如一尊虽死犹立的鬼神，不愿就这样黯然谢幕，然后像个凡人那样倒下。

此情此景，辛迪加不知道，但榊和雅子可都看在眼里。这两位的脑子多快啊，瞬间就明白了状况，再者，他们都是在赌桌上磨炼了多年的人物，保持表情不变、眼神不动，那都是基本功了，辛迪加不可能从他们脸上看出什么来。

就这样，对自身处境一无所知的辛迪加，还在滔滔不绝地说着，自以为已经控制住了局面的他，也完全没有对背后有任何的戒备。

当然了，他也没有松懈到一点能力都没用的地步，毕竟他那“硬度”的能力并不怎么耗费力气，所以“不会被狙击枪爆头的硬度”他还是时刻保持着的。

“……好了，二位快选吧。”终于，在得意地唠叨了两分多钟，帮榊和雅子权衡完各种利害后，辛迪加说完了，并抛给了那两人一个问题。

“嗯……”榊沉吟了一声，转头和雅子交换了一下眼色。

雅子则冲他耸了耸肩，露出一个无奈的神情。

接着，榊就回过头，看着辛迪加道：“说实话，我不太喜欢你们这帮家伙，在四叶草号上的时候就不喜欢。”

“哦，然后呢？”辛迪加歪着头，用一种“那你又能如何”的口气应道。

“所以，我选择回旋踢。”榊回道。

“哈？”辛迪加都被气乐了，他想用疑问的语气把榊的话重复一遍，然后再接一句恐吓，“你选择回旋……”

但他这话没能说完，因为他说到那个“旋”字时，有一只手，抓住了他的脚踝。

那触感传来的刹那，辛迪加惊疑交加，猛然低头，随即便发现自己的脚踝已被索利德用左手攥住了。

“你！”这一瞬，辛迪加又意识到了什么，他顺势又朝另一个方向瞥了眼，结果看到了双眼已经失焦、一动不动的花冢，和已然变身回原形的暗水。

见得此景，辛迪加只觉自己的头皮都快炸了，他知道自己中计，但显然已经晚了……

“凡骨”，已然发动。

辛迪加的能力可不是什么“量子革命”，而是效果单一的“加强硬度”罢了，索利德在逆十字期间也早已看过了他的资料，要抹掉其特性可谓易如反掌，而且可以抹得非常彻底。

“哇哒！”下一秒，伴随着一声李小龙似的怪叫，榊无幻的一记回旋踢应声杀到。

被抓住了脚踝，又惊魂未定的辛迪加自是躲闪不及，当即就被踢断了脖子。

可能有人会奇怪，就算辛迪加的能力被抹除了，他也是个强级能力者啊，怎么会被榊这种并级体术的人踢断脖子呢？

理由很简单，辛迪加的体术其实不太好，而且严重偏科……

前文提过，“硬度”这个异能，不会提供“无意识情况下也存在”的被动效果，但只需要付出类似于“攥住拳头”所需的体能消耗，就可以开启并维持了。而其在强级时的效果，就达到了能让皮肤如钻石盔甲、骨骼如合金、黏膜组织和内脏也强过普通装甲板的防御力。

那么，有这种能力的人，还有必要去提升本身的肉体强度吗？

这点，看辛迪加的身材也能看出来：作为一个成年的男性，一米六出头的身高、一百斤不到的体重，那是非常罕见的，很多中学生都要比他高大了。身高这种先天的东西不去说它，但如果他有认真锻炼过的话，至少体重绝不会那么轻。

说白了，辛迪加在体术方面比较擅长的，只有其矮小身材带来的速度和灵活优势而已，力量和抗击打这块，或者说防御和破坏力上，他只靠异能所提供的“硬度”便足够了，的确也没有锻炼的必要。

但此刻，当索利德用“凡骨”抹掉了他的异能后，辛迪加便成了一个极为脆弱的存在。

因此，在榊那准备充分、发力猛恶的一踢之下，辛迪加当场折颈，其神经中枢、大动脉、气管皆被踢断，失去了血氧供给的大脑已无法维持清醒的意识，更不用说保留发动能力或者战斗的想法了。尽管离辛迪加彻底脑死亡可能还有片刻，但他无疑已是再不能起。

“谢谢你。”不过，谨慎的索利德还是没有放开辛迪加的脚踝，他仍旧抓着对方，发动着“凡骨”。只是他自己慢慢从地上坐了起来，抬头看向暗水，道了声谢。

“奉命行事，不足言谢。”暗水回道。

“呵……”雅子闻言，冷笑一声，“子临这出唱得好啊，知道有人要来追杀我们，不提前通知我们摆脱追兵，但却派了你暗中保护我们。这算是卖我们一个人情咯？而且还是救命之恩呐。”

雅子看事情还是看得比较透彻的，辛迪加还没咽气儿呢，她就把这来龙去脉都想明白了。

“与我无关。”暗水对此的回应简明扼要。他说的也很对，子临怎么想的，跟他是没什么关系，他只是个没有感情的执行者，“我的任务已经完成，告辞。”

说罢，他转身就跳海里去了。

就在他离去之时，那边的辛迪加也终于失去了生命体征。

至此，船上还活着的那三人，才算是真正的自由了。

四

2219 年 12 月 6 日，欧罗洲，尤卡列斯海地区。

晚 9 点，某海景别墅中，一场香艳的泳池派对正在如火如荼地进行着。

一眼望去，灯火下尽是泳装美女们曼妙的身姿，就连负责送餐和酒水的服务生也皆是模特级的大美人。泳池旁那犹如火锅店自助酱料般随意堆放着的鱼子酱、鹅肝、龙虾，以及角落里巨大的香槟树，似乎都在诉说着这里的主人生活是多么的空洞乏味。

而这场派对的主角，毫无疑问，正是那万红丛中一点绿的、在场的唯一一名男性。

那是个看起来二十多岁的混血青年，他不但生得相貌英俊，身材也是高大健美，绝大多数人第一眼看到他时，都会认为他是个模特、演员，或是长得特别帅的运动员之类的。而在人们得知了他所拥有的财富后，此前所有关于他外观的印象都会被淡化，留下的就只剩“富二代”这么一个标签。

但实际上，这个男人，今年已经快五十岁了，而且他也并不是什么富二代，眼下他所拥有的一切，全都是自己挣来的。

当然了，他挣钱的方式，既不合法，也不道德。

他的名声在黑白两道都颇为响亮，尽管没什么人知道他的真名，但大家都知道他的绰号——药剂师。

药剂师的故事，如都市传说一般，在道儿上广为流传。

一个看似普通的大学助教，一个没有道德底线的天才，一个不加掩饰的利己主义者，一个狠毒的、不好惹的法外之徒。

像他这种人，在乱世之中，受到的影响反而甚微，因为他并不关心政治，不会去掺和任何武装势力怀有政治目的的军事行动，也不会为了“忠诚”或“友谊”这种东西而去牺牲自己的利益或是做任何的妥协，更不会将自己置于危险的境地。

他只是找个地方躲起来，切断自己和以前所有合作伙伴的联络，在保证自己绝对安全的情况下享受生活，反正他的积蓄还足够他挥霍很久的。

但终究，还是有人找到了他。

或许他的确是悠然地熬过了乱世，但他接下来要面对的，是一个新的王朝和一个新的统治者。

“哦？还有这种事儿……”药剂师躺在一张躺椅上，目光定格，他一边习惯性地咽下了一颗身旁的泳装美女喂进嘴里的葡萄，一边在心中自言自语地念叨了这么一句。

他之所以会如此自问，是因为此时他看到了一个人——一个男人。

他的别墅里，除了他自己之外，不该有别的男人。

事实上，不只是男人，除了他“允许”进来的人之外，无论男女，无论是人还是动物，乃至蛇虫鼠蚁……总之只要是活物，都不可能自由出入他的别墅。

因为他的别墅不仅配备有超高级别的全自动安保系统，里外各个区域还都布置了他亲自设计的化学防护网络，纵然是在这露天的后院、泳池的周围，还有围墙附近，也都有肉眼不可见的“气体力场”存在，也只有穿着全覆式生化防护服（自带氧气瓶那种）并且能破解安保系统的人才有可能成功潜入。

但眼前的男人，没有穿那种东西。

燕无伤只是穿着很普通的短袖休闲衬衣，一条宽松的七分裤，踩着双凉鞋，就这么大摇大摆地走进了药剂师的后院，并朝着后者径直走了。

“能跟你谈谈吗？”燕无伤走到药剂师跟前，也不打招呼，开口就问。

“呵……”药剂师笑了笑，挥手驱走了环绕在其身边的美女们，起身对燕无伤做了个“请”的手势，“来，屋里坐。”

两人没再多话，一前一后，默默走回了别墅内。

在药剂师的带领下，燕无伤被带到了二楼的一个房间里，这个房间的位置就在泳池斜上方，从房间里的落地窗可以将整个别墅的后院一览无余。

进屋后，两人便分别在窗边的两张沙发椅上落座，他们中间的茶几上放着一个纯金的烟盒，和一瓶已经喝掉了三分之一的威士忌。

“来一支吗？”药剂师刚坐下，就打开烟盒，娴熟地叼起了一支烟。

“可以。”燕无伤也不跟他客气，来者不拒。

于是，药剂师随手从旁边的桌上拿起了一个打火机，给自己点上了烟，又顺手给燕无伤也点上。接着，他们各自猛抽了一口烟，又各自用舒畅的表情吐出了一阵氤氲的白烟……仿佛那一刻，除了这口烟，这世上其他的事都不重要。

但在那短暂的片刻过后，当烟雾渐散，男人们，还是要开始做他们该做的事。

“我猜，你是代表帝国来的吧？”还是药剂师率先开口了。

“何以见得呢？”燕无伤也不介意和对方多聊几句。

“如今的联邦，已没有像你这样的人物了。”药剂师道。

“也就是说，曾经的联邦，有派过像我这样的人来找过你咯？”燕无伤问道。

“呵……那倒也没有。”药剂师耸肩道，“靠自身能力便可完全免疫我布下的化学防御的人，你算是我见过的第一个，不过联邦那边也不全是傻瓜，他们会派无人机、机器人，还有穿着防护服的改造人来跟我接触……毕竟我也和吉梅内斯家族合作很多年了，而吉梅内斯他们家说到底还是背靠着联邦吃饭的，所以联邦对我的一些情况还算比较了解，来之前就有了防备。”

“嗯……”燕无伤点点头，抽了口烟，“既然联邦来找过你，且听起来还不止一次，你又为什么始终没有出山去帮他们呢？再进一步说，面对你再三的拒绝，他们竟然没有来硬的？”

“哈哈哈……”药剂师快活地大笑了几声，“你怎么知道他们没来过硬的？”他顿了顿，收敛了一些笑意，“随着他们在正面战场的节节败退，他们对于‘生化武器’的诉求也是越来越强，然而他们自己养的科学家并不能满足他们那‘只能毒死敌人、最多可以毒死平民和士兵，但毒不死我们联邦权贵’的特殊需求，所以他们势必得来找我，而‘找’到了最后，也就变成了‘抓’……”

“但你并没有被抓住。”燕无伤接了一句。

“是啊，我也不是那么好抓的。”药剂师歪了下头，又抽了口烟，“不过我也被他们搞得很烦，不得不通过频繁的搬家来躲避他们的骚扰。现在就好多啦，他们已经没有余力再来找我了。”

“可我来了。”燕无伤道。

“你？”药剂师看了燕无伤一眼，“呵，你不一样，你带来的诉求，即帝国的诉求，应该不会像联邦的那么难办吧？”

“的确。”燕无伤点头，“不难办。”

“我也是识时务的人，既然当今天下已是帝国的天下，那我也没必要跟你们对着干。”药剂师接着说道，“我就这么说吧，只要你们能保证我的生活品质不降低，甚至是略有提升，那我自然也可以为你们提供服务，比如给你们那些见不得的人‘脏活儿’提供些技术支持，呵呵，你们要我做的无非就是这类事对吧？”

他对自己的定位，确是蛮精准的。

一个能开发出“螳螂”和“天鹅绒”这类药剂的人，除了要有过人的才华，最关键的是，他也有自知之明，他很清楚自己就是做这些肮脏勾当的材料，而且他这样的人在任何时代都会有市场。

“你只猜对了一半。”不料，燕无伤接下来的回应，却并没有按照药剂师的设想而展开，“帝国的确需要你的服务，但不会给你要的那种待遇。”

“哦？”药剂师闻言，也不慌乱，“怎么？原来那位子临皇帝，是那么小气的人吗？还是说他连判断我这样的人到底有多少价值的判断力都没有？”

“陛下的判断是……”燕无伤说到这儿时，已熄灭了手上的烟，“……像你这种毫无底线的疯狂科学家，对于新帝国来说，确有一定的利用价值，直接杀掉稍微有点可惜，但若要让你活着，就必须严格控制起来。”

“这样啊……”药剂师听到这儿，也熄灭了手上的烟，“也就是说，你今天不是来跟我谈合作，而是来抓我的咯？”

“是。”燕无伤直言不讳道。

此刻，药剂师的语气已然变得阴冷：“你来之前有没有想过，过去的半年中，联邦派来抓我的那些人，那些精锐的能力者部队，为什么都没有成功呢？”

“因为你很强？”燕无伤接道。

“很可能会强到你的想象之上哦。”药剂师道。

“不会的。”燕无伤道，“你很强这件事，我早就知道了。”他说着，上下打量了对方一眼，“你连让自己‘恢复年轻’的药都做得出来，要做些提升自己战斗能力的玩意儿自也不难，鬼知道这些年里你都对自己的身体干了些什么，就算你有着相当于狂级能力者的战力我都不会感到意外的。”

“那你的意思是，就算我强到那种地步，你也能抓住我？”药剂师又问道。

“呵……”这一瞬，燕无伤笑了，这是他和药剂师见面后第一次露出笑容。

这笑容，让药剂师不寒而栗。

“别误会，我只是来‘带你回去’的人而已，制伏你的工作，早已由别人完成了。”燕无伤说罢这句，忽然转头，看向了一旁的落地窗。

药剂师见状，也后知后觉地转过头，透过落地窗朝下方看去。

此时，那些被药剂师用药物催眠的美女们都已不知所踪，原本人来人往的泳池旁，只剩下了一个人，即刚才那个喂药剂师吃葡萄的女人。

她和药剂师一样，鲜有人知道她的真名，她最常用的一个假名是“蔓迪”，当然，道儿上的人对她有另一个称呼——曼陀罗。

“真是个美丽的女人，不是吗？这样的美人送到嘴边的东西，谁又能拒绝呢？”燕无伤一边说着，一边冲下方的蔓迪做了个“OK”的手势，“你还能记得，在过去的几天里，你吃了多少她喂到你嘴里的东西吗？”

得到了信号的蔓迪也朝燕无伤回了个相同的手势，随后便迈着她那妖娆的猫步，扭动着她那性感的身姿离开了。

“哼……”短暂的惊讶过后，药剂师冷哼一声，“就这？”他摇了摇头，“我还以为你们有什么高招呢，结果就是让一个女人把毒藏在体内，然后分多次慢慢下到我的食物里？”他说着，稍稍向前倾身，逼视着燕无伤道，“小哥，老子我可是‘药剂师’，你觉得这世上还会有什么药剂能伤害到我的吗？”他微顿半秒，挑眉道，“还是说，你们放的并不是毒，而是什么纳米机器人？”话至此处，他又笑了一声，“呵……那我也可以告诉你，不用白费心机了，那种东西，同样是无法在我体内生存的。”

待他说完，过了两秒，燕无伤才不紧不慢地开口：“是暗水哦。”

“哈？”药剂师愣了一下，“那又是什么？某种你们开发的新型药物吗？”他还是那副无所谓的态度，“到底要我怎么解释你才明白，只要是符合人类目前掌握的化学知识所做出来的……”

“那不是药，是种生物。”燕无伤打断了他。

“微生物？细菌？病毒？”药剂师还是很不屑的样子，“那又如何呢？”

“唉……算了。”燕无伤干脆往沙发椅上一瘫，跷起二郎腿，又拿了支烟出来，“懒得跟你解释……”

未尽之事

第二章

一

2220年1月2日。

该来的，还是来了。

联邦政府最后的阵地——水晶郡，终究是发生了叛乱。

当天上午，共有五批驻守在水晶郡边界的联邦军中层军官在一个约定好的时间同时发动了叛乱行动，他们的这次行动无疑是有组织有计划的，在迅速解除了顶头上司的武装后，他们很快就接管了所在驻地的部队指挥权，并宣布将带领人马加入第六帝国的阵营中，讨伐联邦的暴政。

这几批“起义军”的举动马上就得到了全郡驻守部队的积极响应和效仿，在那些没有发生直接叛乱的地区，镇压的命令不但没有被传达和实施下去，反而成为了高层们自爆的导火索。

至当天傍晚，克里斯托城外的水晶郡守军几乎已全员倒戈，极少数顽抗者不是被杀就是被控制了起来。

而水晶郡外围的平民们，在这种局势下，自然也都纷纷选择站到了起义军那边，毕竟他们也不是什么傻瓜，联邦和帝国，此时该向哪边靠拢，连傻子都该明白。

就这样，到了晚上8点，克里斯托城，这座位于阿勒河东岸伯尔尼新城区的“世界之都”，这颗象征着联邦政权无上权威和繁荣的明珠，已被那些一天前还效忠着联邦权贵的“贱民”们给重重包围了起来。

这看似顺理成章的一幕，其幕后，却也是有推手的。

那推动者，正是已然获得了月下部光秀的身体，并重掌神武会大权的——崇宫廉仁。

是他亲自指挥神武会的人手，暗中与联邦军内部的一些异心者取得了联络，并将“护卫官们早已不在其位，联邦的五大特种职能部门也已精英尽失”这两条重要的情报送了过去。

在得知了这两件事后，那些有意反叛者心中最后的顾忌便也不复存在，于是，就有了2号当天的这场叛乱。

当然了，胜利的果实，并不会落到这些人的手中。

连一粒果籽儿都不会……

因为他们，只是些工具罢了。

属于既得利益者之间的权力交割，早已在一个他们并不知晓的地方展开……

是夜，7点30分。

联邦政府总部，“议事厅”中。

此刻，联邦的“内阁十辅”，齐聚一堂。

他们正在商讨着如何处理眼前的窘境，或者说，试图找出某种方法来保全自己的身家性命。

这些平日里不可一世，说话最多说三分的虚伪政客，到了这会儿，却都显得极为坦诚。他们或是面如死灰，或是面红耳赤，或是唯唯诺诺，或是言辞切切……这可能是他们开过的效率最高的一次会了，在这次讨论中，没有一个人还在端着架子或者有所保留。

此刻，他们每个人都是倾其智、表其心，知无不言、言无不尽……纵然是那几个无能之辈，也都不再去掩饰自己的无能和恐慌，他们甘愿坐在一旁，作为一个跟随者，去倾听和回应着比他们更出色的人的意见。

可惜，事到如今，似乎他们再做什么也是徒劳的了。

他们害怕，他们怕那些叛军会把他们施加在民众身上的种种变本加厉地施加在他们和他们家人的身上。

他们甚至不再畏惧死亡，并开始害怕活着，害怕活着落到那些叛军的手里。

他们知道一旦失去了权力和保护他们的武力，自己这些年来的所作所为，绝不可能也不配让自己拥有一个体面的死法。

他们都很清楚——自己有“罪”，从来都清楚。

只是在那罪恶的业报找上门来之前，谁又不是心怀侥幸呢？

随着讨论的展开，气氛也越发沉重起来，绝望的气息开始弥漫。

终于，有一位十辅的成员在会议中精神崩溃，在一声大叫后，当场掏枪自杀。

他的行为，也让在座的另外九人陷入了混乱。

而更让他们意外的是，中止这场混乱的人竟会是……

“诸位，能静一静吗？”枪声余音犹在，一个男人的说话声，又忽然响起。

众人循声望去，看到了一个穿着帝国军服（这个时间点上，第六帝国的军队着装方面早已完备，不再是以前各路反抗军都有一套自己的制服甚至连制服都没有的情况了）的男人，正提着一个手提箱，站在房间的一角。

“你是怎么进来的？”离他最近的那位十辅成员几乎是脱口而出地问道。

这个问题问得很好，因为这议事厅的电子门从会议开始后就根本没再开过了，而这里也只有这一个出口。

“鄙人是帝国军‘左将军’，卡尔·冯·贝勒。”卡尔在回答对方的问题前，先做了个简单的自我介绍，“我刚才是穿墙进来的。”他一边说着，一边已走到会议桌旁，把手里的手提箱摆到了桌上，“我姑且说一句，就算你们现在拼命去按藏在自己座位前的警报按钮也是没用的，不会有警卫进来的……”他顿了顿，冷冷道，“如果这栋楼里的警卫们都还在岗位上的话，那方才有人吞枪自杀时，他们就该冲进来了，不是吗？”

经他这么一提醒，那思绪已一片混乱的九人中有好几个堪堪才回过神来，想到了“为什么屋里有枪声外面的警卫都没反应”这个问题。

“各位不必惊慌，我此次来，无意伤害各位，只是捎来了陛下的口谕。”卡尔话至此处，已经把手提箱打开，并把开口的那端转向了对面。

那箱子里其实也没什么，就一个内嵌式的屏幕，当箱子打开后几秒，屏幕上就开始自动播放起一段视频来。

“内阁十辅的诸位，感谢我吧，我给绝望的你们带来了一个好消息。”这段视频里的发言者，自然是子临，“我的大军在前几日就已陆续开赴了西洋洲西部各地，并做好了向水晶郡实施突袭的准备。

“此时此刻，只要我一声令下，十分钟内他们就能从四面八方杀入水晶郡边境，收编那些企图把你们生吞活剥的叛乱军，并将你们和克里斯托城里的军民们一齐保护起来。

“当然了，我的援助并非是无偿的，要得到这些，你们要做的就是通过你们仅剩的一个公共媒体渠道，代表联邦政府向全球发表一则声明，宣布联邦正式向帝国无条件投降。

“只要你们搞定了这件事，我以人格保证，今夜，我绝不会让那些叛军伤害诸位和你们的家人一根汗毛。在投降后的一系列交接工作完成后，我也绝不会跟你们‘秋后算账’来审判你们，更不会把你们交给民众。

“好了，我开出的条件就是这样。

“只要我看到你们的声明，二话不说就会下令出兵，看不到的话，诸位就自求多福吧，反正等你们被叛乱军杀死之后，我一样可以来个黄雀在后……

“请你们考虑清楚了再做决定，不过嘛，时间不等人哦。”

视频到这儿就结束了，紧接着屏幕就黑了。

数秒后，卡尔合上了手提箱，依然用他那沉稳的语气道：“信息我已带到，正如陛下所言，希望诸位尽快做个决定，告辞了。”

说罢，他也不顾那些人试图留住他继续提问的要求，转身就融入了金属地面，如泥牛入海般消失不见。

而被他抛下的内阁九辅，面面相觑，好像在通过彼此的表情确认刚才的事到底是幻是真。

当然，他们也没有发呆太久，因为那遥远夜空中的炮火声，如一声声警钟，敲打着他们已然脆弱不堪的神经，将他们拉回了现实。

二十分钟后，康斯坦茨湖畔。

一架黑色的装甲飞梭，此时正开启着“隐形模式”，停留在这位于黑鹰郡与水晶郡交界处的湖泊上。

子临正坐在舱内，一手端着杯红酒，一手随意地翻阅着一支展开的I-PEN。

和离开时一样，卡尔返回这里的时候，也是悄无声息的，直接由金属地面上“浮”了出来。

当然，不管他有没有发出声音，子临都是知道他已经来了的。

“陛下，消息已带到了。”卡尔来到子临身前，毕恭毕敬地交了令，并俯身把手里的手提箱放在了子临脚边的地上，“箱子也带回来了。”

“好的。”子临说着，放下了红酒杯，然后用腾出的那只手轻轻“一点”，就将那箱子化为了乌有。

接着，他便冲卡尔做了个“请”的手势，指了指自己对面的一个座位道:“坐。”

“谢陛下。”卡尔像个军人那样坐下了。

也就是那种，在一般人看来，可能比站着还累的坐法儿。

“知道我为什么要用手提箱去传这个信儿吗？”还没等卡尔坐定，子临就用很随意的口气问道。

卡尔闻言，想了想:“用事先录好的‘视频’而非直接‘通信’的形式，可以避免他们打断您的话并进行一些无谓的讨价还价。”他顿了顿，“另外，您指示我速去速回，尽量不要和他们做过多交涉，也是这个原因吧？”

“嗯……”子临喝了口酒，“还有吗？”

卡尔本来以为没有了，但子临这么一问，他稍稍皱眉，冲着那箱子消失前的所在看了两秒，随即恍然大悟般接道:“‘通信’可能会留下数字痕迹，而视频，您刚才已经将其彻底销毁了。”

“那么……”子临又问道，“我为什么要如此谨慎地亲手销毁证据呢？”

“这……”卡尔知道子临在引导自己思考，他也的确顺着对方的思路在走，但很快，他意识到了一件很恐怖的事，“等等，难道……”

“很好。”子临没等他说出什么来，只是看到了他的表情，便摆了摆手，“你可以回自己的作战单位报到去了，今夜如果有其他指挥官对接下来的行动有所异议，你知道该怎么做了吧？”

下一秒，卡尔站了起来。

他的脸色变得很苍白，背上也已尽是冷汗。

“属下明白。”但卡尔没有半句反驳或质疑的话，“属下遵命。”

2220年1月2日，晚9点。

联邦政府高层通过媒体正式宣布向第六帝国无条件投降。

然而，那场理应是举世瞩目的受降仪式，却从来未能进行。

因为当夜，就在联邦发布那则声明后不久……

暴怒的水晶郡联邦驻军便因不满上层的投降举动，发动了反叛行动。这次行动的带领者，是有着“联邦第一猛将”之称的古萨·威斯特姆将军。

作为权贵阶级的后代，古萨的这种行动也并不算出人意料。

当夜，在这个强大、残暴的指挥官的率领下，水晶郡的联邦驻军像发疯了一般一路烧杀，冲进了克里斯托城，并与城中剩余的守军发生了激战。在长达数小时的战斗后，城中平民以及联邦政府大楼内的官员无一生还。

虽然帝国军在得知了古萨的暴行后火速行动，赶赴前线试图阻止，但终究来晚了一步。

而占领了克里斯托城的古萨在面对帝国的王者之师时竟仍旧拒绝投降，且对自己无差别屠杀平民的行为没有任何悔意。

面对这仿佛是联邦高层恶意化身的存在，伟大的皇帝大人当机立断，下令将已经灭绝了人性的古萨和其党羽尽数诛灭，以告慰无辜者们的在天之灵。

经过了彻夜的激战，帝国军大获全胜，可惜，昔日美丽的水晶郡已成一片焦土。

唯一值得庆幸的是那些残暴的联邦驻军已全军覆没，而古萨的项上人头也被切实地斩获，高挂军中。

以上，是那天过后，厉小帆写给世人们看的一篇通稿。

至于那天晚上究竟发生了什么，确实有人知道，但绝不会有人说。

民众们并不需要知道每件事的真相，或是看清每个人的真面目，他们只要看到自己愿意看到的，相信自己愿意相信的，就会过得很幸福了。

因此，既然他们已看到了死亡名单，看到了古萨的人头，这就足够了。

至于故事，厉小帆编得也算是挺圆满的。不相信那个故事的人，自然也有，但阴谋论这种东西，本来就是哪儿哪儿都有，只要主流舆论能被控制住就不会有什么问题。

事实上，这也并不是厉小帆第一次编这种故事了，在过去的一个半月里，帝国在星郡、双鹰郡、枣椰郡等地的一些肃清行动，事后也都是他写的通稿，那通稿里，造成大量平民伤亡的，自然也都是联邦军的余党，和帝国军毫无关系。

尽管，在1月2日后，“联邦”已是名亡实也亡了。

但类似这样的事，在接下来的几个月里，并没有停止上演……

二

2220 年 4 月，龙郡，海琼山。

陶悟领着杰克走进了一间不算很大的会客室，让他稍坐片刻，随后便出去了。

杰克也的确没等多久，不到三分钟，孟夆寒的身影就出现在了门口。

孟夆寒进屋之时，杰克上下打量了他一下，只见，此刻小孟身穿一袭深色法袍，头盘发髻，脚踏布鞋，嘴上粘着把假胡子，手里还拿着个保温杯……也说不清他这造型和气质到底像群众演员还是像老干部。

"嗨，杰哥，好久不见啊。"孟夆寒倒是挺客气，见了杰克也是热情地跟对方打着招呼。

"'杰哥'？"而杰克，则是面无表情地用疑问的语气将这个称呼重复了一遍。

"咋了？叫得太近乎了？"孟夆寒一边坐下，一边接道，"那要不我叫你安德森施主？或者杰克大官人？"

"叫杰克就可以了。"杰克可不想就这个事儿跟他继续扯皮。

"行吧。"孟夆寒耸肩，接着说道，"那么，杰克你今天来找我，有何贵干呢？"

"你是知道我的。"杰克当即用自我挖苦的语气应道，"有事儿有人，没事儿没人。"

"唉……"孟夆寒当即叹了口气，"你啊，就不能偶尔也说些虚情假意的客套话，比如'来看看老朋友'之类的，这样说事儿的时候才更好开口嘛。"

"真正亲近的朋友不必说那些，不亲近的说了也没用。"杰克又岂会不懂这些人情世故，只是他早已对那些感到倦了。

"哦……"孟夆寒点点头，又问道，"那你我算亲近吗？"

"不算。"杰克道。

"那你还来找我？"孟夆寒道。

"因为我很清楚你骨子里是个好人，你还是关心怜悯着世人的。"杰克道。

"打住！我不是，我没有！你说的那叫圣母，隔壁的。"孟夆寒赶忙摆手，用大义凛然、撇清关系的那种语气接道，"我就是一假法士，真公务员，我可不走那种路线……你最好搞清楚，我现在已经是第六帝国的国师了，讲难听点叫朝廷鹰犬，跟当初被我干掉的单掌门一个意思。你可别来给我戴高帽下暗套……"

杰克闻言，表情还是没什么变化，只是淡淡地接道："行了，别演了，我知道你在这里秘密收容那些被帝国清算的‘连带关系者’，包括联邦基层士兵、职员，他们的亲朋好友，老人、孩子……”

“喂喂喂，你可别乱说啊！”孟夆寒又打断了对方，起身把会客室的门给关了，关之前还探头朝走廊里左右张望了一下，“你看看我这里……”他说着，走回来重新坐下，压低了声音道，“庙门那么小，又是公共场所，出来进去的那么多人，怎么可能藏下你说的……”

“你用法宝给他们建了个类似避难所的空间，不是吗？”杰克也没等他说完，就打断道，“你不用瞒我，在一定的距离内，我的能力是可以感知到多重位面存在的。”

孟夆寒一听对方都说到这份儿上了，无奈撇了撇嘴：“得，你这一知道，岂不是代表子临也知道了？”

“放心，我和你一样，已经找到了屏蔽‘心之书’的方法。”杰克道，“虽然我不能像你一样用‘结界’的形式做到区域性的屏蔽，但我能保证至少我本人在任何地方都不会被心之书查探到，所以就算我待会儿走出了这个道观，也不会泄露在这儿得到的情报。”

“嗨，你早说嘛。”孟夆寒道明显松了口气，随即话锋一转，“那行吧，你来找我是商量什么事儿啊？”

“我想要你收留的那些人的信息。”杰克道，“基础的，比如人数、姓名、性别、年龄、职业，等等，更深入点的，最好是问一下他们，还有没有其他被牵连的亲属朋友尚在外界。”

“你要这些干吗？”孟夆寒疑道。

“当然是为了救更多的人。”杰克回了一句，停顿了一下，再详细说道，“首先，你救下的那些人，现在数量已是不少，难保里面不会混着一两个卧底或者立场不坚定的人。退一步讲，即使没有那种人，他们也可能因为留在外界的家人落到了帝国的手里而受到威胁，继而出卖这里的人。

“因此，对这些人展开调查和监管是很有必要的，同时得有人去尽力营救那些他们在外界的亲属，来杜绝后一种情况。

“其次，我需要知道你创造的避难所还有多少承受能力，以及如何从远距离上打开入口往里面送人。在过去的几个月里，我已看够了那些被我救下的人最终还是难逃一死，但我又不可能在同一个地方一直待下去。如果我可以把他们送入你的避难所，至少能暂时保他们一段时间。”

孟夆寒听到此处，若有所思地沉默了一会儿，然后说道：“嗯，我明白了。”他把保温杯拿起来，喝了口水，“啧，那么，在我回答你的问题之前，你能不能先回答我一个问题？”

“什么？”杰克问道。

“你替子临办事……”孟夆寒神情淡定地直视着对方的双眼，“是为了荣华富贵呢，还是迫于无奈呢？”

这一刻，那个“杰克”，表情也变了。

他能从孟夆寒的眼神里看出来，这话，并不是试探。

“呼……”数秒的犹豫过后，“无面”泄气了，他也不再维持“杰克”的相貌，而是迅速变成了一个英俊的年轻人模样。

“当我被皇帝陛下找到的那一刻，自是迫于无奈了。”无面接着方才的话题，回答道，“既已迫于无奈，便来之安之，顺便求个荣华富贵咯。”

“嗯，确也不能怪你。”孟夆寒念道。

“但你依然得杀了我才能解决问题。”无面问道。

“哦？”孟夆寒道，“为何？”

“简单的推理。”无面用很坦然的口气接道，“‘易形能力’本就是极其稀有的异能，不算我最近才知道其存在的那位‘暗水’，这世上就只有我和隋变两个易形能力者而已，如今隋变已死，那就只剩我了……

“由于我们的能力太过‘方便’，不管在哪个时代都会是各方势力竞逐的对象，即便我并不想为任何一方效力，依然会被视为一种威胁，这就叫‘怀璧其罪’。

“眼下你已知道我在为皇帝效力，又岂会放我回去呢？

“今天你放我回去了，明天我可能变成任何一个人，再来骗你，或是骗你身边的人，你不可能永远防备住我，不是吗？”

孟夆寒道：“你倒是把账算得挺清楚的，不过，比起死来，你不觉得，投靠我，进入我的避难所，是一种更好的选择吗？”

“可是你没有心之书，你能信任我吗？”无面问道，“你又怎么知道，此刻我被你识破身份，不是计划的一部分的呢？也许我是得到了子临的命令，故意装出一副不怕死的样子，以此打入你身边做卧底，包括我现在在跟你分析这些，都有可能是在演戏。”

“看来我们陷入了一种对你的想法和说辞无法证实也无法证伪，无法放你走也无法留下你的僵局呢。”孟夆寒道。

“我死，就能打破僵局。”无面道。

“你不怕死吗？”孟夆寒道。

“我怕啊。”无面道，“但在选择很少的情况下，作为一个务实的人，我从不抱有什么侥幸心理，我会选择一种更易被接受的方式去面对必然来临的悲剧。”

“也就是说，比起走出去以后被子临读到心声，然后死在他手里，你宁可死在我这里？”孟夆寒很快读懂了对方言下之意。

“可以这么说吧。”无面摊手道，“本以为躲过了乱世就能松口气的，谁知道那位皇帝陛下终究还是不肯放过我，比起提心吊胆地在他手下挣那份儿荣华富贵，死也不失为一种解脱。”

“既然你都说到这个份儿上了，”孟夆寒听到这儿，翻手一抓，凭空就祭出了一件法宝。

无面看到对方的举动，也没做什么反应，其一，他并不觉自己会是孟夆寒的对手；其二，他刚才说的话是真的，他已经做好死的觉悟了。

“……那我就本着出家人慈悲为怀的宗旨，救你一命，再送你一程。”孟夆寒说着，手中的那件形似珊瑚的法宝突然发出了一阵强光。

无面被那强光一照，本能地闭了下眼，待他再睁开时，却发现自己竟已站在了一条陌生的小巷子里。事后他才知道，这是距离海琼山十几公里的某个小县城。

“欸？”还未等无面从这惊讶中回过神来，他很快便发现了一件令自己更惊讶的事——他的能力，不管用了。

尽管他的身体素质无疑还是能力者的水准，但当他试着改变自己的容貌时，其异能却没有发动。他又试着划破了自己的手背，发现甚至连附带的自愈效果都消失了。

对于这种异常，无面惊疑交加，一时竟有些不知所措。

好在，他是个很会算账的人，在那儿呆立了两分多钟后，他就把账给算清楚了……

不管孟夆寒做了什么，这的确是“救了他一命”。如今，已无法再改变样貌的他，就没必要再回帝国复命了，也没必要担心子临会再来找他，追究他的责任——因为他现在对子临来说已经是个“废物”了，就跟索利德的情况一样。

他的经历和想法，子临自然会通过心之书看到，所以他也不用去解释什么。

无面，从这天之后，便以他最后变成的那个随机的模样生活了下去，过上了普通人的日子。

只是，由于易形者特性的消失，他的寿命也恢复到了和普通人差不多的限度，而他的实际年龄，并不像他最后的那张脸呈现的那样年轻，他的细胞实际上已经相当衰老，所以那之后，只过了十年，他就去世了。

当然，对他来说，那是他人生中最好的十年。

不用伪装，不用躲藏，不用日日夜夜都提防着身边的每个人是不是都有所图谋，每天都可以安然入睡，可以流露出真实的喜怒哀乐，可以有一个固定的身份，还有固定的工作、固定的社交圈、固定的生活……可以拥有那些自从他真实年龄十二岁之后就再也没拥有过的东西。

这确是一个他始料未及、不曾期许，却又感到无比感激的结局。

“你对他做了什么？”孟夆寒刚送走了无面，真正的杰克·安德森便推门走进了这间会客室，并开口问道。

没错，真的杰克就在海琼山，而且早就来了，所以无面冒充的杰克刚一造访，孟夆寒就知道对方是假的了。他假装不知，只是为了等着对方说出要求，以此试探一下子临那边的意图。

“我把他的能力封在了一件法器里。”孟夆寒道，“这样，子临应该会放过他了。”

“你连那种事都能办到？”杰克道。

“我不能。”孟夆寒还是谦虚的，“天师的法器能。”他顿了顿，“但你也别想太多。这玩意儿对那些复杂的、高阶的能力是无效的。”

“猜到了。”杰克也的确没想太多，他知道这种东西对真正的高位能力者是没用的。他也很清楚，虽然易形者很稀有，但其能力的原理本身并不复杂，只是在自愈能力的基础上加上细胞模仿、微调的变异属性而已，再者，无面的能力级别也并不高。

“那么……”两秒后，杰克又道，“你对子临派无面过来打探情报这件事，又是怎么看的呢？”

“呵……”孟夆寒笑了，“他不是来探什么情报的，相反，是用这种方式来给我们送了几条信息。”

“我们？”杰克听出了对方话里有话。

“是啊，当然是‘我们’。”孟夆寒接道，“他让无面变成你的样子，不就是在传达‘我知道杰克在你这里’这件事吗？”他又喝了口保温杯里的水，“子临若真想让无面潜伏进来，有的是办法，但变成你，可以说是最糟糕的选择之一。”

“有道理。”杰克点头应道。

“而他让无面问的那些话，以‘传达信息’的角度来看，摘其中几句关键的，反过来理解就是了。”孟夆寒接着解释道，“简单来说，我救不救他造成的那些‘连带伤害’，他其实是不在乎的，他在乎的是一小部分来自联邦或某些反抗组织的、混入难民中的卧底，以及被这些家伙发展出来的‘立场不坚定人士’。这种人的存在对其他真正的避难者来说是一种‘威胁’，他们可能会伙同外面的同伙对避难所里的其他人施加压力，并妄图重建他们原本的组织。

“他希望我可以通过‘调查’那些被收容者的人数、姓名、性别、年龄、职业……自己把这些人找出来，交给他，并对剩下的人加强‘监管’。

“另外他还提醒了我，不要想着救所有人，我的庇护终究是‘暂时的’，有些人最后还是难逃一死，而且他也并不是没有办法从远处侵入我制造的相位层……

“至于无面嘛，其实算是子临送来的一点‘诚意’，我想他本就预计到了无面不会再回去了。

“他特意把这个世上仅存的人类易形者找出来，以一个立即就会被识破的身份送到我们面前，还借其口挑明了在‘心之书’的层面上我们双方的博弈空间，都是为了让‘我’放心。”

听到这句，杰克立即接道：“怎么到了这儿，就成‘你’一个了？‘我们’呢？”

“到这儿就没‘我们’了。”孟夆寒道，“你要明白，我和他之间的分寸界限已经划定，只是你还没有……”说到这里，他把自己那把假胡子摘了下来，随手扔到了桌上，“事到如今，我能做的事情我都已经做了，我不做的，说明我做不了，或者不该做。”

“是不该做，还是你不想做？”杰克面露质问之色。

“你若知道的和我一样多，你就会明白，于我而言，不该做的，自会是我不想做的。”孟夆寒道，“只有你们这些红尘中人，被世间浑浊蒙了双眼，才会因先有了不想做的念头，再去给自己不该做的理由。”

“哼……又用那套‘天道’来打发我。”杰克低头冷哼道。

"是不是打发人，你日后自会知晓。"孟夆寒说完这句，忽地停下了。

他稍稍酝酿了片刻，再道："当年有个男人在教堂里击碎了一尊神像，因为那个时刻，他觉得世间正义无存、因果报应无存、人性希望无存……

"于是，这个男人追寻着一份邀请，走进了一家书店，只因他想在这黑暗的世间寻求一个'答案'，一缕能为他指明今后方向的光明。

"而现在，这个男人在经历了一次次自我质疑和自我背叛之后，心中留下的念头，究竟是复仇、是救赎，还是又一次的审判呢？"

杰克没有问孟夆寒是如何知道这些的。

他只是沉默，沉默了许久。

然后，杰克终于想到了某件很关键、很重要的事，继而开口道："'我们每个人都有罪'……他是这么说的吧。"

"是啊。"孟夆寒此时，眉宇间却是露出了几许苦涩的意味，"'每个人'，当然也包括他自己。"

"呵……"杰克笑了，"原来，他从一开始就给了我们答案，只是我们没在听而已。"

孟夆寒这会儿可笑不出来，他很严肃地接道："如我所说，我能做的事，我都已做了，还有些事，那些只有'杀神'能做的事，同时也是子临期望你做的事，'想不想做'，在你了。"

三

"告诉我，你看到了什么？"姬珷在问这个问题的时候，他的手上，还沾着血。

"属下……不知。"何怀捂着脸坐在地上，他对刚才发生的事感到极为困惑，但他依然保持着对主人的尊敬。

"你不知道自己看到了什么？"姬珷说着，把手心里那对眼珠子随手扔到了地上，接道，"这个问题很难回答吗？"

"我……"何怀想了想，"什么也看不到……"

"不对。"姬珷否定了对方，"再答。"

何怀迟疑了一下，数秒后，他又回道："我看到一片漆黑。"

"这就对了。"姬珷听到这句，方才满意地点了点头，"这就是你该看到的，也是这个世界原本的颜色。”

“属下……”何怀喘了口气，抹了把自己脸上的血，“……不明白。”

“你会明白的，但不是现在。”姬珷接道。

“那现在，属下该如何？”此刻，何怀已从刚才的震惊中稍稍回过神来，他是非常崇拜和忠于他的主人的，所以，即使对方突然毁掉了他的双眼，他也坚信其中定有理由。

“走。”姬珷道，“走得越远越好。”

“走？”何怀疑道，“去哪儿？”

“去哪儿都行，只要离我远远儿的就行。”姬珷道，“另外记住，不要再认为自己是我的部下，不要去治疗自己的眼睛，不要试图再为我做任何事，不管我发生了任何事。”

何怀蒙了。

因为眼下的状况似乎是珷尊把他给废了，然后要赶他走。

何怀不禁开始思考，是不是自己做错了什么才招致这样的对待。

“是因为燕无伤吗……”何怀做出了一个也算合理的猜测。

“你觉得是就是吧。”姬珷道，“这都已不重要了。”他顿了顿，“重要的是，你按照我说的去做，终有一天，你会明白今天这一切是为了什么。”

何怀走了，离开了天选岛，离开了这些年他经营的所有成果，之后也再也没有从事过类似的工作。

他走的时候心灰意冷，心中满是悲伤、不解。

直到很久以后他明白了今天的事时，他才知道，其实他应该怀着感恩的心情离开才对。

2220 年 4 月的某日，何怀离开珷尊后的第三天。

天选岛所在海域。

一架黑色的轻型飞梭在海面上疾驰着，逼近了天选岛。

按理说，岛上的自动防御系统不会将这种没有经过系统认证的不明目标放进来的，但今天，防御系统连一点反应都没有，这架飞梭在毫无阻拦的情况下便登陆了。

舱门打开后，一名男青年从飞梭中探出身来，朝四周张望了一番，紧接着，他便折返回去，独自把一个尺寸比棺材还大一圈的金属舱从飞梭里推了出来。

虽说这个金属舱底下是有轮子的，但其重量至少也在一吨上下，能独自推动这种设备的人，自不是一般人。

下了飞梭后，这男青年也没把飞梭的舱门关上，直接就推着金属舱离开了。

他好像认识岛上的路，没走多远，就在一个通往岛屿内部的入口前停了下来。他站到身份识别装置的前方，扫描了双眼的虹膜，并用大拇指在一个感应器上摁了一下。

大约五秒后，那个装置发出了“虹膜检测中……DNA校准完成，身份确认——月下部光秀”的语音提示，随后，入口的自动门就开启了。

当然了，我们都知道，这个“月下部光秀”，并不是真正的阿秀，而是把大脑移植到了阿秀身体里的崇宫廉仁。

长话短说，十分钟后，崇宫廉仁已然把那个金属舱以及在舱里“沉睡”的冼小小送到了一个隔离室内，而他自己，则来到了斌尊的面前。

“我就知道，你不会令我失望的。”姬斌看着眼前的这个“阿秀”，毫不吝惜赞美之词。

“大人您过奖了。属下身陷敌营多日，让您担心，实在有愧。”崇宫廉仁也非常入戏，毕竟他有四个多月的时间可以练习怎么冒充阿秀，再怎么也不会演得太差。

“呵……”姬斌笑了，“我没什么担心的，‘月下部光秀是不可能背叛我的’，这一点，我从一开始就很清楚，只是，你竟然能把冼小小也送到我面前，这着实是令人惊喜呢。”

“的确，将她带回费了不少功夫。”崇宫廉仁道，“但这也是属下应该做的，不足多言。”他顺势就把这个话题中的细节一笔带过，并接道，“重要的是，如今两名‘现实修正者’都到了大人您的手里，如此一来，大人的霸业自是指日可成。”

“哈哈哈……”姬斌发出了爽朗的笑声，“是啊，我真得谢谢子临，特意让你把冼小小也给我送来呢。”

他说这话时的语气倒也没什么问题，但内容不对劲儿。

不过，崇宫廉仁好歹也是神武会的首领，自诩樱之府皇室正统的男人，不至于因为这么一句话就乱了方寸或是现出破绽，他还是用阿秀应有的正常反应道：“大人，这是何意？”他微顿半秒，“莫非是在试探我？”

“试探你？”姬斌将这三个字重复了一遍，“我为什么要试探你？”他接道，“从你来到我面前，到现在为止，我有叫过你一声‘阿秀’吗？”问完这个问题后，他直视着对方的双眼，直接称呼对方为，“……崇宫先生。”

这下，崇宫廉仁的脸色终于是变了。

崇宫可不是那种将忠诚摆在生命之前的男人，正相反，为了自己的血统能延续，为了他那“梦想”可以继续做下去，其他的东西对他来说都是可以舍弃的。

他今天会来这里的前提是他觉得自己会很安全，但现在，当这种安全不再保险时，他无疑得先为自己考虑一下，而不是为了什么第六帝国把命丢在这里。

“既然尊下把话说到这个份儿上了，那我也没什么好多说的了。”崇宫廉仁道，“就是不知，你打算如何处置我呢？”

“哼……”姬斌不屑地冷哼了一声，“你这种人，还能怎么处置呢？”他娓娓言道，“谁赢，你就帮谁；谁能给你要的东西，你就奉谁为尊。然后你心里真正的想法则永远都是——‘唯有自己的血统才是真正的皇室正统，总有一天你的家族会鲸吞天下，当然退而求其次保住樱之府那一亩三分地也不错……’”他把崇宫廉仁的心思总结得十分到位，就是话说得比较难听，“杀了你，有点可惜，毕竟你有一定的办事能力，只要我比你强，能压住你，你便是个可用之人；不杀你呢，又觉得有点硌硬，你的格局和三观让我觉得很不舒服，而且你终究是个隐患……”

他口中念念有词，仿佛崇宫廉仁的生死只在自己一念之间。

崇宫廉仁那边可是紧张得有点冒汗了，甚至有想要转身逃跑的冲动。

就在这令人窒息的氛围中，忽然有第三个人的说话声响起。

那是一个女人的声音：“你还是放了他吧。”

“哦？”姬斌对这个声音很陌生，但是，他依然知道对方是谁，“居然直接来到这里了啊。”

“虽然还不熟练，但短距离内的瞬间移动我还是可以做到的。”冼小小站在姬斌身后，冷冷言道，“我也不妨告诉你，你能看破崇宫廉仁的身份这件事，也完全在家兄的意料之中。反正结果都是一样的。不过，家兄也吩咐了，崇宫廉仁的命，能留还是留下。”

“因为神武会在樱之府的根基太深，杀了他那边可能会出乱子是吗？”姬斌接道。

冼小小却回道：“那些细枝末节的理由，我就不清楚了，我也没有兴趣了解。”

“呵……”姬珷笑道，“所以，你就只要服从你哥哥的命令就行了。”

“有什么不对吗？”冼小小反问道。

“没什么。”姬珷顿了顿，“我跟你已经没什么好说的了。”

他最后那个“了”字还没说完，只听得“嘭”的一声，这个房间里突然又出现了另一道人影。

那是个穿着精神病院才有的连体式束缚衣的长发女人，她的脸上还戴着一个可以将脸完全遮住的铁面具。

德蕾雅和冼小小一样是通过瞬间移动出现在此处的，不同的是，她运用能力时所引发的能量波显然更强，而且她对于战斗这件事也更为习惯。

嘭——

还未等冼小小反应过来，她的身体已被德蕾雅用一张有形的白色念力网罩住，并立即消失在了原地。

紧接着，德蕾雅也消失不见。

目睹了这一幕的崇宫廉仁已经看傻了，但姬珷还是镇定自若地坐在那儿，仿佛什么事都没发生一般，淡定地接着说道：“我知道你一定有很多疑问，但其实要解答你也不难，三言两语就能说清楚了。”

姬珷说着，悠然地从自己的怀里掏出了一本书，一本黑色封皮的书。

“几天前，这本书突然出现在了我的桌上，我查遍了整座岛上所有的监控也不知道它是怎么被弄来的，但这不是重点，重点是，我发现可以通过这本书，去看别人的‘心声’。”

崇宫廉仁是不知道“心之书”的存在的，所以在他听来，这番话还是有些难以理解。

姬珷也并没管他懂没懂，只是接着说道：“靠着这本书，我才知道了你是占据了阿秀身体的崇宫廉仁。”他顿了顿，“靠着这本书，我还知道了现在的冼小小认为自己是子临失散多年的妹妹，因为天生具有‘超能力’而被抢走，最后流落民间，还被送入网戒中心折磨，好在她的‘皇帝哥哥’多年后终于找到了她并把她从魔窟里救了出来，还让她当上了小公主。”

听到这里，崇宫廉仁才后知后觉地意识到，自己知道的事情实在是太少了，作为棋子而言，自己的地位怕是远不如那些“逆十字”的正牌成员。

“当然，我也知道了……”姬珷的话还在继续，“子临也有心之书。”他笑了笑，

“呵，也就是说，此时此刻，当我拿着这‘原罪碎片’在凝视他的时候，他也在凝视着我……”

本质上来说，“现实修正者”也是能力者的一种，只不过他们的能力比较特殊。

如果把能力比作“形”，那么大部分能力者的能力，都只是一个处于平面上的几何图形，比如圆形、三角形、四边形，甚至有些只是一条直线或者抛物线；而少数的高位能力者，还有那些复合型能力者，他们的能力则像是立体的形状，比如金字塔形、立方体、圆柱体，等等；至于那些位于最顶端的能力者，不管他们的能力属性是单一的还是复合的，要用形状来形容的话，那就像是彭罗斯阶梯、克莱因瓶这种东西了。

“现实修正者”的能力，就位于“最顶端”的这个区间里。

和“量子革命”“超维放逐”“无”“凡骨”“祸榊”等能力一样，用“纸、并、强、凶、狂、神”的标准去衡量这类能力是没有意义的，因为这些能力都是极端特例，不适用普遍标准。

而这类能力者的强弱，也并不在于他们达到了什么级别，或是经过了多少修炼，真正的重点是他们对自身能力的理解程度能有多少。

以目前人类对物理学和异能的认知，显然并不足以让人们理解这些能力的全貌，即使是“第三王国”和“第四王国”的文明水平也未必能做到，所以这些能力者可以说每一个都要靠自己。

“思维囚笼”是居于这个三维世界外更上层的存在对人类施加的最强禁锢，比“五感”这种生理层面上的限制还要牢固，而“想象力”则是帮助人类冲破囚笼或至少探头出去张望一下的唯一武器。

冼小小的想象力，很普通。

在她被浪客修改记忆之前，她就只是正常人的水平，这也是当初她的能力刚觉醒时仅仅是在网戒中心里服用精神病药物就可以抑制住自身能力暴走的原因。

后来，在被子临软禁的那段时期，她也始终处于沉睡状态，并且由原始哈迪斯神雾压制住她的能力，以防止她在做梦的时候对周遭的现实世界产生影响。

直到最近，冼小小才被浪客修改了记忆并唤醒。

为了让她忠于子临，也为了防止她的能力不受控制，所以她还被植入了另一个概念——自己是一个类似漫改电影主角的超能力者。

在她的认知中，自己的超能力包括：意念移物、瞬间移动、心灵屏障、防御屏障、超级速度、超级力量、自愈能力、飞行能力、能量放射，等等。

所有的能力都是上文提到过的“平面图形”，而且都有一定的“极限”，只不过数量比较多。

这样做，自然是有利有弊。

如果告诉冼小小她能力的真正面貌，那么最坏的情况就是，某天，她的精神力变得足够强大或者疯狂了，她就可以做出修改地球的生态环境、修改全人类的认知、修正时间线上发生过的事情以改变现实或创造平行宇宙之类的难以预计后果的事情。

当然了，若真有那个苗头，在其发生之前，天一自会将其扼杀在摇篮之中。

而眼下，让冼小小对自己的能力有误解，就可以对其有所限制，等于是在她的精神层面铸造了一堵高墙、一重保险，以此防止其能力的暴走。可是，这样一来，便让她在战斗中落到了一个十分不利的境地。

蓝灰色的天空下，狂风大作。

繁华的大都会，灯火辉煌，却空无一人。

冼小小从天而降，似是被一股巨力甩向地面，坠向了无人的街。

好在她在半空中便张开了防御力场并使用飞行能力减缓了速度，故而也是安然落地。

但就在她的脚底触地的瞬间，一道白色光柱自云层中轰下，以她为中心，在离她三公里左右的距离上围着她快速画了一个“圆”，那光柱像是切蛋糕一样割开了大地、撕裂了城市，紧接着，那个被割出的“圆”就像正在咬合的食人花一样开始向内收拢、折叠……

钢筋水泥建造的城市，在一股无法形容、无可阻挡的力量面前变得和黏土纸张一样被随意揉捏变形，而冼小小就像是这巨大沙盘中的一只蚂蚁，正在被某个犹如上帝般的存在攻击着。

“切……”

不过，这种攻击，仍是无法让她产生慌乱，因为虽然她的认知被限制了，但在她有限的认知中，她依然认为“自己很强”。

她再度飞上了天空，速度奇快，轻松逃出了那巨大的“钢铁食人花”的包围，可还未等她低头确认脚下的情况，数百栋高楼大厦就像悬空的积木一样从四面八方向她直冲而来。

转眼间，冼小小就被淹没在了互相撞击的建筑潮中，轰隆声响彻云霄，空中烟尘滚滚、逐渐扩散，如一团正在滋长的巨云。

呼——

一息过后，烈风乍起。

那些凝聚在半空的建筑残骸被反向推开，四散飞出，空中的那团烟云也随之被冲散。

在散去的烟尘中，冼小小毫发无损地悬浮在那儿，其周身的防御力场看起来仍是十分明晰、强韧的。

而她的神情，看起来也是颇为轻松，甚至流露出一丝不屑。

“就这样而已吗？”她开口说了句话。

纵然视线范围里没人，但冼小小很清楚，自己在这个空间里说的每句话她的那个“对手”都能听见。

事实也的确如此，德蕾雅在其话音未落时，已开始了下一步动作。

但见，遥远的天际，忽有一片黑色的物体正在靠近，远远看着好似是大量的虫群，但若细看就会发现，全部都是导弹。

那如蝗虫般密集的飞弹，数量至少得以万计，且全部都朝着同一个目标点飞行，但完全没有互相碰撞的迹象。在正常情况下不可能出现的景象，在“这个空间”却是可以轻易实现的。

冼小小望着那些逐渐逼近的弹头，神情一肃，随即抬起一手，开始集中精力催动自己的“念动力”。

她曾看过一部电影，里面的主角可以用这种方式停住射向自己的密集弹幕，而她现在要做的正是类似的事情。

不料，就在她的注意力放在飞弹那边的时候，天空中又射下了七八道白色光柱，交错着击向了她。

这一瞬，由于冼小小的分神，她周身的防御力场有所减弱，在这些足以撕裂大地的光柱冲击下，那力场上现出了裂痕……

“我知道天老板也给了你一本书，你拿到书的那一刻我就知道了。”

“我也知道你为什么在明知我已掌握心之书的前提下，依然要实施今天的行动。”

当冼小小和德蕾雅在那特殊的空间中激战之时，另一方面，姬斌和子临，则通过各自手上的“心之书”，展开了这样一番对话。

“既然大家都知根知底，我们又何必要再交谈呢？”子临道。

“问得好，因为我这儿还有些你不知道的推论。”姬斌道。

“那怎么可能呢？”子临道，“你的推论，在我手上的这本书上，都明明白白写着呢。”

“那如果我告诉你……”姬斌道，“你在你那本书上看到的东西，和我在我这本书上看到的东西，都未必是真的呢？”

子临稍稍迟疑了一秒：“若那样，那你岂不是把我们此刻的这番交流本身也否定了？”

“我并不是说我们看到的全部都是‘谎言’。”姬斌道，“只有部分是。”

“哪部分？”子临问道。

“当然是天老板希望骗过我们的那部分。”姬斌道。

“所以……你是说，他能实时修改我们正在观看的任何一条别人的心声？”子临道。

“难道你觉得他不能吗？”姬斌道，“那你觉得他每天都在书店里干吗呢？”

子临没有回应，也不需要回应，因为他在这数秒间的思维变化，对方也都看到了。

子临这时才发现了一个始终近在自己眼前、自己却从未怀疑过的可怕真相——从一开始，天一给他的心之书，就是假的。

这本书在不受干涉的时候和真正的心之书一样，除了少数无法被观测的存在之外，这书里能看到绝大多数人类的心声，但在天一需要的时候，书里就会出现“谎言”，也就是天一杜撰出来的、覆盖原本真正心声的“谎言”。

“你瞧，你已经明白了。”姬斌道。

“呵……”子临笑道，“我被骗了那么久都没发现的事，你只花三天就发现了吗？”

“这很正常，如果你我角色互换，我一样发现不了。”姬斌道，“因为发现这件事的基本条件就是，两个可以被心之书观测的人同时拥有心之书。”

子临又思索了片刻道：“我理应无法在你观测我的时候观测你。”

姬斌接着他的思绪道："因为那样你会观测到正在被观测的你自己，然后通过他再观测到我，继而再观测到你……书的内容会在那个时间点上无限循环膨胀下去。有别于物理学中的观测者悖论，这应该算是属于心之书的一套观测者悖论吧。"

"所以，天一是不可能允许真正的心之书落到两个'凡人'的手里的……"子临道，"呵，不，应该说，他一个凡人也不会给。"

姬斌道："不过，他给我们的赝品也很不错了，也正是由于赝品会隐瞒掉部分的信息，我们才可以避免悖论的出现，像现在这样互相交流。"

子临道："但你还是比我高明，我曾经把撕下的书页交给过别人，并认为因为是'同一本书上撕下来的'，所以不会出现你说的那种悖论，现在想来，这无疑是种自我敷衍的解释。"

"你倒是很诚实。"姬斌道，"一般越是身居高位者，越是难以认错，也难以承认别人比自己强。"

"过奖了，我只是个平庸的普通人而已。"子临道，"另外，天老板，想必你现在也正在看着我们俩的对话，既然你允许了它的发生，那就证明这些也都在你的计划之中了。同时，在过去的几天里，你过滤了我们之间的博弈信息，从而导致了今天两名现实修正者相遇的局面，那我大胆猜测一下，你这是想让我和斌尊在此竞争，然后在我们当中做一个选择吗？"

姬斌道："不，他早已做出选择了。"他顿了顿，"他选的是你，由始至终都是你。若他要选我，早就选了，不用等到今天。"

子临道："那你又为什么还要让德蕾雅和冼小小战斗呢？是为了证明什么吗？还是单纯的看我不顺眼呢？"

姬斌笑了："呵，你应该也听过那个故事吧……

"亚当和夏娃生下该隐与亚伯两个孩子，上帝让该隐负责耕种，让亚伯负责放牧。某天，到了向上帝献祭的时节，该隐只能拿出一些蔬菜和稻谷作为祭品，而亚伯却拿出了羊羔一类的肉类作为祭品。结果，上帝唯独垂青亚伯的祭品，导致了该隐的嫉妒，并最终导致他用石头砸死了弟弟亚伯，而最后，上帝却说是该隐有罪，并制裁了他。"

他说到这里，顿了顿，再道："我第一次听完这个故事的时候，就觉得上帝是个混蛋，很显然他才应该对这悲剧负责。再进一步讲，如果他真是全知全能，那么他就应该对这世间所有的悲剧负责。"

“所以……”子临问道，“你觉得你是……”

“我就是该隐，而你是亚伯……”姬珷接着对方的想法道，“虽然我比你更早来到这个世上，但我并不是那个被选中的人，我的结局早已注定，而你的，其实也一样。”

“这点……”子临道，“我倒是很早就知晓了，但我不认为你可以赢我，也不认为在天老板的局中，存在着‘我被你杀死或取代’这样的结局。”

“把一个他所无法掌控的结局扔在他的脸上难道不好吗？你难道就没想过这么做吗？”姬珷道。

“我试过。”子临道，“但我发现越是去尝试反抗这种宿命，越是会被推向更黑暗的深渊。”

“但我不是你。”姬珷道，“我，比你强。”

他这自然不是虚张声势，他也无法用心声虚张声势。

“经过这几十年的筹划，我终于在不久前做好了万全的准备……

“在四叶草号的行动成功后，我把那些抓来的年轻人放到了这天选岛里参加竞逐，就是燕无伤参加过的那种。而他们也都用自己的死亡证明了自己的确是毫无潜力的废物。

“于是，我按原计划把那些植入了受控AI的克隆体送回了联邦。

“这样，联邦下一代就算是都安排好了……

“只要这样再过几十年，我安排的这批人就会顺利上位，控制整个统治阶层，那时，我就能把那些腐朽的老东西们所构筑的‘壁垒’打破，并在其基础上重建一个美好的盛世。

“用我的方法，根本不需要战争，也不需要无辜者去流血牺牲，我会通过统治阶级本身来实施那些牺牲统治阶级利益的改革。这才是真正的百年大计，比起你的手段高明得多！

“但谁知道你只花了一年光景就把这个世界搅得天翻地覆，让我的大计化为了泡影！”

子临看罢，心道：“嗯，这样听来，你的确比我这个普通人强多了，至少也是个世之枭雄。但这样，最终‘控制整个统治阶层’的人，不还是你一个吗？这跟帝王又有什么区别呢？

“区别在你可以躲在暗处，不需要在自己犯错时受到公众的憎恨和谴责吗？

“区别在即使你玩儿砸了以后，也可以如法炮制重新去控制一批傀儡，推翻自己原来构筑的王朝，继续当一个躲在幕后的实际统治者吗？

“我没记错的话你这家伙可以活很久吧？

“你就不觉得，你这种对于权力的贪恋，和你口中‘腐朽的老东西’们的德行出奇一致吗？”

姬珷有些恼怒，他也不需要掩饰：“哼，如此说来，你是想当一个顺应天一的意志，反过来把该隐杀死的亚伯吗？”

“你真不必拿那些知名角色来比我，那是属于你们这些枭雄的、奢侈的比喻。”子临道，“我就是个普通人，想法单纯、自私，甚至卑鄙无耻，但我也有所坚持，我的身上也有可取之处。我的喜恶给这世间带来的好与坏，未必会比你更糟……

“这个世界在 99% 的时间里就是由普通人来统治的，这个世界曾出现过的诸多帝王中，大部分也都是普通人而已。

“或许天一的想法就是，如今这世间更需要一个像我这样的普通人，而不是你。”

“真是可笑。”姬珷道，“你就没想过，你所有的理念，有很大概率全部都基于天一多年来灌输给你的谎言？”

“彼此彼此。”子临道，“正所谓当局者迷，我也是刚刚经你提醒才意识到。你就没有想过吗？也许你被他骗的时间，比我更久呢……”

四

当冼小小周身的防御力场出现裂痕的那一刻，德蕾雅便明白，胜机已现。

这个空间是德蕾雅制造的，她就如同是这里的上帝，冼小小的能力受到了认知限制，没理由能与她抗衡。

转眼间，灰暗的天空下，无形的力量开始聚拢，整个空间都开始颤抖。

那些本是匀速飞行着的飞弹，皆在瞬间加速，超脱了物理规则，化为一道道流光，尽数命中了冼小小的所在。

飞弹爆炸的同时，“天空”也崩塌了，那本不该有“实体”的天和云，转眼间碎成了一块块倾塌而落的巨大晶体碎片，似一颗颗陨石般急坠、奔袭，其目标自然也是冼小小。

而在那崩坏的天空之上，此时出现了一片黑暗深邃的虚空，狂暴的能量在虚空中肆意席卷，好似无穷无尽。

终于，在这一轮又一轮的攻击之下，冼小小的防御力场完全碎开，爆炸和“超物质”撞击造成的能量冲击将其吞没。

她的意识中断了，而德蕾雅是可以感知到这点的，所以德蕾雅在对方昏迷那个刹那撤出了这个空间，并使其迅速塌缩为了一个奇点，消失在了虚空中。

完成了这些后，德蕾雅便立即瞬间移动到了姬珷的身边。站定之时，她的铁面具下，两行鼻血已缓缓流了下来，不过她很快就用念力止住了。

“解决了，珷尊大人。”她冷冷地道出了这句话，然后站在那儿，等待着下一个命令。

和子临控制冼小小一样，姬珷也用了一些方法去控制德蕾雅。

说得简单一点——德蕾雅脸上的那个铁面具，就是个持续生效的洗脑仪。

虽然那面具看似是戴在德蕾雅脸上的，但实际上，是“戴在脑子上”的；那铁面具的内侧有着成百上千根细若发丝的金属线，它们像是一根根带钩的针一样深深刺入德蕾雅的头皮，穿过头骨，连接着她的大脑，控制着她的思维，保证其对珷尊的命令言听计从。

当然了，这玩意儿的副作用也很明显：其一，会让佩戴者的精神状态不太稳定，性格会变得比较孤僻、偏执、喜怒无常，且有一定暴力倾向；其二，由于这个面具在设计的时候就没考虑过如何取下来，所以也不存在什么取下的方法，硬要拔出来的话德蕾雅无疑会死。

可能有人会奇怪，既然姬珷有这么方便的道具，为什么不量产呢？

很明显是因为他不能。

这个面具，并非是姬珷自己制造的，而是他偷来的，世上仅此一个。在落到姬珷手上之前，这面具被存放在联邦的一个海底基地之中，享受着和“冥界之刻”同等的安保待遇。

即便是姬珷也不清楚这东西的详细来历，根据他从联邦那边获取的情报，他能确定的就是这面具是那位已故的联邦天才科学家查尔斯·罗尔在一百多年前制作的，其功能为“控制人心”。

而更让姬珷感到不解的是这东西的工作原理：需要把“被控制者”的血抹在面具表面，再把“控制者”的血抹在内侧，然后给“被控制者”戴上。

姬珷也不知道这几道工序要是搞错了会有什么后果，因为他也没有办法去试，只能严格按照说明书（是的，这东西还有说明书）上写的去做，好在最后是成功了。

但姬珷怎么也想不明白，为什么这种科技造物在运作的过程中会用到类似宗教仪式的操作。

其实他要是知道这面具的来历就会明白了——这个面具是用名为“基路伯之眼”的第二王国生物材料制作的。

一百多年前的“天空之战”后，天一让枪匠（即查尔斯•罗尔）制作了这个东西，以备不时之需。

这个“不时”是什么时候呢？天一也不知道，说白了他也不是特别需要这玩意儿，但“基路伯之眼”如果不利用起来也是浪费，恰好那个时代有枪匠这种天才，所以天一就趁枪匠还在世的时候让他把东西给做出来了。万一哪天史三问老年痴呆了，或者世上出现了类似德蕾雅这种现实修正者，那就可以用上了。

结果后来搁了一百多年也没用，直到前几年被姬珷偶然盗得。天一在确认了姬珷要用在哪里后，也没有插手去管。

于是，才有了今天的局面。

其实，德蕾雅也是个可怜人。她本是某个联邦官员的私生女，虽然在那个官员的暗中资助下她的童年也算衣食无忧，但她过得并不幸福。她的母亲只是把她当成一个索要金钱的筹码，从小就把她扔到寄宿学校，自己则拿着从他父亲那里榨来的金钱四处享乐。纵然是父母都还健在，德蕾雅却过着好似父母双亡般的童年。

到高中时，德蕾雅的父亲在官场上渐渐高升，尽管她只是个私生女，但毕竟是直系血亲，所以，她很不幸被给珷尊给盯上了。

很显然，早在“四叶草号事件”之前，珷尊就已经在做着类似的事了，只不过那时候都是一次只抓几个人，且是在不同的时间地点下手，没有搞出什么大阵仗。

那个时候，何怀的“天选计划”以及在克隆人身上植入可控AI的技术都还在实验阶段，故而也没必要一次抓太多人来，适当抓一些类似德蕾雅这样的——“即使失踪了也不会引起太大反应”的来比较合适，这样就算实验失败了也不会有什么人来追查。

没想到，德蕾雅竟成为了第一个在天选岛上被选出来的“天选之子”。

虽然比起“先天觉醒”的冼小小来，德蕾雅这种在特定环境的逼迫下“受迫觉醒”的现实修正者要弱上不少，但因为她是受到珷尊控制的，而且已觉醒多时，所以在战斗方面她已是经过了千锤百炼。

姬斌也是个未雨绸缪的人，他早就防着有一天会对上一个像子临这样的对手，而那个时候，德蕾雅就是他手中绝对的王牌。所以从他给德蕾雅戴上面具的那天开始，除了出任务之外，他始终都让德蕾雅在何怀制造的相位空间里没日没夜地锻炼能力。

德蕾雅的修炼，不吃不喝不眠不休，反正当身体接近崩坏的时候，可以用“现实修正”直接恢复到最佳状态，故而不需要顾忌身体。至于精神方面，戴上“铁面具”的人精神是不会崩溃的，因为“崩溃”就意味着摆脱控制。戴了这面具的人最多就是在压力下性格逐渐扭曲，但依然无法忤逆控制者的意志。

“呵，如何？德蕾雅能杀死冼小小，在你的意料之外吧？”见德蕾雅回来，姬斌当即就通过心之书对子临道。

“的确，我本以为她能在德蕾雅有所动作之前就把你这‘控制者’给干掉的。”子临回道。

“你为什么会失算，你也清楚吧。”姬斌又道。

“啊……”子临道，“因为我手中的这本‘谎言之书’，给了我错误的信息。”

“而这意味着……”姬斌示意着子临继续往下顺。

“是天老板想让我失算的。”子临接道。

“对，他看到了这一步，他也促成了这一步。”姬斌道，“你现在还觉得，顺从他的意志，不会存在‘你被我杀死或取代’这样的结局吗？”

“你想说他变卦了？他选了你？”子临道。

“呵……谁知道呢。”姬斌道，“他要是没变卦，就说明他坚信我怎么也赢不了你，他就是故意给你制造点麻烦来取乐，若是那样，我就宰了你，把一个他所没有算到的结局扔在他的脸上；而他要是真变卦了，那我也不介意稍微顺从一下他，毕竟在那种情况下我是既得利益者嘛。”

“总之，我怎么都要死对吧？”子临道。

“没错。”姬斌道，“以前没有这‘谎言之书’，我对你还有所忌惮。因为我手头关于你的情报太少了，我也不确定让德蕾雅来对付你会有怎样的结果，万一你反过来把我的王牌撕了，我可就没有退路了。但现在嘛，你麾下的现实修正者已经阵亡，而关于如何干掉你的情报，我已经通过杰克·安德森、索利德·威尔森，以及你弟弟子栖三个人的心声确认了……”

他的心声至此，忽然中断，同一秒，他本人和他身旁的德蕾雅一同从崇宫廉仁的视线中消失了。

“……你，死定了。”姬珷这后半句话，是直接从口中说出的，他开口说的时候，已经和德蕾雅一起出现在了子临的面前。

半个地球的距离，对现实修正者来说也是可以克服的，只是德蕾雅在带着姬珷移动后，又流了一些鼻血，看起来，先前的战斗对她造成了相当大的负荷，短时间内她还缓不过来。

不过，姬珷并不知道也并不在乎这些，工具只要还能用就可以了，不会有人在意敲钉子的时候锤子痛不痛，拧螺丝的时候扳手疼不疼……

此时，子临，是一片冰面之上。

此地，一眼望去，天蓝地白，漫无边际。

几个世纪以来，随着两极冰盖的逐渐消融，地球上已有不少陆地永久沉入了海平面之下。在一年中的某些季节，这些地区会出现未褪尽的海潮在低洼处凝结相连，形成连锁冰湖的奇景。

这些冰湖面积巨大，边际处相对曲折，和陆地、冰海都有相连之处，其冰面也十分坚固，在上面赛车都没问题。

“我可以死。”子临见姬珷到来，淡定如故。他合上了手中的书，望着对方说道，“但绝对不能死在你的前头。”

“什么意思？”姬珷也合上了手中的书，笑道，“谁来做‘王’都可以，就是我不行？”

“嗯……怎么说呢？”子临顿了顿，再道，“如今的天下，我已收拾出了个模样，也定好了大的方向。眼下若换个和我一样的普通人来顶替我，抑或者换一群普通人来顶替我，那他们最后或许无法把我想做的事做周全，而且会花去比我长得多的时间来做，但无论如何，他们大体也能做个七八分吧，大局是不变的。

“可要是换你来，我之前做的一切可就都白费了。所以，虽然也不是谁来都行，但绝不能是你。”

姬珷听到这儿，面露不屑之色：“你定的局？哼，你是指天一想要的局吧？”他冷笑，“你以为你那套‘行暴君之手段，定千秋之基业’真管用吗？依我看，不过又是个百年王朝罢了，撑死了能有两百年吧，就算其中有三分之二的时间是盛世好了，之后还不是又要陷入和当下一样的轮回？但若是换成我……”

“换成你，怕是连三分之二的时间都不会有了吧。”子临用略带悲叹的语气打断了对方，言道，“你这种人，天老板已见过太多了，自第五王国诞生那天起，从原始部落时期，到今时今日，史书上记载过的、没记载过的，真实的、被篡改过的、被曲解的那无数的王朝，无数的君王中，你以为像你这样的家伙会少吗？

“有些人死，是有原因的。

“有些看似永不会倒的王朝倒塌，是有道理的。

“有些人虽然好像是死了，但其实还活着，而他们还活着的原因就是，他们放弃了自己的野心，放弃了去走人类获得至高的权力后必然会走上的那条老路。”

这些话，姬珷听得懂，但他听不进去，也不想认同。

“算了吧，你连人都不是，还说什么呢。”姬珷道，“说来说去，好似天一的喉舌，用那套宿命论和经验来判断人类、判断我。难道我就不能是个特例吗？姓天的自己可以长生下去，把人类的历史玩弄于股掌之间，我就不行吗？”

这句话，可就触到子临的逆鳞了。

“你懂什么啊……”子临歪过头去，脱口而出，“你也配对姓天的指指点点？我警告你，你不了解他，就少说话，嘴里也给我放干净一点。”

话说到这份儿上，两人间的交流也就不可能再以一种文明的方式进行下去了。

姬珷也早就憋了一肚子怒气，到了这点上，也该发泄出来了。下一秒，他便心念一动，指挥着德蕾雅出手，欲将子临“放逐”到另一维度去。

然，就在这一瞬，异变陡生！

嘭——

随着一声爆响，姬珷和德蕾雅二人瞬时就被卷入了一次爆炸中。

这爆炸自不是一般的热兵器造成的，它来得无迹无形、无烟无火，有的只是一片令空间模糊扭曲的奇特效应，且稳定在一个直径五米左右的球形范围内发生。

这一招，名为“时间爆破”，是前联邦护卫官米歇尔·金的异能。

当然，今时今日的米歇尔，已不是什么护卫官了，而是第六帝国皇帝子临的御前侍卫之一。

“哼……出手的时机真不错啊。”两秒后，姬珷的声音再度响起。

随着“时爆”的模糊效应消散，他和德蕾雅的身影也再度出现，两人皆是毫发无伤地待在德蕾雅制造的防御力场中，姬珷的脸上还摆出了一副不以为然的表情。

因为姬珷的手上有谎言之书，所以他来之前就已知晓子临身边有侍卫在了，而子临这边，无疑也知道对方已经掌握了这一情报。故而，适才的这番攻防，对双方而言都不算意外，姬珷就是吃定了时间爆破奈何不了德蕾雅，才会这么有恃无恐。

结果，也的确如此。

不过，子临身边的前护卫官可不止一个，“无限加速”——威廉·希文，今天也在。

作为地球上最强的神速者，他的存在就类似于一种阳谋。对方就算知道他在，也很难用取巧的方式去针对他，只能靠实力应对。

这不，“时爆”的效应刚刚结束，希文也适时出手了。

在希文的世界里，一旦他开始“加速”，周遭的一切都是慢若静止的，杀人对他来说从不是什么难事。

不过，眼下想要取姬珷的首级，就必须要面对一道难关——德蕾雅。

虽然米歇尔的时间爆破让德蕾雅的防御力场清晰地显现了出来，这点对希文是有所帮助的，但这也无非只是避免了希文以高速撞上力场导致自己受伤乃至自灭的情况。

真正的难题还是没有解决，即“如何突破这种蛮不讲理的万能防御”？

当然了，身为一名狂级能力者，即使能力类型和能量外放完全不沾边，但在处理这类能力时希文也是有一定操作空间的。

但见，希文在接近到力场边缘的时候，先是探出一手，试着用操控能量的技巧去撕裂对方的力场。然，未果。

于是，他又改变策略，通过高速震动自身的分子，试图让肉身从分子层面穿过这力场来动手。

可惜，还是失败了。

这次失败，让他右手的半个手掌化为了乌有，这还是在他“收手快”的前提下，要是他反应再慢半拍恐怕整条胳膊和半个脑袋都没了。虽然这伤也不算很重，以这个时代的医疗技术而言，这种损伤完全是可以痊愈的，但希文的这次突袭也只能到此作罢。

因为他还真就没有别的什么办法了。

或许在一般人看来这有些讽刺，两名前护卫官，现任的御前侍卫，之前拿子临的量子革命没办法，现在又拿德蕾雅那简简单单的防御力场没办法。

但这，就是能力先天性质上的差距。用前文提到过的“形状论”来说，希文虽是狂级，但他的能力只是平面图形，米歇尔的时间爆破比较复杂，但也不过是立体形状，他们的能力是很难对那些顶级的能力构成威胁的。

再者，由于德蕾雅从戴上铁面具后就一直被迫处于不眠不休的状态，所以她也早已适应了这种持续的“应激状态”，她的防御力场也时刻都是在应激状态下的，不存在任何“无意识”或者“松懈”的时刻。仅仅是这种防御，就足以让这世上大部分能力者无能为力。

综上所述，希文很快就选择了撤退。

知难而退。

他这整个突袭和撤退的过程，快到只发生在一两秒之间，且希文是从姬珷他们身后发起突袭的，所以从始至终，对方压根儿就没发现他来过。

“看来还是得我亲自动手啊。”子临这边，倒是知道自己今天带的两名侍卫都已出过手了，也都已尽力了，但事已至此，他也明白，只能自己亲自上阵才行。

德蕾雅真的比他强吗？真的能杀他吗？

其实子临也不知道。

此刻的子临，确确实实的是在面对一场结果未知的、有可能会战败身死的战斗。

与对付纳坎沃时不同、对付护卫官们时也不同，那些对决根本称不上是战斗，因为不管那些对决的过程和表面上看来的结果如何，后续的发展都在他的掌握之中。

可现在，他不得不……认真了起来。

而当子临认真起来时，量子革命能做到的事，就相当可怕了。

他其实也并不需要制造什么大范围无差别的破坏，只要方法得当，看似普通的一击，就足以杀死包括暗水在内的各种超强存在。他只要在那微不足道的寸许之地，释放出宇宙级的破坏力，并切实命中，即有机会结束战斗。

但德蕾雅也不是那么好杀的，“现实修正”这个异能的潜力比起“量子革命”只高不低，纵然德蕾雅并非最纯粹、最强大的先天觉醒型现实修正者，但她现在究竟被姬珷推到了哪种高度，就连姬珷自己都说不清楚。

有道是山雨欲来风满楼。

这一刻，在这苍茫的冰原之上，两股超越常识的力量凝然而峙，在一个短促的瞬间给这整个星球都带去了一份若有实质的压力。

所有身在这个星球上的生灵都在子临和德蕾雅准备出手互相攻击的那个刹那感受到了一种末日将至的厚重沉压。

人们停下了手头的工作、娱乐，放下了送到嘴边的食物，止住了原本匆忙的脚步。

大街、小巷、陋室、殿堂……身在这个星球各地的人都在这时抬头仰望，向着同一个方向，好似在等待着什么，但又没有人能说得清那到底是什么。

那是一种模糊的感觉，一种毁灭将至的预感，一种身为生灵的本能。

嗡——

冰原之上，子临的身前数米之处，已被他撕出了一个圆形的空间裂隙，这个“圆”像一道屏障，刚好挡在了他和德蕾雅之间，无论从这裂隙的哪一面往里看，都只能看到无尽的虚空。

德蕾雅的视线因此而无法锁定子临，为了保护姬珷，她也不能独自移动位置远离她的主人，所以要想完成“放逐”她就得击碎或至少抵挡住阻挡在她和子临之间的一切。

她开始集中意志，无视不断留下的鼻血和已在自身表面凸起的诸多颜色诡异的血管，试图用现实修正的力量将那裂隙的存在“否定”并“抹除”。

而子临则在很短的时间内于手上运成了一个篮球大小的小型黑洞，并准备将其扔进自己这一侧的裂隙中。

这个招式会在小型黑洞进入裂隙的这一侧后，化为光束般的形态从另一侧轰出来，呈直线将黑洞级的破坏力延展出去，摧毁沿途的所有物质。

德蕾雅的防御力场能否挡下这种攻击，也是个未知数。

姬珷自不会在这种可能令自己丧命的攻击前怀着什么侥幸心理，他当即接管了这场战斗，直接用思维向德蕾雅下达了一系列直接且明确的行动指示。

下一秒，德蕾雅就停止了正在尝试的事，并带着姬珷一同再度瞬移，来到了子临后方。

子临见状，冷哼一声，心念一动，双脚离地，紧接着，其周身立刻出现了十二块形状不一的平面裂隙，互相拼衔成一个黑曜石般的巨大的晶体，将子临围在了里面。

“喂，你这是要把地球也一块儿毁掉吗？”姬珷是看得懂子临的攻击的，所以他才道了这么一句。

方才子临的攻击是面向一个方向的，且高于水平角度，所以其最终无非会射向宇宙，最坏的状况也就是命中太阳系的其他星球并留下一个贯穿星体的、微不足道的窟窿。但现在他要是发招，就会同时朝着四面八方十二个方向轰出“黑洞波”朝着水平方向以上的攻击不谈，朝下的那些可是会把地球贯穿的。

“地球没你想的那么脆弱。”子临的声音从黑晶中传来，字字清晰，“等你死了我会想办……”

他的话，没有说完。

并不是姬珷或德蕾雅打断了他，而是他自己，在那黑晶的中心，遇到了一些意料之外的状况……

此时站在子临的角度，视力其实已没有用了，因为他周身被十二面通往虚空的时空裂隙包围，哪一面里都没有光，按理说他是什么都看不见的。

然，就在这片让人对自身的存在都会感到质疑的“黑”中，子临竟忽然看到了东西——一双眼睛。

那是一双蛇的眼睛。

在一个极其遥远的地方，默默地凝视着子临。

虽然它无声无息，但那种难以言喻的存在感，还是吸引到了子临的注意。

子临不知不觉就看得呆了，一种他从未体会过的、像是引力般的力量，仿佛要将他的意识、他的灵魂都一并拽过去一样，让他一动不动地盯着那双眼睛。

而那双眼睛和他之间的距离，似乎也在拉近……越来越近……

乒——

就在子临一言不发地和那双眼睛对视并出神的时候，伴随着一声清脆的碎裂之声，他周身的那些裂隙竟然崩坏了。

刺目的阳光洒下。

重见光明的子临第一眼看到的人，竟然是史三问。

“我建议你忘掉你看到的东西，以后也别再去看。”此时，史三问就站在子临面前两米开外。他还是那副老样子，邋遢的发型、满脸的胡茬、不明所以的cosplay装束，还顶着两个一看就是熬夜打游戏造成的黑眼圈。

他这造型本身倒是没什么令人惊奇的，但这会儿，史三问竟还用公主抱抱着个人——冼小小。

“史老师……你……”子临惊疑之际，又下意识地越过史三问的肩膀朝远处看了眼。

结果，他看到的景象居然是，半空中，姬斌正被德蕾雅掐着脖子高高举起，并痛苦地挣扎着，而此刻德蕾雅脸上的铁面具已经不翼而飞，她正满脸是血、神情狂暴地瞪着姬斌。

“我刚才到底失神了多久？”子临定了定心神后，马上问了这么个问题。

“并没有很久。”史三问道，“感应到地球可能会毁灭时，猎霸就急忙忙找到了我，稍微跟我说了几句，他就把我送到这里来了。然后我就发现你在凝视着‘混沌’玩蛇呢，所以我赶紧把你周围的裂隙打碎了，把你的意识拉了回来。”

“那她……”子临低头看了眼史三问怀里的冼小小。

“你在这里和姬斌刚聊上，另一边，受到天一委托的猎霸就瞬移到天选岛去‘回收’冼小小了。”史三问回道，“浪客当初在修改这孩子的认知时，出于善意给了她‘我很强，绝不会战死’这样一个暗示，而当一个现实修正者有了这样的认知后，即使她的能力受到了思维限制，也足够保命了。”

子临闻言想了想，又道：“那她现在怎么在你手上了？”

“猎霸刚把她从一个奇点空间里拖出来，就感应到了你们这边的状况，情急之下他干脆就扛着人直接到了我那儿……”史三问说着，也低头看了眼冼小小，“这孩子的情况我大致上都清楚，你也不必再费心了，以后还是由我来照顾她吧，我想天一本来也有那个打算。毕竟‘洗脑’这种做法用在现实修正者身上也只能是缓兵之计，弄到后来就会变成……”话到这儿时，他也回头瞟了眼姬斌那边，“……那种状况。”

就在他说话的同时，七窍流血的德蕾雅惨叫一声，从半空摔下，停止了呼吸。

而被松开了脖子的姬斌狼狈地摔落在地后，愣是没死，只是脸色发紫地大口喘息着。

“她的面具是你摘掉的？”数秒后，子临又对史三问道。

“不是。”史三问道，“猎霸摘的。”他顿了顿，“那姑娘的防御力场很棘手，就算是我，恐怕也很难在不杀死她的前提下将那力场破坏，不过莱文现在的能力却是可以穿越力场直接摘她的面具。”

“但从结果来看，她还是一样死了，不是吗？”子临道。

“不一样啊。”史三问道，“摘了面具后，她至少在死前完成了复仇的愿望。”他顿了顿，“哦对了，一会儿你得负责送我回去，猎霸那家伙摘完面具后就说要把面具送回书店去，先走一步了。”

“呵……”子临干笑一声，“看来这里发生的事，也都在天老板的算计之中是吗……”

“你那毁灭地球的决心恐怕不在吧，但这事儿到了他的口中应该也算是‘有趣之处’了。”史三问道。

子临点点头，沉默了片刻，然后便露出了一个带着几分邪气和几分虚假的微笑：“Excuse me.”

他很斯文地跟史三问打了声招呼，然后绕过对方，走向了正跪坐在地、呼吸未平的姬斌，边走边提高了嗓门儿道：“你先前猜他是想‘给我制造点麻烦来取乐’，我本以为是对的。可现在看来，他好像是在‘给你制造希望、玩弄你来取乐’啊。

“呸——”姬斌啐了口干呕到嘴里的胆汁，用袖口抹了抹嘴，翻身坐起，“事到如今，我没什么好说的，成王败寇……你要是还有点人性，就给我个痛快吧。”

“呵……”子临蹲下，让视线与其相平，“我连人都不是，这话可是你说的。”他伸出手去，轻轻拍了拍姬斌的面颊，“你自己觉得，杀你现在还有意义吗？”

“你……”姬斌的脸上青筋暴现，他一辈子都没受过这种侮辱，已经气得说不出话来。

但子临本来也是不会杀他的，子临连索利德都没杀，又怎么杀现在这个败象毕露、已成“废人”的姬斌呢。

“不杀我，你会后悔的。”姬斌憋了半天，咬牙切齿地憋出了这么一句，“我姬斌必能东山再起，卷土重来……”

“你可以试试，看德蕾雅同不同意啊。”子临悠然接道。

“你说什么？”姬斌不明白这话的意思，因为德蕾雅分明刚刚死在他的脚边。

“哦，对，你现在已经感知不到能量了。”子临道，“那我提醒你一下吧，刚才她掐你脖子的时候，其实本就不是打算要掐死你，而是在对你用能力。”

姬斌道：“她已经死了，她的能力自然也就……”

“……解除了？”子临顺着对方的话，笑着打断道，“呵，那可不一定哦。很多高位能力就算是能力者死亡了也会继续产生效应，更何况是现实修正者的能力呢。”

此言一出，姬斌的表情变了。

“用一个比较形象的词的来比喻，你已经被她‘诅咒’了啊。”子临道，“你那生不如死的漫长人生，现在才刚刚开始哦。”他耸耸肩，站了起来，“你不是觉得自己可以和‘姓天的’一样吗？那正好……从今天起，你也有机会品尝一下他这千万年来曾体会过的绝望……”他说到这儿，还故意顿了顿，才接道，“……的冰山一角了。”

第三章 血脉

午后，卡门走进了书店。

天一还是坐在他那张老旧的办公桌后，一边看书，一边喝着咖啡。

似乎每次有人拜访时，他都是这个状态。

但其实真正熟悉他的人都明白，当你有了拜访他的念头时，他就已经知道你会在什么时候来了，所以你也很难判断他平时究竟在干吗。

“真是稀客啊。”天一主动跟卡门打了声招呼。

卡门走到办公桌前，也不坐下，站着便道：“我想见兰斯。”

“嗯……”天一沉声念道，“张口就让人办事儿，还真是不客气呢。”

卡门道：“你可以提条件，任何事我都可以答应。”

天一连眼皮都没抬一下，仍是看着书，顺手拿起咖啡喝了一口，再道：“女孩子家家的，不要动不动说这种台词。”

“我本来也不想求人的。”卡门接着道，“兰斯消失后一周，我就找到了祭者，从他那里问出了兰斯的来历和去向。然后在这几个月里，我做了很多研究，试图找出追踪兰斯的方法，但我最终只得到了一个结论……”

“即‘目前地球上只有我能帮到你’是吧？”天一道。

“当然了。”卡门接道，“我说的这些情况，你通过心之书也都早已掌握了吧。”

“我可不是子临，我对心之书的依赖其实并没有你想象中那么强。”天一道，“你刚才所说的那些，我通过单纯的推理就可以知晓了。事实上，从你走进我书店的那一刻，到我嘴里蹦出‘稀客’这两个字之间那几秒，就是我推理所花的全部时间。”

“行吧，怎样都好。”卡门道，“你能不能帮我？”

“当然可以。”天一用很随意的口气应道，“你再怎么说也是我一位老朋友的直系后代，他这次也帮我做了不少事，一句怨言都没有，这点人情我还是应该还给他的，只是……”

他话锋刚转，卡门便急切地问道：“有什么难处吗？”

“我没什么难处，有难处的是你。”天一接道，“你也做了好几个月的研究了，以你那和兰斯不相上下的智力，应该也已明白，人类这种生物，无论是身体还是灵魂，都是无法安然的在两个平行的宇宙之间穿越的，就算是极其高位的能力者也不行。”

“的确，这我知道。”卡门道，“但应该还有我所不知道的例外，不是吗？”

“呵呵，没错。”天一笑着放下了书，又喝了口咖啡，不紧不慢地言道，“首先，‘法门’那边是有些带着肉身直接穿越的方法的，古人们口中‘飞升’的那些人就是找到了方法的人。但是，法门的那些法子，都得看‘机缘’，有些人从童子功练起，练到老死了也没成功，还有些人随随便便练个半年就穿越了。以你这种过于认真的性格，应该是不适合走这条路的。”

“那还有呢？”卡门道。

“还有就是，少数的神级能力者，能力正好和穿越相关的，也可以安然穿越。”天一回道。

“看来这个我也不合适了。”卡门道。

天一点点头：“抑或者，可以借助‘鬼神’的力量。”

“你是吗？”卡门直接问道。

“我……不算是。”天一道，“至少不是那种‘魔法’体系里的鬼神，顺带一提，我们这个宇宙的现实维度里也没有那种高位的鬼神存在，除非你死掉，去往另一维度，那样或许还有机会遇上几个。”

卡门道：“我还得先死掉？”

天一摆了摆手：“不必啦，因为还有一条路，那就是‘科学’。”

“‘科学’的方法我已经都研究过了。”卡门道，“不过，我想你说的应该是我所不知道的、某种超越当前人类文明水平的科学吧？”

“正是。”天一道。

“那我们还等什么？”卡门道，“我现在就能动身。”

“别急嘛。”天一道，“还有几件事我得先跟你说清楚。”

“说吧。”卡门还是很急。

天一道：“一般来说，去了，可就回不来了。”

“兰斯不在这里，我为什么要回来？”卡门用理所当然的语气反问道。

天一又笑了笑，再道：“我的法子，只能保证你的灵魂和记忆完整地过去，但你的身体会在穿越的过程中被粉碎成宇宙中的基本粒子，所以你到了那边之后，会类似‘借尸还魂’那样，附身到某个刚断气的人身上。”

卡门想了想，接道：“那是不是意味着我有可能附身在某个正在ICU里接受抢救的濒死者身上，比如晚期肿瘤的病人、交通意外的受害者，还有突发脑出血的人，等等？”

这的确是她不得不考虑的问题，万一她刚穿越过去，被抢救了两分钟又死了，或者穿越到命不久矣且没有行动能力的人身上，又或者被抢救过来后成了瘫痪或植物人……那她等于白去。

“这你可以放心，我会跟‘那边的朋友’打个招呼，让他把你安排在一个生理年龄和兰斯接近的小女孩儿身上。”天一道，“如果你有需求，我甚至能让他特别关照一下，把你安排到有钱人的家里，毕竟那边的地球也好几十亿人呢，找一个有千金小姐意外死亡的时间点并不难。”

“时间点也是可以挑的吗？”卡门问道。

“当然可以。”天一道，“‘时间’本来就不是线性的，在两个平行宇宙之间互相穿越可以去到任意的时间点上。比如A宇宙一个1900年的人穿越到B宇宙，度过了20年再穿越回去，他可未必会回到A宇宙的1920年，他有可能重新回到A宇宙的1900年，回到自己离开的那天，也可能回到1980年，或者1400年。”

“原来如此。”卡门沉吟了一下，接道，“但你刚才说要把我安排在一个‘生理年龄和兰斯接近’的人身上，这就有时间限制了吧？”

“是的。”天一道，“因为我打算把你送到兰斯回去后刚过不久的某个时间。”

“嗯……”卡门又略一思索，念道，“虽然已经听祭者说过了，不过我还是确认一下，兰斯这家伙在‘那边’还是个孩子对吧？”

“生理上十来岁吧。”天一回道，“不过心理年龄可比你还要大上不少。”

“呵……好。”卡门道，“那小女孩就可以了，或者说刚刚好……”

也不知她想到了什么，竟罕见地露出了一个透出几分邪恶的微笑。

“看样子你不但没什么牵挂，还挺期待的，那我就放心了。”天一说着，站了起来，打开了自己身后的门，“走廊到底左手边第一间，记得敲门。我老婆会跟你讲解一些和穿越相关的细节知识，免得你到了那边引起什么不必要的麻烦。我一会儿去准备点东西，准备好了再来叫你。”

卡门应了一声，便往门里走，经过天一身边时，她忽然又想起了什么，接道：“对了，说到没有牵挂……”她顿住脚步，“虽然我和我那位先祖大人也不熟，但你说的‘一位老朋友’指的无疑就是克劳泽·维特斯托克先生了吧。”

“是他。”天一回道，“怎么，你走之前想见见他？”

“可以吗？”卡门问道。

“不巧，你要是早来个一天半天的，去附近的一个实验室里就能找到他，聊几句的时间他应该还是有的。”天一道，“但这会儿他正好有点私事要去办。要不然你再等个一天，明天再……”

“那就不必了。”卡门打断了他，“我也就是随口一问，毕竟是传说中的人物，又是我的先人，所以想见一面。既然不巧，那就算了。”

说罢，她就重新迈开步子，走进了门里。

天一看了她的背影一眼，顺手把门关上，随后就坐回了办公桌后，端起了咖啡，还自言自语道：“不见也罢……”他耸耸肩，“你俩一点儿都不像，你的先祖大人可比你温柔多了，除了自己，他对谁都好。哪儿像你，为了自己爽，撵着个小魔头跨宇宙地追啊。”

当日，黄昏。

一间医院的病房中。

一个老人正坐在窗前的轮椅上，眼神呆滞地望着夕阳。

而克劳泽就站在他的身后，默默注视着他。

这个老人，名叫姬斌。

半个月前，他看起来还只是四十岁上下样貌，可如今，他的容貌却成了八九十岁的样子，且形容极度憔悴，脸上还始终伴随着几许痛苦之色。

毫无疑问，这是德蕾雅的“诅咒”造成的。

起初，姬斌并不知道德蕾雅对自己做了什么。除了自身的身体素质变为了普通人，且已无法使用能力或感知能量外，他没有觉得还有什么别的异常。

直到他睡着的那一刻。

那一觉，他只睡了四个小时，但在“梦”里，他经历了大约四个月的时光。

梦的内容，是他以一个普通人的身体素质，在“天选岛”上进行生存游戏。但这场游戏中，没有竞争对手，没有可以利用的人，也没有任何可以交流的智慧生命，有的只是无尽的危险和恐怖。

在这个梦里他并不会“成长”，也不会觉醒什么异能，他始终就是普通人的状态。

他无法在这个梦里睡着，但疲劳和伤痛却会不断累积。

他从山崖摔下，感受着骨折的剧痛静静等死；他掉入陷阱，慢慢流血而亡；他被动物撕碎，吃掉；他被怪物抓住，折磨后杀死……他经历的每一次死亡都无比真实和痛苦，每次当那痛苦到达极致后他又开始了下一轮的游戏。

那晚，醒过来以后，姬斌照了照镜子，发现自己一夜之间就已老了五六岁。

很显然，巨大的精神折磨已经让他那本该非常长寿的身体也产生了变化。

他知道这种“梦”绝对是不正常的，他也推测到了这可能和德蕾雅有关，为了避免再次陷入这恐怖的噩梦，他急忙开始用药物来阻止自己入睡。

这个方法让他在接下来的四天里都没有再睡着，也没有进入那噩梦。

但到了第五天，更可怕的事发生了……

因为药物的作用，尽管他可以“不经历正常人的睡眠周期的任何一个阶段”，但他开始出现了“走神”的症状。

姬斌这种人，通常是不会走神的，因为他的大脑非常发达而且经过多年的训练。他可不会像一般人一样做白日梦或因长时间想心事而出神，他时刻都是在进行理性的思考的。

但拒绝睡眠加上药物的副作用，把他的大脑毁了，他开始经常性的“走神”。

而他一“走神”，德蕾雅的诅咒就悄然而至。

短则三十分钟，长则一小时，若换算成“梦”里的时间，即他每次走神，都会到那个梦境里被折磨半个月到一个月不等，而他一天里走神的次数，也从三五次，慢慢发展成十次以上，且有越来越多的趋势。

短短半个月下来，他的精神已经垮了，每天只有很短的时间是清醒着的。而在他清醒的那点时间里，医院里的护工们才能喂他吃点东西，他上厕所的问题，则基本是靠导尿管和成人尿布解决……

照这样被折磨下去，估计再过半个月，他就会完全变成植物人状态，一天二十四个小时永远在那个“噩梦”里生活。

看着这样的姬斌，克劳泽的心情也很复杂。

虽然他们并没有血缘关系，但真要论起来，姬斌也算是克劳泽养父（即一百多年前那个前帝国的末代皇帝）的后代吧。

讽刺的是，克劳泽这个并非维特斯托克家族血脉的男人，他的后代却沿用了这个姓氏，而姬斌这个和前帝国皇室真有血缘关系的人却已改了姓了。

“或许我不该管这事儿……”说这话时，克劳泽已在姬斌的身后站了许久了，他是因为终于等到了对方回过神来的时刻，这才开口道，“或许这份折磨是你应得的，你理应偿还你给德蕾雅带去的那些痛苦，不过……”他说到这儿，抬起一手，“还是算了吧，至少在我看来，已经够了。”

确如天一所说，克劳泽这人比较心软，他今天的私事，就是来给姬斌一个痛快，一个解脱。

然，就在克劳泽的手即将落下去的瞬间，他好似忽然意识到了什么。

短暂的迟疑后，他又把手放下了。

接着，克劳泽便转身，快步走出了病房，并朝着走廊的一侧意味深长地看了一眼，随即他又从另一个方向离开了。

一分钟后，在克劳泽望过一眼的那个方向，走廊的拐角处，一部电梯停在了这一层。

电梯的门开了，一个男人走了出来。

他的名字叫作张三，他真正的名字叫作——姬奇。

姬奇还是那样子，看着四十岁左右，亚裔、微胖、相貌平平，穿着一套既不很贵也不便宜的衬衣和牛仔裤，像是个随处可见的路人。

他径直走向了姬斌的病房，几乎没有停留的，一步步来到了对方的身旁。

站定后，姬奇便把右手放到了姬斌的左肩上，和后者一样，面对着窗外的夕阳，淡然言道：“别担心，父亲，你的痛苦马上就会结束了。”

这话，姬斌听到了，但他已无力再做出回应，即便是抬头朝对方看一眼他都做不到。

不过，那句“父亲”，还是让姬斌知晓了对方的身份。

尽管已经和儿子失散多年，尽管已经老眼昏花、精神涣散，但姬斌还是相信了此刻跟自己说话的人就是姬奇。毕竟自己已经是个废人了，没有人还有必要再来骗他。

“我知道你一定用‘谎言之书’找过我，我相信你也能推测出，找不到我的原因是由于天老板遮蔽了线索。”姬奇也没打算等父亲做什么回应，只是自顾自地继续说道，“我可以告诉你，他不但遮蔽了你通过其他人找我的线索，也遮蔽了我真正的心声……”他说到这儿，顿了顿，再道，“是的，你想得没错，子临也看不到我真正的心声。”

“咳——嘎——”姬珷从嘴里挤出了几个音，但说不出话来，但看起来他很激动，整个身体都在微微颤抖。

姬奇又轻轻拍了拍父亲的肩膀，安抚了父亲一下，说道 :“这个时代是属于子临的，这是引导者的判断，也是命运的必然。所以，同样的，下一个时代，必将属于我。只是，那还要过很多年，或许要一百年、两百年……但那天终究会来的。”

姬奇说到这儿，仰起头，叹了口气 :“很遗憾，父亲，属于你的时代，永远也不会来，因为你并不理解引导者……

“你轻视他，甚至自以为能取代他……

“子临说得没错，你是枭雄，也正因如此，在这乱世的终结，你输给了普通人。

“我已不指望你能理解天一，或是理解子临，我也不指望你能理解我。

“不以成败而论对错，直到最后的最后，也不认错，不后悔，哪怕是面对万劫不复的地狱也昂首前行，这才是枭雄本色。

“所以，就请你无悔地去吧，你留下的遗憾，我会在下一个时代替你讨回来的……向这个世界……”

当“世界”二字从姬奇口中说出之时，姬奇便用手上戴着的一枚藏有毒针的戒指轻轻点了一下姬珷的脖子。

不到五秒，毒素就走遍了姬珷的全身，使其心脏和大脑的机能瞬间停止。

传说中的珷尊，就这样，像一个再普通不过的老人般，静静地坐在一张轮椅上，死在了医院的病房里。

夕阳下，他那苍老的面容，在最后的时刻，似乎还带着一丝笑容。

第四章 救赎

2220 年，5 月的某天。

清晨，意城的郊外。

一个身着黑西装的男人，缓步走进了一座幽静的小墓园中。

他手执一枝玫瑰，在一块墓碑前停住了脚步。

然后就这么默默地，伫立了良久。

直到晨露渐消，阳光洒到了他的肩头，他才单膝跪下，将手中的玫瑰放在了眼前那无名的墓碑之上。

随后，他便和来时一样，一言不发地离去了。

当晚。

杰克・安德森，独自来到了第六帝国的皇宫。

潜入这个地方对他来说并不难——即使是世界上最好的防御系统，在停止的时间中也是无法正常运行的。

在他看来，真正困难的部分是在潜入之后。

杰克事先调查过，今晚在皇宫内负责值守的侍卫是凯九和枪鬼。这两个人的实力究竟有多强，以及他们的能力究竟是什么，就连杰克都不知道。

但这份担忧，并没有困扰他太久。

因为他很快发现，这两人根本就不在。

他不知道为什么，不过也没有时间去多想。

他就这么一路来到了王座，来到了子临的面前。

没过太久，他那袖剑的锋刃，也已抵在了子临的咽喉上。

杰克是真打算动手的，至少在袖剑出手的刹那，他还没有丝毫的犹豫。

但在最后的最后，他从子临的眼中捕捉到了某种稍纵即逝的东西，这让他的手停下了。

他冷静了下来。

接着，他便从子临设置给他的“仪式感”中醒来了。

因此，他又把袖剑收了回去。

“你在干吗？”子临见状，当即冷笑道，“呵，事到如今，你总不见得是怕了吧？”

“算了吧，我已经都明白了。”杰克接道，“放弃吧。”

“你在说什么呢？”子临横眉冷对道。

“你派无面到孟夆寒那边的时候就已经算到这一步了吧。”杰克道。

子临没接这话。

“今晚凯九和枪鬼不在，也是你自己安排的。”杰克又接着道，“而你还故意装作并不知道他们不在的样子，说出了刚才那些话来刺激我。”他顿了顿，终于直接说出了子临的真意，“你很想让我在这里杀了你，对吧？”

子临的神色变了，那装出的冷厉之色从他脸上消失，变为了他平时那戏谑下带着些许冷漠的神态：“切，就差那么一丁点儿我就成功了呢。”

“斌尊已除，王朝已定，那些反抗组织领袖也都已被替换成了可控的克隆人，所以你便觉得你现在退场并无大碍了，你便觉得……”杰克道，“……你的死，可以作为你对天一最后的反抗。”

“你就不能成全了我吗？”子临问道。

“为什么是我？”杰克道。

“因为你是杀神啊。”子临道。

“你觉得被我杀死很体面？”杰克道。

“说是荣幸也不为过。”子临道。

“但我今天不想杀你。”杰克道。

“为什么？”子临道。

“因为我不想让你得偿所愿。”杰克道。

“你就这么恨我吗？”子临摊开双手道，“没错，当年你在意城和阡冥之间的事儿都是我在幕后策划的，被你视为救赎之路上唯一一根救命稻草的女人，就是我送到你面前，又让其死在你面前的，也是我杀了和你志同道合的薛叔……但这些并不是私人恩怨，反过来说，就算是，你不是更应该杀了我为他们报仇吗？”

“如果你和我之间的这些都是私人恩怨，那当今天下和你有私人恩怨的人未免也太多了。”杰克接道。

“这都是这个世界应得的。”子临说到这儿，又回到了王座那儿，直接拿起了放在一边的酒瓶，咕嘟咕嘟给自己灌了几口红酒，“绝圣弃智，民利百倍；绝仁弃义，民复孝慈；绝巧弃利，盗贼无有……你和薛叔相信的那套，虽很美好，但对这个世界却是甜蜜的毒药，是美丽的谎言。我做的事，或许会被一部分人憎恨唾骂，但另一部分人和下一个时代的所有人，终有一天能感受到这些事背后的意义。”

他说到这儿，又拿起酒瓶，干脆把瓶里剩下的一点儿酒也全喝完了。

“你今天不杀我，我以后还会这样做下去。”子临道，“你了解我，我跟谁都没有私人恩怨，我也不会为了个人情感上的原因改变我的做法，这也是天一选中我的原因。”

“嗯。”杰克听到这儿，点点头，“我不杀你的理由，你这不是已经说了一半了吗。”

“哦？”子临放下酒瓶，“你是说……”

“出于大义，我希望你以后能继续这样做下去。”杰克接着道，“出于小节，或者说私人恩怨的层面上，我觉得让你继续活着，是比杀死你更残酷的一种复仇。”

他说到这儿，已完全收敛了杀意和战意，毫不设防地转过了身。

子临看着他的背影，也没有开口叫住他，只是脸上浮现了些许失落。

“你是暴君也好，贤王也罢，在我看来已不重要了。”杰克说着，已迈步向朝堂之外走去，“毕竟史书如何记载你、人们如何解读你、你自己怎么想的、你身边的人怎么评断的，以及客观上的事实真相究竟如何……从来也都不是一回事儿。

“帝、王、将、相……终会被仁慈而平等的死亡所拯救。

“功、过、毁、誉……亦会被冷酷而永恒的时间所扭曲。

“你说过，我们每个人都有罪。

“那就让我们各自用余生去偿还，只期从此再不相往来吧。”

随笔

尾声

或许是因为也到了那个年纪了，有时夜深人静时，我也会多愁善感起来。

平日里写多了假大空的官方文案，偶尔就会想写些自己真正想写的东西，想把自己仅有的那点儿才华从工作中剥离出来，作为一种兴趣……和自己的情绪一并抒发出来。

然而我也没有写日记的那个毅力，所以就写了这么篇随笔。

最后不一定要给谁看，只是整理一下回忆，看看那些曾经多彩而鲜明的东西如今是不是已经褪色。

等我哪天真的老糊涂了，我也可以拿出来翻翻，回想起那些故人和往事。

那么，从哪儿说起呢。

要不就按照当年的“陪审员编号”来吧，若扯到了其他人那就捎带着也说了。

一号是燕无伤吧。

虽然真正的燕无伤当年根本没来参加我们那次“审判”，但他依然算是一号。他的事儿我还是比较清楚的，毕竟我们直到最近还有联络。

浪客曾跟我说过燕无伤的理想，说得简单一点就是——荣华富贵，提前退休。

俗是俗点儿，不过的确也无可指摘。

可惜，他的理想至少到今天为止还是没有实现。纵然他现在的日子过得是不错，也很少再出去跑任务了，但他和浪客两人至今仍在帝国的正式编制之外秘密地为我们的皇帝陛下服务着。

他俩都是聪明人，我想他们也都明白，离他们退休的那天还远着呢，就算有天皇帝陛下不在了，他们也得为这个王朝继续服务下去。

二号是兰斯，抑或者……古清？

还是称他为兰斯吧，那才是我想起他的脸时脑子里蹦出的第一个名字。

那一年，他是“判官”，我是“祭者”。

那时候，我厉小帆有一个梦想，一个不那么现实和利己的梦想。

我要成为一双眼睛、一对耳朵、一副喉舌……向世间的人展示那些他们看不到、也听不到，却应该去看一看、听一听的东西。

我要让那些放弃思考和自省的人重拾反思的习惯和质疑的勇气。

我会不择手段地实现这个理想，贯彻我的正义，即使那是一种卑鄙的正义。

于是，我和兰斯一拍即合。

我不能说自己怀念那种搞“暗网审判秀”的日子，但我必须承认我也曾经享受过它，而且我并不后悔。

假如我那时候知道兰斯也是个穿越者，或许我们俩之间会有更多的话题和共同语言。

即使是现在，我还是时常会想起兰斯，想他说过的一些话，想他到底是个好人还是个坏人？他行使的那些“正义”到底是一场场戏谑的游戏，还是说在那些极端的手段背后他依然有颗善良的心？

我说不清。

也确实没必要想得太明白。

接着是三号——孟夆寒。

我们的国师大人很低调，每年皇帝陛下祭天的时候我们会见一次面，其他时候就不怎么联系了。

说起来方相奇也在他那儿，阿奇是九号吧……上次见他的时候已经是个少年的样貌了，但那距离我第一次见他都快过去二十年了，也不知道他的寿命和我们人类之间是怎么换算的。

孟夆寒也没怎么见老，可能跟他修道有关，不过他每次出来都粘着假胡子扮老，好像是觉得样子太年轻没有国师的威严。

他也是个明白人，专心搞文化研究和旅游业，根本没有“广纳门徒”的意思，“把法门发扬光大”之类的倾向也是全无，他收徒弟全靠“缘分”，所以皇帝陛下对他也很放心。

方相奇倒是一有机会就来皇宫打国师的小报告，话说得难听得很，什么“这臭法士和妖精有一腿你们知不知道”“这家伙小完便不洗手，上厕所不关门”“这货学济公吃肉喝酒”“他竟敢和我四妹假装我爸妈去参加我的家长会”之类的，每次他在皇帝陛下那儿曝光“国师黑幕”都引得龙颜大悦，而每次的结局都是他大哥蚩鸮和二哥陶悟把他强行拖回去。

再接着是四号，杰克。

他的事我就真不知道了，不过他肯定还活着，因为每年的秋天，他都会出现在意城的郊外，在一座无名的空坟上放上一枝玫瑰。

他是个值得尊敬的人，我希望他能过得安好。

然后，五号，是车探员。

他和七号薛叔、十号博士，都是在帝国建立以前就已故去了。

他们的遗物都是我整理的。

车探员几乎什么都没留下，我想这和他多年从事卧底工作有关，一想到这样的男人曾经也在我身边潜伏过我还真有点儿后怕。

但“几乎”就意味着也并不是完全没有。除了一些随处可见的生活用品外，我在车探员的房间里还发现了一件格格不入东西——一个非常旧的婴儿玩具。

我觉得那可能很重要，所以后来去调查了一下：原来那是他小时候被拐走时带着的东西，或许那时候人贩子是怕他哭闹所以就留下了这个能让他保持安静的玩具，而他的养父母也没太当回事儿就没扔，于是这东西也就这么一直留存了下来。

尽管车探员是一个不会在人前流露出什么情感的人，但我想他内心深处一定很想见见自己那早已故去的生身父母。如果这世间真的存在天堂，愿他们一家能在那里团聚吧。

薛叔的遗物就比车探员多一些了，加入逆十字后他找回了不少当初家里的东西，在他屋里基本都是他和家人的合影以及一些用旧了的物件。

他是个想改变“过去”，却不断重复着“现在”的人，某些方面他和车探员确有相似之处。

只是车探员比他更加冷酷和现实，而他始终是个理想主义者，一个不愿妥协的人。

我曾和皇帝陛下聊起过薛叔的死，陛下的原话：“我用自己的平凡和卑微，去成就了薛叔这样的人的非凡和伟大。”

我说：“可伟大的人就这么无声无息地死了，而您却成为了帝王。”

陛下笑着说：“这世间一向如此，不是吗？”

我后来想了想，好像是的。

最后，博士的遗物……那就海了去了，各种发明、设计图、配方、研究资料……我一个人根本整理不过来，好在有“药剂师”帮我。

被燕无伤和蔓迪抓回来后不久，药剂师的身体就被“报废”掉了，他就剩下一个脑子，被泡在满是药水的缸里。浪客修改了他的认知让他觉得自己是一个“受限的AI生物”，而其使命就是协助人类、效忠帝国。

饶是如此，这些年里，药剂师这家伙还是有好几次衍生出了逃跑和反抗的想法，不过他终究是没再掀起过什么大的波澜来。

也是在他的帮助下，博士的很多工作才得以延续。

其实我跟博士打交道的时间也蛮久的，虽然他说话难听、不好相处，但只要对他稍加了解，就会发现他比起药剂师那种人来可要好太多了，只是他这样直来直去的人，就算还活着，恐怕也无法在“帝国”中容身。

写得有点儿乱了，接下来该是六号了吧……

伊如梦，她和燕无伤的情况类似，“审判”时她本人没来，是暗水化身成她的模样来的。

情报部门有调查过她，她和姐姐在帝国建立后基本一直生活在西洋洲，搬过几次家，经常会出门旅行，不过也不会到很远的地方。

她们姐妹俩都一直未婚，也没有再和黑白两道扯上什么关系，毕竟影织的积蓄已足够她们无忧无虑过上好几辈子的了，看来她们是过得不错。

再然后，七号薛叔十号博士刚才提过了，九号是方相奇也提了……

那么来说说八号，也是我们的皇帝陛下吧。

子临登基前后那半年，做的许多事令我也觉得毛骨悚然。

那段时期，我帮他写了不少非常离谱的文案来控制舆论、掩盖真相，而我坚持下来的理由仅仅是——我觉得他是对的。

要问我有没有动摇过，那肯定是有的，但是兰斯托我带给他的话支撑着我继续去相信这位皇帝。

兰斯那时对我说：“你告诉子临，若他最终没能如愿死在杰克的手上，就请好好活下去，也请他更努力地善待这个无药可救的世界。”

很多事情，真的要到后来才能看清楚、想明白。比如兰斯的话，当时我是一头雾水的，不过他好像已经算到了很远。

现在我可以说，时间证明了我坚持下来确实没错。

帝国建立的头五年确实发生了很多让我不舒服的事，但到了第二个五年，那些事的成效就已显现出来了，我开始渐渐看清了人们口中常说的“大局”，也慢慢理解了子临思考的模式。

他说他一直就知道自己的死期，当有一天我感到这世界不但不需要他，甚至他的存在会变得很碍眼的时候，那他的寿命也就差不多走到终点了。

这话让我感到很矛盾，一方面我也期望着那个他设计的“完全的盛世”的到来，一方面我也担忧那天来临时他真的会死。

但目前来看那天暂时还没到，而且子临看起来过得也挺高兴的……

十几年前的某一天，子临突然说想立个皇后，然后失踪了半个月，回来的时候他是跟莉莉娅一块儿回来的。

我不知道他们之间发生了什么，也没问过。

反正莉莉娅是知道子临的死期的，她应该也有她的想法和觉悟。

他们成婚后给皇宫里主要带来了两个变化，其一是我们的皇帝陛下每天都春风满面好像心情很好的样子，其二是“硬核女权”迅速在宫中普及，紧跟着就是整个王都、整个帝国……现在我老婆也是成员之一了。

对，也该说到我了。

我是十一号嘛。

帝国建立后我就是宣传部长，同时还兼了个“外交部长”的职责，后一个职位其实并没有实务要做，只不过是以防万一。万一某天我们要和外星文明接洽了，找防卫部长这种军方的人去不太合适。

但宣传部长的工作可是非常忙的，尤其在联邦刚垮台的那几年里，我简直是一分钟掰开了当两瓣儿使。

也正是在那段时期，我现在的妻子被派到了我身边来协助我。她就是前联邦上校，“九狱”的四名副监狱长之一——苏菲·克莱蒙特。

大家都觉得能和“阿芙罗狄忒”这样的绝代佳人一起工作是一件令人无比羡慕的事，其实并不是……

子临把她派到我身边的主要原因是：我是这世上极少数免疫她那个“让人爱上自己的能力”的人之一。

另外，当时王权初定，像我老婆这种很早就投诚而且也立过些功的前朝旧臣，官给低了，不好看；给高了吧，反抗军那派的人又会有微词。于是就派到我这个宣传部长身边挂个副职，看着级别挺高其实就是给我当秘书，那众人也就不会再说什么了。

然而，我可就苦了。

我老婆那会儿对自己那“挂虚衔吃空饷”的定位一清二楚，所以她真就整天混日子。

那于我而言，就是“有事秘书不干，没事儿秘书也不干”。

我背后还要被人指指点点，说我得了便宜还卖乖，这不倒霉催的嘛。

不知道是不是出于同情，她观察了我一个月之后终于也开始帮我分担点工作了。

再后来，我们的关系就变得很差，两个人天天见面，从早忙到晚，几乎天天都因为工作的事情吵，这种节奏持续了大约半年。

半年后稍微闲下来一些了，休息时间多了，我们见面也少了。

见了面还是吵，见不着又有点想她。

有天她忽然问我是不是喜欢她，我一时糊涂就认了，她就提议咱结婚吧。

我问她，世上的男人任凭她挑，她怎么就看上我了呢？她说顺从和爱慕对她来说太容易得到了，从我这种会拒绝她的人这里她才能得到真实的惊喜和感动。

当时我听了这话也很感动，但婚后过了几年，有次她喝醉了酒在那儿傻乐的时候跟我说，她当年的甜言蜜语都是随便说说的，她就是馋我身子……

我看在两个孩子的分上只当没听见……

玩笑归玩笑，她是个好妻子，很看重家庭，所以有了孩子以后她又回到了“挂虚衔吃空饷”的工作状态，当然了，反正宣传部是我们家的，外人也都不好说什么。

我的两个女儿都特别懂礼貌有教养，可能因为妻子以前是管犯人的，所以对教人有一套……想到这里就心情复杂。

还是转换下心情说下剩下两位“陪审员”吧。

十二号索利德和十三号的榊，几年前我还见过他们一次。

榊现在在花都经营着一家高级餐厅，他是主厨，只管做菜；雅子是老板娘，负责进货和店里的各种管理；索利德则是大堂经理，管人事和服务。

他们的餐厅每周只营业三天，每天只营业数个小时，且只接待少量的客人。在他们那儿用餐的价格极其昂贵，昂贵到让你觉得去找家专门宰客的黑店陪酒托儿喝一晚上的酒可能还划算点的程度，但他们的生意和口碑却相当好，预约都得提前半年左右，很多本想上门找碴的美食评论家最后都成了他们这家店的拥趸。

我几年前带着家人去花都旅游刚好路过他们店门口，结果被索利德认了出来，于是就在没有预约的情况下进去吃了一顿，还给我们免单了。

席间榊和雅子也出来跟我们聊了会儿天，他们看起来都还挺好的。

临走前我实在有点不忍，便隐晦地跟索利德提了“和榊待在一起太久的人迟早会遭遇不幸”的事，没想到索利德说他们早就知道了，并说他已经把这问题解决了。联想到他的能力，我也大致猜到了方法，但也没深究下去。

写到这儿，关于“陪审员”们的近况就算是告一段落了，再说说那些不在其列的人吧。

前联邦首席检察官雷蒙德·福克斯，自帝国建立以来始终担任着法务部长的职位，他的老朋友柏瑞探长也被提拔为了警务处长。

前联邦的三位护卫官也始终在担当皇帝陛下的皇家侍卫，待遇虽不如当年，但也差不了太多。

我老婆以前的同事卡尔·冯·贝勒，也就是那位九狱的“巢魔”，在帝国“左将军”的位置上一直待到了退役，他也是皇帝陛下最器重和最信任的将军之一。

克劳泽大人、猎霸、暗水和尼尼自从去了宇宙之后就没有音讯了，我想他们以后也不太可能再跟我有什么交集了。

史老师和冼小小的消息我也没有，陛下告诉我这俩人没有消息就是最好的消息。

当初兰斯在黑鹰郡找的工具人赫尔·施耐德如今已经做到了当年“特工之王”N的位置上，这确实是有点出乎我的意料。

而那位在“联邦最后的晚宴”上起到关键作用的前联邦卧底特工——“飞勺”马豪斯·普拉托，在帝国建立后三年便遭到了暗杀，讽刺的是杀他的却不是联邦的余党，而是当初在铁血联盟的旧部。

有传言说这次暗杀行动中有杀手联盟的人在背后辅助，但当时已经统一了整个地下世界的崇宫廉仁却表示绝无此事。真相到底如何，后来也不了了之了。说到底，那些做卧底的，大部分都没有好下场，因为他们的人际关系要么是虚假的，要么就是被阻断了，所以被杀了也少有人会去深究。

说起“地下世界”，那位蔓迪小姐在帝国建立后倒是从道儿上臭名昭著的“曼陀罗”摇身一变成了个社交名媛，还主演了电影，她至今仍在荧幕上活跃着，且每年都跟一些年纪或许能当她儿子的小鲜肉传出绯闻，但她本人从来也没承认过。

至于罗斯上校、慢哥、葛凝他们几个，在被短暂的关押后就被释放，回归了EAS。这个组织也是唯一一个从编制到人员基本没有受到任何王朝更替影响的组织。陛下也正如承诺的那样，没有去动他们，他们在这次时代的变迁中，更像是一群旁观者、一群无关紧要的配角。

而其他诸如FCPS、PUT-OID、监督者、EF等前联邦机构，虽然在克里斯托城的时候被有意识地隔离了，但事后大部分也都受到了清洗。

和兰斯一直纠缠不清的那位卡门·莫莱诺长官，也在兰斯离去几个月后不知所踪了，我并不知道她的去向。

最后，还有三位比我们陪审团资历都老的逆十字成员——凯九、K和张三，这三位在杰克试图刺杀陛下的那晚之后也都是人间蒸发，音讯全无。

张三的事儿我知道，他是姬斌的儿子，我想他可能已经在天老板关于下个时代的布局里找到了自己的位置，但凯九和K我是真的从头到尾不清楚他们的事。

后来我问陛下，他们到底什么来历？

陛下才告诉我，凯九，即“CC99”，其实就是Cesare Clone 99的缩写，他是一百多年前的反抗组织“钢铁戒律”大团长切萨雷·巴蒙德的克隆人，这个编号的意思就是在他之前有98个克隆体都失败了。

而“枪鬼”，K·R·施瓦茨，则是和克劳泽大人一样，从“冥界”回归的人，他来自一个更遥远的、我们所不知的时代。

这两人，说白了都是天老板的人，从来也不是子临的人，子临本就不会把他们怎么样的。

好了，写到这儿也差不多了，要是还有遗漏的、想不起来的……那我现在想不起来，以后八成也想不起来了。

唉，人到了这个年纪啊，有时夜深人静时，就会多愁善感起来。

那些曾经多彩而鲜明的东西，终有一天是要褪色的。

那个曾经的逆十字，属于我这个时代的逆十字……燕无伤、兰斯、孟夆寒、杰克·安德森、车戊辰、伊如梦、薛叔、子临、方相奇、富兰克林博士、索利德·威尔森、榊无幻，还有我……厉小帆。

也已如歌里唱的那样——他们都老了吧，他们在哪里呀？我们就这样，各自奔天涯。

（全文完）

图书在版编目(CIP)数据

纣临. 4 / 三天两觉 著.
—武汉:长江出版社,2020.4
ISBN 978-7-5492-6915-0
Ⅰ.①纣… Ⅱ.①三… Ⅲ.①长篇小说-中国-当代
Ⅳ.①I247.5
中国版本图书馆CIP数据核字(2020)第057058号

纣临. 4 / 三天两觉 著

出　　版　长江出版社
　　　　　(武汉市解放大道1863号　邮政编码:430010)
选题策划　漫娱　马　飞
执行策划　漫娱　李西媛
市场发行　长江出版社发行部
网　　址　http://www.cjpress.com.cn
责任编辑　陈　辉
总 编 辑　熊　嵩
执行总编　罗晓琴
封面插画　barabababa
装帧设计　闵可可　徐昱冉
印　　刷　深圳市精彩印联合印务有限公司
版　　次　2020年4月第1版
印　　次　2020年5月第1次印刷
开　　本　710mm × 1120mm　1 / 16
印　　张　24.25
字　　数　420千字
书　　号　ISBN 978-7-5492-6915-0
定　　价　45.00元

电话:027-82926557(总编室)　027-82926806(市场营销部)